Terrain accidenté

Du même auteur

Le Dernier Soupir, Librairie des Champs-Élysées, 1994.
Retour de manivelle, Librairie des Champs-Élysées, 1995.
Crack en stock, Librairie des Champs-Élysées, 1996.
Arrêts de jeu, Librairie des Champs-Élysées, 1996.
Gènes toniques, Librairie des Champs-Élysées, 1997.
Le Chant des sirènes, Éditions du Masque, 1997 ; J'ai lu, 2008.
Mauvais signes, Librairie des Champs-Élysées, 1998.
La Fureur dans le sang, Éditions du Masque, 1998 ; J'ai lu, 2007.
Une mort pacifique, Librairie des Champs-Élysées, 1998.
Au lieu d'exécution, Éditions du Masque, 2000 ; J'ai lu, 2008.
Le Tueur des ombres, Éditions du Masque, 2001 ; J'ai lu, 2006.
La Dernière Tentation, Éditions du Masque, 2003 ; J'ai lu, 2006.
Mystères et bûches glacées, Éditions du Masque, 2003.
Quatre garçons dans la nuit, Éditions du Masque, 2005 ; J'ai lu, 2006.
La Souffrance des autres, Éditions du Masque, 2007 ; J'ai lu, 2008.
Noirs tatouages, Éditions du Masque, 2008 ; J'ai lu, 2009.
Sous les mains sanglantes, Éditions du Masque, 2009 ; J'ai lu, 2011.
Sans laisser de traces, Flammarion, 2011 ; J'ai lu, 2012.
Fièvre, Flammarion, 2012 ; J'ai Lu, 2013.
Comme son ombre, Flammarion, 2013 ; J'ai lu, 2014.
Northanger Abbey, Terra Nova, 2014.
Châtiments, Flammarion, 2014 ; J'ai lu, 2015.
Lignes de fuite, Flammarion, 2015 ; J'ai lu, 2016.
Une victime idéale, Flammarion, 2016 ; J'ai lu, 2017.
Les Suicidées, Flammarion, 2017 ; J'ai lu, 2018.
Skeleton Road, Flammarion, 2018 ; J'ai lu, 2019.
Hors limites, Flammarion, 2019 ; J'ai lu, 2020.
Voyages de noces, Flammarion, 2020 ; J'ai lu, 2021.

Val McDermid

Terrain accidenté

Traduit de l'anglais (Écosse) par Perrine Chambon

Flammarion

Titre original : *Broken Ground*
Éditeur original : Little, Brown

ISBN : 978-2-0815-0422-6

Ce livre est né d'une histoire que m'a racontée un libraire. Il est donc dédié à tous les libraires qui aiment les histoires, nous les confient et nous rendent accros.

« Trois personnes peuvent garder un secret si deux d'entre elles sont mortes. »

Benjamin FRANKLIN,
L'Almanach du bonhomme Richard

1

1944 – Wester Ross, Écosse

Le bruit caractéristique des coups de pelle dans la tourbe résonnait de façon plus ou moins cadencée, tantôt en rythme tantôt discordants, avant de reprendre à l'unisson, à l'image de la respiration pénible des deux hommes. Le plus âgé s'interrompit un moment, s'appuya sur le manche et laissa l'air frais de la nuit estomper la sueur sur sa nuque. Pour la première fois, il ressentit du respect pour les fossoyeurs dont c'était la tâche quotidienne. Une fois tout cela terminé, hors de question pour lui d'en faire un métier.

— Allez, mon vieux, lui dit doucement son compagnon. On n'a pas le temps pour une pause-café.

L'homme au repos le savait bien. Ils s'étaient lancés là-dedans ensemble et il ne voulait pas laisser tomber son ami. Mais sa poitrine l'oppressait quand il respirait. Il réprima une envie de tousser et se remit au travail.

Au moins, ils avaient choisi la nuit idéale pour cela. Un ciel dégagé avec une demi-lune qui les éclairait tout juste assez pour travailler. Certes, on pouvait les apercevoir depuis la piste qui longeait la petite exploitation agricole. Mais il n'y avait aucune raison que quelqu'un se promène dehors en pleine nuit. Aucune patrouille ne s'aventurait si haut dans la vallée, et la lune les dispensait d'allumer une lumière qui aurait pu attirer l'attention. Ils étaient certains de ne pas être surpris. Après tout, grâce à leur formation, les opérations clandestines étaient devenues pour eux une seconde nature.

Une légère brise soufflant depuis le bras de mer charriait l'odeur des algues, caractéristique de la marée basse, et le doux clapotis des vagues contre les rochers. De temps à autre, un oiseau que ni l'un ni l'autre ne pouvait identifier lâchait un cri désolé qui les faisait sursauter chaque fois. Mais plus le trou devenait profond, moins le monde extérieur les affectait. Enfin, ils cessèrent d'apercevoir ce qui entourait la fosse. Aucun des deux ne souffrait de claustrophobie, mais se trouver dans un espace aussi réduit était inconfortable.

— Ça suffit.

Le plus âgé posa sa pelle contre la paroi et ressortit lentement vers le monde extérieur, soulagé de sentir de nouveau l'air autour de lui. Deux moutons s'agitèrent sur le flanc opposé de la vallée et, au loin, un renard glapit. Mais aucun signe d'une autre présence humaine. Il se dirigea vers une remorque à une dizaine de mètres de là, où une bâche goudronnée recouvrait une grande forme rectangulaire.

Ensemble, ils ôtèrent la toile épaisse recouvrant les deux caisses en bois qu'ils avaient assemblées un peu plus tôt. On aurait dit des cercueils rudimentaires posés sur leur flanc. Les hommes parvinrent à atteindre la première caisse, attrapèrent les cordes qui la maintenaient et la firent glisser de la remorque. Grognant et jurant sous l'effort, ils la menèrent au bord de la fosse et la firent lentement descendre à l'intérieur.

— Merde ! s'exclama le plus jeune au moment où la corde glissa trop vite dans sa paume, lui brûlant la peau.

— Mets-la en sourdine, bon sang ! Tu vas réveiller toute la vallée.

Il retourna à pas lourds vers la remorque, s'assurant d'un coup d'œil derrière son épaule que l'autre le suivait. Ils répétèrent l'exercice, plus lents et plus maladroits à présent, gagnés par la fatigue.

Ensuite vint le moment de combler le trou. Ils travaillèrent dans un silence sinistre, pelletant le plus rapidement possible. Alors que la nuit commençait à pâlir à l'est, audessus de l'horizon des montagnes, ils attaquèrent la dernière phase de leur mission, qui consistait à replacer à coups de pied les mottes de tourbe. Ils étaient crasseux, puants et épuisés. Mais le travail était fait. Un jour ou l'autre, ils verraient leurs efforts récompensés…

Avant de remonter dans la cabine, ils échangèrent une poignée de main ainsi qu'une vigoureuse accolade.

— On y est arrivés, dit le plus âgé entre deux quintes de toux, se hissant derrière le volant. On y est arrivés, putain.

Tandis qu'il parlait, la *Mycobacterium tuberculosis* gagnait lentement ses poumons, détruisant les tissus, creusant des cavités, bloquant les voies respiratoires. D'ici à deux ans, il ne serait plus en mesure d'assumer les conséquences de ses actes.

2

2018 – Édimbourg

Poussée par le vent glacial du nord soufflant dans son dos, le commandant Karen Pirie gravissait la pente douce de Leith Walk qui menait à son bureau. Ses oreilles picotaient à cause du froid et bourdonnaient à cause de l'énorme chantier de démolition qui dominait la rue, des grincements, des percements et du fracas. Le complexe immobilier promis, avec ses appartements de standing, ses magasins de luxe et ses restaurants chics, relancerait peut-être l'économie d'Édimbourg, mais Karen ne pensait pas y passer du temps ou y dépenser son argent. Ce serait bien, songea-t-elle, si la municipalité proposait des initiatives qui profitaient à ses habitants plutôt qu'à ses touristes.

« Espèce de vieille râleuse », murmura-t-elle pour elle-même au moment où elle bifurquait sur Gayfield Square en direction de l'immeuble en béton cubique et trapu qui abritait le commissariat de police. Plus d'un an après le deuil qui l'avait laissée esseulée, Karen s'efforçait de chasser la tristesse qui s'était abattue sur sa vie comme un rideau. Elle devait admettre que, même les bons jours, il lui restait encore du chemin à parcourir. Mais elle essayait.

D'un hochement de tête, elle salua l'agent en uniforme présent à l'accueil, tapa rapidement son code d'une main gantée et parcourut le long couloir jusqu'à une pièce coincée tout au fond comme si on l'avait rajoutée après coup, à contrecœur. Karen ouvrit la porte et s'arrêta net sur le seuil. Un inconnu était assis au troisième bureau, habituellement inoccupé, les pieds sur la corbeille à papier, le *Daily Record* ouvert sur ses genoux et tenant à la main un petit pain fariné d'où dépassait une tranche de bacon.

D'un air théâtral, Karen recula d'un pas pour jeter un coup d'œil à la plaque qui annonçait « UNITÉ DES ENQUÊTES HISTORIQUES », le service qu'elle dirigeait, en charge des affaires criminelles non élucidées. Quand elle avança de nouveau, le visage ingrat de ce petit homme était toujours penché sur le journal, mais ses yeux étaient fixés sur elle, las, prêts à retourner à leur lecture comme si de rien n'était.

— Je ne sais pas qui vous êtes, ni pourquoi vous êtes là, dit-elle en pénétrant dans la pièce. Mais une chose est sûre : il est beaucoup trop tard pour faire une bonne première impression.

Sans la moindre hâte, il ôta ses pieds de la poubelle. Avant qu'il ne puisse dire ou faire quoi que ce soit d'autre, Karen entendit des pas lourds et familiers dans le couloir derrière elle. Elle jeta un coup d'œil par-dessus son épaule et aperçut le lieutenant Jason Murray, alias « La Menthe », approchant avec trois tasses de café Valvona & Crolla périlleusement empilées les unes sur les autres. *Trois* tasses ?

— Bonjour chef, j'aurais attendu votre arrivée, mais le capitaine McCartney avait vraiment envie d'un café alors je me suis dit que j'allais…

Il intercepta son regard glacial et esquissa un faible sourire.

Karen se dirigea vers son bureau, le seul jouissant vaguement d'une vue. Un semblant de fenêtre donnait sur une allée et un mur nu. Elle la fixa un instant avant de tourner les yeux vers le présumé capitaine McCartney avec un petit sourire. Il avait eu le bon sens de refermer son journal, sans pour autant se redresser sur son siège. Délicatement, Jason se déplia de toute sa longueur pour poser le café de Karen devant elle sans trop s'approcher.

— Capitaine McCartney ?

Elle prononça ces mots avec tout le dédain possible.

— C'est ça.

Ces deux mots suffirent à identifier son origine : Glasgow. Elle aurait dû le deviner d'après son air fanfaron et m'as-tu-vu.

— Capitaine Gerry McCartney, précisa-t-il en souriant, semblant ne pas avoir conscience de la situation, ou y être indifférent. Je suis votre nouvel assistant.

— Depuis quand ?

Il haussa les épaules.

— Depuis que la commissaire adjointe a décidé qu'il vous en fallait un. Apparemment, elle pense que vous avez besoin d'un gars qui s'y connaît. C'est-à-dire moi, ajouta-t-il d'un air légèrement amer. Tout droit sorti de la Brigade d'enquêtes prioritaires.

La nouvelle commissaire adjointe. Évidemment, elle était à l'origine de tout cela. Karen avait espéré que sa vie professionnelle s'améliorerait quand on avait balayé son précédent chef tel un détritus à la suite d'un scandale de corruption à grande échelle. Elle n'avait jamais correspondu à l'image qu'il se faisait d'une femme – obséquieuse, obéissante et ornementale – et il avait toujours essayé, sans succès, de dénicher la moindre irrégularité dans ses enquêtes. Au fil des années, Karen avait dépensé trop d'énergie à le tenir éloigné de ses dossiers.

Quand Ann Markie avait été promue à son poste, et que l'UEH s'était retrouvée sous son égide, Karen avait espéré que la relation avec sa hiérarchie en serait facilitée. En réalité, elle était compliquée, mais différemment. Ann Markie et Karen étaient deux femmes dotées d'une intelligence remarquable. Mais leurs points communs s'arrêtaient là. Tous les matins, Markie arrivait au travail fraîche et pimpante. Elle était le visage glamour de la police écossaise. Et lors de leur premier entretien, elle avait assuré qu'elle soutenait à cent dix pour cent l'Unité des enquêtes historiques tant que Karen et Jason résolvaient des affaires qui donnaient de la police une image moderne, engagée et bienveillante. Pas comme ces idiots qui pouvaient passer un mois à chercher un homme porté disparu alors qu'il était chez lui, mort. Ann Markie défendait le type de justice qui lui permettait de formuler des petites phrases bien senties pour les journaux télévisés du soir.

Markie avait mentionné la possibilité d'augmenter le budget de l'UEH afin de recruter une personne supplémentaire. Karen avait espéré un civil qui pourrait se consacrer à l'administratif et aux recherches internet de base, la laissant traiter avec Jason les détails plus subtils des dossiers. Enfin, peut-être que « subtil » était un mot un peu fort, en ce qui concernait Jason. Mais il avait beau ne pas être le plus futé de tous, la sympathie de La Menthe tempérait l'impatience occasionnelle de Karen. Ils formaient une bonne équipe. Ce qu'il leur fallait, c'était un assistant de bureau, pas un petit frimeur de Glasgow qui se croyait envoyé pour les sauver.

Elle lui décocha son regard le plus noir.

— De la BEP à l'UEH ? Qu'est-ce que vous avez fait pour mériter ça ?

McCartney fronça brièvement les sourcils avant de se reprendre.

— Vous ne pensez pas que c'est une promotion ? rétorqua-t-il en poussant légèrement sa mâchoire inférieure vers l'avant.

— Ce que je pense n'est pas toujours en accord avec les idées de mes collègues, dit-elle avant de soulever le couvercle de son café pour en boire une gorgée. Tant que vous ne vous croyez pas en vacances…

— Non, bien sûr, répondit-il en se redressant sur son siège, l'air alerte. Vous êtes très respectés au sein de la BEP, se hâta-t-il d'ajouter.

Karen demeura impassible. Elle venait d'apprendre quelque chose d'utile au sujet de Gerry McCartney : c'était un bon menteur. Elle savait très bien ce que les inspecteurs qui se démenaient en temps réel avec des crimes insolubles pensaient de son unité. Pour eux, l'UEH, c était du gâteau. Si elle arrêtait un coupable, elle faisait la une des médias pendant une journée. Si elle échouait ? Eh bien, personne ne scrutait ses moindres faits et gestes.

— Jason est en train de passer en revue une liste de gens qui possédaient une Rover 214 rouge en 1986. Vous pouvez lui donner un coup de main.

McCartney esquissa une petite moue de dégoût.

— Dans quel cadre ?

— Une série de viols avec violence, expliqua Jason. Le type a tellement battu la dernière fille qu'elle a terminé dans un fauteuil roulant avec des lésions cérébrales. Elle est morte il y a deux semaines seulement.

— Ce qui explique que nous ayons de nouvelles preuves. Une ancienne prostituée a lu cette histoire dans le journal. Elle ne s'était pas manifestée à l'époque parce qu'elle consommait de la drogue et ne voulait pas s'embrouiller avec son dealer. Mais elle possédait un petit carnet où elle notait les voitures dans lesquelles les autres filles montaient. C'est incroyable, mais elle l'a retrouvé, dans un vieux sac à main. La Rover rouge était dans le coin chaque fois que les viols ont eu lieu.

McCartney haussa les sourcils et poussa un soupir.

— Mais elle n'a pas réussi à relever l'immatriculation. La pute de base, quoi, non ?

Jason prit un air inquiet.

— Vous voudrez bien prendre note de quelque chose, capitaine ? Ici, on préfère parler de « travailleuses du sexe », le corrigea Karen.

Le ton de sa voix n'appelait pas à la discussion. Gerry renifla mais resta silencieux.

— Elle a bien noté le numéro, intervint Jason avec entrain. Mais son sac à main était dans un grenier et les souris sont passées par là. Les pages ont été grignotées. Tout ce qu'on a, c'est la première lettre : B.

Karen sourit.

— Tous les deux, vous allez donc vous amuser à parcourir les archives du service des immatriculations pour retrouver les propriétaires d'il y a trente ans. L'employé du service va vous adorer. Le point positif, c'est que le labo de Gartcosh a réussi à extraire de l'ADN des pièces à conviction conservées dans un carton pendant toutes ces années. Alors si on trouve un coupable potentiel, on pourrait obtenir un résultat, expliqua-t-elle avant de terminer son café et de jeter son gobelet à la poubelle. Bonne chance.

— OK, chef, marmonna Jason, déjà concentré sur sa mission.

Il donne le bon exemple, songea Karen. Ce garçon apprenait. Lentement mais sûrement, il apprenait.

— Où est-ce que vous allez ? lui demanda McCartney tandis qu'elle se dirigeait vers la porte.

Elle eut envie de répondre « Ça ne vous regarde pas » mais jugea qu'il valait peut-être mieux tenter de le garder plus ou moins dans son camp. Pour le moment, en tout cas. Le temps de prendre pleinement la mesure de sa personnalité et de sa proximité avec Ann Markie.

— Je vais à Granton parler avec l'une des conservatrices qui pense avoir vu un tableau volé dans une collection privée.

De nouveau, cette légère moue.

— Je ne pensais pas que c'était de notre ressort. Les tableaux volés, commenta-t-il.

— Ça l'est quand un policier a reçu des coups de feu au visage pendant le cambriolage. C'était il y a huit ans et c'est la première piste que nous ayons concernant le tableau volé.

Sur ce, elle quitta le bureau en anticipant déjà l'itinéraire qu'elle allait prendre. L'une des choses qu'elle adorait à Édimbourg, c'était qu'il était plus facile de se déplacer en bus et à pied que de sortir une voiture de service de la division. Tout ce qui lui évitait de devoir mesquinement jouer de son influence était un plus pour elle.

— Le numéro seize, marmonna-t-elle en se dirigeant vers les arrêts de bus de Leith Walk. Ça ira très bien.

3

2018 – Wester Ross

Alice Somerville s'extirpa du siège conducteur de sa Ford Focus avec la grâce et la souplesse d'une femme qui aurait quarante ans de plus. Elle gémit en s'étirant, frissonnant à cause de la brise fraîche qui soufflait du bras de mer au pied de la colline.

— J'avais oublié que le trajet était aussi long pour monter jusqu'ici, grommela-t-elle. La dernière heure depuis Ullapool m'a paru durer une éternité.

Son mari sortit du côté passager.

— Et c'est toi qui as protesté quand j'ai suggéré qu'on s'arrête à Glasgow hier soir, dit-il en roulant les épaules et en cambrant le dos. Si je t'avais écoutée, ma colonne vertébrale ne s'en serait jamais remise.

Il lui sourit sans se soucier de l'air idiot que cela lui donnait.

— L'Écosse s'étend toujours plus loin qu'on le croit.

Il secoua les jambes pour faire redescendre son jean *skinny* jusqu'à ses chaussures à lacets en cuir marron.

Alice ôta l'élastique qui retenait sa queue-de-cheval et secoua sa chevelure brune. Encadrant son visage, ses cheveux adoucissaient ses traits et soulignaient ses sourcils droits et ses pommettes saillantes. Elle ouvrit le coffre pour en sortir son sac à dos.

— On était tellement enthousiastes l'année dernière qu'on n'a pas remarqué que c'était si loin. Mais c'est très joli. Regarde ces montagnes, on dirait qu'elles s'encastrent les unes dans les autres. Et la mer, avec ces grosses vagues qui s'écrasent. Difficile de croire que le Hertfordshire se trouve dans le même pays.

Elle s'étira les épaules puis se baissa pour saisir dans l'habitacle une feuille de papier qu'elle avait imprimée avant le départ.

— C'est bien ici, dit-elle en comparant la photo imprimée au long bâtiment bas devant lequel ils s'étaient garés.

C'était une construction en pierre sans charme adossée au flanc de la colline, mais qui avait clairement été rénovée en respectant le plan d'origine. Le jointoiement entre les pierres était encore relativement épargné par la mousse et le lichen, les encadrements de fenêtres étaient solides et authentiques, la peinture préservée des intempéries.

Will pivota et indiqua un cottage de deux étages blanchi à la chaux de l'autre côté de la vallée.

— Ça, ça doit être la maison de Hamish. C'est plutôt classe pour un coin paumé.

— Pas étonnant qu'on n'ait pas reconnu les lieux l'année dernière. D'après la carte de Granto, cette maison n'était qu'une ruine. Un tas de pierres qui servait autrefois d'étable. Et il n'y a aucune trace de la bergerie qu'il avait notée comme point de repère depuis la route.

Alice se racla la gorge. Elle indiqua le flanc de la colline où des dizaines de moutons broutaient une herbe qui semblait déjà bien rase.

— Je ne sais pas où ils dorment, mais ce n'est plus sur cette colline.

— Bon, eh bien nous on y est, maintenant. Grâce à Hamish, dit Will en déchargeant un gros cabas. Installons-nous.

Alice observa la vallée. Le cottage blanc semblait si proche que c'était tentant de s'approcher, mais Hamish les avait avertis qu'une tourbière dangereuse les en séparait. En tout cas, ça ne ressemblait en rien à la campagne impeccable autour de chez eux. *N'envisagez même pas de la traverser*, les avait-il mis en garde dans l'e-mail contenant les explications et les directions qu'il leur avait envoyé. Le cottage était situé à un peu plus d'un kilomètre par l'étroite route accidentée, mais au moins ils arriveraient sains et saufs.

— Ce n'est pas si loin. J'imagine que ça ne prendrait pas plus d'une demi-heure, maximum. On pourrait aller lui dire bonjour maintenant, non ? Ça nous ferait du bien de nous dégourdir les jambes.

— On a dit à Hamish qu'on passerait demain, Alice. Je n'ai pas envie qu'on commence sur un malentendu. N'oublions pas que c'est lui qui nous rend service. En plus, il faut qu'on prépare le dîner. Je meurs déjà de faim. Ce qui nous attend à Clashstronach sera toujours là demain matin.

Le nom du lieu sonnait un peu bizarre dans sa bouche. Il tendit un bras vers elle pour la serrer contre lui.

— Tu es toujours tellement impatiente.

Alice se racla la gorge mais se hissa sur la pointe des pieds pour lui déposer un bisou sur la joue. Puis elle s'engagea sur les dalles menant jusqu'au cottage de location que Hamish leur avait recommandé. Elle regarda de nouveau le papier avant d'entrer un code sur une boîte sécurisée. Celle-ci s'ouvrit pour révéler deux jeux de clés suspendues à un crochet. Will vérifia sa tête dans le rétroviseur – mèche blond vénitien en place, barbiche bien nette, pas de restes du boudin noir de midi entre les dents – avant de lui emboîter le pas.

La porte s'ouvrit sur une petite entrée, donnant à son tour sur la pièce principale du cottage. À une extrémité se trouvait une cuisine tout en longueur équipée d'un réfrigerateur avec congélateur et d'une gazinière. À côté, une table en pin rustique avec quatre chaises au dossier canné, agrémentées de coussins noués. Un vase rempli de pois de senteur était posé au centre de la table. Alice pensa que les fleurs étaient artificielles, vu le climat et la saison, mais elles avaient l'air naturelles et apportaient une touche chaleureuse.

À l'autre extrémité de la pièce, un canapé bien rembourré faisait face à une télévision à écran plat fixée au-dessus d'une cheminée en pierre abritant un poêle solide, encadré de part et d'autre par des briques de tourbe empilées. Deux fauteuils étaient disposés devant la cheminée.

— Ça a l'air pas mal, commenta Will.

— Un peu spartiate.

Alice posa son sac à dos sur l'une des chaises de la cuisine.

— Malgré les photos au mur, ajouta-t-elle en indiquant une série de clichés représentant des paysages marins sauvages et des rochers.

— Hamish a dit qu'ils avaient fini les travaux il y a quelques semaines seulement, lui rappela-t-il en se dirigeant vers les deux portes à l'autre bout de la pièce.

Il ouvrit celle de gauche, qui menait dans une salle de bains joliment carrelée dotée d'une grande fenêtre donnant sur la mer.

— Waouh, sacrée vue quand on est dans le bain ou la douche.

Alice regarda par-dessus l'épaule de Will.

— Au moins, les toilettes sont cachées derrière ce petit paravent.

— Quelle bourgeoise, dit-il pour la taquiner.

Alice, qui lui rendait généralement la monnaie de sa pièce, lui donna un petit coup dans les côtes et rétorqua :

— Je m'en voudrais que quelqu'un puisse tomber sur un spectacle qui resterait gravé dans sa mémoire.

L'autre porte menait à une chambre, meublée simplement d'un lit double et d'un mobilier assorti en pin qui provenaient clairement d'une grande surface proposant des meubles en kit. Le clou du spectacle était une autre grande fenêtre avec une vue époustouflante sur la mer et les montagnes bleu-gris qui se fondaient les unes dans les autres à l'horizon.

— Ça fera parfaitement l'affaire, jugea Alice.

Will déposa le cabas sur le lit.

— C'est bien plus confortable que ce qu'avaient Long John Silver et Jim Hawkins lors de leur chasse au trésor. Je vais chercher les courses.

Quand il se retourna, Alice s'approcha pour le prendre dans ses bras, mains sur ses fesses pour l'attirer vers elle.

— Il n'y a pas d'urgence, murmura-t-elle en faisant courir ses lèvres le long de son cou, son haleine chaude parcourant sa peau. C'est super excitant, Will. J'ai l'impression qu'on est sur le point de retrouver le véritable héritage de Granto.

Cette chasse au trésor avait ses avantages, pensa Will. Après trois ans de mariage, la libido d'Alice faiblissait. Mais préparer cette expédition et imaginer ce qu'elle pourrait leur apporter avait fait naître en elle une excitation qu'il était très heureux d'exploiter à fond.

— Je ne vais pas te contredire, dit-il en la prenant dans ses bras, content que son propre corps réagisse aussi promptement à celui d'Alice.

Il se laissa tomber sur le lit.

Elle l'embrassa de nouveau, sur la bouche cette fois, changeant de place de façon à le plaquer contre le matelas. Elle glissa une main entre eux deux.

— Mmm, je vois ça…

— On devrait partir chasser des trésors plus souvent.

Mais dorénavant, il n'y avait plus de place pour la conversation.

4

2018 – Édimbourg

Les deux femmes en pleine discussion assises à la table derrière Karen n'auraient pas pu détonner davantage dans le paysage. Elle les apercevait dans le miroir accroché au mur du Café Aleppo et, en se concentrant, pouvait entendre chaque mot de leur conversation. De façon ironique, elle n'y aurait pas prêté attention si elles s'étaient trouvées dans leur environnement naturel – à Bruntsfield ou Morningside, par exemple, pour déguster un café filtre viennois au German Konditori ou un *latte* dans un café artisanal branché. Mais il y avait une raison pour que deux femmes blanches de la classe moyenne d'un âge délibérément indéterminé se retrouvent au fin fond de Leith Walk, penchées au-dessus de petits verres remplis du café à la cardamome corsé de Miran.

Karen était la seule autre cliente du café à ne pas être originaire du Moyen-Orient et elle avait ses raisons à elle pour s'y trouver. D'une part, il était situé plus ou moins à mi-chemin entre l'entrepôt de stockage des pièces à conviction et son bureau, et il lui fallait un café pour se requinquer après une heure de tergiversations à Granton. D'autre part, elle avait besoin de réfléchir au fait qu'Ann Markie ait placé un sous-fifre dans son équipe et à ce que cela impliquait. Ici, elle pouvait prendre le temps de considérer la meilleure façon de traiter le capitaine Gerry McCartney, parce qu'elle avait la certitude absolue de ne croiser aucun de ses collègues. Une entreprise sociale gérée par un groupe de réfugiés syriens, ce n'était pas le genre d'endroits que choisiraient la plupart des officiers de police pour leur pause.

Ce n'était pas la seule raison de sa venue. Karen avait rencontré Miran et ses amis syriens lors de ses pérégrinations nocturnes dans la ville. Ils avaient pris l'habitude de se réunir autour d'un brasero de fortune sous un pont, faute d'un autre endroit pour se retrouver. Karen avait ressenti une étrange affinité avec eux et les avait aidés à rencontrer les bonnes personnes pour monter leur café solidaire. Chaque fois qu'elle venait, ils refusaient son argent et cela la gênait. Elle n'estimait pas s'être mise en quatre pour les aider, elle avait juste agi par gratitude. Ils voyaient les choses autrement et refusaient systématiquement de la laisser payer. Elle avait protesté en disant que de l'extérieur, on aurait pu penser qu'ils tentaient de corrompre un commandant de police. Miran avait répondu en riant : « Je crois que ceux qui vous connaissent ne feraient jamais une chose aussi stupide. »

C'est pourquoi elle calculait toujours le coût de ses consommations pour déposer le montant équivalent dans la boîte dédiée à l'organisme de charité soutenant les personnes qui n'avaient pas eu la chance d'échapper à l'enfer qu'était devenue la Syrie. Un jour, Amena, la femme de Miran, l'avait vue faire et avait esquissé un hochement de tête, en guise d'approbation. Si Karen se sentait chez elle quelque part à Édimbourg, c'était sûrement dans ce café.

Mais ces deux femmes, avec leurs cheveux soigneusement colorés, leurs boucles d'oreilles en or discrètes et leurs châles en cachemire détonnaient complètement. Habituellement les clients écossais ne manquaient pas à Aleppo, mais c'étaient des gens du quartier de Leith : des habitants qui venaient déguster une cuisine orientale authentique et un café terriblement fort. Rien à voir avec ces femmes. Ainsi, comme elle ne parvenait jamais vraiment à décrocher du travail, Karen accorda toute son attention à une conversation qui n'était probablement pas destinée à être entendue.

La blonde aux mèches foncées hochait la tête avec compassion face à la brune aux mèches claires.

— On était tous choqués, dit-elle d'une voix basse au délicat accent d'Édimbourg. Enfin, évidemment on était complètement abasourdis quand tu nous as dit qu'il avait essayé de t'étrangler, mais c'était encore plus effarant qu'il déboule en plein milieu d'un dîner pour l'avouer à tout le monde.

À présent, la curiosité de Karen était piquée. Elle ne s'était pas attendue à ça.

— Il essayait de se tirer d'affaire, répondit l'autre femme dont l'accent était différent, peut-être du Perthshire. De montrer qu'il regrettait. Pour que vous ayez tous pitié du pauvre Logan et que vous m'accusiez, moi. Il n'a pas pris conscience que c'était trop tard. Que j'étais déjà allée voir la police.

— Mais maintenant il le sait, non ?

— Ça, pour le savoir, il le sait ! répondit-elle d'un ton sarcastique. Il est convoqué au poste la semaine prochaine.

Karen se détendit un peu. Au moins, cette femme avait été prise au sérieux. C'était peut-être une question de statut social. C'était regrettable, mais une femme comme elle portant une telle accusation retiendrait toujours davantage l'attention que quelqu'un d'un niveau social inférieur.

Le petit bruit du verre posé sur la soucoupe. Une inspiration. Puis, avec prudence, d'une voix hésitante, la blonde dit :

— Tu ne crois pas que peut-être, avec ce qui l'attend, ce serait le meilleur moment pour toi de retourner vivre à la maison ?

Sans déconner, pensa Karen.

— Il faut qu'il déménage.

Ferme. Posée. Une femme qui avait pris sa décision.

— Il faut que je revienne à la maison avec les enfants. C'est fou qu'on s'entasse dans l'appartement de la grand-mère de Fiona alors qu'il vit dans la maison de famille. C'est lui qui ne paie pas le prêt immobilier. C'est lui qui a perdu un demi-million de livres en pariant sur des sports auxquels il ne connaît rien. C'est lui qui a eu une aventure. C'est lui qui a posé la main sur ma gorge pour essayer de m'étrangler.

Sa voix était calme, presque robotique. Karen jeta un nouveau coup d'œil dans le miroir. Celle qui parlait paraissait aussi détendue que si elle mentionnait sa dernière commande de courses chez Waitrose. Il y avait quelque chose de théâtral dans tout cela, presque comme s'il s'agissait d'une mise en scène dans un but bien précis. En même temps, Karen reconnaissait qu'elle était naturellement suspicieuse.

— C'est vrai, Willow. Mais qu'est-ce que tu feras s'il refuse de partir ?

Willow poussa un soupir.

— Il faudra que je lui fasse entendre raison, Dandy. Parce que la patience de Fiona a des limites. J'en appellerai à son amour pour nos enfants.

— Tu ne peux pas aller dans cette maison toute seule. Tu ne peux pas affronter sans aucun soutien un homme qui a essayé de t'étrangler. Je vais demander à Ed de t'accompagner.

Willow lâcha un rire qui, selon Karen, aurait sûrement été décrit par un certain type de magazines comme « cristallin ».

— J'essaie d'apaiser la situation. Ed est beaucoup plus grand et costaud que Logan. Ça ne fera qu'empirer les choses. Écoute, il a retenu la leçon. Il a déjà la police sur le dos. Il ne va pas aller plus loin.

Dandy – *Dandy ? Qui baptisait son enfant ainsi ?* – soupira.

— Je crois que tu te trompes. Il n'a plus rien à perdre, Willow. Il n'a pas d'argent, pas de travail. Quand la police en aura terminé avec lui et qu'il aura écopé d'une condamnation pour violences conjugales, le tribunal ne l'autorisera jamais à s'approcher de ses enfants seul. Si tu le mets à la porte, il sera SDF par-dessus le marché parce que, vu ce que nous savons maintenant, aucun d'entre nous ne voudra l'héberger.

— Bien fait pour lui.

La voix de Willow était curieusement éteinte et froide.

Une longue pause. Suffisamment longue pour que Karen retourne le kaléidoscope afin de faire apparaître une autre image.

— Je ne dis pas qu'il ne mérite pas tout ça, voire plus. Mais envisage la situation de son point de vue l'espace d'un instant, Willow, reprit Dandy. À l'heure qu'il est, tout ce qui lui reste, c'est un toit au-dessus de sa tête. Si tu essaies de le lui enlever… eh bien, qui sait comment il va réagir ?

Karen enfila son manteau et se leva. Elle approcha de leur table non sans remarquer l'étonnement qui se peignit sur leurs visages quand elles la virent apparaître.

— Je suis désolée de vous interrompre, mesdames, dit-elle. Mais je n'ai pas pu m'empêcher de surprendre votre conversation.

Elle leur adressa son sourire le plus chaleureux. Polies, elles le lui rendirent.

— Je suis officier de police.

Instantanément, les sourires s'évanouirent.

— Je voulais simplement dire que d'après mon expérience, quand on accule quelqu'un qui n'a rien à perdre, quelqu'un qui a déjà tenté d'étrangler une femme… c'est dans ces cas-là qu'on les retrouve mortes.

Dandy repoussa sa chaise comme pour s'éloigner de cette dure vérité, le choc remodelant ses traits. Mais Willow, elle, s'immobilisa tel un chat à l'affût de sa proie.

— Logan ne tuerait jamais Willow, protesta Dandy.

— Mieux vaut écarter cette possibilité. Mieux vaut éviter une épreuve de force entre vous deux. En particulier dans une cuisine équipée de couteaux bien aiguisés, dit Karen.

— C'est ridicule. Je n'ai pas à entendre ça.

Willow se leva en s'enveloppant de son châle.

— Je vais aux toilettes, Dandy, et payer l'addition. Je t'attends dehors.

Karen la regarda partir avant de tourner les yeux vers Dandy, toujours tétanisée par cet affront.

— J'ai autre chose à dire, Dandy. J'ai l'esprit méfiant. Ça fait partie du job. Et en écoutant votre amie à l'instant, en voyant son calme, je n'ai pas pu m'empêcher de me demander ce qui était réellement en train de se tramer. Elle n'a vraiment pas peur de lui ? Ou est-ce qu'elle prépare le terrain pour quelque chose de totalement différent ? Ces temps-ci, les tribunaux sont très indulgents envers les femmes qui se défendent quand elles craignent pour leur vie face à des hommes qui ont déjà fait preuve de violence envers elles.

Dandy bondit sur ses pieds.

— Comment osez-vous !

Karen haussa les épaules.

— J'ose parce que c'est mon métier de protéger Logan tout autant que Willow. Est-ce que vous êtes sûre de ne pas être manipulée pour devenir témoin de la défense ? Un témoin bien pratique, capable de confirmer la version des événements donnée par votre amie ?

— C'est honteux ! Comment vous appelez-vous ? Je vais vous dénoncer ! cria Dandy, attirant le regard de tous les autres clients.

Karen fit quelques pas en direction de la porte avant de se retourner.

— Je vais surveiller de près les informations, Dandy. J'espère seulement ne jamais vous revoir, vous ou votre amie Willow.

Elle déposa au passage une poignée de pièces dans la boîte de collecte, tout en se demandant si elle venait de se ridiculiser complètement ou de sauver la vie de quelqu'un.

5

2018 – Édimbourg

Plus tard ce soir-là, quand elle raconta cet épisode au commandant Jimmy Hutton, Karen fut soulagée d'apprendre que d'après lui, elle n'avait pas eu une réaction disproportionnée. Ils étaient installés dans l'appartement de Karen sur le front de mer, les lumières tamisées non par romantisme mais parce qu'ils appréciaient tous les deux la vue spectaculaire sur le Firth of Forth depuis la grande fenêtre du salon. Chaque semaine elle changeait en fonction du temps, de la saison et de la circulation sur le vaste estuaire.

— Ce n'est que mon avis, mais je pense que tu as eu raison d'agir ainsi, Karen, dit Jimmy en saisissant le seau à glaçons afin d'en ajouter un autre à son gin Strathearn Rose.

C'était devenu leur rituel. Initialement fixé au lundi soir, ce rendez-vous régulier était souvent déplacé en fonction des disponibilités que leur laissait leur travail. Chez Karen, avec un assortiment de gins accompagné des ingrédients complémentaires. Lesquels devenaient de plus en plus fantasques au fil des mois. Ils avaient néanmoins exclu le cocktail nécessitant un obscur tonic artisanal, une infusion d'algues et une tranche de pamplemousse.

— Ce que je veux, c'est un gin tonic, pas une cérémonie du thé à la japonaise, avait protesté Karen. En plus, tu as vu le prix de l'eau aux algues ?

Les Gin Nights avaient d'abord eu pour but de se soutenir mutuellement après la mort de Phil Parhatka, le compagnon de Karen. Également officier de police, il avait été tué dans l'exercice de ses fonctions. Jusque-là, Karen avait cru mesurer l'effet que produisait une mort soudaine sur les proches d'une victime. C'est seulement quand elle en avait fait l'expérience qu'elle avait compris qu'un tel événement gravait de façon indélébile un sillon en plein milieu de votre existence. Elle avait l'impression que les liens qui la reliaient au reste de sa vie avaient été rompus. Au début, elle ne pouvait supporter de parler à quiconque de ce qui s'était passé et de ce que cela représentait pour elle, parce que personne ne pouvait se mettre à sa place.

Et puis Jimmy, le patron de Phil, s'était présenté chez elle un lundi soir avec une bouteille de gin et Karen avait su, instinctivement, qu'ils traversaient la même épreuve. Il leur avait fallu un moment – de longues soirées à parler du travail, de la politique écossaise et des petites manies de leurs collègues – avant de briser enfin le silence et partager leur douleur.

À présent, c'était devenu une institution. Lors de la fête de Noël de l'équipe de Jimmy, la femme de celui-ci avait confié à Karen que le gin coûtait moins cher que le psy, et que cela faisait du bien à son mari. C'était une sorte d'autorisation, une façon de dire qu'elle n'y voyait aucune menace pour son mariage. En même temps, Karen ne s'était jamais imaginée être une menace pour le mariage d'une autre. Elle savait bien qu'elle était le genre de femme que les hommes rejetaient ou traitaient comme la grande sœur qui les intimidait un peu. Seul Phil avait vu autre chose en elle. Seul Phil l'avait vraiment vue.

— J'étais assise là à écouter ces femmes et je ne pouvais pas m'empêcher de penser à toi, à Phil et au reste de l'équipe. Si j'avais appartenu à la Brigade anticriminalité, est-ce que j'aurais pu rester là sans rien dire ? La réponse était évidente, expliqua Karen.

— Si tu n'avais rien dit et qu'il arrive quelque chose, tu ne te le pardonnerais jamais.

Karen poussa un petit gloussement.

— Je sais. Mais je me demande si je ne serais pas en train de devenir comme La Menthe.

— C'est-à-dire ?

Elle soupira et regarda sa boisson.

— Il m'a dit que son nouveau mantra était « Que ferait Phil ? » C'est pour ça que j'ai parlé, à Aleppo : c'est ce qu'aurait fait Phil.

— C'est bien, non ? que Jason raisonne de cette façon ?

Karen esquissa un sourire goguenard.

— Bien sûr. Il apprend à devenir un meilleur policier. Mais ça me fait un peu flipper de le voir cogiter en sachant qu'il essaie d'imiter un homme qu'il n'égalera jamais.

— Que veux-tu, La Menthe n'est pas le seul…

— Et à propos de ne jamais égaler Phil… Cette fichue Ann Markie m'a envoyé un nouveau bonhomme.

Jimmy esquissa un petit sourire.

— J'en déduis que tu n'es pas impressionnée.

— Je voulais quelqu'un qui puisse gérer l'administratif et nous libérer du temps, à Jason et moi, pour les enquêtes. Je pensais peut-être à quelqu'un de proche de la retraite qui n'avait plus envie d'être sur le terrain mais continuait d'être motivé par la perspective d'arrêter des méchants. Et qui elle m'a envoyé ? Un petit con de Glasgow qui bombe tellement le torse que je suis surprise qu'il parvienne encore à respirer.

Jimmy ne put retenir un gloussement.

— Je suis désolé, je ne devrais pas rire, mais Nonosse t'a vraiment bien cernée. Elle sait exactement comment t'énerver.

Karen resta silencieuse, interpellée par un surnom qu'elle n'avait jamais entendu auparavant. Les flics – et les journalistes, apparemment – affublaient toujours leurs collègues et leurs patrons de sobriquets. Plus ils étaient obscurs, mieux c'était, pour déjouer les oreilles indiscrètes. D'où La Menthe, baptisé ainsi d'après une marque de bonbons appelée les menthes Murray. Leur slogan était : « Les menthes Murray, les menthes Murray, on prend son temps pour les déguster », parfaitement adapté pour un officier qui n'était pas une flèche. Karen ignorait son propre surnom et n'avait pas envie de le connaître. Elle pressentait que cela serait vexant.

— Nonosse ? répéta-t-elle.

Jimmy afficha un large sourire, content de connaître quelque chose que son amie ignorait.

— Tu connais les Markies ? Ces biscuits pour chiens censés ressembler à des os à moelle mais qui se rapprochent plutôt du sandwich à la saucisse ?

Karen comprit l'allusion.

— Joli.

— Oui. Certains ont essayé de l'appeler Sparks, comme Marks & Spencer, mais ça n'a pas pris.

— Trop timide, commenta Karen. J'aime bien Nonosse. C'est irrespectueux pile comme il faut. Enfin bref, ce gars qu'elle m'a envoyé, un certain McCartney, vient de la Brigade d'enquêtes prioritaires. Ce qui n'a aucun sens à mes yeux, à moins qu'il ne se soit très mal conduit. Personne d'un peu ambitieux ne choisit l'UEH.

— Si, toi.

Karen secoua la tête.

— Pas le même genre d'ambition. Je n'ai aucune intention de m'échiner à gravir les échelons de l'escalator descendant du système de promotion de la police écossaise. Mon ambition, c'est de résoudre des affaires auxquelles tout le monde a renoncé. De donner des réponses à des gens qui ont attendu bien trop longtemps pour savoir qui est le type qui a détruit leur vie et pourquoi.

— C'est vrai. Tu penses que Nonosse l'a placé là pour te surveiller ?

— Je ne sais pas. J'ai frôlé la limite avec l'affaire Gabriel Abbott. Si Le Macaron n'avait pas porté le chapeau, j'aurais pu être sérieusement dans la merde. Je ne peux pas m'empêcher de me demander si je n'ai pas troqué un chef qui voulait me voir tomber contre un autre.

— Alors, qu'est-ce que tu fais pour occuper le petit nouveau ?

— Je lui ai demandé de rechercher les propriétaires de Rover rouges 214 dans les années quatre-vingt, répondit-elle, un sourire pernicieux se dessinant sur ses lèvres.

— La moitié d'entre eux doivent être morts. Est-ce qu'il n'était pas obligatoire d'être à la retraite et de porter un petit chapeau en tweed orné d'une plume pour pouvoir acheter une de ces voitures ?

— Si, ou bien il fallait travailler pour une boîte dont l'acheteur chargé du parc automobile détestait tous ceux qui avaient une voiture de fonction. Quoi qu'il en soit, certains doivent être encore de ce monde. Il y a une petite chance que cette piste ne soit pas une impasse. C'est toujours comme ça avec les affaires non classées. Parfois, c'est la piste la moins prometteuse qui nous permet de dérouler toute l'histoire.

— Tu veux que je regarde ce que je peux trouver sur ce McCartney ?

Karen saisit la bouteille de Strathearn pour remplir son verre.

— Tu es beaucoup plus proche du cœur battant de la police écossaise que moi, Jimmy. Ne te casse pas la tête, mais si tu venais à entendre quelque chose…

Elle poussa la bouteille vers lui.

— Aucun problème. Considère que c'est fait.

— Et en attendant que tu me donnes des nouvelles, je traiterai simplement McCartney comme le toutou de Nonosse.

6

2018 – Wester Ross

Si Alice avait voulu imaginer un paysan des Highlands, il aurait beaucoup ressemblé à l'homme qui ouvrit la porte du cottage blanc quand leur voiture se gara à côté d'un Toyota Landcruiser vieux de sept ans dont les passages de roues étaient recouverts d'une couche de terre tellement épaisse qu'on aurait dit une isolation en fibre de verre.

Il mesurait presque deux mètres. Ses cheveux, de la couleur des briques de tourbe empilées dans leur salon, ondulaient librement jusqu'à ses épaules. Sa barbe luxuriante paraissait tellement douce qu'elle avait envie d'y enfouir son visage. Il portait un tricot ample couleur fruits des bois ainsi qu'un kilt qui soulignait ses hanches fines et ses cuisses musclées. D'épaisses chaussettes en laine dépassaient de ses bottes de chantier usées. Il n'était pas beau à proprement parler. Tout simplement magnifique. Soit il s'agissait de Hamish Mackenzie, songea-t-elle, ou alors c'était un membre secondaire de la famille royale de *Game of Thrones*.

Il avança sur le seuil avec un sourire accueillant.

— Alice, dit-il quand elle sortit de la voiture. Et Will. Ravi de vous rencontrer. Je suis Hamish.

Il donna à Alice une chaleureuse poignée de main. Sa peau était sèche et rugueuse. Alice prit soudain conscience que Will avait posé sa main douce au bas de son dos tout en tendant le bras pour saluer Hamish à son tour.

— Entrez, on va boire un café et regarder une nouvelle fois la carte en chair et en os, si je puis dire.

Sa voix était grave et semblait légèrement amusée, mine de rien.

Ils le suivirent jusqu'à une cuisine au look indéniablement masculin. Acier inoxydable et chêne poli légèrement brillant, équipements qu'Alice n'avait vus que dans des émissions de télé culinaires, cadres contenant des reproductions monochromes de fruits et légumes vus sous des angles particuliers.

— Asseyez-vous, proposa Hamish en indiquant le bar.

Il approcha d'une machine à café qui semblait aussi perfectionnée qu'un engin destiné à la prochaine mission pour Mars.

— Expresso ? Café au lait ? demanda-t-il avant d'ajouter d'une voix plus grave : *latte* ?

— Un café au lait, ce sera parfait, répondit Alice.

— Un *latte* pour moi, dit Will en fronçant les sourcils.

— J'ai envie d'un café au lait, pour changer, reprit-elle en tentant de ne pas avoir l'air de se justifier.

Il était impossible de discuter pendant que la machine grognait, sifflait, crachait et soufflait, mais Hamish avait disposé une série de cartes sur le bar, qu'Alice parcourut avec intérêt.

— C'est la carte de mon Granto, s'exclama-t-elle machinalement en la mettant de côté pour se concentrer sur les deux autres cartes, qu'elle supposait dessinées par Hamish.

La première représentait l'exploitation agricole et ses aménagements tels qu'ils étaient aujourd'hui, y compris la location de vacances. La deuxième comportait une note en haut : *Assemblée à partir de vieilles cartes Ordnance Survey, de cartes locales et d'une autre provenant de la bibliothèque d'Inverness. Voilà à peu près à quoi cela devait ressembler en 1944.* Son écriture était soignée et lisible, les cartes clairement et attentivement dessinées.

— Granto ? répéta Hamish.

— C'est comme ça qu'on appelait mon grand-père.

Hamish apporta les mugs qui semblaient tout petits dans ses grandes mains.

— C'est facile de comprendre pourquoi vous l'avez raté quand vous vous êtes baladés l'année dernière. Il ne reste quasiment plus un seul point de repère debout. Ou du moins, debout et reconnaissable d'une quelconque manière.

Il leur tendit leurs boissons et indiqua le cottage de location où ils logeaient.

— Dans la nuit des temps, il y avait une étable, là. Les vaches se serraient là-dedans en hiver. Mais on a arrêté d'élever des vaches il y a plusieurs générations et au fil des années, l'étable s'est délabrée. C'était sans doute juste un tas de ruines à l'époque de votre grand-père, expliqua-t-il avant de montrer le dessin de la vallée réalisé par ce dernier. Quant à cette bergerie, elle a disparu il y a longtemps. Aujourd'hui, on a un véritable enclos à moutons, juste au sommet de la colline.

— Je comprends mieux, maintenant, dit Alice avec une touche d'excitation dans la voix.

— Je suis impressionné que vous l'ayez reconnu, intervint Will. Je n'en aurais probablement pas été capable.

Hamish haussa les épaules.

— Je connais ces terres depuis que je suis gamin. Quand vous avez posté la carte de votre grand-père sur notre page Facebook… expliqua-t-il en haussant une épaule, j'ai vu les ressemblances. Et je me suis interrogé.

Il s'était suffisamment interrogé pour répondre à la publication d'Alice, et lui demander si elle savait où son grand-père avait été envoyé en 1944. Quand elle l'avait informé qu'il s'agissait de Clachtorr Lodge, à quelques kilomètres de là, il avait fait le lien.

— Une fois qu'on sait ce qu'on regarde, ça paraît évident, dit Will en se redressant d'un air suffisant, comme si cette découverte était en quelque sorte devenue la sienne. Alors, quel est notre plan d'action ?

— Hamish, ce café est fabuleux, l'interrompit Alice. Wouahou.

— Merci. J'aime bien penser que je maîtrise mon sujet, en matière de café.

Il sourit et baissa le menton, en signe de satisfaction et de reconnaissance.

À contrecœur, Will goûta son *latte*.

— Pas mauvais, concéda-t-il. Donc je disais, quel est notre plan d'action ?

Hamish se jucha sur un tabouret de bar en face d'eux, l'air légèrement honteux.

— Je dois vous avouer quelque chose. Une fois qu'on a déterminé que c'était probablement ici que votre grand-père avait enterré son trésor, j'ai emprunté un détecteur de métaux et fait une petite recherche pour voir ce que ça pouvait donner.

— Wouahou, répéta Alice. Et vous avez trouvé quelque chose ?

— Oui. À deux endroits, le détecteur s'est complètement emballé. Deux points côte à côte, dans la zone marquée d'un X sur votre carte.

— Incroyable, commenta Alice, ravie.

— Rassurez-moi, vous n'avez pas commencé à creuser ? demanda Will avec un sourire aussi faux qu'une bague en toc dans une pochette-surprise.

— Bien sûr que non. C'est votre histoire, Alice. Je n'allais pas vous la gâcher. Je me suis contenté de délimiter la zone avec des piquets et de la ficelle, juste pour nous faciliter la tâche le moment venu.

Hamish était plus amusé que vexé, ce qui aurait été tout à fait compréhensible selon Alice.

— Tout le monde n'est pas aussi impatient que moi, Will, lui rappela-t-elle. Merci Hamish. C'est vraiment gentil de votre part.

Hamish avala son petit expresso et sourit.

— Pas vraiment, j'étais intrigué. Croyez-moi, c'est l'événement le plus excitant du coin depuis que le taureau de Willie Macleod est tombé du promontoire et est resté coincé sur les rochers à la marée montante.

Elle ne savait pas s'il disait la vérité ou s'il jouait avec le cliché d'un simple paysan des Highlands, mais elle gloussa malgré tout.

— Eh bien, c'est excitant pour moi aussi. Granto a tellement évoqué ses aventures dans les Highlands pendant la guerre que j'ai presque l'impression d'y avoir participé moi-même.

— Alors, comment procède-t-on ? demanda Will une nouvelle fois tel un disque rayé.

Hamish se leva pour mettre sa tasse dans le lave-vaisselle.

— Je pense que le plus simple, c'est d'utiliser la minipelle pour déblayer la couche supérieure de tourbe, jusqu'à un mètre environ ? Ensuite, malheureusement, ce sera sûrement un dur labeur pour nous, expliqua-t-il en les regardant de la tête aux pieds. Vous n'avez pas vraiment la tenue adéquate…

— On a des bottes dans la voiture, dit Alice.

— C'est déjà ça, j'imagine, répondit Hamish sans conviction. J'ai une combinaison qui devrait vous aller, Will. Elle sera un peu grande mais vous pourrez la rentrer dans vos bottes.

Il fronça les sourcils en pinçant les lèvres, puis son visage s'éclaira :

— Je crois qu'il y a une vieille salopette dans le cabanon. Qui date de mon enfance. Ma grand-mère ne jetait rien qui puisse servir. J'en ai pour une minute.

Il sortit de la pièce puis ils entendirent une porte s'ouvrir et se fermer.

— Qu'est-ce qu'il est sympa ! commenta Alice.

— Oui, apparemment tu l'aimes bien, répliqua Will, incapable de réprimer une certaine amertume.

D'habitude, il parvenait à camoufler sa jalousie derrière une plaisanterie, mais il y avait quelque chose chez Hamish Mackenzie qui le mettait clairement sur la défensive.

— Il se met vraiment en quatre pour nous. Je suis reconnaissante, c'est tout. Il n'avait pas besoin de s'embarquer là-dedans, et encore moins de chercher de vieilles cartes ni de nous offrir le meilleur café que j'ai bu depuis des semaines.

Elle termina son mug et se leva pour le mettre dans le lave-vaisselle.

— C'est vrai, concéda Will. Mais c'est pas une raison pour réagir comme une ado nunuche et dire « Wouahou » dès qu'il ouvre la bouche.

Elle s'approcha derrière lui et le serra dans ses bras.

— Tu es bête, lui murmura-t-elle à l'oreille. Comme si j'allais regarder un autre homme alors que j'ai ta bague au doigt.

Il grogna. Elle savait qu'elle n'aurait pas mieux que ça et décida d'en rester là.

— J'aime bien l'idée de te voir en combinaison, ajouta-t-elle pour faire la paix.

— Tu parles. Si elle est taillée pour l'autre Iron Man, là, je vais avoir l'air complètement con, ronchonna-t-il avant de se retourner pour l'embrasser sur la bouche. Mais peu importe, tant que ça nous rapproche de notre but.

7

2018 – Wester Ross

Ils formaient un étrange trio qui remontait le chemin depuis la ferme. Ils évoquaient davantage des personnages cocasses issus d'une comédie hollywoodienne que des gens occupés par une affaire sérieuse : Hamish, grand et costaud, les cheveux à présent attachés en une petite queue-de-cheval, vêtu d'une combinaison ajustée couleur vert forêt rentrée dans ses bottes en caoutchouc noires ; Will, plus petit et plus mince, qui flottait dans une combinaison marron clair deux fois trop grande pour lui, chaussé d'une paire de bottes Hunter qui avaient l'air de n'avoir jamais fréquenté de terrain plus accidenté que les allées de la supérette de son quartier ; et Alice, moulée dans une salopette bleue qui jurait avec ses bottes en caoutchouc couvertes d'un motif de bonbons à la réglisse.

— Nous ferions aussi bien d'y aller à pied, avait suggéré Hamish. C'est à moins d'un kilomètre et j'ai déjà monté la pelleteuse et les outils là-haut. En plus, la matinée est magnifique.

En chemin, Alice regardait attentivement autour d'elle.

— C'est drôle d'imaginer mon Granto ici, dans ce même paysage, il y a si longtemps. La guerre faisait rage dans le monde et lui il était là, dans cet endroit paisible où le temps semble s'être arrêté.

— Manifestement, ce n'était pas le même paysage, la corrigea Will. Sinon on l'aurait reconnu nous-mêmes l'année dernière.

Hamish gloussa.

— En effet. Et je ne veux pas vous décevoir, Alice, mais le temps ne s'est pas vraiment arrêté ici. Les gens imaginent les Highlands comme un endroit sauvage. Un genre de terrain de jeux pour amateurs de chasse, de tir, de pêche et de randonnée. Mais c'est un paysage qui a été autant façonné par l'homme que les grandes villes que vous avez laissées derrière vous.

— Comment ça ?

Alice observa les alentours, la bruyère et les collines, les affleurements rocheux surgissant du sol, couverts de lichen et de mousse.

— Tout ça me paraît plutôt naturel, jugea-t-elle.

— C'est parce que la nature a eu le temps de reconquérir ce que nous avions colonisé. Retournez environ trois cents ans en arrière, et cette vallée était peuplée de fermiers qui travaillaient la terre. Imaginez la scène. De la fumée s'élevant d'une douzaine ou d'une vingtaine de cheminées. Quelques troupeaux ici et là, broutant sur les terres communales. Des cultures poussant dans les *run rigs*, ces fermes autorisées à exploiter uniquement leurs deux hectares alloués, expliqua Hamish en tendant le doigt vers la mer étincelant au-delà des *machair*. En contrebas sur le rivage, quelques petits bateaux avec leurs filets étalés pour sécher ou être raccommodés.

— Alors, qu'est-ce qui s'est passé ? demanda Will.

Hamish fit une grimace.

— Les évacuations forcées. Les petites exploitations ne nourrissaient que les familles, au mieux. Elles ne gagnaient pas vraiment d'argent, donc c'était difficile de payer le loyer.

Et les aristos qui possédaient les terres étaient gourmands. Ils voulaient que leur patrimoine leur rapporte davantage, pour pouvoir éponger les dettes dues à leur mode de vie fastueux. Ensuite est arrivé l'élevage de moutons. Clôturez les terres, parquez-y les moutons et vous n'avez quasiment pas besoin de main-d'œuvre. Vous voyez cette colline de l'autre côté de la vallée ? C'est mon troupeau. J'ai presque cinq cents cheviots et ce sont essentiellement Teegan et Donny qui s'occupent d'eux. Ajoutez à cela des parties de chasse, et vous obtenez une toute nouvelle économie qui nécessite simplement pour fonctionner quelques personnes compétentes et des travailleurs saisonniers immigrés.

— Mais où sont partis tous ces gens ? demanda Alice.

— À ton avis ? intervint Will. D'après toi, comment le Canada s'est retrouvé avec autant d'habitants portant des noms écossais ?

— Au Canada, en Nouvelle-Zélande, dans les Carolines, en Inde et à peu près dans tout l'Empire britannique, là où on avait besoin de main-d'œuvre, compléta Hamish sur un ton moins sec. À l'heure actuelle, il y a beaucoup plus de descendants de la diaspora écossaise éparpillés aux quatre coins du monde que résidant en Écosse.

— Ah bon ? Je n'en avais aucune idée, commenta Alice en observant le paysage et en essayant d'imaginer ce que Hamish avait décrit. Est-ce que c'était légal, au moins ?

Hamish secoua la tête.

— Ils n'avaient pas d'actes de propriété, à l'époque.

— Mais ils ne pouvaient pas protester ? S'y opposer ?

Hamish la considéra longuement d'un regard sévère.

— Quand on met le feu à votre maison en pleine nuit parce que vous tentez de vous défendre, vous ne pouvez pas faire grand-chose.

— C'est terrible, dit-elle en arrondissant les yeux.

— Et ça fait combien de temps que votre famille travaille ici ? demanda Will avant qu'elle ne puisse en dire davantage.

— Les archives paroissiales remontent à 1659, et on était déjà ici à l'époque. Mes grands-parents pensaient qu'ils seraient les derniers de la lignée, parce que ma mère est partie à Édimbourg pour devenir médecin et mon oncle est entré dans l'armée avant d'épouser une Allemande et de s'installer là-bas. Mais moi je suis venu ici aussi souvent que possible depuis ma plus tendre enfance, et ils m'ont appris comment travailler la terre. Alors ils m'ont légué leur propriété, expliqua-t-il avant d'afficher un grand sourire. J'ai de la chance, non ?

Alice ne paraissait pas convaincue.

— Vous ne vous sentez jamais seul ?

Hamish secoua la tête.

— Il y a toujours plein de choses à faire.

— Les hivers doivent être sacrément rudes, commenta Will d'un ton amer.

— J'aime bien ça. Et ça contraste avec l'été. Je veux dire, regardez aujourd'hui : avec le soleil, on se croirait en Grèce. La mer scintille, elle est turquoise comme la Méditerranée. Et le paysage n'est pas si différent de la Grèce non plus.

— Sauf qu'il fait environ quinze degrés de moins, lâcha Will, de nouveau gagné par le ressentiment.

À ce moment-là, ils atteignirent le sommet d'une petite montée et devant eux apparut une mini-pelleteuse jaune garée à côté du chemin : une étroite cabine dotée d'un toit fragile perchée au-dessus de deux chenilles, son godet denté rabattu sous son bras replié comme une espèce d'oiseau mécanique endormi. La peinture avait pâli et les égratignures et rayures avaient été recouvertes d'une teinte pas exactement identique.

— Cet engin n'est pas vraiment flambant neuf, admit Hamish. Mais on prend soin de nos affaires par ici. Les machines doivent nous durer longtemps si on veut les rentabiliser.

Il grimpa lestement dans la cabine, où il avait l'air d'un adulte au volant d'un jouet pour enfant gâté.

— Allons-y !

Le moteur démarra au quart de tour.

— Will, est-ce que vous pouvez prendre les pelles et le pied-de-biche ?

Il indiqua l'arbre tordu de l'autre côté de la pelleteuse puis démarra en direction de la lande tourbeuse.

— Où est-ce qu'il va ? demanda Will qui peinait à porter trois pelles ainsi qu'un imposant pied-de-biche.

— Donne-moi ça, dit Alice en saisissant le pied-de-biche. Dis donc, c'est lourd ! Il a dit qu'il avait marqué l'endroit, tu te rappelles ? J'imagine qu'il connaît la direction. Il ne va pas partir au hasard. Pour nous, ça ressemble peut-être à un endroit sauvage, mais il doit connaître le coin comme sa poche.

Will hésita.

— Alice ? Qu'est-ce qu'on sait sur ce type ? On est quand même au milieu de nulle part. Personne d'autre en vue. Il a une pelleteuse et un pied-de-biche qui pèse une tonne. Si ça se trouve, c'est un genre de tueur en série des Highlands complètement dingue.

Alice demeura bouche bée un instant avant d'éclater de rire.

— J'y ai cru pendant une seconde, andouille ! Un tueur en série des Highlands ! répéta-t-elle en riant. Allez viens, espèce de fainéant. Allons faire fortune.

8

2018 – Wester Ross

Il apparut immédiatement que Hamish savait s'y prendre avec la pelleteuse. Il positionna le godet à l'extrémité de la zone délimitée et l'abaissa avec une surprenante délicatesse vers la surface rugueuse de la tourbière. Les dents attaquèrent les mauvaises herbes et creusèrent le sol recouvert de bruyère broussailleuse. Elles tracèrent une longue cicatrice sur la surface avant que Hamish ne manœuvre le godet pour le remonter et le faire pivoter, déposant son contenu hors de la zone délimitée par la ficelle.

Alice ne put se retenir. Elle poussa un grand cri de joie en voyant le tas de tourbe collante augmenter. Hamish remarqua son enthousiasme et y répondit par un grand sourire avant de retourner à sa tâche. Il dégagea une zone d'environ deux mètres et demi sur un mètre. Ensuite, péniblement, il dégagea des couches de tourbe jusqu'à ce que soudain, le bruit de succion soit remplacé par un léger grattement. Will se mit à agiter les bras en tous sens, convaincu que Hamish n'avait rien entendu, à cause du vacarme du moteur.

Mais ce dernier avait déjà dégagé le godet ; après des années à travailler la terre, il savait reconnaître les changements de vibrations liés à une densité de sol différente. Il bondit de la cabine pour rejoindre Alice et Will, qui regardaient dans le trou. Il mesurait plus d'un mètre de profondeur et, à cause de la boue ruisselant sur ses bords, il était difficile de distinguer quoi que ce soit.

— Qu'est-ce que c'est ? demanda Alice.

Hamish prit une torche dans sa poche et un faible rayon de lumière éclaira la surface.

— Je ne sais pas trop. Ça pourrait être du bois, ou de la pierre. Y a qu'un moyen d'en être sûr.

Il s'accroupit au bord du trou et se laissa glisser le long de la paroi. Ses bottes produisirent un bruit de succion au contact de la tourbe meuble, mais il sentait quelque chose de plus dur en dessous. Il se baissa pour plonger délicatement ses doigts dans la boue. Il y avait bel et bien quelque chose de solide.

— Passez-moi une pelle, lança-t-il.

— Je descends, annonça Alice sur un ton tout excité.

— Attends, non ! s'écria Will d'un air fâché.

Mais cela n'eut aucun effet sur sa femme. Elle sauta quand même dans le trou, atterrit en bousculant Hamish et manqua même de le faire vaciller.

Il éclata de rire et secoua la tête, feignant l'exaspération.

— Passez-nous plutôt deux pelles, Will.

Dégager la surface s'avéra fastidieux, mais au bout d'une demi-heure, ils mirent au jour une série de planches d'un brun foncé identique à celui de la tourbe autour d'eux.

— On dirait un cercueil, déclara Alice.

— Ce n'est pas le bon format, dit Hamish en poussant un grognement alors qu'il enlevait ce qui restait de tourbe à l'extrémité des planches.

— Vous voulez le pied-de-biche, maintenant ? demanda Will.

Hamish hocha la tête et essuya la sueur sur son front, ce qui laissa une marque foncée sur sa peau.

— Ouais, voyons si on peut ouvrir ça.

Alice tendit le bras pour attraper le pied-de-biche que lui donnait Will.

— C'est tellement excitant, s'exclama-t-elle. J'ai hâte !

— Il n'y a aucune garantie, l'avertit Hamish. On ne peut pas savoir dans quel état sera votre héritage. Il est là depuis un bon moment.

— Oui, mais c'est une tourbière, n'est-ce pas ? intervint Will. J'ai lu que des corps avaient été préservés dans des tourbières pendant des centaines d'années.

— Les corps, c'est une chose. Je ne sais pas comment réagit le métal s'il est en contact avec l'eau là-dedans. Je ne suis pas chimiste mais c'est très acide et j'imagine que ça ne doit pas plaire au métal ni au caoutchouc, expliqua-t-il avant de poursuivre en voyant l'air abattu d'Alice : Mais croisons les doigts. Allez, voyons si on peut jeter un œil à l'intérieur.

Juché à une extrémité, il força le pied-de-biche dans l'étroite ouverture qu'il avait pratiquée entre les planches. Grognant sous l'effort, il tenta de soulever la planche la plus éloignée. Pendant un long moment, rien ne se produisit. Puis un grincement ; un grognement ; et enfin, un hurlement lugubre alors que l'ouverture jointée cédait sous le poids de Hamish. Libérée, la planche bascula sur le côté contre la paroi de la tourbière.

— Bon sang ! grommela-t-il.

Sans tenir compte de lui, Alice se pencha pour attraper la torche là où il l'avait posée.

— Il y a bien quelque chose là-dedans, cria-t-elle. Will, je vois quelque chose.

— Quoi donc ?

— C'est impossible à dire. Il faut enlever les autres planches, répondit Hamish.

Il s'attaqua à la deuxième planche, qui céda plus facilement maintenant qu'elle avait de la place. La troisième suivit, et l'ouverture ainsi pratiquée leur permit de mieux distinguer ce qui se trouvait en dessous. C'était une masse assez volumineuse, couverte de taches brunes dues à la tourbe qui s'était infiltrée à travers les planches au fil des années.

— On dirait une bâche, conclut-il.

— Mon Dieu, s'exclama Will, est-ce qu'elle est étanche ? Ou est-ce qu'on va simplement tomber sur un truc tout rouillé ?

— Qu'est-ce que j'en sais ?

Le ton de Hamish était posé, mais Alice remarqua qu'il avait pincé les lèvres et froncé les sourcils d'agacement.

— Qu'est-ce qu'il faut qu'on fasse, Hamish ? demanda-t-elle d'une voix douce que Will connaissait bien.

Mais il ne lui en voulait pas ; au contraire, il savait que c'était la première étape qui mènerait Alice vers l'objectif qu'elle avait en tête.

— Il faut qu'on enlève le reste des planches, puis qu'on attache une corde autour de la bâche. Je peux fixer l'extrémité sur le bras de la pelleteuse, comme ça, on pourra soulever le tout.

Hamish ramassa l'une des planches déjà retirées et la lança vers Will.

— Tenez, rendez-vous utile et mettez ça dans le chemin.

Alice posa la main sur l'épaule de Hamish.

— J'imagine que tout ça est plus facile à dire qu'à faire. Vous êtes incroyable, Hamish. Je n'arrive pas à croire que vous vous mettiez en quatre pour deux inconnus.

— C'est ça, l'hospitalité des Highlands.

Il était impossible de ne pas noter la touche de sarcasme dans sa voix, mais il poursuivit la tâche éreintante et ingrate qu'il avait commencée. Après avoir ôté une nouvelle planche, il réussit à convaincre Alice de ressortir de la fosse afin de lui laisser suffisamment de place pour terminer.

— Ce sera plus simple de le faire tout seul.

Le sous-entendu était clair ; ni Alice ni Will n'étaient assez dégourdis pour l'aider à déterrer leur héritage.

— Vous êtes vraiment fort, commenta Alice en grimpant la paroi tandis qu'il lui faisait la courte échelle. C'est incroyable de vous regarder travailler.

Il lâcha un petit rire.

— Vous en trouverez une douzaine comme moi au pub du coin. Dans la région, la plus grande partie de la terre est impossible à cultiver avec des engins agricoles. Quand on travaille ici, on est obligé de se faire les muscles.

— Mais quand même… dit-elle d'un air songeur.

Cela n'échappa pas à Will, qui répliqua d'un ton moqueur :

— Oui, enfin, chacun son truc. Je parie que Hamish n'en mènerait pas large s'il devait préparer un devis pour estimer le coût d'une nouvelle fenêtre.

Hamish secoua la tête et reprit son labeur. Cela prit du temps, et il eut du mal à attacher la corde autour de la bâche, mais il finit par ressortir de la fosse, la corde enroulée autour de la taille. Il la détacha pour la fixer au bras de la pelleteuse, au-dessus du godet. Puis, lentement, centimètre par centimètre, la masse couleur acajou émergea de la tourbière, dégoulinante et collante de boue. La bâche empêchait de distinguer la forme de l'objet qu'elle dissimulait.

Hamish déposa lentement le tout par terre. Les yeux écarquillés, Alice et Will s'approchèrent, pas à pas, tous les deux apparemment frappés par cette incroyable prouesse.

— Wouahou, souffla Alice tandis que Hamish sautait de la cabine pour les rejoindre.

Il ouvrit sa poche poitrine pour en sortir un grand couteau pliant qu'il tendit, manche en avant, vers Alice. Elle parut surprise.

— Allez-y, dit-il. C'est votre grand-père qui l'a enterré, c'est normal que ce soit vous qui l'ouvriez.

— Comment ? Où est-ce que je… ?

— Je crois que ça n'a pas d'importance. Attrapez la bâche d'une main et plantez le couteau dedans. Il est bien aiguisé, il fera l'affaire.

Ils retinrent tous leur respiration. Presque submergée par un mélange d'appréhension et de hâte, Alice fit de son mieux pour attraper la toile glissante et épaisse.

— Un peu plus haut, conseilla Hamish. Regardez, on dirait une couture. Je pense qu'on l'a scotchée pour la rendre imperméable.

Alice baissa les yeux. Au bout de presque une minute, elle finit par voir ce que Hamish avait remarqué. D'un geste maladroit, elle planta le couteau et l'agita. Pendant un moment, rien ne se produisit. Puis le couteau parvint à trouver une faille et entailla proprement la couture à peine visible. Alice poussa un petit cri de joie, et ouvrit la bâche comme une gigantesque peau de banane, en sautillant.

La toile glissa pour révéler une seconde couche protectrice.

— Toile cirée, analysa Hamish. Celui qui a fait ça connaissait son affaire. Allez, Alice, vous y êtes presque.

Une deuxième entaille et cette fois-ci, personne ne pipa mot. Le trésor enfoui émergea de sa protection comme une phalène de sa chrysalide. Peinte en kaki foncé, dotée de sacoches en cuir, rutilante comme au premier jour : une moto Indian 741 de 1944.

— Putain, lâcha Hamish. Ça, c'est ce que j'appelle un miracle.

9

2018 – Édimbourg

Si Gerry McCartney était le toutou de Nonosse, mieux valait, selon Karen, ne pas s'offrir sur un plateau à la commissaire adjointe. On prétendait que les officiers supérieurs ne devaient pas se salir les mains en accomplissant de basses tâches. Mais l'Unité des enquêtes historiques était tellement minuscule que Karen avait pris l'habitude de mettre la main à la pâte quand elle n'avait rien de plus urgent à faire. C'est pourquoi en gravissant la colline le matin suivant, le dos voûté contre un crachin bien serré en provenance de la mer du Nord, elle avait décidé de montrer à Gerry McCartney comment on procédait, dans son équipe.

Le petit nouveau n'était pas là, mais Jason était déjà à son bureau, ses cheveux roux plaqués sur le crâne ayant viré à l'auburn à cause de la pluie. Récemment, il avait emménagé dans un petit studio au cinquième étage d'un immeuble dans une ruelle au pied de Leith Walk. Il avait expliqué à Karen que les places de parking étaient tellement recherchées qu'il ne déplaçait sa voiture qu'en cas de nécessité absolue. Mieux valait marcher quinze minutes et arriver au travail trempé que tourner pendant vingt minutes le soir pour trouver où se garer. C'était un grief récurrent en ville : la mairie vendait beaucoup plus de permis de stationnement qu'il n'y avait de places disponibles. C'était l'une des raisons pour lesquelles Karen avait opté pour un immeuble moderne avec parking souterrain privatif.

— Il faut que tu investisses dans un chapeau de pluie, lui conseilla Karen en secouant son parapluie et en accrochant son manteau.

— J'ai l'air bête avec un chapeau.

— T'as pas l'air très intelligent sans non plus, ironisa McCartney qui venait d'arriver, complètement sec. Est-ce que je suis le seul à savoir à quoi sert une voiture ?

Jason piqua un fard et se concentra sur son écran. Agacée, Karen afficha un sourire hypocrite et dit :

— Eh bien, Gerry, puisque vous êtes le seul à ne pas être trempé comme une soupe, vous pouvez aller chercher les cafés. Avec du lait pour moi et un shot supplémentaire d'expresso. Chez Valvona & Crolla, de l'autre côté de la rue, sur Elm Row.

McCartney, qui était en train d'ôter son manteau, s'arrêta net.

— Ça n'a pas de sens. Jason est déjà mouillé, ça ne lui changera rien de retourner sous la pluie.

— Jason est déjà en plein travail, Gerry. Je ne veux pas l'interrompre. Dernier arrivé…

Il murmura quelque chose d'inintelligible en pinçant les lèvres et enfila de nouveau son manteau.

— D'accord, lâcha-t-il. Et le rouquin, il veut quoi ?

Jason jeta un coup d'œil à son collègue mais ne répondit pas. Croisant le regard accusateur de Karen, McCartney fulmina :

— Quoi ? On est chez les flics. Tout le monde a un surnom.

— Oui. Et celui de Jason, c'est La Menthe, expliqua-t-elle en faisant sonner le dernier « t » de façon percutante et dédaigneuse. J'ai entendu le vôtre, Gerry. Si vous êtes chanceux, on ne l'utilisera pas.

Elle tourna les talons et alluma son écran d'ordinateur avant de conclure :

— Du moins, pas devant vous.

Il claqua la porte, autant que faire se pouvait, vu qu'elle était légèrement gauchie. Il y eut un long moment de silence avant que Jason ne demande :

— Quel est son surnom, chef ?

Karen gloussa.

— Je n'en sais rien et je m'en fiche. Mais il en a forcément un, dit-elle avant de pivoter sur son siège. Alors, on en est où avec les Rover rouges ?

— Eh bien, c'est pas aussi catastrophique que je le croyais. D'après le service des immatriculations, il n'y avait que seize Rover rouges enregistrées en Écosse en 1986 dont la plaque commençait par un B. Ils m'ont envoyé les détails hier en fin de matinée et on a fait le maximum pour retrouver les propriétaires.

— « On » ?

Jason jeta un coup d'œil furtif sur le côté, comme s'il vérifiait quelque chose sur son écran.

— Enfin, surtout moi. Le capitaine McCartney avait des coups de fil à passer. Vous savez ce que c'est...

Karen secoua la tête.

— Ne le laisse pas te traiter comme sa boniche, Jason. S'il te délègue tout, il faut me le dire, OK ? Il est ici pour travailler, comme toi.

Jason soupira mais hocha légèrement la tête.

— Alors bon, je n'avais pas abouti à grand-chose et puis j'ai eu une idée.

Il la regarda d'un air las, s'attendant à voir l'incrédulité se peindre sur le visage de Karen.

— C'est un bon début, commenta-t-elle sur un ton neutre.

— Je suis retourné au service des immatriculations, parce que je me suis dit que si quelqu'un était enregistré comme propriétaire d'une auto, il y avait des chances qu'il possède également un permis de conduire. Je leur ai demandé s'ils pouvaient croiser les coordonnées des conducteurs avec celles des propriétaires de véhicules. La fille à qui j'ai parlé était vraiment serviable, pour une fois. Et quand je suis arrivé ce matin, elle m'avait envoyé les adresses actuelles de treize d'entre eux. Je crois que les trois autres sont morts ou partis à l'étranger, parce qu'ils ont tous disparu des archives dans une fourchette qui s'étend de six mois à cinq ans avant aujourd'hui, d'après elle. Elle s'appelle Kayleigh.

— Je suis impressionnée.

Karen essaya de dissimuler sa surprise, pourtant bien réelle. À mesure que Jason gagnait en confiance, il commençait à dépasser ses attentes. Peut-être que son nouveau mantra, « Que ferait Phil ? », portait ses fruits. C'était très bizarre de penser que la présence de Phil pouvait améliorer sa vie professionnelle – mieux valait ne pas en parler à Jimmy, sans quoi il allait appeler l'hôpital psychiatrique.

— Jetons un œil, dit-elle.

Jason hocha la tête et lança l'imprimante. Elle cracha deux feuilles qu'il lui tendit. Noms, adresses, dates de naissance. Elle sourit :

— C'est un excellent début. Je ne pensais vraiment pas qu'on obtiendrait quoi que ce soit avec des infos aussi minces.

— Comment est-ce qu'on va s'y prendre ?

Karen passa la liste en revue et la découpa mentalement en zones géographiques, tranches d'âge et sexe. Elle en marqua quatre d'une croix, six d'un astérisque et trois d'un trait horizontal.

— Ces quatre-là sont de la Central Belt. Tous âgés de plus de cinquante ans. Gerry est le mieux placé pour aller les voir. Ces six-là sont des femmes âgées, d'Édimbourg à Stonehaven. C'est ton territoire, Jason. Les petites mamies t'adorent. Moi, je vais prendre ces trois dernières. Des femmes d'une cinquantaine d'années. C'est mon domaine. On va attaquer les entrevues dès aujourd'hui.

Sur ce, la porte s'ouvrit et Gerry McCartney faillit trébucher en entrant dans le bureau.

— Ouvrir la porte avec son coude, c'est jamais un bon pari, commenta Karen.

— Essayez de porter trois tasses et un sachet de bomboloni, grommela-t-il.

— Des bomboloni ? Dites donc, est-ce qu'on fête un anniversaire, ou vous essayez de m'acheter pour que je ne révèle pas votre surnom ?

Karen saisit deux tasses de café afin qu'il puisse poser le reste.

— J'essaie juste d'être sympa, putain.

Il ôta son manteau et le posa sur le dossier de son siège avant de déchirer le sachet qui contenait trois beignets italiens avec un glaçage au sucre. Il poussa le sac sur le bureau en direction de Karen, qui n'avait pas besoin qu'on lui propose deux fois. L'une des raisons pour lesquelles elle envoyait toujours Jason chercher les cafés, c'était qu'elle était incapable de résister à leurs pâtisseries.

McCartney attendit qu'elle ait pris sa première bouchée puis demanda :

— On attaque les entrevues aujourd'hui ?

— Mmm. Bon sang, quelqu'un a dû vendre son âme au diable pour obtenir la recette de ces trucs-là, dit-elle avant de s'éclaircir la voix. Pardon. Les entrevues. Explique-lui, Jason.

Jason avala tout rond une bouchée de beignet.

— J'ai demandé au service des immatriculations de croiser les coordonnées des propriétaires avec celles des permis de conduire et j'ai réussi à trouver les adresses actuelles de la plupart d'entre eux.

Les sourcils de McCartney se haussèrent légèrement de surprise.

— Bien joué. On peut espérer qu'ils aient averti le service de leur dernier déménagement ?

— C'est au moins un début, coupa Karen. Vous vous occupez de quatre personnes : Édimbourg, Camelon, East Kilbride et Portpatrick.

— Portpatrick ? La vache. Ça fait une sacrée trotte pour aller jusqu'au milieu de nulle part. Il en fait combien, lui ? demanda-t-il en pointant Jason du doigt.

— Six, répondit ce dernier. Entre ici et les Highlands.

— Quant à moi, j'ai les trois derniers. Melrose, Elgin et Dunfermline. Chacun son lot, Gerry.

— Et quel est l'intérêt de tout ça exactement ? demanda-t-il avant de prendre un accent affecté, « Excusez-moi monsieur, avez-vous un alibi pour un mardi soir du mois de mai 1986 ? » Ça va marcher, c'est sûr…

Karen jeta les restes de son beignet à la poubelle. McCartney avait rapidement identifié son talon d'Achille et elle avait trop vite succombé. Il fallait qu'elle s'affirme avant qu'il ne pense pouvoir adopter le genre d'attitude que personne ne tolérait ici.

— C'est pourtant par là que nous allons commencer. Ensuite, si ça ne donne rien, on demandera des échantillons ADN.

McCartney tendit mollement le bras vers la liste.

— Pourquoi on s'embête avec les femmes ? C'est pas une femme qui a violé et tué une prostituée dans une rue d'Édimbourg.

— Parce que les femmes ont des maris et des fils qui empruntent leur voiture, expliqua Jason. On a déjà arrêté des tueurs grâce à l'ADN de parentèle.

— Avec l'ADN de parentèle, on n'arrêtera le mari de personne, rétorqua McCartney, sarcastique.

— Nous étudions toutes les pistes, rétorqua Karen sur un ton qui ne laissait aucune place au débat. Donc buvons notre café et prenons la route.

— On téléphone pas avant ? Portpatrick, ça fait beaucoup de route si y a personne à la maison, marmonna McCartney en remuant deux sachets de sucre dans son café.

— On les prend par surprise, déclara Karen. C'est ça aussi, les affaires non classées.

Il lui lança un regard froid.

— Je me fiche de ce que vous pensez de ma méthode, capitaine. Dans cette unité, notre taux de réussite parle de lui-même. Et tant que vous êtes parmi nous, vous jouez selon nos règles.

McCartney haussa une épaule.

— C'est vous la chef, dit-il d'un ton posé mais la mâchoire serrée.

À ce moment-là, Karen avait tout sauf l'impression de contrôler la situation. Il lui fallait une stratégie pour neutraliser les projets qu'Ann Markie avait en tête pour elle. Car pour le coup, en regardant Gerry McCartney dans les yeux, elle se sentait démunie.

10

2018 – Wester Ross

L'excitation causée par l'exhumation de la moto les incita tous les trois à déterrer la seconde caisse. L'idée même de s'interrompre pour déjeuner s'était envolée, remplacée par la perspective d'une autre découverte spectaculaire. Hamish, qui avait repris du poil de la bête, se sentait tout aussi enthousiaste qu'Alice et Will. Il remonta dans la cabine et redémarra la pelleteuse, répétant la même procédure quelques mètres à gauche de la première fosse, laissant une étroite paroi de tourbe entre les deux trous.

Sur le premier mètre environ, tout était semblable. Et puis il y eut une différence.

Les dents du godet raclèrent quelque chose et avant que Hamish ait pu réagir, un morceau de bois arraché voltigea en l'air. Will poussa un cri en bondissant de côté pour l'éviter.

— Bordel ! hurla-t-il.

Hamish avait déjà éteint le moteur et émergé de la cabine, rejoignant Alice à la lisière du trou.

Il n'y avait pas grand-chose à voir. Un lit de tourbe humide parsemé de flaques d'eau et un morceau de bois qui en sortait.

— Je ne comprends pas, dit Alice. Qu'est-ce qui s'est passé ?

Hamish fronça les sourcils.

— Je ne sais pas…

— Peut-être que ce trou était moins profond et que le godet a heurté la caisse en bois ? suggéra Will en baissant les yeux pour essayer de discerner quelque chose. Ce serait possible, non ?

— Oui, répondit Hamish en se laissant glisser dans le trou. Passez-moi une pelle.

Alice s'exécuta puis jeta un coup d'œil vers Will.

— Tu peux peut-être donner un coup de main à Hamish ?

Will ne parut pas très enthousiaste.

— Je vais plutôt le gêner, non ?

Hamish esquissa un sourire amer qui faisait écho à la déception d'Alice face à son mari si peu coopératif.

— Probablement, dit-il en commençant à creuser autour de la planche cassée.

Il apparut rapidement que la planche ne faisait pas partie de la caisse, mais qu'elle avait été enterrée à part.

— C'est bizarre, commenta Alice.

— Peut-être que la caisse a été endommagée quand ils l'ont enterrée ? suggéra Will, bien décidé à participer au moins à la conversation, sinon au travail en lui-même.

— On va bien voir, répondit Hamish.

Il continua à entasser des pelletées de tourbe au bord de la fosse. Pour Alice et Will, relégués aux seconds rôles de l'aventure, le temps s'écoulait lentement. Hamish finit par s'interrompre.

— Il y a deux autres planches ici. Elles forment plus ou moins une croix. On dirait que la deuxième caisse a été déplacée.

— Est-ce que quelqu'un l'aurait trouvée avant nous ? demanda Will en se tournant vers Alice.

Elle secoua la tête, guère convaincue.

— En théorie, peut-être. Mais Granto a enterré les motos avec son ami, Kenny, et Kenny est mort peu après de la tuberculose. D'après mon grand-père, le secret est mort avec lui. Personne ne l'a jamais contacté pour lui poser de questions à ce sujet. Je ne vois pas comment quelqu'un aurait pu découvrir cet endroit sans lui en parler. Regarde le mal qu'on a eu à trouver, alors qu'on savait dans quelle zone chercher.

Hamish dégagea les planches qu'il avait enlevées et poursuivit sa tâche, la sueur parsemant ses cheveux. Le tas de tourbe augmentait, ses mouvements ralentissaient quand tout à coup, le sol céda sous ses pieds et il se retrouva dans la tourbe jusqu'à la taille, chancelant.

— Ah, merde ! lâcha-t-il en tentant désespérément de garder l'équilibre. Je sais pas ce qu'il y a là-dedans mais c'est glissant comme une planche à savon !

— Will, fais quelque chose ! l'exhorta Alice en le poussant en avant.

À contrecœur, son mari se laissa glisser prudemment dans le trou à l'opposé de Hamish qui agitait les bras.

— Qu'est-ce que vous voulez que je fasse ? demanda-t-il.

— Dégagez la boue autour de moi pour que je puisse sortir, répondit Hamish sans essayer de dissimuler davantage son exaspération. Creusez devant moi, j'arriverai à me sortir de là tout seul.

D'un geste maladroit, Will attrapa l'outil et se mit à dégager des pelletées beaucoup moins importantes que ne l'avait fait Hamish auparavant.

— Oh, allez, Will, mets-y du tien ! lui lança Alice. Il faut sortir Hamish de là.

— Je fais de mon mieux, grogna-t-il. Je passe pas mes journées à courir dans les collines avec un mouton sous chaque bras.

Hamish éclata de rire.

— C'est vrai. N'en rajoutez pas, Alice. Je ne suis plus en danger, j'ai retrouvé l'équilibre. Je ne pense pas pouvoir m'enfoncer davantage.

Alice trouva que Will mettait un temps fou à créer une voie de sortie pour Hamish. En réalité, il fallut à peine une demi-heure de travail pour que Hamish réussisse à s'extraire avec un affreux bruit de succion et un impressionnant répertoire de jurons. Épuisé, il s'accroupit contre la paroi de la fosse, hors d'haleine. Pendant ce temps, Will s'était rapproché de l'endroit où Hamish avait été piégé. D'une voix tout excitée, il lança :

— Je crois qu'il y a une autre bâche ici ! Regardez, Hamish, c'est pour ça que vous avez eu du mal à vous tenir debout. Vous étiez juste au-dessus de la deuxième moto.

Hamish se redressa péniblement pour rejoindre Will.

— C'est vrai, maugréa-t-il. Je ne sais pas ce qui est arrivé au couvercle de la caisse, mais il va falloir dégager un peu plus de tourbe pour pouvoir attacher une corde autour de la deuxième moto. Passez-nous une deuxième pelle, Alice, ce sera vite fait à nous deux.

Ils travaillèrent en silence, en dehors des grognements et des respirations laborieuses qui accompagnaient leur effort. Peu à peu, la bâche émergea. Selon Hamish, elle paraissait moins serrée que la première mais il ne dit rien parce qu'il n'en était pas sûr.

Puis, quand la moitié du trou fut dégagée, Will bondit en arrière en poussant un hurlement.

— Putain, qu'est-ce que c'est que ça ?

Il pointa du doigt ce qu'avait révélé son dernier coup de pelle, essayant d'interpréter autrement ce qu'il voyait.

Hamish s'interrompit et se déplaça pour mieux voir. Il retint son souffle, reculant face au spectacle qui avait choqué Will.

— J'avais raison, conclut-il. Quelqu'un est bien arrivé avant nous. Et il y est toujours.

11

2018 – Dundee

Le Dr River Wilde cliquait sur sa dernière diapo PowerPoint quand elle sentit son téléphone vibrer contre sa hanche. Son correspondant allait devoir patienter jusqu'à ce qu'elle ait fini de passer en revue la liste de lecture hebdomadaire avec ses étudiants en deuxième année d'anthropologie médico-légale. Ils pouvaient trouver les références des textes du programme à la fin de ses notes disponibles en ligne, mais River aimait bien terminer un cours magistral par un bref aperçu du travail. De cette façon, personne ne pouvait prétendre qu'il n'était pas au courant des devoirs à faire avant leur prochaine session dans la salle de dissection.

Elle survola la liste à toute vitesse avant de rassembler ses notes et de tourner le dos aux étudiants qui sortaient, puis consulta son téléphone. Comme elle s'en était doutée, l'appel en absence provenait d'un numéro caché. Mais il y avait un message. River aurait pu parier qu'il s'agissait d'un officier de police. Ses collègues savaient qu'elle était en cours ; ses amis l'appelaient le soir parce qu'ils risquaient moins de la déranger en pleine dissection de cadavre ; et comme son compagnon était policier, ils s'envoyaient généralement un texto avant de s'appeler.

Consciente qu'une poignée d'étudiants s'attardaient près de l'estrade, River rangea de nouveau son téléphone dans sa poche de jean pour se tourner vers eux.

— Des questions ? demanda-t-elle sur un ton poli mais suffisamment sec pour dissuader les quelques interrogations triviales que certains se sentaient forcés de lui poser à la fin de chaque cours en amphi.

Elle donna des dates de devoirs en se retenant de préciser que ces informations étaient faciles à trouver sur le site web de la discipline, puis sortit et gravit les marches à petites foulées. Quand la police la contactait, c'était toujours une affaire de vie ou de mort. Littéralement, pas métaphoriquement. Pour une anthropologue médico-légale comme River, la mort faisait invariablement partie du passé et la vie se reconstruisait à partir des vestiges corrompus subsistant dans la tombe. Donc même si elle n'aimait pas faire patienter la police, elle n'avait jamais ressenti le besoin de surjouer l'urgence et l'auto-glorification qu'elle avait observées chez certains de ses collègues. On ne servait pas les morts en servant ses propres intérêts.

L'endroit le plus tranquille à proximité était la morgue. River pénétra dans le couloir sécurisé à l'aide de sa carte magnétique puis bifurqua dans la chambre froide où les cadavres étaient préparés pour la dissection. Les visiteurs qui franchissaient les portes étaient toujours surpris. Ils s'attendaient à trouver des corps allongés sur des tables où on leur injectait des liquides d'embaumement. Mais ici, il n'y avait rien de visible. La pièce était en grande partie occupée par des réservoirs en acier inoxydable. Grands comme des réfrigérateurs américains, posés sur le dos, ils étaient empilés deux par deux. Chacun portait un numéro de série. On aurait pu se croire dans une mystérieuse usine agroalimentaire, un système hydroponique, ou une pièce dédiée à la culture de la mycoprotéine. La réalité s'avérait à la fois plus extraordinaire et plus banale.

Chaque réservoir contenait un liquide de conservation et un corps. Au fil des mois, ces cadavres seraient efficacement traités par les sels du liquide de conservation. À la fin, ils seraient encore mous et souples, de sorte que les étudiants en anthropologie, les dentistes et les chirurgiens puissent apprendre leur métier sur des cobayes semblables à des vivants. Les techniciens de River avaient même réussi à simuler la circulation sanguine chez les cadavres. Dans sa salle de dissection, quand un apprenti chirurgien perçait un vaisseau sanguin, il ne pouvait pas le cacher.

Cet après-midi-là, rien ne pouvait même indiquer ce qui se passait dans ces lieux. River s'adossa au réservoir le plus proche et sortit son téléphone pour accéder à sa messagerie. Une voix masculine annonça, sur un ton clair et décidé :

— Docteur Wilde ? Ici l'inspecteur Walter Wilson, de la division Nord basée à Ullapool. Nous avons un sujet sur lequel nous aimerions vous consulter. Si vous pouviez me rappeler dès que vous avez mon message, merci.

Il termina en lui donnant son numéro de portable. River fouilla dans son sac de cours à la recherche d'un stylo et réécouta le message afin de noter le numéro.

Un « sujet », cela signifiait une dépouille humaine. Pas un cadavre tout frais, jamais. Ça, c'était pour les médecins légistes. S'ils faisaient appel à River, c'est qu'ils avaient besoin de quelqu'un qui soit capable de trouver des réponses dans les dents et les os, les cheveux et les ongles. Décortiquer une vie – et souvent, une mort – à partir de ce qu'il restait, c'était sa spécialité. Le site Internet de l'université l'annonçait clairement :

L'anthropologie médico-légale consiste à analyser des dépouilles humaines à des fins médico-légales dans le but d'établir une identité, d'enquêter sur des morts suspectes et d'identifier des victimes de catastrophes de masse. C'est une branche spécialisée de la science médico-légale qui nécessite une formation approfondie en anatomie et en ostéologie. Pouvoir mettre un nom sur une personne décédée est essentiel à la résolution de toutes les enquêtes.

Les petites natures trouvaient son job sinistre. Pas River. Elle ramenait les morts chez eux. C'est ainsi qu'elle concevait sa mission.

River composa le numéro de l'inspecteur Walter Wilson. Il répondit à la deuxième sonnerie :

— Dr River Wilde, annonça-t-elle.

Malgré ses années de pratique, chaque fois qu'elle parlait à un policier pour la première fois, elle maudissait intérieurement ses parents hippies.

— Vous m'avez laissé un message, précisa-t-elle.

— Merci de me rappeler, docteur, dit le policier d'une voix grave et rocailleuse avec une pointe d'accent d'Aberdeen encore perceptible bien qu'il ait été poli par les années et les responsabilités. Nous avons un corps sur lequel nous aimerions votre avis. Il a été découvert dans une tourbière à Wester Ross en début d'après-midi. D'après les informations que nous ont données les témoins, nous pensons qu'il date probablement de 1944.

— Et vous aimeriez que je vous confirme cela ?

— Idéalement, oui. Nous aurions besoin de votre aide pour établir une identité, également.

— Quand est-ce que vous aimeriez que j'intervienne sur le site ?

— Nous avons sécurisé la zone, donc le corps est relativement protégé. Si vous pouviez être ici demain matin, ce serait bien.

— Où êtes-vous, exactement ?

— Un petit village qui s'appelle Clashstronach. C'est à environ une heure au nord d'Ullapool, de ce côté-ci de la frontière avec le Sutherland.

River réfléchit un instant. C'était loin, mais elle pouvait prendre la route d'ici une heure ou deux. Elle était censée faire cours dans la salle de dissection le lendemain matin, mais l'une de ses post-docs pouvait s'en charger. Cecile était spécialisée dans le travail sur la colonne vertébrale, qu'ils devaient aborder le lendemain ; elle se régalerait de pouvoir frimer avec ses connaissances.

— Est-ce que vous pouvez me réserver une chambre d'hôtel pour ce soir ?

— Sans problème, répondit Wilson. Je vais vous trouver quelque chose à Ullapool, c'est pratique pour se rendre à nos bureaux et il y a quelques établissements corrects. Je vous envoie ça par texto, d'accord ?

Deux heures plus tard, elle était en route. Elle y serait dans quatre heures, pensa-t-elle. De Dundee à Perth, puis il y aurait des bouchons à la sortie de la ville pour entrer sur l'A9, qui possédait des radars de vitesse et de longues sections où le dépassement était quasiment impossible. Mais ce n'était pas l'été, donc il y aurait peu de touristes et aucune caravane, si bien qu'une fois à Pitlochry, la route serait facile jusqu'à Inverness, et il resterait environ une heure de virages et de tournants à travers les Highlands pour gagner la côte ouest. Elle brancha son téléphone à la sono de la voiture et lança sa musique, un mélange éclectique qui couvrait le rock féminin des trente dernières années. C'était l'un des rares sujets de désaccord entre elle et son compagnon. Le commandant Ewan Rigston aimait les chanteurs de refrains mélancoliques et de grandes ballades : Adele, Emeli Sandé, Ren Harvieu. Une fois, elle l'avait même surpris à écouter Shirley Bassey. Si un jour River en avait besoin, elle tenait là un argument pour lui faire du chantage.

Quelque part au nord de Dalwhinnie, au moment où Amy Winehouse terminait son interprétation de *Valerie*, River décida qu'il lui fallait un peu de compagnie. Elle coupa la musique et appela sa meilleure amie. Elle pensait tomber directement sur la messagerie, mais au dernier moment, la voix de Karen Pirie emplit l'habitacle :

— Salut River, comment ça va ?

Elle avait l'impression qu'elles étaient occupées à la même activité : conduire sur une route à grande vitesse.

— Ça va bien, je suis sur l'A9.

Karen éclata de rire.

— Tu plaisantes ?

— J'aimerais bien. C'est…

Karen l'interrompit avec une mauvaise imitation de Chris Rea :

— « … *the road to hell* ».

Elles se mirent à rire à l'unisson.

— C'est drôle, j'y suis moi aussi, reprit Karen.

— Ah bon ? Tu vas où ?

— Elgin. Je dois interroger une femme qui possédait une Rover 214 rouge en 1986.

River lâcha un ricanement moqueur :

— Est-ce que c'est un crime, maintenant ?

— Ça le deviendra le jour où Jeremy Clarkson dirigera le monde… Non, on est sur la piste d'une voiture qui aurait été impliquée dans une série de viols avec violence dans les années quatre-vingt. Je vérifie les pistes.

— C'est pas pour ça qu'est payé Jason ?

— Il y a plusieurs pistes et je n'ai pas d'autre urgence. En plus…, ajouta-t-elle avant de marquer une pause, Ann

Markie m'a collé un petit nouveau. Un rescapé de la BEP de l'Ouest.

— La BEP ? Qui est-ce qu'il a énervé pour se retrouver à l'UEH ? Non pas que je considère ça comme une mise au placard, évidemment.

— Oui mais toi, tu comprends notre boulot. Son importance, sa signification. Jimmy Hutton est en train de creuser un peu pour voir ce qu'il peut trouver. Je me demande si ce n'est pas simplement que Nonosse veut me tenir à l'œil.

— Nonosse ?

River savait qu'elle allait avoir une explication.

— Apparemment, les Markies sont une friandise pour chiens. D'après Jimmy. Enfin bref, je crois que ce qu'elle veut, c'est un espion pour savoir quelles règles j'enfreins. Comme le dit Leonard Cohen : « Les riches ont leurs caniveaux dans la chambre des pauvres. »

— Je croyais que tu avais arrêté d'écouter ce vieux bonhomme malheureux ! Est-ce que tu es retombée au fond du trou ? Phil ne serait pas content.

Karen gloussa.

— Field Commander Cohen était aussi sage que malheureux. Mais assez parlé de moi. Qu'est-ce qui t'amène sur l'A9 ?

— L'inspecteur Walter Wilson. Tu l'as déjà croisé ?

— Non. Il est dans les Highlands ?

— Oui. À Ullapool, plus précisément. Il a un corps dans une tourbière pour moi.

— Ah bon ? Quelque chose qui pourrait m'intéresser ?

River fut amusée.

— Tu es vraiment maso ! Mais non, pas cette fois. D'après les informations de l'inspecteur Wilson, le corps date probablement de 1944. Donc même si la mort est suspecte, c'est bien au-delà de ta limite des soixante-dix ans. Pas de quoi te distraire de tes Rover rouges.

— C'est comme ça. Bonne chance à toi. J'ai hâte que tu me racontes tout à ce sujet.

— C'est toujours intéressant, un corps dans une tourbière. Là-haut à Wester Ross, il devrait être particulièrement bien préservé, vu les niveaux de sphaigne contenus dans la tourbe. Il se peut même qu'on ait des empreintes.

— OK, mais à quoi pourraient vous servir des empreintes de 1944 ? On ne relevait même pas les empreintes digitales des militaires, à cette époque, pour éviter de dissuader ceux qui voulaient s'enrôler.

— Je sais. Mais c'est un challenge et ça me plaît.

— Je vois ce que tu veux dire. C'est comme moi et mes Rover rouges. En tout cas, si tu peux faire passer ton cadavre en dessous de la barrière des soixante-dix ans, je ne serai qu'à deux heures de là demain matin.

— Je garde ça en tête. Mais ne te fais pas trop d'illusions.

12

2018 – Wester Ross

River avait à peine touché à sa première tasse de café du matin qu'un homme costaud à la tignasse blanche et au visage buriné s'approcha de sa table. Il agrippa le dossier de la chaise en face d'elle et la regarda, ses sourcils saillants abritant ses yeux bleu vif comme deux auvents. Avec son anorak matelassé noir par-dessus un pull ras-du-cou laissant apercevoir une chemise blanche et un nœud de cravate noire, c'était comme s'il avait vissé un gyrophare de police sur son front.

— Vous devez être le Dr Wilde, dit-il.

Elle reconnut sa voix.

— Inspecteur Wilson, dit-elle en indiquant la chaise. Vous m'accompagnez ?

— Merci, oui, répondit-il en tirant la chaise et en se tournant légèrement pour appeler la serveuse. Un café, s'il vous plaît, lui demanda-t-il quand elle s'approcha.

Il s'assit et adressa à River un sourire crispé.

— Bien dormi ?

— Oui, merci.

Il hocha la tête, d'un air satisfait qui semblait suggérer que c'était en quelque sorte grâce à lui.

— Ils sont bien ici, au Ceilidh Place. Très fiables.

— Merci de vous en être occupé pour moi.

Il inclina la tête.

— C'est la moindre des choses. Par ici, nous savons recevoir nos visiteurs et nous en sommes fiers. J'ai pensé que vous aimeriez me suivre jusqu'au site après votre petit-déjeuner. Ce n'est pas très facile à trouver quand on n'est pas du coin.

— C'est gentil.

C'était le genre de tâche normalement dévolue à un officier subalterne. Elle se demanda si Wilson était du genre à contrôler ce que faisaient ses officiers à tous les niveaux. Elle espérait qu'il n'allait pas commettre l'erreur de tenter la même chose avec elle.

— C'est une affaire intéressante, déclara Wilson, penché au-dessus de son café avec un air de conspirateur. Des circonstances très inhabituelles.

Manifestement, il avait envie qu'elle lui en demande davantage. River profita qu'on lui serve ses œufs brouillés et ses saucisses pour le laisser parler de lui-même.

— Apparemment, Alice et Will Somerville, mari et femme, sont venus ici à la recherche de deux motos que le grand-père de madame avait enterrées à la fin de la Seconde Guerre mondiale. Je sais que ça doit vous sembler complètement loufoque, poursuivit-il en haussant un sourcil épais comme une chenille pour mettre River au défi de protester, mais il se passait beaucoup de choses dans le coin à cette époque, alors pour nous, ça ne paraît pas si dingue. C'est pourquoi nous pensons que le corps dépasse la limite des soixante-dix ans, d'ailleurs.

— Je vois, commenta River en dégustant son petit-déjeuner.

— Ils ont fait appel à un paysan du coin, Hamish Mackenzie, pour les aider. Tous les trois, ils ont déterré la première moto sans incident, mais apparemment, la seconde avait été déplacée. Quand ils y ont regardé d'un peu plus près, ils ont eu un sacré choc. Ils ont déterré le bras d'un homme. Heureusement, ils se sont arrêtés net et nous ont contactés. Mes gars l'ont examiné…

— Dites-moi qu'ils n'ont pas déblayé le reste de la tourbe, l'interrompit River sur un ton sévère.

— Eh bien, il fallait qu'ils vérifient ce qui se trouvait là !

À travers la réponse indignée de Wilson, on sentait qu'il se tenait sur la défensive.

— Est-ce qu'ils ont mis à part la tourbe qu'ils ont enlevée, au moins ?

Presque un grognement. Mais pas tout à fait.

— On a tout laissé sur place. On n'est pas des amateurs. Ils ont fait très attention. Bref, c'est bel et bien un corps. Un type sacrément taillé, même. Quand ils m'ont appelé depuis la zone, j'ai su qu'il nous fallait un expert. Voilà pourquoi je vous ai contactée.

River coupa une saucisse en morceaux, chacun équivalant précisément à une bouchée.

— Est-ce qu'il est bien préservé ?

Elle croqua une bouchée sans attendre la réponse.

Wilson se racla la gorge.

— J'étais à Inverness hier. Je ne suis rentré qu'en début de soirée, je ne l'ai pas vu de mes yeux, mais on m'a dit que c'était assez incroyable. Il est très bien conservé, apparemment. Jusqu'aux cils, d'après un de mes hommes.

— Ça devrait me faciliter un peu la tâche. Laissez-moi finir ça et je suis à vous.

Quinze minutes plus tard, River quittait Ullapool par le nord derrière le Land Rover de police de Wilson. En quelques minutes, la ville fut derrière eux et le paysage devint si sauvage qu'il était presque impossible de croire qu'une cité moderne se trouvait toute proche. Le terrain vallonné alternait entre sommets et crêtes, tantôt arrondis et doux, tantôt découpés et bruts. Des moutons parsemaient les prairies et le *machair*, s'attroupant dans des zones apparemment choisies au hasard, dans la mesure où aucune clôture ni aucun mur ne semblaient les restreindre. Des parcelles occasionnelles de conifères étaient délimitées par des clôtures à cerfs, alignées en ordre de bataille à flanc de collines. De temps en temps, un panneau sur le bas-côté indiquait aux passants un fumoir, un atelier de poterie ou un salon de thé, souvent invisibles depuis la route. Et puis il y avait les montagnes. Chacune d'entre elles s'élevait du plateau pour s'affirmer abruptement. La cime de Stac Pollaidh, pointue comme un porc-épic ; le cône isolé de Canisp ; et leur père à tous, le pouce émoussé du Suilven, avec son éperon évoquant un tonneau.

River trouvait le trajet presque hypnotique. D'habitude, quand elle était en chemin pour une enquête, elle était concentrée sur l'action, son esprit retournant dans tous les sens les différents scénarios qui l'attendaient. Mais ce matin-là, elle se sentait étrangement apaisée par le panorama qui changeait subtilement tous les trois kilomètres. Il fallait qu'elle emmène Ewan jusqu'ici pour lui faire partager cette magie. Il pensait que rien ne pouvait rivaliser avec son Lake District adoré, mais elle sentait que ce paysage pouvait ébranler ses certitudes. Ils n'auraient peut-être pas une météo comme celle-ci – un ciel d'un bleu intense avec des lambeaux de nuages déchirés qui rendaient toutes les couleurs plus vives – mais elle devinait qu'il y avait ici une beauté particulière, quel que soit le temps.

Au bout d'une petite heure, qui passa assez vite, ils finirent par quitter la route principale pour s'engager sur une étroite bande de bitume qui serpentait entre des terres arides où paissaient des moutons indifférents à leur passage. Bientôt apparut une ferme blanche à deux étages nichée à flanc de colline, ainsi que deux 4 × 4 de police et une camionnette banalisée qu'elle supposa appartenir aux techniciens d'investigation criminelle. Ceux-ci continueraient à travailler jusqu'à ce qu'elle ait terminé sa mission sur le site.

Au moment où ils bifurquaient en contrebas vers la ferme, le bitume céda place à une piste en terre. À leur approche, un homme apparut sur le seuil. Grand et bien bâti, vêtu d'une combinaison et de bottes en caoutchouc, il posa une main sur le montant de la porte comme pour indiquer qu'il habitait là, et leva l'autre en guise de salut. En se garant derrière les autres véhicules, River l'aperçut dans son rétroviseur, avançant vers eux d'un pas décidé.

Elle contourna son propre Land Rover et posa par terre un tapis vinyle. Elle ôta ses chaussures de marche et sa veste huilée usée pour enfiler une combinaison Tyvek blanche par-dessus son jean et son tee-shirt. Elle était en train de chausser ses bottes en caoutchouc quand Wilson apparut, accompagné d'un policier en uniforme portant une veste réfléchissante. Il avait l'air d'un type qui avait perdu un pari. Wilson le montra du pouce.

— Docteur Wilde, voici le lieutenant Slater. Il a été le premier sur les lieux hier.

River leva la tête et sourit à l'homme charpenté tandis qu'elle enfilait une seconde paire de gants en nitrile bleu.

— Bonjour, lieutenant. On m'a dit que vous aviez dégagé la tourbe autour du corps ?

— Je me suis retrouvé face à un dilemme, docteur. C'était difficile de savoir si on avait un corps ou seulement un bras. Dans tous les cas, on nous avait dit que les caisses étaient enterrées depuis 1944, donc la question de savoir si j'allais endommager les preuves d'une enquête en cours ne se posait pas, affirma-t-il comme si le doute lui était étranger. Si vous voulez bien me suivre, vous allez pouvoir commencer.

— Est-ce que vous pouvez m'aider à porter ça ? demanda-t-elle en indiquant les deux boîtes en plastique rigide qui contenaient la plupart de son équipement.

Slater se retourna.

— Hector ! cria-t-il. Viens ici porter les affaires du Dr Wilde.

Il lui adressa un sourire condescendant.

— Les gars aiment bien se rendre utiles. Laissez les boîtes, je vais vous mener jusqu'au lieu de l'excavation.

Elle s'apprêtait à lui emboîter le pas quand l'homme de la ferme les rejoignit.

— Je suis Hamish Mackenzie, annonça-t-il en lui tendant sa grande main calleuse. C'est mon terrain.

River lui serra la main. Elle ne put s'empêcher de noter qu'il valait le coup d'œil. Ce n'est pas parce que vous étiez heureuse en amour qu'il fallait faire semblant de ne pas remarquer ce qui était remarquable.

— Docteur River Wilde. Désolée pour le dérangement.

— Est-ce que je peux vous accompagner pour regarder ?

— Ça ne me pose pas de problème. Tant que vous n'intervenez pas, l'avertit River.

— Où sont M. et Mme Somerville ? demanda Wilson.

Hamish indiqua un petit cottage en pierre de l'autre côté de la vallée.

— Ils logent là-bas. J'ai dit à Will qu'il était peut-être préférable qu'ils gardent leurs distances ce matin. Alice est assez choquée. C'était censé être un truc joyeux et amusant pour eux, de retrouver leur héritage. Maintenant, elle se demande si elle connaissait vraiment son grand-père. Ce vieux monsieur gentil qu'elle prenait pour son meilleur ami quand elle était petite… est-ce que c'était un tueur ? Est-ce qu'il s'est débarrassé de son copain pour ne pas avoir à partager le trésor ? expliqua-t-il en écartant les mains de façon expressive. Ça donne pas mal matière à réflexion.

— Nous parlerons avec Mme Somerville en temps voulu, répliqua Wilson d'un ton sec. Mais pour l'heure, nous devons examiner ce que vous avez déterré. Quelqu'un a mis ce corps là-dedans et j'ai bien l'intention de découvrir qui. Et pourquoi.

13

2018 – Elgin

Au petit-déjeuner, Karen dégustait son café tout en effectuant le calcul dans sa tête. Louise Macfarlane avait cinquante-neuf ans aujourd'hui, ce qui signifiait qu'elle en avait vingt-sept en 1986 quand elle avait déclaré posséder une Rover 214 rouge. Comme les deux autres femmes qu'elle avait interrogées jusque-là, Louise avait fait mentir la tendance démographique qui caractérisait cette marque et ce modèle. L'une d'entre elles lui avait déjà avoué qu'elle trouvait que la Rover était une voiture de vieux, mais elle n'avait pas pu dire non quand sa mère lui avait suggéré de récupérer le véhicule de son grand-père, à la mort de celui-ci. C'était ça ou rien.

Louise était secrétaire dans une école primaire en périphérie d'Elgin. Elle avait demandé à Karen de se présenter à l'école à dix heures, après le coup de feu du matin où il fallait jongler avec les registres de présence et les parents qui profitaient d'être là pour discuter de problèmes à régler. Cet horaire tardif convenait bien à Karen. Les insomnies qu'elle connaissait depuis la mort de son cher Phil diminuaient peu à peu, mais elle avait souvent besoin d'une marche nocturne pour atteindre le seuil d'épuisement au-delà duquel le sommeil la retenait prisonnière. C'est pourquoi, après son arrivée à l'hôtel, elle avait trouvé un *fish and chips* correct et avait déambulé dans Elgin, découvrant le dédale de rues le long de la rivière Lossie avant de couper à travers la ville. Elle ne pouvait s'empêcher de se demander ce que Phil aurait pensé de la femme qu'elle était devenue. Il répétait toujours qu'il l'aimait comme elle était, qu'il ne voulait pas vivre avec une fille maigre comme un clou obsédée par les régimes. Mais le poids qu'elle avait involontairement perdu, à cause de la perte d'appétit et ses longues marches nocturnes à travers les rues d'Édimbourg, avait modifié son apparence. « Grosse conne » n'était désormais plus l'insulte de prédilection de ceux avec qui elle se disputait. Elle se sentait également plus en forme, et aimait ça. Avant, elle peinait à gravir les escaliers des tours et des immeubles. À présent, elle les montait d'un bon pas, sans effort.

Elle se forçait à trouver du positif à sa situation. Mais il était plus difficile de trouver des avantages aux insomnies. Elle n'avait jamais eu de mal à dormir, auparavant. Même au début de sa relation avec Phil, ils n'avaient pas eu besoin de s'habituer à partager leur lit. À cette époque, quand Karen éteignait la lumière, c'est comme si elle s'éteignait aussi. Perdre Phil avait détruit cette facilité à trouver le sommeil et au début, elle avait eu du mal à l'accepter. La marche avait été le dernier recours l'empêchant de grimper aux murs tant la frustration était grande. Pourtant, ils n'avaient pas été le genre de couple qui part randonner en montagne tous les week-ends – comme Theresa May et son mari marchant face aux objectifs, vêtus de la même tenue, telle une version amincie de Tweedledum et Tweedledee. Aller marcher en pleine nuit aurait paru aussi bizarre à Phil que d'assister à une soirée de slam.

Quoi qu'il en soit, cela avait fonctionné pour elle. Le rythme de ses pas apaisait les battements effrénés de son cœur. Ça l'aidait à mettre de l'ordre dans ses pensées et à créer sa propre carte mentale de la ville qu'elle habitait désormais. Dans des endroits inconnus comme Elgin, la marche nocturne lui permettait de trouver un équilibre. Il était minuit passé quand elle rentra à l'hôtel, et pourtant son sommeil fut encore agité et intermittent. C'était particulièrement frustrant, d'autant que pour une fois, elle n'avait pas à se lever tôt. Quand elle se résolut à sortir du lit, elle avait tout son temps pour prendre son petit-déjeuner à l'hôtel.

À dix heures pile, Karen arriva à l'école Lossie Primary. Elle s'apprêtait à appuyer sur l'interphone quand une femme apparut derrière la porte vitrée, agitant la main. Elle la déverrouilla et gratifia Karen d'un chaleureux sourire.

— Vous devez être le commandant Pirie. Je suis Louise Macfarlane. Venez, entrez.

Manifestement, se méfier des étrangers n'était pas un principe répandu à Lossie Primary. Karen suivit Louise dans le couloir et elles franchirent une porte indiquant « BUREAU DE L'ÉCOLE ». Il suffit d'un coup d'œil à Karen pour être convaincue que Louise faisait partie de ces gens dont la devise pouvait être : « Chaque chose à sa place et une place pour chaque chose. » Louise elle-même était très soignée, nota Karen. Un pantalon cigarette – évidemment –, un chemisier blanc immaculé, une chevelure grise nouée en un chignon impeccable et des ongles rose pâle parfaitement manucurés, voilà qui complétait ce look que la mère de Karen aurait tellement aimé voir sa fille adopter. *Ne serait-ce que pour essayer*, songea-t-elle avec amertume.

Le visage de Louise était en accord avec le reste. Des traits fins, une tête ovale, des yeux à mi-chemin entre le bleu et le gris, un rouge à lèvres parfaitement appliqué, de la même nuance que ses ongles. Le seul défaut était un léger chevauchement de dents. Elle sourit de nouveau à Karen, lui proposant d'une main un siège en face d'elle, de l'autre côté du bureau.

— Votre appel m'a beaucoup intriguée. Quand vous m'avez posé des questions sur ma Rover, j'ai d'abord cru que vous étiez une de ces personnes agaçantes qui vous appellent pour vous faire croire que vous avez eu un accident. Bien sûr, j'ai tout de suite compris que c'était impossible, après toutes ces années.

— En effet, rien à voir avec ça, confirma Karen. Comme je vous l'ai expliqué, je suis à la tête de l'Unité des enquêtes historiques. Parfois, les informations nous parviennent bien longtemps après les faits, et nous devons les utiliser au mieux afin d'obtenir un résultat concluant dans des affaires jusqu'alors non résolues.

Louise hocha vivement la tête.

— Comme dans *Meurtres en sommeil*, n'est-ce pas ? J'imagine que vous êtes l'équivalent de Trevor Eve.

— Oui, mais en un peu moins grande gueule, reconnut Karen. Merci d'avoir accepté de me voir.

— Je suis intriguée, je ne vous le cache pas. Je ne peux pas imaginer comment ma vieille Rover a pu apparaître dans une enquête criminelle. Je n'ai pas pris une seule amende avec !

Elle se mit à rire comme si elle avait dit quelque chose de drôle.

— Un témoin s'est présenté à nous, attestant de la présence d'une voiture comme la vôtre sur les lieux d'un crime sérieux en 1986. Personne n'imagine un seul instant que vous soyez impliquée là-dedans, mais la procédure nous impose d'éliminer toutes les possibilités.

— Comme Sherlock Holmes, dit-elle en esquissant des guillemets avec ses doigts : « Une fois que vous avez éliminé l'impossible, ce qui demeure, même si c'est improbable, doit être la vérité. » Je peux vous assurer, commandant, que je vais être une de ces impossibilités.

À première vue, Louise avait plus le profil d'une victime que d'une criminelle.

— Pouvez-vous me confirmer que vous étiez non seulement propriétaire de la voiture, mais également sa conductrice ?

— Oh oui, c'était bien ma voiture. Je l'ai achetée chez le concessionnaire en 1984. C'était un ancien modèle d'exposition, alors j'ai négocié une belle ristourne. Je l'ai gardée presque dix ans. Elle était très fiable.

Karen gribouilla une note sur son calepin.

— Est-ce que vous pouvez me dire où vous viviez en 1986 ?

— Tout à fait. J'habitais dans un appartement dans le quartier de Mastrick, à Aberdeen. J'étais représentante en publicité et vente chez *Press and Journal*. J'avais droit à une voiture de fonction parce que je devais couvrir toute la zone, rencontrer les publicitaires et décrocher de nouveaux partenariats. Mais je préférais utiliser ma voiture personnelle parce que l'indemnisation kilométrique était très avantageuse. Même en tenant compte de l'usure de la voiture, ça restait plus intéressant.

— Est-ce que vous viviez seule ?

Louise secoua la tête.

— J'étais en colocation avec la secrétaire qui s'occupait du bureau images, Fidelma McConachie. Nous avons été colocataires pendant quatre ans, puis en 1998 ma mère est tombée malade d'un cancer et j'ai dû retourner à Elgin. J'y habite depuis, ajouta-t-elle en lâchant un petit rire sans joie. Je m'occupe de mon père. Je ne me suis jamais mariée, voyez-vous. C'est ma sœur qui a eu cette chance. Elle s'est trouvé un mari avant la mort de ma mère, et c'est donc à moi qu'est revenu le devoir de m'occuper de notre père.

Karen ne parvint pas à trouver une réponse moderne à pareille logique.

— Est-ce qu'il vous arrivait de vous rendre en voiture à Édimbourg ?

Louise écarquilla les yeux. Karen lui aurait demandé si elle avait participé au rallye Paris-Dakar, son interlocutrice n'aurait pas eu l'air plus interloquée.

— Mon Dieu, non ! Même pas en rêve. C'est déjà assez compliqué de circuler dans Inverness, alors ne parlons pas d'Édimbourg. Et le prix du stationnement, par-dessus le marché ! Si on arrive à trouver une place. Oh non. Quand je vais à Édimbourg, ce qui ne m'arrive pas souvent honnêtement, surtout maintenant qu'on a tout ce qu'il faut à Inverness, je prends le train. Beaucoup moins stressant. Je ne sais pas comment vous supportez cette circulation tous les jours.

Karen haussa les épaules.

— Je marche le plus possible. Ou je prends le bus. Donc en mai 1986, il est impossible que vous soyez allée à Édimbourg en voiture ?

— Absolument. Je peux vous l'assurer.

Louise semblait outrée par cette simple idée.

— Est-ce que quelqu'un d'autre conduisait cette voiture ?

— Non. Je suis très méticuleuse pour ce genre de choses. Je n'aime pas quand le mécanicien la conduit jusqu'à l'atelier de réparation, même s'ils mettent ces protections en polyéthylène sur les sièges.

Elle secoua la tête, désespérée face aux épreuves de la vie.

— Un collègue, peut-être ? Quelqu'un dont la voiture était en panne et à qui vous auriez prêté la vôtre ?

Elle secoua fermement la tête.

— Certainement pas. Si mes collègues avaient une panne de voiture, ils se débrouillaient autrement. Je ne la prêtais même pas à Fidelma, et pourtant s'il y a bien quelqu'un en qui j'avais confiance, c'était elle.

Elle avait atteint le bout de l'impasse, songea Karen. Mais au moins, son voyage n'avait pas été une perte de temps. Elle pouvait rayer le nom de Louise Macfarlane de sa liste, chose que Gerry McCartney n'avait pas pu faire à Portpatrick. Il était allé jusque là-bas pour découvrir que, selon une voisine, son homme était en train de se dorer la pilule au bord de la piscine d'une résidence en Espagne, où sa femme et lui passaient la moitié de leur temps. McCartney avait néanmoins appris qu'ils étaient censés rentrer ce week-end pour un mariage.

— Vous pourrez les accueillir à leur retour, dans ce cas, avait sèchement commenté Karen.

Elle était quasiment sûre de l'avoir entendu souffler un « Oh putain ! », mais elle s'en fichait. Quand ils suivaient une piste solide, les week-ends n'avaient pas d'importance. Il y avait suffisamment de semaines où ils tournaient au ralenti et pouvaient rattraper leurs jours de repos. Certains policiers pensaient que pour les affaires non classées, il était inutile de se presser, qu'on pouvait avancer tranquillement à son rythme. Karen ne partageait pas ce point de vue. Pour les familles qui attendaient une réponse sur le sort d'un être cher, chaque jour comptait. Jason était sur la même longueur d'onde qu'elle, depuis quelque temps. Si le capitaine McCartney n'adoptait pas cet état d'esprit, la seule personne qui en pâtirait, ce serait lui-même. Mieux valait capituler que vivre dans un état d'irritation permanente.

Karen rangea son calepin dans son sac à main et s'apprêtait à remercier Louise Macfarlane de sa disponibilité quand son portable sonna. Un coup d'œil rapide à l'écran l'informa qu'elle devait répondre. Elle leva un doigt pour signaler à son interlocutrice de patienter un instant et répondit :

— Salut. Qu'est-ce qu'il y a ?

De l'autre côté des Highlands, la voix de River était aussi distincte que si elle s'était tenue dans la pièce.

— Est-ce que tu es toujours à Elgin ?

— Oui. Pourquoi ?

— Il faut que tu viennes ici. Ce cadavre qui est censé être enterré depuis soixante-quatorze ans, il porte une paire de Nike. Du coup, il me semble que c'est de ton ressort.

14

2018 – Wester Ross

— Ça t'apprendra à vouloir jouer les coquettes, marmonna Karen dans sa barbe tandis qu'elle regagnait sa voiture.

L'accession d'Ann Markie au poste de directrice avait incité Karen à renouveler sa garde-robe chez John Lewis pendant les soldes et à s'acheter trois nouveaux tailleurs plus que nécessaires. Depuis sa perte de poids due au chagrin, ses vêtements étaient devenus non plus moulants mais amples, mais c'était Nonosse, avec son look impeccable, qui l'avait poussée à agir. Tout était bon pour éviter d'être hors jeu avant même d'avoir pu prononcer un mot.

Tout cela était bien joli, sauf si on envisageait de passer sa journée à patauger dans une tourbière.

L'avantage des énormes supermarchés dans les zones commerciales, c'était qu'aujourd'hui, il était facile de rectifier le tir sans avoir à effectuer le moindre détour. Quand elle quitta Inverness par Kessock Bridge, au nord, Karen était vêtue d'un jean, d'un tee-shirt, d'un sweat à capuche doublé en polaire et de deux paires de chaussettes épaisses, tout cela pour moins de vingt-cinq livres. Si l'on ajoutait l'anorak et les bottes en caoutchouc qui se trouvaient toujours dans le coffre de sa voiture, on aurait pu croire qu'elle avait prévu une rando en pleine nature.

Une fois qu'elle eut quitté l'A9 et que la circulation se calma, elle appela River :

— Désolée, je ne pouvais pas vraiment parler, j'étais avec un témoin, expliqua-t-elle.

— Pas de problème. Crois-moi, j'ai de quoi m'occuper ici.

— Alors, comment expliques-tu qu'un corps qu'on croyait enterré depuis plus de soixante-dix ans entre tout à coup dans mon champ d'action ?

— Évidemment, tu auras le compte rendu complet de la joyeuse bande qui a procédé à l'exhumation. Voici la version résumée en une minute : le grand-père d'Alice a participé au vol et à la dissimulation de deux motos de valeur à la fin de la guerre. Il n'est jamais retourné les chercher. À sa mort, Alice a trouvé la carte parmi ses affaires et a décidé de partir en quête de son héritage. Elle a embarqué le paysan qui possède le terrain. Ils ont déterré la première moto sans problème, mais concernant la seconde, la caisse avait été déplacée et ils ont fini par découvrir un bras. Ils sont tombés de haut.

River reprit sa respiration de façon exagérée après avoir débité tout ça d'une traite.

— Mais il s'agit d'un corps entier, non ? Pas juste un bras et une paire de Nike ?

— Un corps magnifiquement préservé par la tourbe, la corrigea River sur un ton docte. Évidemment, les policiers du coin avec leurs gros sabots ne pouvaient pas attendre l'arrivée d'un expert, donc ils ont dégagé le corps de la tourbe pour mieux voir. Dieu sait ce qu'on a perdu dans l'opération…

Karen imaginait très bien l'expression pugnace de son amie. Les roux paraissaient toujours plus féroces que n'importe qui d'autre quand ils étaient en colère.

— Mais au moins, ce qu'on a gagné, c'est la preuve qu'il n'a pas été enterré il y a soixante-dix ans, non ? répliqua Karen.

— C'est le seul point positif que je peux trouver à tout ça, concéda-t-elle, et Karen sentit que cela lui coûtait de le reconnaître. Notre cadavre porte une paire de Nike. Donc, à moins qu'il ne soit un voyageur dans le temps, il n'est pas là depuis la fin de la Seconde Guerre mondiale.

— Quel genre de Nike ?

River lâcha un petit rire.

— Droit au but, hein ? Un genre de Nike Air. J'ai pris des photos que j'ai envoyées à John Iverson le grincheux. Tu te souviens de lui ? Le mec bizarre qui répertorie les baskets ?

Karen s'en souvenait bien. Un homme qui savait tout ce qu'il y a à savoir sur les baskets et méprisait ceux qui n'y connaissaient rien. Plutôt que de convertir les ignorants, il préférait les châtier pour leurs faiblesses.

— Si quelqu'un peut identifier des chaussures, c'est bien lui. Je te laisserai gérer ça avec lui. Qu'est-ce que tu peux me dire d'autre ?

Une pause.

— Je peux te dire que c'est sans aucun doute une affaire pour toi. Notre homme a ce qui ressemble à une blessure par balle de petit calibre dans le cou. Et peut-être une deuxième à la poitrine. Mais c'est plus difficile à dire avec certitude à cause des vêtements. Quoi qu'il en soit, il y a de fortes chances, d'après moi, qu'il ne soit pas mort naturellement.

Karen laissa les informations s'imprimer dans son cerveau.

— Qu'est-ce qu'il porte comme vêtements ?

— Un jean. Une ceinture en cuir. La boucle a une sorte de motif celtique reconnaissable. Des chaussettes de sport et les Nike. Il était torse nu, donc ça n'est probablement pas arrivé en plein hiver.

— Est-ce que tu as vérifié ses poches ?

— Il y a une clé sur un porte-clés en plastique, mais rien indiquant ce qu'elle peut ouvrir. Elle ne paraît comporter aucune trace. C'est probablement une copie faite d'après l'original. Mais c'est tout. Pas de carte d'identité, pas de portefeuille, pas de petite monnaie. Ils ont également trouvé un couteau suisse tout à fait banal avec un manche en bois riveté.

— Et la moto est toujours là ?

— Oui. Il était en partie coincé dessous, dit-elle en reprenant un ton docte. Les policiers aux gros sabots ont dégagé la moto. Au moins ils ont pris des photos avant de bousiller complètement la scène de crime.

— Donc ce qui s'est passé n'a rien à voir avec le vol des motos, dit Karen lentement en retournant cette pensée dans sa tête.

Cela n'avait pas de sens. Pas encore.

— Apparemment, non.

— Autre chose qui t'a frappée ?

— Attends…

Le son fut étouffé, comme si on posait la main sur le téléphone. Karen entendit un échange confus puis River revint en ligne.

— Désolée, il faut que j'y retourne. Autre chose qu'il faut préciser : il est vraiment costaud, le type. Il mesure bien plus d'un mètre quatre-vingts et grâce aux vertus préservatrices de la tourbe, je peux te dire qu'il est extrêmement musclé. Genre haltérophile. Il faut que j'y aille, à plus tard.

Elle raccrocha. Karen réfléchit à ce que River lui avait dit et à ce qu'elle savait des vertus préservatrices de la tourbe. Des corps pouvaient subsister dans des tourbières pendant des milliers d'années, si les conditions étaient réunies. À cette échelle-là, ce cadavre était tout récent. Il y avait de bonnes chances que les tissus souples soient encore intacts ; avec Photoshop, ils devraient pouvoir obtenir un portrait qui n'effraierait pas tout le monde. Apparemment, le physique de cet homme était particulièrement reconnaissable. Cela devrait faciliter son identification. S'il était aussi musclé que l'avait dit River, il travaillait probablement dans un club de sport, ce qui signifiait qu'il y avait encore des gens capables de le reconnaître.

Dès qu'elle aurait convaincu les autorités locales de lui confier l'enquête, elle allait se lancer sur ces pistes. Pour être honnête, la plupart des officiers de police se débarrassaient volontiers d'une vieille affaire sans protester. Ils savaient que ce genre d'enquêtes prenait du temps, qu'on obtenait rarement un résultat susceptible de faire la une des journaux, et que le public les considérait aujourd'hui comme des opérations de routine.

Quelle que soit l'issue de tout cela, elle ne pouvait pas mener cette enquête seule. Elle n'avait pas envie d'abandonner celle sur les Rover rouges, mais d'un autre côté, elle avait vraiment besoin d'un coup de main. Elle était quasiment sûre que Nonosse aurait voulu qu'elle fasse appel à Gerry McCartney. Selon Karen, c'était une raison suffisante pour faire précisément l'inverse. Elle n'avait pas confiance en Markie quand celle-ci regardait par-dessus son épaule, même par épaule interposée. Mais elle savait qu'elle avait également des arguments opérationnels pour appuyer sa décision. Mieux valait laisser l'inspecteur plus expérimenté se charger de l'enquête sur les Rover rouges et permettre à

Jason de parfaire son apprentissage du terrain. Par ailleurs, sur le plan logistique, McCartney se trouvait à cinq ou six bonnes heures de route de là. Tandis que La Menthe, s'il poursuivait son enquête dans l'ordre qui lui avait été assigné, devait être en route pour Stonehaven. Il pouvait la rejoindre d'ici le début d'après-midi. Elle le savait capable de coller son gyrophare magnétique sur le toit et de foncer telle une boîte de nuit ambulante, si cela pouvait rendre service.

Karen l'appela.

— Bonjour, chef ! cria-t-il.

À sa connaissance, il était la seule personne de moins de cinquante ans toujours persuadée qu'il fallait hurler dans un téléphone portable.

— Bonjour, Jason, Où es-tu ?

Un long moment s'écoula.

— Entre Forfar et Kirriemuir. Je crois.

— OK. Oublie les Rover rouges un instant et reprogramme ton GPS en direction de Clashstronach.

— Quoi ?

La panique jaillit de cette simple syllabe.

— Tape seulement « Ullapool » dans un premier temps. Je t'enverrai les coordonnées par texto.

— OK, chef. Qu'est-ce qui s'est passé ? Vous avez trouvé le conducteur ?

— Non. On a une nouvelle affaire. Un corps dans une tourbière à Wester Ross. Les gens qui l'ont trouvé pensaient qu'il datait de la Seconde Guerre mondiale, mais dès que River l'a vu, elle a su qu'il était pour nous.

— Elle est épatante, le Dr Wilde. C'est fou ce qu'elle peut deviner juste en regardant un corps.

Karen gloussa.

— Je crois que même nous, on aurait pu déduire la même chose, Jason. Il porte une paire de Nike Air.

Un moment de silence. Et puis la lumière fut.

— Et ils en avaient pas, à l'époque de la guerre, c'est ça ?

— Exactement. Donc je vais t'envoyer les indications et je te retrouve là-bas dès que tu peux. Et quand tu auras une minute, envoie au capitaine McCartney tes deux témoins restants.

Karen raccrocha. Elle avait fait le plus facile. Elle s'accorda cinq minutes pour contempler le magnifique paysage gris et bleu qui l'entourait avant d'attaquer une conversation plus difficile.

— Capitaine, commença-t-elle sur un ton léger. Comment allez-vous par ce beau matin ?

— Il pleut à Gourock. Mais sinon, ça va. J'ai éliminé un autre témoin ce matin. Notre type est handicapé depuis 1982. Il a fait équiper sa Rover en conséquence parce qu'il ne pouvait quasiment plus l'utiliser. Sa femme confirme.

— Et ça vous satisfait ?

— Je vais vérifier auprès de son médecin. Faire confiance mais vérifier, c'est ce que dit toujours la commissaire adjointe Ann Markie.

Pas exactement une pensée originale.

— Bonne idée. Vous avancez bien avec vos témoins. Et j'ai bien peur de devoir ajouter à votre fardeau. Jason a deux interrogatoires restants, et je vais vous demander de vous en charger.

McCartney lâcha un petit rire narquois.

— La Menthe n'est pas en mesure de les mener lui-même ? Quelle surprise…

— Au contraire. On a du nouveau et j'ai besoin de Jason.

— Ah bon ? Du nouveau à quel sujet ?

C'était insolent, mais Karen décida de laisser passer.

— Un corps a été découvert à Wester Ross. Probablement un meurtre.

— Un meurtre ? répéta-t-il en roulant les « r » pour accentuer l'effet dramatique. Comment se fait-il que l'UEH soit sur le coup et non pas la brigade criminelle de la division Nord ?

— Parce que le corps a été trouvé dans une tourbière. Il n'est pas récent.

— Je pourrais venir vous donner un coup de main.

— C'est gentil à vous, capitaine. Mais je ne veux pas abandonner l'enquête sur les Rover rouges. Avec votre expérience à la BEP, je sais qu'elle est entre de bonnes mains. Ce serait du gâchis de venir ici mener les enquêtes de routine. Appelez-moi ce soir pour me dire où vous en êtes.

Elle mit fin à l'appel avant qu'il ne puisse protester davantage. Elle était sûre d'avoir pris la bonne décision, même si c'était pour de mauvaises raisons. Néanmoins, elle ne pensait pas que Gerry McCartney partageait son avis.

Tant pis.

15

2018 – Wester Ross

Karen se gara au bord du chemin, au bout de la file de véhicules, en espérant que l'accotement était plus solide qu'il n'en avait l'air. Elle venait de couper le moteur quand un agent en uniforme muni d'une veste réfléchissante et d'un porte-bloc apparut à sa hauteur. Elle ouvrit la portière, ce qui le força à reculer maladroitement.

— Êtes-vous le commandant Pirie ? demanda-t-il en consultant ses notes.

— C'est moi. Le commandant Wilson m'attend

L'agent hocha la tête.

— Il veut que vous l'attendiez ici. Je vais le chercher.

Karen fronça les sourcils. Est-ce que Wilson la pensait incapable de se comporter correctement sur une scène de crime ? C'était gonflé, de la part d'un policier dont les hommes avaient, d'après River, complètement pollué le site où le corps avait été déposé.

— Mieux vaut faire comme on vous a dit, monsieur l'agent, répliqua Karen.

Il traversa la tourbière sans hâte. Voilà ce qu'elle récoltait pour être venue à la demande de River, songea-t-elle. Wilson l'avait appelée environ trente minutes plus tôt, depuis la ferme, refusant de perdre la face. Il ne pouvait pas contester que l'affaire revienne à Karen, mais il ne cachait pas que d'après lui, River aurait dû le consulter.

— Dans des circonstances normales, c'est exactement ce qu'elle aurait fait, avait répondu Karen sur le ton le plus apaisant possible. Mais le Dr Wilde savait que je me trouvais à Elgin pour une autre affaire, et elle voulait m'éviter d'avoir à parcourir la moitié de l'A9 et de faire demi-tour pour revenir dans le nord.

Pour une excuse sortie complètement au débotté, ce n'était pas si mal. Elle espérait que ça calmerait l'amour-propre de Wilson. S'il était vexé, c'était gérable ; hostile, ça bousillait tout.

— Quand même, ce n'est pas un prétexte valable pour ne pas suivre le protocole. Si les choses fonctionnent comme ça, c'est pour une bonne raison, grommela-t-il.

— Ça n'a causé de tort à personne. Et je serai là en un rien de temps. Vous pourrez peut-être me donner toutes les infos à mon arrivée ?

De mauvaise grâce, il concéda que cela serait possible. À présent, il montrait les muscles en la tenant à distance de ce qui était encore, techniquement, sa scène de crime à lui. Poussant un soupir de frustration, Karen s'approcha du coffre pour enfiler ses bottes. Quand elle referma ce dernier, elle fut surprise de voir à côté de son véhicule un homme qui n'était certainement ni un flic, ni un technicien d'investigation criminelle. Sa combinaison vert foncé parsemée de taches d'huile et d'éclaboussures de boue indiquait qu'elle lui servait vraiment et n'était pas un simple accessoire de mode. Quant à sa chevelure brune ondulée tombant aux épaules, elle était aussi éloignée que possible d'une coupe de policier standard. Sa barbe n'aurait pas été bien acceptée dans les labos, elle non plus.

Quand il sourit, des rides plissèrent ses yeux et des fossettes se creusèrent sur ses joues. C'était un look travaillé. Avant qu'elle ne puisse ouvrir la bouche, il prit l'initiative.

— Je suis Hamish Mackenzie, dit-il d'une voix qui collait parfaitement avec son apparence. C'est ma ferme. Vous travaillez avec la police ?

— Je suis le commandant de police Karen Pirie de l'Unité des enquêtes historiques. Cette enquête sera très bientôt la mienne, répliqua-t-elle en crispant ses orteils face à sa propre solennité.

Lui sembla ne rien avoir remarqué.

— Vous venez de loin ?

— Je suis basée à Édimbourg, mais j'étais à Elgin hier soir pour un autre dossier, donc la route n'a pas été trop longue.

— Je suis sûr que vous prendrez un café, avança-t-il.

— Vous essayez de me torturer ? demanda-t-elle en écartant les bras face à la tourbière sauvage et déserte, la colline au loin et le ciel.

Il éclata de rire.

— Loin de là. J'ai apporté quelques tasses tout à l'heure pour ceux qui travaillent. Il en reste. Vous prenez du lait ?

— S'il vous plaît. Vous m'avez peut-être sauvé la vie.

— Je comprends ce sentiment. Je reviens tout de suite.

Il rebroussa chemin et disparut derrière une camionnette blanche, tandis que Karen se demandait si elle avait imaginé cette rencontre improbable.

Ce qui était beaucoup moins improbable, c'était l'arrivée d'un homme d'une cinquantaine d'années, contournant l'arrière de la camionnette blanche du côté le plus proche de la tourbière. Il avait abaissé la capuche de sa combinaison Tyvek ajustée et ses cheveux blancs étaient dressés comme un halo, tel un Albert Einstein au visage rougeaud.

— Commandant Pirie, je suppose ? demanda-t-il le menton en avant comme un coq de ferme surveillant ses poules.

— Inspecteur Wilson ? Ravie de vous rencontrer. On dirait que vous avez bien organisé la scène de crime.

— Nous n'avons peut-être pas beaucoup de meurtres par chez nous, mais j'aime à croire que nous savons ce que nous faisons. Alors, qu'est-ce que je peux faire pour vous ?

— Dans l'immédiat, ce que je voudrais c'est voir le corps et la scène de crime, répondit Karen d'un ton ferme. J'envisage d'interroger les Somerville et M. Mackenzie quand mon adjoint me rejoindra d'ici quelques heures. J'aurai aussi besoin d'un bureau quelque part dans le coin. Est-ce que vous pouvez me trouver ça au commissariat d'Ullapool ?

Hamish Mackenzie réapparut derrière son épaule à temps pour entendre sa dernière phrase. Il lui tendit un mug de café fumant dont les arômes agréables étaient aussi improbables que la beauté de celui qui l'apportait.

— Désolé, s'excusa-t-il, je ne veux pas être indiscret, mais j'ai entendu ce que vous avez dit. On a une yourte en paille toute neuve à huit cents mètres d'ici, par la piste, juste après le virage. C'est une location de vacances mais nos premiers locataires n'arriveront pas avant une quinzaine de jours, expliqua-t-il en haussant les épaules. On ne pensait pas l'avoir terminée si vite. Vous pouvez tout à fait l'utiliser. Sans frais, évidemment. Prenez ça comme une opération-test.

— Une yourte en paille ? répéta Karen d'un air méfiant.

— C'est la grande mode, en ce moment, commenta Wilson en camouflant à peine son dédain. Énergie solaire, bilan carbone neutre, soi-disant. Y a des fichues cabanes de hobbits partout.

Hamish leva les yeux au ciel.

— Je parie que les gens ont eu la même réaction quand on a remplacé les toits en chaume par de la tôle.

— Ils avaient bien raison, intervint Karen. Est-ce qu'il y a l'électricité ?

— Elle dispose de panneaux solaires et de sa propre éolienne. Le Wi-Fi par satellite. La salle de bains réutilise l'eau de pluie et il y a un séchoir qui remplace les serviettes. Sans oublier le poêle à tourbe.

— Sinon, vous pouvez choisir la civilisation, suggéra Wilson en se raclant la gorge. On peut vous trouver un bureau à Ullapool.

Hamish esquissa un agréable sourire.

— À vous de voir, commandant. Mais il y a quasiment une heure de route jusqu'à Ullapool. Je ne sais pas combien de temps vous allez rester ici, mais ça devient vite fatigant…

— Il n'y a qu'une seule chambre ? demanda Karen.

Elle essayait de gagner du temps afin de déterminer pourquoi Hamish Mackenzie se montrait aussi serviable. Était-il simplement généreux ou bien est-ce qu'il cachait quelque chose sous des abords charmants ?

— Une chambre double et une simple.

— C'est bon pour nous, conclut-elle. Au moins pour cette nuit. Merci, monsieur Mackenzie.

Il inclina la tête poliment.

— À plus tard, alors. Je vais rapporter les tasses et je préparerai un autre café dans un moment.

Il s'éloigna et agita légèrement les doigts en guise de salut.

— Il paraît très aimable, commenta Karen.

Instinctivement, elle se méfiait des inconnus, surtout quand ils apportaient des cadeaux. Son métier l'avait vaccinée contre le charme facile des gens beaux. D'un autre côté, elle pensait qu'il était plus utile pour elle d'accepter sa proposition, à la fois sur le plan pratique et pour l'enquête. Si Hamish Mackenzie pensait acheter les faveurs de Karen avec sa gentillesse parce qu'il avait enfreint la loi, il allait être amèrement déçu. Il avait affaire à une femme qui avait pris l'habitude qu'on l'ignore depuis l'époque des boums adolescentes. Elle ne se faisait aucune illusion sur son apparence très banale.

— Êtes-vous sûre que c'est une bonne idée de s'appuyer sur un homme qui possède le site sur lequel on a retrouvé le corps ? demanda Wilson qui boudait comme un gamin.

— Je pense, oui. Sois proche de tes amis mais encore plus proche de tes ennemis, cela fonctionne dans les deux sens, inspecteur, répondit-elle en souriant doucement. Et si on allait voir ce corps, à présent ?

16

1944 – Anvers

Quand Arnie Burke surprit l'*Oberstleutnant* Gisbert Falk, l'Allemand s'employait à vider son coffre-fort, fourrant des dossiers et des sacs de velours noir dans une grande sacoche en cuir. Falk se retourna, main sur son pistolet. Quand il vit de qui il s'agissait, il se détendit. Falk considérait cet homme qui refermait la porte derrière lui comme un allié de confiance, un collaborateur qui lui avait fourni des renseignements de haute importance depuis des années. Sans parler des cigares qui n'étaient même pas disponibles au marché noir d'Anvers, un port où l'on pouvait pourtant quasiment tout acheter si on en avait les moyens. Rassuré, Falk reprit sa tâche.

C'était une erreur mais il ne vivrait pas suffisamment longtemps pour la regretter. En deux enjambées légères et étouffées, Burke traversa le bureau, dégaina son arme, un CZ1927 silencieux, et tira deux coups rapides dans la nuque de Falk, à la base de ses cheveux grisonnants taillés en brosse. L'Allemand s'affaissa au sol comme un sac de charbon.

Burke ne perdit pas une minute. Il saisit les dossiers, qu'il replaça dans le coffre-fort, ferma la porte et fit tourner la molette pour le verrouiller. Il ramassa les petits sacs en velours noir et les mit dans une poche zippée de sa ceinture, laquelle était dissimulée à sa taille, posée sur ses hanches sous l'épais pantalon d'ouvrier en serge qu'il portait toujours. Si Falk était retrouvé par l'un de ses collègues de la Wehrmacht, le coffre-fort intact les détournerait de l'hypothèse du cambriolage. Ils étaient nombreux à détester suffisamment Falk pour saisir cette occasion de se venger, alors que l'armée canadienne approchait.

Burke replaça son pistolet dans le holster en cuir souple qu'il portait à l'épaule puis défroissa sa veste avant de quitter le bureau du deuxième étage. En descendant, il passa devant un homme de ménage qui nettoyait l'escalier mais ce dernier ne leva pas les yeux. Même si cet homme avait entendu les deux coups de feu étouffés, il n'y avait aucune chance qu'il parle. Les pauvres bougres qui travaillaient pour les officiers allemands depuis des années avaient appris qu'être aveugle, sourd et muet était une stratégie de survie nécessaire.

Et puis, un meurtre de plus, qu'est-ce que cela représentait en pleine guerre, surtout depuis l'invasion des Canadiens, qui approchaient rapidement ? Burke savait comment cela se passait en temps de conflit. Dans les jours à venir, Falk ne serait pas l'unique Allemand à se faire exécuter.

Il sortit dans une rue animée, pleine de gens pressés de rentrer chez eux en fin de journée. Les citoyens d'Anvers n'ignoraient pas la peur, mais ce soir-là, il y avait presque un bourdonnement électrique dans l'air. Tout le monde croyait que la fin était proche pour les occupants allemands. Même les soldats, dans leur uniforme de treillis gris, étaient atteints par cette nervosité, sur le qui-vive, et non fanfarons et brutaux comme à l'accoutumée. Gardant la tête baissée, Burke se hâta à travers les rues. Il ne se dirigeait pas chez lui, dans son minuscule appartement sous les toits d'un bâtiment médiéval au bord de l'Escaut. Il était temps de filer. Temps d'arrêter de prétendre qu'il était un partisan fervent du Vlaams Nationaal Verbond.

Il avait toujours su que ce moment viendrait et il était prêt. Sa stratégie de sortie avait été la première chose que lui avaient inculquée ses chefs de l'OSS avant de l'envoyer sur le terrain. Mais le secret pour survivre comme agent infiltré derrière les lignes ennemies, c'était de croire vous-même dur comme fer en votre couverture. Il jouait les fascistes depuis si longtemps qu'il en avait presque oublié qui était Arnie Burke, de Saginaw. Il y avait une chose dont il était certain : il n'allait pas retourner à une vie merdique dans une usine automobile du Midwest. Le contenu des sacs en velours noir était sa porte d'entrée vers une existence nouvelle. Il avait au moins mérité ça, après avoir vécu une double vie, toujours sur le fil, la peur au ventre.

Burke parcourut la ville jusqu'à ce que l'obscurité s'abatte sur les vestiges du labyrinthe de ruelles derrière la cathédrale. Il s'enfonça dans une allée étroite entre deux maisons penchées dont les étages supérieurs se touchaient presque. Il déverrouilla la modeste porte en bois qui se trouvait au bout pour pénétrer dans une cour minuscule. Il s'accroupit et compta trois briques à l'horizontale et deux à la verticale depuis le coin le plus éloigné. À l'aide de son canif, il gratta la terre et délogea la brique. C'était juste une façade ; comme il l'était lui-même.

Derrière se trouvait un paquet soigneusement enveloppé d'une toile cirée. Des papiers d'identité américains, un passeport, des dollars. Burke mit le paquet dans sa poche et le remplaça par les sacs de velours noir. Il n'y avait pas beaucoup d'espace, mais il parvint à les caser. Il remit la brique et barbouilla les joints de terre. À son arrivée dans les locaux de l'US Army, on le fouillerait, et il ne voulait pas risquer de perdre ce qu'il avait obtenu de si haute lutte. En Belgique, la guerre ne durerait plus très longtemps ; Burke trouverait une excuse pour revenir à Anvers et récupérer son trésor.

Après cela, le monde s'ouvrirait à lui. Arnie Burke tracerait sa route.

17

2018 – Wester Ross

Ayant passé presque toute sa carrière à élucider des affaires anciennes, Karen n'avait pas souvent eu l'occasion de travailler sur une scène de crime où le corps se trouvait toujours sur place. En général, elle se basait sur des photographies prises longtemps auparavant, avec toutes les limites que cela impliquait. Elle suivait Wilson, avançant avec précaution sur la tourbière, de touffe d'herbe en touffe d'herbe, évitant les parcelles humides trompeuses où l'on pouvait s'enfoncer jusqu'à la cheville, voire davantage.

La zone d'excavation était protégée par une tente blanche, elle-même entourée d'une rubalise de police. Non qu'il y ait beaucoup de curieux à tenir à distance. Si la nouvelle était parvenue aux oreilles de ceux que l'on appelait les locaux, cela ne les avait pas assez intrigués pour les détourner de leur quotidien et les attirer jusque-là. Karen passa sous la rubalise et Wilson lui donna une combinaison blanche provenant d'un carton posé à l'entrée de la tente. Elle l'enfila avec difficulté et ôta ses bottes l'une après l'autre en essayant de ne pas poser sa chaussette sur le sol. À présent, au moins, ces combinaisons inconfortables lui allaient un peu mieux. Ça ne compensait pas l'événement qui avait provoqué cette perte de poids, mais il fallait bien sauver ce qu'on pouvait d'un désastre.

La première chose qu'elle vit en pénétrant dans la tente fut la tête de River, penchée, dépassant d'un trou dans le sol. Prenant une profonde inspiration, Karen suivit le chemin délimité à quelques mètres de la fosse. Du coin de l'œil, River remarqua un mouvement et se redressa.

— Karen, ça me fait plaisir de te voir.

— Je n'aurais pas choisi ce genre de circonstances mais oui, moi aussi ça me fait plaisir. Alors, qu'est-ce qu'on a ?

Elles savaient toutes les deux que la question était superflue. Il suffisait à Karen de baisser les yeux vers ce qui était, à l'évidence, une tombe. Quelque chose ressemblant à la sculpture grossière d'une moto était apposé contre la paroi de la fosse, tel un candidat potentiel pour le prix Turner. À côté gisait leur victime, le haut du corps formant un angle bizarre avec ses jambes. La tourbe avait donné à sa peau une couleur café au lait, mais en dehors de cela, il était aussi bien conservé qu'un mannequin dans une vitrine. Cheveux bruns courts, sourcils bien dessinés, longs cils – tous ces détails étaient clairement visibles maintenant que River avait nettoyé les restes de tourbe. Ce visage dont on distinguait encore la beauté possédait également une mâchoire carrée et un petit nez. Difficile de croire que personne n'ait remarqué sa disparition.

— Tu peux voir à quel point il est fort, fit remarquer River. C'est un vrai Monsieur Muscle.

— Du genre à faire de la muscu, ou plutôt un travail physique ? demanda Karen.

— Je ne pourrai pas l'affirmer avec certitude avant de l'avoir autopsié, mais je dirais plutôt un sportif. Un sportif sérieux et assidu. Les muscles dus au travail physique ne sont jamais symétriques. Quand on répète une tâche inlassablement, certains muscles se développent de façon disproportionnée. Notre homme a plutôt l'air d'avoir développé sa musculature de façon plus équilibrée.

River se pencha en avant et indiqua deux petites marques circulaires, chacune d'une teinte plus foncée que sa peau.

— Voilà ce qui l'a tué. Une balle dans la poitrine, probablement un peu à droite du cœur. Mais celle qui a causé le plus de dégâts, c'est celle-ci, dit-elle en posant le doigt sur l'impact dans son cou. À cet endroit-là, un petit projectile peut causer énormément de dégâts. Endommager des vaisseaux sanguins majeurs, la colonne vertébrale. Il a même pu finir sa course dans le cerveau. La balle n'est pas ressortie, tu vois ?

Karen comprenait. Une balle de petit calibre, probablement un .22 ou quelque chose de similaire. Le tir n'avait pas eu assez de puissance pour transpercer le corps, en particulier si la trajectoire était ascendante en direction des parois du cerveau. Mais la balle avait pu rebondir et s'insinuer dans chaque parcelle de tissu, chaque fragile vaisseau sanguin sur son passage. L'homme décédé avait cessé de souffrir en quelques secondes.

— Alors, maintenant que tu l'as examiné, une idée du nombre d'années qu'il a passées sous terre ?

River secoua la tête.

— Je ne pourrai le savoir avec certitude qu'une fois les tests de labo effectués. Quand John Iverson me recontactera, au moins nous aurons un point de repère.

— Et si j'insiste un peu ?

— Je répéterai la même chose. Tu auras bientôt un élément pour commencer à enquêter, et avec un tel degré de préservation, on pourra te donner une bonne ressemblance photographique. Tous ceux qui l'ont connu vont reconnaître ce visage. Et regarde, ajouta-t-elle en frôlant son avant-bras. Il a un tatouage. On ne peut pas discerner les couleurs à cause de la tourbe qui a coloré la peau, mais l'encre aura pénétré ses ganglions lymphatiques. Nous pourrons agrandir le dessin au labo et te dire de quelles couleurs il était.

Karen afficha un grand sourire.

— Tu es une vraie sorcière. Est-ce que je te l'ai déjà dit ?

— Heureusement qu'on ne vit pas au XVIe siècle. Je crois que j'ai fait tout ce qui était en mon pouvoir ici. Les techniciens d'investigation criminelle ont encore du boulot, mais ils ont pris des photos et filmé, donc dès que les pompes funèbres auront emmené le corps pour le ramener à Dundee, j'en aurai terminé.

River gagna l'extrémité de la fosse pour en ressortir en escaladant.

— Vous emmenez le corps à Dundee ?

C'était la première fois que Wilson ouvrait la bouche depuis qu'ils étaient entrés sous la tente. Karen avait espéré que la vue du corps suffirait à lui couper la parole.

River haussa les épaules.

— Nous avons toute une batterie de tests à effectuer sur ce corps, et c'est le meilleur endroit pour ça. Nous avons un médecin légiste accrédité à notre disposition pour pratiquer l'autopsie, après quoi nous pourrons nous livrer à un examen plus approfondi du corps de la victime.

— C'est la même juridiction, lui rappela Karen. Nous faisons tous partie de la même force de police, dorénavant.

— N'empêche. Ce crime a eu lieu dans mon secteur. Je ne suis pas favorable à ce que le corps disparaisse loin, là où nous n'avons aucun moyen d'intervenir.

Wilson avait ressorti les griffes.

— Appelez votre commissaire. Il vous confirmera qu'il s'agit de mon enquête maintenant, j'en suis sûre.

Karen en avait assez d'épargner la sensibilité de Wilson. Elle savait que son chef serait ravi de déléguer une affaire complexe comme celle-ci, susceptible de grever son budget.

— À ce stade, le plus important c'est l'identification. Or, c'est la spécialité du labo du Dr Wilde. C'est là que sera transféré le corps. Il n'y a pas à discuter.

Elle traversa la tente en direction des techniciens qui analysaient patiemment le tas de tourbe que les hommes de Wilson avaient extrait de la fosse. Après s'être présentée, elle demanda qu'on lui envoie les photos de la scène de crime.

— En priorité, s'il vous plaît. Nous avons besoin d'identifier cet homme. Quelqu'un, quelque part, vit dans le chagrin parce qu'il ignore ce qui lui est arrivé. C'est l'occasion pour nous d'y mettre un terme.

Quand elle se retourna, Wilson était parti. River afficha un sourire contrit.

— Un nouveau nom à ajouter à ta liste de cartes de vœux.

Karen fit la grimace.

— Je ne suis pas ici pour me faire des amis. Je ne peux pas supporter ces querelles de clocher. Le meurtre n'a pas de territoire. Tu rentres ce soir ?

— Si les pompes funèbres arrivent bientôt, oui. Et toi ?

— Je vais rester un peu ici. J'ai des gens à interroger. Mais Hamish le beau gosse m'a proposé une location de vacances juste au bout de la route. Une yourte écolo, figure-toi.

River haussa les sourcils, un petit sourire narquois se dessinant sur ses lèvres.

— Certaines filles ont toujours de la chance.

— C'est ça. Une nuit dans une yourte écolo avec La Menthe. Comme c'est excitant…

— Jason va arriver ?

Karen consulta sa montre.

— Il devrait être là d'ici une heure. À ce moment-là, la fête pourra vraiment commencer.

18

2018 – Wester Ross

Il n'y avait pas de sonnette à la maison de pierre basse vers laquelle Hamish les avait envoyés. Juste un gros heurtoir en acier formant un nœud celtique. Karen hocha la tête et, consciencieusement, Jason le saisit pour le laisser retomber. Arrivé quelques minutes plus tôt, il demanda :

— Alors, qu'est-ce qui se passe, chef ?

— Bonne question. Qu'est-ce qu'on fait quand on n'en sait rien ?

Il afficha un air contrarié.

— On fait semblant, répondit-il d'une voix morne.

Faire semblant, ce n'était vraiment pas son fort.

Tandis qu'il parlait, la porte s'ouvrit sur un jeune homme qui semblait avoir passé le plus clair de son existence devant un miroir. Sa coiffure était impeccable, maintenue en place par le genre de cosmétiques grâce auxquels les coiffeurs de ville gagnaient leur vie. Sa barbichette était taillée et entretenue avec la même précision. Un jean *skinny* et une chemise à carreaux rouges et noires qui portait encore les plis du magasin. Karen avait du mal à l'imaginer les mains dans une tourbière.

— Vous êtes policiers ? demanda-t-il en plissant le front, incertain.

S'il avait su à quel point cette moue trahissait son âge, il n'aurait jamais laissé son visage grimacer comme ça.

— Oui. Je suis le commandant Pirie, de l'Unité des enquêtes historiques de la police écossaise.

De temps en temps, elle aimait bien donner son titre complet. Cela détournait ses interlocuteurs de la triste réalité : à savoir qu'elle et Jason (assistés désormais de Gerry McCartney) constituaient l'intégralité de l'Unité des enquêtes historiques.

— Et voici le lieutenant Murray. Vous êtes monsieur Somerville, n'est-ce pas ?

Il hocha la tête.

— Entrez. On est un peu sous le choc, avec tout ça. Bienvenue en Écosse, spécialisée dans le macchabée.

Son accent londonien sonore agaçait déjà Karen.

— Pour être honnête, ça n'arrive pas très souvent, rectifia Jason en suivant Karen dans la petite entrée carrée.

Will Somerville ouvrit la porte sur la gauche et les mena dans une pièce spacieuse qui représentait environ la moitié de la bâtisse. Karen embrassa du regard la kitchenette compacte, séparée du salon par une table en bois clair avec quatre chaises, et les murs de pierre décorés de grandes photographies représentant les paysages sauvages de la côte ouest. Au bout du canapé recouvert de tweed, une femme était recroquevillée, les jambes repliées sous elle. Ses cheveux noirs étaient attachés en une queue-de-cheval souple, dont s'échappaient quelques mèches rebelles. L'angoisse avait creusé son visage et elle ressemblait à un petit animal effrayé.

— Voici ma femme, Alice, dit Will. Alice, c'est la police. Enfin.

Il se laissa tomber sur le canapé à côté d'elle et passa un bras autour de son épaule.

— Nous n'avons pas eu la moindre information sur ce qui se passe, ajouta-t-il en essayant d'être ferme mais en paraissant simplement râleur.

— Nous préférons attendre d'avoir un élément à apporter, expliqua Karen sur un ton doux et calme. Je sais que vous avez déjà parlé avec les policiers locaux, mais mon équipe va maintenant prendre le relais, parce qu'il est clair qu'il ne s'agit pas d'un incident récent. Malheureusement, cela signifie que vous allez devoir tout me raconter de nouveau.

Will soupira mais Alice lui tapota le genou.

— On comprend. On veut avoir le fin mot de l'histoire, comme vous. Je vous en prie, asseyez-vous.

Elle indiqua deux fauteuils en face du canapé.

Jason choisit le plus éloigné et s'installa de façon à ne pas faire face au couple. Il attendit que Karen ait commencé à parler pour sortir son calepin. Il s'améliorait, cela ne faisait aucun doute.

— Reprenons du tout début. J'ai là votre adresse dans le Sud.

Elle la lut à voix haute.

— C'est bien ça ?

— Oui, répondit Alice en hochant la tête.

— Pouvez-vous me dire ce que vous faisiez ici ?

Ils échangèrent un rapide coup d'œil.

— C'est une longue histoire, dit-elle.

— On ne faisait rien de mal, se hâta d'ajouter Will.

L'éternel cri de la conscience coupable, songea Karen.

— Nous avons le temps, répondit-elle en souriant. Racontez-moi l'histoire.

Alice déplia les jambes et s'assit correctement, plantant ses chaussettes en laine rose fermement dans le sol.

— Pendant la Seconde Guerre mondiale, mon grand-père était en poste non loin d'ici, à Clachtorr Lodge. Vous avez dû passer devant en chemin, c'est ce grand bâtiment à quelques kilomètres, au bord de la route. Il n'avait jamais beaucoup parlé de ce qu'il y avait fait, mais quand ces affaires ont éclaté au sujet de Bletchley Park et des espions envoyés en Europe sous une fausse identité, il a fini par en parler. Il travaillait comme instructeur et formait des jeunes recrues du SOE en techniques de survie. Vous savez ce qu'était le SOE, non ?

Karen avait une vague idée :

— Les services secrets ?

— Pas exactement. C'était le bébé de Churchill. Le Special Operations Executive. Ils étaient censés mener des missions derrière les lignes ennemies. Espionnage, reconnaissance et sabotage, principalement. Ils ont fait des trucs incroyables. Ils étaient tous formés ici, dans les Highlands.

— Je ne le savais pas, dit Karen.

— Les Highlands étaient une zone interdite, pendant la Seconde Guerre mondiale, intervint Jason. Il fallait un laissez-passer pour aller au nord du Great Glen. Et même si vous habitiez là, il vous fallait une autorisation écrite pour vous éloigner à plus de trente kilomètres de chez vous. Sans ça, vous pouviez aller en prison.

Il croisa le regard étonné de Karen.

— On avait un prof d'histoire qui n'arrêtait pas de dire que c'était un coup d'État militaire, que les Anglais avaient traité les Écossais comme leurs esclaves, expliqua-t-il avec un sourire légèrement embarrassé.

— Merci, lieutenant Murray. Madame Somerville, votre grand-père était donc chargé d'apprendre aux espions à survivre dans n'importe quelle situation ?

— Plus ou moins. En tout cas, à la fin de la guerre, ils ont dû quitter la zone. Apparemment, plutôt que de s'embêter à renvoyer l'équipement d'où il venait, les instructeurs et le personnel ont reçu l'ordre de tout brûler. Ou de l'enterrer.

— Quoi ? Tout abandonner ? s'exclama Karen, indignée car elle était économe dans l'âme.

— Je sais, ça paraît fou. Mais c'était comme ça. Quelques semaines avant d'avoir reçu cet ordre, on leur avait livré deux motos de l'US Army. Des Indian Scout.

— Ce sont des objets de collection, aujourd'hui, précisa Will.

— Granto – mon grand-père – et son copain Kenny sont tombés amoureux de ces motos. Ils trouvaient que c'étaient de magnifiques pièces d'ingénierie. Ils n'ont pas pu se résoudre à les détruire. Alors ils ont mis au point un plan. Ils ont décidé de les enterrer et de revenir les chercher plus tard, une fois que tout le monde les aurait oubliées.

Alice s'interrompit et regarda Karen comme si elle attendait une critique.

— C'était une idée, commenta Karen, quoique légèrement illégale.

— D'après le grand-père d'Alice, ils n'étaient pas les seuls. Tout un tas de trucs ont disparu. Et les motos auraient été détruites de toute façon, expliqua Will. On pourrait dire qu'ils protégeaient des biens de valeur.

Karen secoua la tête.

— Pour le moment, je ne cherche pas à savoir si ce qu'a fait votre grand-père était bien ou mal. Qu'est-ce qui s'est passé après qu'ils ont enterré les motos ?

— Ils ont dessiné une carte. Chacun en a gardé une copie. Elles ne portaient aucun nom pour indiquer où se trouvaient les motos, parce que bien sûr, Granto et Kenny savaient en gros où ils les avaient enterrées. La carte servait simplement à leur rappeler certains détails. À la suite de cela, chacun est parti de son côté. Ils ont convenu qu'ils attendraient cinq ans avant de retourner les déterrer.

— Mais ça n'est pas arrivé.

Parfois, enfoncer une porte ouverte était la meilleure façon de faire progresser un récit.

Alice soupira.

— Non. Kenny est mort. Je ne sais pas de quoi exactement, mais Granto a dit que c'était un ou deux ans après leur démobilisation.

— Donc, en dehors de votre grand-père, Kenny était le seul à être au courant pour les motos ?

— C'est ça, répondit-elle en hochant la tête.

— Mais il en a peut-être parlé à sa famille ?

Alice secoua la tête.

— Il n'était pas marié. Mon grand-père est allé à son enterrement, il a dit que Kenny n'avait qu'une sœur, qui s'occupait de sa maison.

— Est-ce que vous connaissez le nom de famille de Kenny ? Ou de sa sœur ?

Will prit la parole :

— Il s'appelait Pascoe. Il y a une vieille photo d'eux, prise dans la grande bâtisse où ils logeaient, et au dos il est écrit : « Austin Hinde et Kenny Pascoe. » Austin était le grand-père d'Alice.

— Pascoe venait du Nord-Est, ajouta Alice. De Warkworth. Je m'en souviens seulement parce que Granto faisait toujours une blague là-dessus. Il disait que ce nom était vraiment imprononçable.

Karen lança un coup d'œil à Jason pour s'assurer qu'il prenait tout en notes.

— Est-ce qu'il a mentionné le nom de la sœur ?

— Si c'est le cas, je ne m'en souviens pas. Je sais qu'il était très triste à la mort de Kenny. Ils avaient partagé tellement de choses pendant la guerre, Kenny était le seul à connaître une grande partie de sa vie, et maintenant il n'avait plus personne avec qui en parler. Tous ces espions qu'ils avaient formés, toutes ces vies qu'ils avaient changées. Les gens qu'ils avaient envoyés mourir, ce genre de choses.

— C'est assez incroyable, quand on y pense, ajouta Will.

Personne ne prêta attention à sa remarque. Alice poursuivit :

— Granto ne savait pas quoi faire, à ce moment-là. Il savait qu'il ne pouvait pas récupérer les motos seul.

— Et il ne faisait pas assez confiance aux autres pour leur demander de l'aide, grogna Will. Il avait peur que l'affaire ne soit révélée et qu'on ne l'arrête.

— Enfin bref, reprit Alice fermement. Ça a toujours été une sorte de légende familiale, ces motos dans la tourbière. Je ne suis pas sûre qu'on y croyait vraiment. Il était doué pour raconter des histoires, mon Granto. Mais quand il est mort il y a deux ans, ma mère et moi on a rangé toutes ses affaires et j'ai trouvé la carte dans une enveloppe. Je me suis dit : « Wouahou. » Will et moi, on a pensé que ce serait un genre d'hommage à Granto, si on partait à la recherche des motos.

— Sauf que ça n'a pas été aussi simple que ça, soupira Will. On savait qu'il avait été en poste au pavillon de chasse de Clachtorr, mais on n'avait pas plus d'infos. Bêtement, on s'est dit qu'il nous suffisait de nous balader en voiture jusqu'à ce qu'on trouve le lieu correspondant à la carte, et ce serait bon. L'été dernier, on a passé toutes nos vacances à sillonner le coin et on était de plus en plus frustrés parce que rien ne collait. On trouvait un endroit qui ressemblait un peu à la carte, mais il y avait toujours une colline mal placée, un bras de mer, ou autre chose. Quelle perte de temps…

Alice baissa la tête sur ses chaussettes roses. Manifestement, ce n'était pas la première fois qu'elle entendait cette rengaine.

— Je ne voulais pas laisser tomber. Je me suis mise à lire des forums de groupes d'habitants de la région. J'ai posté une photo de la carte en demandant si quelqu'un reconnaissait. Évidemment, sans la mention *L'endroit est indiqué par une croix*, précisa-t-elle en riant.

— Qu'est-ce qui est arrivé ensuite ?

Elle leva la tête et sourit.

— Hamish est arrivé. Il pensait que la carte représentait la petite exploitation de ses grands-parents, telle qu'elle était à la fin de la guerre. On a commencé à bavarder et il m'a expliqué que les bâtiments, la bergerie, tout ça avait changé, et tout s'est éclairci.

— Il s'est avéré qu'on y était même passé l'été dernier mais qu'on n'avait pas reconnu parce que ça paraissait trop différent, précisa Will d'un air écœuré. On aurait pu s'économiser une année.

— Non, Will, c'est faux. On n'aurait jamais pu y arriver sans l'aide de Hamish. Il a été incroyable.

— Alors quand il vous a contactés, vous lui avez demandé son aide ?

— Il nous l'a *proposée*, rectifia Will. Il était aussi curieux qu'Alice de découvrir ce qui se trouvait là-dedans.

— Il n'a fait preuve d'aucune réticence ?

Karen ne pouvait pas éviter cette question.

— Bien au contraire. Il a dit que les gens trouvaient toujours des tas de trucs quand ils travaillaient leur terre, mais que personne n'avait jamais rien découvert d'aussi intéressant. J'ai l'impression qu'il ne se passe pas grand-chose par ici, commenta Alice.

C'était, Karen le savait, une erreur que commettaient souvent les étrangers au sujet de la région en apparence bucolique des Highlands. Ils n'avaient peut-être pas beaucoup de meurtres dans le coin, mais les activités illicites et illégales ne manquaient pas. Sans parler des activités sociales parfaitement légitimes. Elle aurait parié qu'il se tenait davantage d'événements réguliers ici que dans leur forteresse des Home Counties.

— Alors, vous avez organisé une rencontre ?

— Nous sommes convenus d'une date pour procéder à l'excavation D'après Hamish, un détecteur de métaux pouvait nous aider à limiter les possibilités. On est arrivés avant-hier, et on était très enthousiastes, n'est-ce pas, Will ?

— C'est vrai. On avait tellement hâte de s'y mettre. Croyez-moi, si on avait su ce qu'on sait maintenant, on serait remontés dans la voiture pour retourner dans le Sud aussi vite que possible.

La lèvre inférieure d'Alice se mit à trembloter.

— Je croyais que le rêve allait devenir réalité, mais c'est devenu un véritable cauchemar. J'aurais préféré qu'on ne mette jamais les pieds ici.

19

2018 – Dundee

River était aux abords de Dundee quand son téléphone sonna. Comme son ordinateur de bord l'informa qu'il s'agissait de John Iverson, elle s'empressa de répondre.

— Bonjour, John. Merci de me rappeler si vite, lança-t-elle sur un ton joyeux en sachant que c'était de l'énergie positive inutilement dépensée.

Il expira bruyamment.

— Oui, enfin, ce n'était pas bien difficile comme demande, grommela-t-il. Vous auriez pu chercher vous-même sur Google et m'épargner ça.

— Désolée, John. Mais j'avais peur de me tromper. Il y a tellement de détails sur ces chaussures qu'il me fallait un expert pour déterminer exactement le modèle.

River ôta une main du volant et fit mine de s'enfoncer deux doigts dans le gosier.

— Le premier venu qui s'y connaît un peu en baskets aurait très bien pu identifier le modèle.

— Même avec les taches et la décoloration ?

— Ça complique un peu l'affaire, j'imagine, reconnut Iverson à contrecœur. Mais on ne peut pas se tromper sur la forme et l'allure générale, le motif de vagues et le logo discret.

River leva les yeux au ciel.

— Alors, qu'en concluez-vous, John ?

— J'en conclus, docteur Wilde, que vous avez sous les yeux une basket iconique. Il s'agit de la Nike Air Max 95, conçue par Sergio Lozano. Une chaussure de course sans pareille. Il s'est inspiré des stries du Grand Canyon pour le look, mais en y incorporant également des formes évoquant des muscles, ainsi que des œillets rappelant des côtes stylisées.

Maintenant qu'il était lancé, c'était impossible de l'interrompre.

— C'était la première chaussure où l'on pouvait voir l'air à l'avant-pied et sur la semelle arrière. C'était une révolution. Elle a inspiré des générations entières de baskets depuis. Nike a même repris ce concept pour le vingtième anniversaire de l'original.

— Est-ce que ça ne pourrait pas être une de celles-ci ?

Il respira avec difficulté.

— Non, ils ont changé les coloris. Platine, argent et noir. Mais le style était le même, notamment le motif dégradé sur la chaussure femme.

— Intéressant, commenta River. Et cette chaussure en particulier, à quelle date est-elle sortie ?

Un soupir de lassitude.

— Comme son nom l'indique : Air Max 95. Elle est apparue sur le marché en 1995 et est rapidement devenue un objet de collection.

River réfléchit un instant.

— Ça veut dire quoi ? Que c'était un accessoire de mode plutôt qu'une chaussure d'athlète ?

— Les deux. Conçue comme une chaussure de course, à une époque où Nike se focalisait essentiellement sur les chaussures de basket-ball. Avec celle-là, ils ont tenté de percer dans le marché de la course à pied. Les coureurs et les athlètes l'appréciaient, mais aussi les jeunes qui voulaient avoir l'air cool, expliqua-t-il avec une touche de dédain tout à fait perceptible. Voici une information intéressante au sujet des Air Max 95 : c'est la deuxième empreinte de chaussures la plus fréquente sur les scènes de crime britanniques à la fin des années quatre-vingt-dix et au début des années deux mille.

River savait que Karen allait adorer cette info. Si leur victime frayait avec les milieux criminels, cela pourrait les aider à expliquer sa présence si surprenante dans la tourbe.

— Est-ce que c'était une chaussure chère ?

— Oh oui. Elle coûtait quatre-vingt-dix-neuf livres en 1995. C'était l'équivalent d'un mois de loyer dans un appartement à loyer modéré au nord de l'Angleterre.

Cette mesure était curieusement précise, mais River ne douta pas une seule seconde qu'il disait vrai. John Iverson le grincheux était bien renseigné.

— Est-ce qu'elle est restée en vente longtemps ?

Le son qui surgit des haut-parleurs était à mi-chemin entre un grondement et un grognement.

— Ce n'est pas facile de répondre à cette question. La première édition s'est vendue en quelques mois, mais il existait un énorme marché d'occasion entretenu par les Japonais. Les gens payaient plusieurs milliers de dollars pour une paire comme neuve. Mais d'après les photos que vous m'avez envoyées, leur propriétaire les traitait comme des chaussures et non comme des trophées.

— Est-ce qu'il y a un moyen de remonter jusqu'au vendeur, à partir de cette paire-là ?

Il lâcha un petit rire rauque.

— Je sais que j'ai dit qu'elles étaient iconiques, mais à votre avis, docteur Wilde ? À l'époque, on ne gardait pas vraiment trace des ventes. Je dirais que vous n'avez aucune chance, même si vous étiez en possession de la boîte d'origine et du ticket de caisse, ajouta-t-il en riant de nouveau. C'est tout ce que je peux vous dire, docteur. J'enverrai ma facture à votre service, comme d'habitude.

Sur ce, il raccrocha.

River s'autorisa un moment de satisfaction. Centimètre par centimètre, ils se rapprochaient de leur victime.

20

2018 – Wester Ross

Karen laissa à Alice le temps de se ressaisir avant de poursuivre :

— Je sais que c'est difficile pour vous, mais vous allez devoir m'expliquer exactement ce qui s'est passé hier.

Alice frissonna.

— C'était horrible. Quand j'ai vu ce bras sortir de la tourbe, tout un tas de choses me sont passées par la tête. Je me suis même demandé si ce n'était pas Kenny, dans ce trou. Et si c'était le cas, qu'est-ce que cela révélait au sujet de mon Granto ?

— Heureusement, le Dr Wilde a été en mesure de vous rassurer sur ce point, dit Karen. Nous pensons que l'homme dont vous avez découvert le corps a été enterré là bien plus récemment que 1944. Au cours de ces vingt-cinq dernières années, pour être plus précise, ajouta-t-elle en affichant un sourire sans joie. Ce qui est relativement récent, pour nous.

— Vous remontez jusqu'à quand ? demanda Will.

Comme Karen ne pensait pas qu'il posait la question juste pour la détourner de l'interrogatoire, elle répondit :

— En général, dans la police, nous ne dépassons pas soixante-dix ans. Trouver un suspect vivant au-delà de cette limite n'est guère réaliste. Les historiens et les anthropologues médico-légaux comme le Dr Wilde, eux, ont un spectre bien plus large. Rien n'est trop vieux pour eux. Mais cet homme dont vous avez déterré le corps, il avait des amis, des parents. Peut-être même une femme et des enfants. Des gens qui ignorent ce qui lui est arrivé. Alice, est-ce que quelqu'un d'autre connaissait l'existence de la carte de votre grand-père ?

Elle réfléchit un moment.

— Eh bien, il en parlait parfois avec la famille. Mais encore une fois, on ne le prenait pas complètement au sérieux. On pensait qu'il exagérait son rôle pendant la guerre. Je ne me rappelle pas que quelqu'un ait jamais prétendu avoir vu cette carte. Comme je l'ai dit, elle était dans une enveloppe, dans un tiroir.

— Est-ce qu'il avait des amis remontant à l'époque de la guerre ? Peut-être dans la Légion britannique locale, ou bien des hommes avec qui il se réunissait de temps en temps ?

Alice secoua la tête.

— Pas à ma connaissance. J'ai passé beaucoup de temps avec lui et ma grand-mère quand j'étais petite, et je n'ai aucun souvenir de ça. Il ne buvait pas beaucoup et il ne sortait pas souvent au pub. Il jouait beaucoup au bowling, mais je ne crois pas que son amitié avec ses copains du club date de ce temps-là.

— Donc pour autant que vous le sachiez, personne n'est venu réclamer les motos ?

Will intervint :

— Il en aurait parlé, vous ne pensez pas ? Quand il abordait le sujet avec Alice. Il savait qu'il ne pouvait pas aller les récupérer tout seul, alors si quelqu'un s'y était intéressé, il aurait passé un accord avec lui, non ?

Karen hocha la tête.

— C'est ce qu'on peut penser. Mais je dois clarifier au maximum les détails concernant ces motos et la carte qui a mené à leur découverte. J'imagine que vous avez toujours cette carte ?

Surprise, Alice se redressa et posa la main sur sa bouche.

— Oh zut ! Je l'ai laissée chez Hamish. On l'avait apportée pour la comparer avec celles qu'il avait trouvées. Et on était dans un tel état après qu'on a oublié de la récupérer.

— Ce n'est pas grave, j'y jetterai un œil quand j'irai là-bas. Il est possible qu'on doive la garder, mais si c'est le cas, je vous ferai un reçu et une copie.

— Pourquoi avez-vous besoin de la carte ? demanda Will.

— Parce qu'il s'avère qu'elle indique le lieu où un corps a été enterré et que je dois m'assurer que personne n'a mis la main dessus avant vous.

Karen était bien décidée à ne pas perdre patience.

— Comment est-ce que vous pourrez le savoir juste en la regardant ?

— Nous avons des gens qui s'appellent les experts médico-légaux et qui peuvent trouver tout un tas d'éléments sur des morceaux de papier, comme vous et moi ne pourrions l'imaginer. Et tant que j'y suis, je vais envoyer un agent en uniforme prendre vos empreintes digitales et votre ADN. J'imagine que vous n'y voyez pas d'objection.

Will parut sur le point d'objecter, mais Alice intervint :

— Bien sûr que non. Je le répète : nous voulons vous aider.

— Merci. Revenons donc à un passé plus récent. Dites-moi ce qui s'est passé hier.

Alice prit une inspiration visiblement profonde et fit à Karen le récit de la journée, jusqu'au moment où Hamish avait annoncé qu'il y avait un cadavre dans la fosse, et où Alice avait hurlé au point de se casser la voix.

— Ensuite, Hamish a appelé la police, annonça-t-elle d'une voix terne et triste.

— De toute évidence, même si on ne sait pas encore qui c'est, il n'a aucun rapport avec nous, dit Will. Est-ce qu'on pourra prendre l'autre moto ? Celle qui se trouvait dans la première fosse ?

Même Jason tourna la tête pour lui lancer un regard incrédule.

— Je ne crois pas qu'elle vous appartienne, répondit-il. Pour commencer.

— Mais les trésors appartiennent à ceux qui les trouvent, non ?

Will n'était pas prêt à lâcher l'affaire sans se battre.

— Le lieutenant Murray a raison, dit Karen. Légalement, vous n'avez aucun droit sur ces motos. Quant à ceux qui trouvent un trésor, ils ne peuvent le garder que si on ne connaît pas l'identité du propriétaire légitime. Ce qui n'est pas le cas ici. L'US Army ou le ministère de la Défense est prioritaire. Mais dans l'immédiat, c'est le cadet de mes soucis. J'ai une victime de meurtre à identifier et un tueur à traquer. Vous comprendrez que ce soit la priorité de tout le monde ici, maintenant.

Will lui lança un regard de défi.

— Si nous n'avions pris aucune initiative, personne n'aurait retrouvé ce mort. On devrait recevoir une forme de reconnaissance pour ça.

Karen peinait à contrôler son mépris.

— Ne prétendez pas que vous n'aviez pas une petite idée derrière la tête. Si le grand-père d'Alice avait enterré une boîte remplie de cailloux, vous n'auriez jamais organisé une expédition pour aller les récupérer. Vous espériez vous remplir les poches, monsieur Somerville. Si vous n'aviez retrouvé que deux motos, vous seriez repartis avec, vous les auriez nettoyées avant de les vendre au plus offrant en vous disant que vous n'enfreigniez aucune des lois avec lesquelles vous auriez pourtant été en totale contradiction. Vous ne recevrez aucune récompense pour cela.

Alice donna l'impression d'avoir reçu une gifle. Will resta assis, fixant d'un regard mauvais un point à côté de Karen. Cette dernière espérait qu'Alice Somerville lui avait dit tout ce qu'elle savait. Elle ne pensait pas qu'elle obtiendrait davantage à présent. Elle se leva.

— Merci de m'avoir accordé de votre temps. Un agent va…

Will l'interrompit :

— Est-ce qu'on peut rentrer chez nous, maintenant ? Puisque vous ne nous laisserez pas ramener notre moto, il n'y a aucune raison pour nous de rester dans ce trou perdu.

L'idée qu'elle ne reverrait jamais Will Somerville réjouit Karen.

— Vous devrez attendre qu'on prélève vos empreintes et votre ADN. Après quoi, vous serez libres de partir. Si ce corps a l'âge que nous pensons, vous n'êtes certainement pas suspects. Vous étiez encore à l'école quand il a été tué.

Karen pivota et se dirigea vers la porte, Jason sur ses talons. Alors qu'ils quittaient la pièce, Alice leur lança :

— Bonne chance. J'espère que vous découvrirez qui c'est.

Karen regagna la voiture d'un pas agacé, tête baissée face aux bourrasques de vent qui venaient du nord-ouest.

— D'où est-ce que ces gens tirent l'idée que tout leur est dû ? marmonna-t-elle en claquant la portière passager. Comment est-ce que ce petit bobo suffisant, ajouta-t-elle en faisant sonner cela comme une insulte, peut être assis là avec un cadavre devant chez lui et se soucier d'une moto qui ne lui appartient même pas ?

— Ça me dépasse, chef. En plus, comment est-ce qu'il comptait la vendre sans aucun papier à l'exception d'une petite carte gribouillée ?

C'était une parole de sagesse venant de Jason, un garçon qui avait croisé plus de véhicules sans papiers qu'il ne voulait l'admettre devant Karen. Avoir un frère policier était une honte permanente pour son grand frère Ronan. Un jour, le regretté capitaine Phil Parhatka avait croisé Ronan à un match des Raith Rovers et l'avait immédiatement reconnu. « Tu ferais bien de t'assurer que Karen ne rencontre jamais ton frère », avait-il averti Jason alors qu'ils quittaient Starks Park après le dernier coup de sifflet. Jason avait compris et obéi. Il y avait des choses que la chef n'avait pas besoin de savoir.

Il ignorait qu'elle était au courant depuis le début. Évidemment.

— Ils n'ont même plus leur petit bout de papier gribouillé, dit Karen sur un ton sévère. Il va rester avec les pièces à conviction jusqu'à ce qu'on mette ce tueur derrière les barreaux pour le restant de ses jours. Maintenant, allons voir si Hamish Mackenzie est à la hauteur de son café.

21

2018 – Wester Ross

Il y avait un message sur la porte de Hamish Mackenzie : *De retour à 17 heures.* Karen consulta sa montre. Encore quarante minutes. Voire plus, vu l'attitude détendue avec laquelle les campagnards traitaient le temps qui passe.

— Allons jeter un œil à cette yourte écolo où on est censés loger, proposa Karen.

Ils roulèrent sur la piste et dépassèrent le site de l'excavation. Un peu plus tôt, Karen avait déplacé sa voiture pour la garer à côté de la Toyota de Hamish, et à présent seuls trois véhicules demeuraient : un Land Rover de police, une camionnette blanche et un 4 × 4 Nissan.

— Sûrement les techniciens d'investigation qui n'ont pas terminé, devina Karen. J'arrive pas à croire que les policiers du coin aient enlevé toute la tourbe du corps. Les techniciens doivent les maudire. Ils vont devoir passer en revue tout ce tas de terre au cas où il y ait une preuve cruciale.

— Ils vont en payer les conséquences, commenta Jason. Ils vont devoir monter la garde devant le site jusqu'à ce que les techniciens aient terminé. J'aimerais pas faire une longue surveillance au milieu de nulle part, en pleine nuit.

Après une petite butte, la piste s'évanouit pour céder place à une vallée donnant sur l'océan. Une imposante construction circulaire était bâtie là, abritée de part et d'autre par les collines, avec vue magnifique sur la mer et, à l'horizon, la silhouette de l'île de Lewis.

— Nous y sommes, annonça Karen.

Jason quitta la piste pour s'engager sur une zone de stationnement gravillonnée. Curieux, ils observèrent la yourte. Ses fondations et sa souche de cheminée étaient bâties en pierre locale. Les murs en paille, eux, avaient été finis à la chaux. Une série de grandes fenêtres faisait bénéficier de la vue et un étroit porche en bois s'étendait côté lande. Le toit légèrement arrondi était couvert de végétation ; il ressemblait à une étendue de bruyère. Karen s'attendait presque à voir une nichée de Lagopèdes d'Écosse en sortir et la fixer de leurs yeux globuleux.

— On essaie ? suggéra-t-elle en se dirigeant vers la porte sans savoir si elle était verrouillée ou non.

La poignée tourna facilement et la porte s'ouvrit. Ils pénétrèrent dans une lumineuse pièce en forme de demi-lune avec de grandes fenêtres à triple vitrage. La vue panoramique était encore plus spectaculaire qu'au-dehors. La proximité de la mer donna immédiatement à Karen le sentiment d'être chez elle, même si ce panorama mêlant mer et collines était bien plus époustouflant que celui du Firth of Forth et du Fife qu'elle avait depuis son appartement.

— Cool, commenta Jason en faisant le tour de la pièce.

Des placards en bois artisanaux étaient alignés le long des murs, et le coin cuisine contenait un réfrigérateur, une machine à café ainsi qu'un micro-ondes. Par la fenêtre, Karen aperçut une cuisine extérieure dotée d'un four en briques, d'un barbecue et d'une table de pique-nique abrités sous un toit en tourbe. La pièce était meublée de fauteuils invitant à la détente, chacun flanqué de son petit guéridon.

Le long du mur qui divisait la yourte s'alignaient trois portes que Karen ouvrit. La première donnait sur une salle d'eau comportant un engin qui se prétendait être un séchoir corporel. Elle le considéra d'un air méfiant mais décida de le tester plus tard. Ensuite, il y avait une petite chambre simple : lit, fauteuil, penderie et commode basse. Une cellule de moine pour Jason, à l'évidence.

La dernière pièce était très lumineuse elle aussi. Un lit double face à l'océan sans cesse changeant. D'un côté, un bureau avec deux ensembles de tiroirs. Une penderie et deux fauteuils pour compléter le tout. Simple mais suffisant, mêlant l'utile à l'esthétique. *Je pourrais habiter ici.* Elle revint à la raison et prit conscience qu'elle ne survivrait jamais sans ses amis, sa famille, son travail. Les rues qu'elle parcourait de nuit. Perdre Phil lui avait appris qu'on ne pouvait pas échapper à ce qui vivait à l'intérieur de soi ; on pouvait seulement composer avec. Et pour elle, la fuite ne serait jamais une solution.

— Ça fera très bien l'affaire, jugea Karen en retournant au salon.

— Il y a même le Wi-Fi, dit Jason. Du coup, c'est pas grave qu'il n'y ait pas de télé. Un des gars du coin m'a dit qu'il y avait un pub à quelques kilomètres où on peut manger, donc ça ira.

Quand ils revinrent à la ferme, le message sur la porte avait disparu. Avant qu'ils ne puissent frapper, Hamish ouvrit.

— J'ai entendu la voiture, précisa-t-il.

Il avait troqué sa combinaison contre un pull Aran, un kilt, d'épaisses chaussettes roulées au bas de ses mollets musclés ; ses cheveux ébouriffés juste comme il fallait ondulaient jusqu'à ses épaules. Il travaillait décidément son look, songea Karen.

— J'imagine que quand quelque chose trouble la tranquillité du coin, vous devez le remarquer, dit-elle.

Il gloussa en les guidant à l'intérieur.

— Ce n'est pas si tranquille que ça. Les moutons, les oiseaux, le vent… Mais oui, on entend les moteurs de voitures. Venez par ici.

Après l'agencement intelligent de la yourte, la cuisine de Hamish paraissait moins exceptionnelle qu'elle ne l'aurait semblé de prime abord. Néanmoins, Karen était consciente que cette atmosphère de simplicité avait dû coûter cher. Elle suivait suffisamment la politique de son pays pour savoir que dans les Highlands, l'agriculture permettait de subsister – guère plus. Ici, tout était onéreux et cet argent ne provenait pas de l'élevage de moutons sur un flanc de colline à Wester Ross. Quelque chose se cachait derrière le charme de cet homme, et elle devait prendre garde à ne pas y succomber aveuglément.

— Café ? Je fais un très bon café, commandant.

Karen secoua la tête. Elle lui était déjà redevable d'avoir un toit pour la nuit et préférait conserver une certaine distance professionnelle.

— Non, merci. Au fait, nous sommes allés voir la yourte, ça nous ira très bien pour ce soir. Avec un peu de chance, nous pourrons boucler demain et vous laisser tranquille.

Il agita la main pour écarter cette idée.

— Vous pouvez rester aussi longtemps que nécessaire. Vous me rendez service : il y a toujours des petites choses qui ne fonctionnent pas, quand on lance un nouveau projet, expliqua-t-il en souriant. Comme je l'ai dit, vous serez mon équipe-test. Je suis toujours un peu nerveux quand les projets se terminent avant la date prévue. Je ne peux pas m'empêcher de me demander ce qu'on a raté.

— Nous ferons en sorte de vous signaler tous les défauts. Est-ce qu'on peut s'asseoir ? Je sais que vous vous êtes entretenus avec les policiers locaux, mais puisque nous avons repris l'enquête, j'ai besoin d'entendre de nouveau votre témoignage. Désolée.

L'excuse était volontairement hâtive.

— Pas de problème. Installez-vous.

Ils s'assirent autour du bar, Jason avec son calepin ouvert et son stylo-bille mâchonné. À peine Hamish s'était-il installé qu'il se releva.

— J'ai besoin d'un café, excusez-moi, dit-il avant de s'affairer derrière ses boutons et ses manettes, toute conversation rendue impossible par les bruits du café en train d'être moulu et le sifflement de la machine.

Karen ne se formalisa pas. Il en fallait davantage pour la déstabiliser. Elle attendit qu'il se réinstalle en face d'elle avec sa toute petite tasse d'expresso qui ressemblait à une flaque de pétrole noire bordée d'un halo de crème.

— Reprenons donc depuis le début. Comment avez-vous rencontré les Somerville ?

— On a un forum Facebook à Clashstronach. Ça permet aux gens de garder contact. Tous ceux qui possèdent une propriété dans la région ne vivent pas ici à l'année, et ils peuvent se tenir au courant de ce qui se passe. Ou être avertis d'un éventuel problème. Les jeunes s'en vont mais veulent continuer d'avoir des nouvelles de chez eux. Pour les autres, c'est un moyen facile d'annoncer une fête ou un *ceilidh*. Parfois même un enterrement. Alice nous a donc trouvés et a posté une copie de la carte de son grand-père.

Il tendit le bras vers une petite pile de papiers posée au bout du bar et en prit un. Il plaça devant eux une carte imprimée, dessinée à la main.

— C'est ce qu'elle a partagé sur le site ?

Aux yeux de Karen, cela semblait plutôt vague. Une vallée, deux collines, un bras de mer et quelques bâtiments.

— Oui. Elle avait précisé que le vieil homme avait été en poste à Clachtorr. C'est cette vieille bâtisse délabrée devant laquelle vous êtes passés, à l'écart de la route à quelques kilomètres au sud. Avant, c'était une grande loge de chasse, mais le gouvernement l'a réquisitionnée pendant la guerre et après ça, elle n'a jamais vraiment retrouvé sa splendeur.

— Et vous avez reconnu le dessin ?

C'était difficile de cacher son incrédulité.

— Oui. Parce que j'ai passé une grande partie de mon enfance à gambader dans ces collines. C'était la ferme de mes grands-parents et j'ai participé à beaucoup des changements qui sont intervenus ici depuis que la carte a été dessinée. Même quand j'étais petit, on me donnait toujours des petites choses à faire. Alors oui, j'ai reconnu l'endroit par rapport à la position du bras de mer et des collines.

— C'est assez incroyable, intervint Jason. Cela dit, j'ai toujours été nul en géo.

Karen ne prêta aucune attention à lui.

— Vous avez donc répondu à Alice ?

Hamish avala une gorgée de son breuvage noir.

— C'est ça. Je lui ai demandé pourquoi elle s'intéressait tant à ce petit morceau de terre. Elle m'a demandé si elle pouvait m'envoyer un e-mail privé. Le lendemain matin, je recevais un message où elle me racontait l'histoire que vous avez déjà entendue, j'en suis sûr. Les motos enterrées, la chasse au trésor du grand-père, dit-il en riant. Qui pourrait y résister ?

— Pas vous, apparemment.

— J'ai pensé que ce serait amusant. Et que même si ça ne menait à rien, ça ne me coûtait rien. Enfin bref, on a échangé quelques messages jusqu'à ce qu'elle comprenne qu'il me fallait plus d'informations si elle voulait avancer. J'ai toujours les e-mails dans mon ordinateur, je peux vous les transférer si vous voulez.

— Merci. Je veux bien. Si vous les envoyez au lieutenant Murray, il en prendra connaissance.

Jason hocha la tête d'un air abattu.

— Est-ce qu'Alice vous a donné d'autres détails ? demanda Karen.

Il sortit une deuxième carte, quasiment identique à la première, à l'exception d'une croix rouge pâle. Même Karen pouvait voir que c'était approximativement là que le corps avait été exhumé.

— « L'endroit est indiqué par une croix », dit Hamish en tapotant le signe du doigt. Donc on a convenu qu'ils viendraient ici et qu'on partirait en quête du trésor.

— Vous avez eu une sacrée chance de tomber dessus du premier coup, fit remarquer Karen. On pourrait croire que vous saviez où chercher.

Hamish parut étonné. Puis il rit de nouveau. C'était un grand éclat de rire sincère, auquel il devait être difficile de résister, songea-t-elle.

— Rien de louche, je vous promets. Je ne suis pas fou, commandant. Je n'avais pas l'intention de passer une semaine à explorer la tourbière au hasard. Non, j'ai emprunté le détecteur de métaux d'Archie Macleod et j'ai mené une petite enquête dans la zone circonscrite par la carte. J'ai tâtonné pendant une heure environ avant de trouver ce que je croyais chercher.

— Vous n'avez pas été tenté d'y jeter un œil ?

Il caressa sa barbe en observant Karen avec méfiance.

— Bien sûr que si. Je suis humain. Mais je me suis retenu. Ce n'était pas à moi de déterrer le trésor. Je me suis contenté de planter des piquets en fer et de délimiter la zone avec de la ficelle.

— Et vous n'en avez parlé à personne ?

— Même pas à Archie. Je lui ai dit que j'avais entendu parler de quelqu'un à Arisaig qui avait trouvé de vieux pistolets enterrés à la fin de la guerre et que je voulais faire un tour à Clachtorr pour voir, expliqua-t-il avec un sourire contrit. Archie va être super en colère contre moi. Ce truc-là va me coûter une bonne bouteille de whisky.

Karen lui demanda de lui raconter l'excavation. Son histoire collait parfaitement avec celle d'Alice et Will.

— Vous avez passé du temps dans cette région depuis votre enfance, c'est ce que vous avez dit ?

Hamish hocha la tête. De nouveau, il eut un regard méfiant et se caressa la barbe.

— C'était ma deuxième maison, gamin.

— Est-ce que vous avez reconnu l'homme que vous avez trouvé mort sur votre terrain ?

C'était une question tendancieuse. Mais Hamish ne se déroba pas.

— Non, répondit-il sans hésitation. Je n'ai jamais vu cet homme auparavant. Il n'est pas d'ici.

22

2018 – Pont d'Allan

Un bon marcheur mettait un peu moins d'une demi-heure pour effectuer le circuit de l'Airthrey Loch, le plan d'eau situé au cœur du campus de Stirling University. La femme accompagnée du fox-terrier l'accomplissait deux fois par jour quasi quotidiennement – avant d'aller au travail puis avant d'aller au lit. Ces deux kilomètres lui permettaient de réfléchir à la journée qui s'annonçait ou qui venait de s'achever. Le chien, lui, courait trois ou quatre fois la distance pendant qu'elle marchait, si bien que plus tard, à l'heure du déjeuner, il tolérerait la courte promenade autour du pâté de maisons qui était tout ce qu'il avait jamais obtenu de la part de la vieille mère de sa propriétaire.

Elle aimait bien l'Airthrey Loch. Le sentier était globalement bien éclairé. Comme c'était en plein campus, elle ne se sentait pas isolée. Il était très rare qu'elle termine le circuit sans avoir croisé quelqu'un : un coureur qui la dépassait, un jeune couple enlacé, un professeur, tête baissée, front plissé, songeur, un groupe d'étudiants qui revenait du bar à leurs résidences. Personne ne prêtait attention à elle, et cela lui convenait.

Il était vingt-deux heures passées quand elle avait garé sa voiture et s'était mise en route. Un petit vent soufflait depuis les collines, mais elle était habillée en conséquence et il ne filtrait pas à travers sa douce écharpe en cachemire. Elle s'élança, perdue dans ses pensées, cherchant une solution à un conflit entre deux collègues plus jeunes.

Quand l'homme surgit d'un buisson de rhododendrons, sa poitrine se serra et la surprise la fit sursauter. Le cœur battant la chamade, elle trébucha légèrement avant de se redresser, les bras tendus devant elle comme pour se défendre.

— Désolée, chef, je ne voulais pas vous faire peur, dit le capitaine Gerry McCartney.

— Quoi ? Vous pensez que surgir devant une femme dans le noir est censé la rassurer ?

La commissaire adjointe Ann Markie baissait rarement la garde, mais cette fois-ci, elle donna libre cours à sa colère. Elle laissa retomber ses bras le long de son corps et reprit sa marche. McCartney dut hâter le pas pour rester à sa hauteur.

— Pourquoi toute cette mise en scène, Gerry ? demanda-t-elle.

— Je croyais que vous vouliez que je sois discret ?

— Être discret, ça veut dire ne pas avoir un comportement qui ferait jaser tout le monde, de Jedburgh à John O'Groats, si on venait à vous surprendre. Être discret, ça signifie des rendez-vous qui passent inaperçus dans le courant de la journée. Et non agir comme si vous étiez dans un foutu thriller télévisé.

— Désolé.

— Comment est-ce que vous saviez que j'étais ici, de toute façon ? Est-ce que vous me suivez ?

Elle s'arrêta net, tourna sur ses talons et le toisa du regard.

McCartney enfonça les mains dans les poches de sa veste inadaptée.

— Garvey, le chef de la sécurité de l'université, il était lieutenant à Falkirk, avant, expliqua-t-il sur un ton moqueur. Tout le monde sait que vous promenez votre chien ici, matin et soir.

— Bon sang, merci la sécurité, pesta Markie avant de reprendre sa marche. Alors, pourquoi est-ce que vous interrompez le seul moment de paix de ma journée ?

— Vous vouliez des infos au sujet du commandant Pirie.

— Travail efficace, Gerry. Vous n'êtes là-bas que depuis deux jours. C'est très rapide pour obtenir un résultat.

Le lampadaire éclaira le visage de McCartney, inquiet.

— Je ne dirais pas exactement que j'ai un résultat. Mais j'ai pensé que vous apprécieriez une mise à jour.

Markie leva les yeux au ciel.

— Pourquoi ? Qu'est-ce qui se passe ?

— Elle a quitté la ville. Elle est partie dans les Highlands à la demande de River Wilde.

Markie s'arrêta pour lui faire face.

— Quoi ? Expliquez-vous.

— D'après le rouquin qui bosse pour elle, Pirie a reçu un appel de Wilde disant que la division Nord avait trouvé un corps qui relevait probablement de l'Unité des enquêtes historiques, bafouilla-t-il. Alors Pirie a tout laissé en plan pour filer à Wester Ross. Elle était pratiquement arrivée à la scène de crime quand elle a enfin daigné s'entretenir avec le commandant chargé de l'enquête pour lui annoncer qu'elle lui piquait l'affaire.

Markie se demanda comment Pirie avait pu survivre aussi longtemps dans la police. Cette femme ne semblait pas comprendre comment fonctionnaient les relations professionnelles. Comment avait-on pu la laisser tourner en roue libre de la sorte ? Clore des affaires, c'était bien joli, mais dans la police moderne, travailler en équipe, ça impliquait plus que deux personnes. Manifestement, il était impossible de la faire rentrer dans le rang. Il fallait la remplacer. Une fois que Markie se serait occupée de l'UEH, ce ne serait plus du tout la même unité ; mais une de celles où l'on comprenait l'importance de la hiérarchie. Et où on n'arborait pas fièrement son insubordination.

— Et alors, c'en était bien une ? demanda-t-elle sans détour en se remettant en marche sur le sentier.

— Une quoi ?

— Une affaire relevant des Enquêtes historiques…

Elle n'ajouta pas « espèce d'idiot », mais les mots flottèrent en l'air.

— Je ne sais pas. Je n'ai pas eu de nouvelles du rouquin depuis. Le truc, c'est que si c'était une véritable affaire, elle aurait dû m'appeler moi, pas lui. Je suis plus expérimenté. Elle m'a fourgué cette enquête emmerdante qui ne mène nulle part. Je sillonne le pays pour interroger des gens qui possédaient une Rover 214 en 1986, en espérant que l'un d'entre eux s'avoue coupable d'une série de viols et qu'on mette la main sur un violeur tueur. Comme si ça allait se produire. C'est Murray qui devrait être chargé de ça, pas moi. C'est à peu près tout ce qu'il sait faire.

Markie déglutit et s'arrêta, les yeux fixés sur les vaguelettes sombres du lac.

— Pensez-vous qu'elle me soupçonne de vous avoir placé dans son unité pour me rapporter sa façon de gérer son empire ?

— Je n'en sais rien.

— Il y a beaucoup de choses que vous ne savez pas, Gerry. Quand vous étiez mon adjoint, vous étiez au taquet. Ne me dites pas que vous avez perdu la main. Je n'aimerais pas me rendre compte que j'ai eu tort de vous faire confiance.

Il poussa un soupir.

— Je crois qu'elle ne se fie à personne excepté Murray, et c'est seulement parce qu'il est trop stupide pour la trahir.

— Eh bien, votre mission c'est de gagner sa confiance.

— Je vais faire ce que je peux. J'ai juste…

— Quoi ? Vous avez juste quoi, Gerry ?

Markie semblait amicale, à présent. Tous ceux qui la connaissaient auraient immédiatement pris la fuite.

— Je ne vois pas trop à quoi sert tout ça. Voilà.

— Arrêtez de vous poser des questions qui sont bien au-delà de vos compétences. Faites ce que je vous demande et tout ira bien. Mieux vaut ne pas me décevoir, Gerry.

Il déglutit, la gorge soudainement nouée.

— Je comprends. Mais si je savais…

— Vous voulez retourner à la BEP, n'est-ce pas ?

Pour le moment, il avait surtout envie d'aller là où Ann Markie n'était pas.

— C'est bon, je m'en occupe, dit-il.

— Bien. Et ne me refaites jamais un coup pareil, Gerry.

Sa voix suintait le mépris. Elle posa deux doigts devant ses lèvres et produisit un sifflement strident. Le chien détala des buissons et bondit sur Gerry McCartney, barbouillant son pantalon de terre.

McCartney s'éloigna rapidement en se demandant si elle avait entraîné son sale roquet à faire ça. Cela ne l'aurait pas étonné le moins du monde. L'espace d'un instant, il se demanda s'il n'avait pas parié sur le mauvais cheval dans une course dont il ignorait jusqu'à l'existence même.

23

2018 – Wester Ross

Pour une femme habituée à combattre ses insomnies en sillonnant le dédale des rues d'Édimbourg avec ses allées et ses ruelles, ses passages et ses arrière-cours, ses venelles et ses recoins, où les immeubles se resserraient dans des configurations inattendues, les étendues désertes des Highlands offraient des possibilités limitées. Une fois Jason couché, Karen s'était vite rendu compte que le sommeil allait lui échapper. La seule option était son remède habituel.

Elle enfila donc de nouveau ses chaussures de marche et sa veste, puis sortit dans la nuit. Le ciel était dégagé et aucun lampadaire ne venait concurrencer la lumière de la demi-lune, si bien que sa pâle lueur était largement suffisante pour se repérer. Elle prit à droite à la sortie de la yourte et suivit pendant dix minutes la piste qui se terminait en une aire de retournement défoncée près de ce qui ressemblait aux vestiges d'un petit abri en pierre. *Probablement pour les bergers*, se dit Karen en se fondant sur une déduction qu'elle savait des plus rudimentaires. Le vent était tombé et la mer scintillait au clair de lune, de minuscules vaguelettes faisant frissonner la surface. Elle demeura immobile un moment, se laissant pénétrer par le calme de la nuit qui apaisait son agitation.

Mais il faisait trop froid pour rester immobile longtemps et, plus tôt qu'elle ne l'aurait souhaité, elle fit demi-tour sur la piste, dépassa la yourte et la scène de crime, retraçant mentalement la soirée. Elle avait dîné avec Jason au pub le plus proche – à huit kilomètres par la route, au-delà de la frontière du comté, dans le Sutherland. Ils avaient l'intelligence de proposer un menu simple : un choix de tourtes provenant d'un magasin renommé à Lochinver, accompagnées de frites croustillantes taillées à la main et de haricots cuisinés maison. Tant que le plat n'avait pas été posé devant elle, Karen n'avait pas pris conscience de sa faim. Après, elle s'en était voulu de sa négligence ; elle savait pourtant que quand elle ne mangeait pas, son cerveau était le premier organe à ralentir.

Sur le trajet pour regagner la yourte, elle avait réfléchi à la fin de leur conversation avec Hamish Mackenzie. Pour elle, ce qui défiait l'entendement, c'était que le corps ait pu se retrouver dans la tourbière sans que personne le remarque. Cette petite exploitation était clairement en activité, et d'après les dires de Hamish, c'était également le cas quand il était enfant. Alors, comment quelqu'un aurait-il pu creuser une fosse de la taille d'un cercueil puis la combler sans que personne s'en aperçoive ?

Hamish avait été catégorique : ses parents n'avaient eu connaissance ni des motos ni du corps. Quand Karen avait demandé comment cela était possible, il avait été perplexe, lui aussi.

— Vous pensez que c'est arrivé quand ? avait-il demandé.

— Pas de certitude. Mais probablement il y a vingt ou vingt-cinq ans.

Hamish hocha la tête et son visage s'éclaira.

— On a déménagé aux États-Unis en 1994 quand j'avais douze ans, expliqua-t-il. Mon père a décroché un job à

Stanford. En dehors de quelques brèves visites, je ne suis rentré au Royaume-Uni qu'en 2000, pour aller à l'université d'Édimbourg. Et quand je suis finalement revenu ici, pour être honnête, le terrain était en piteux état. Ma grand-mère commençait à perdre la tête et mon grand-père était de plus en plus fragile. Je me suis mis à passer mes vacances ici, à essayer de remettre de l'ordre un peu partout. Je faisais le travail physique que mon grand-père ne pouvait plus assumer seul. Alors j'imagine que toutes sortes de choses ont pu se produire dans ces lieux pendant ces années-là, sans que personne s'aperçoive de quoi que ce soit. On ne voit pas vraiment cette partie de la tourbière depuis la maison, vu l'inclinaison de la pente. Et puis, par ici, la nature regagne vite ses droits.

Comme très souvent dans les anciennes affaires, ce qui ressemblait de prime abord à une explication inutile suscitait en fait d'autres interprétations. Il suffisait de secouer le kaléidoscope et la réponse de Hamish fournissait une fenêtre d'opportunités. Ces six années durant lesquelles il avait vécu le rêve américain et où la vie de ses grands-parents se délabrait peu à peu auraient pu constituer une bonne occasion, pour quelqu'un ayant connaissance de ce qui était caché dans la tourbière.

— Combien de temps faudrait-il pour creuser jusqu'à la caisse sans pelleteuse ? demanda Karen. Mon expérience de l'agriculture se limite à faire pousser des tomates sur mon balcon. Et encore, pas très bien.

Il secoua la tête.

— À moins d'avoir un châssis ou une petite serre, vous aurez du mal avec les tomates à Édimbourg. Le vent est trop froid.

— J'aime bien les défis. Combien de temps, donc ?

Il vida sa tasse de café tout en réfléchissant.

— Ils devaient être au moins deux, non ? La victime et celui qui lui a tiré dessus ?

Karen haussa les sourcils. Elle n'avait pas mentionné l'utilisation d'une arme à feu.

Hamish haussa une épaule.

— Les flics du coin étaient en train d'en parler quand je leur ai apporté le café et ma présence ne semblait pas vraiment les déranger.

— Ils ne sortent pas beaucoup, marmonna Jason en secouant la tête d'un air tristement réprobateur.

— OK, dit Karen. En effet, au moins deux.

— Donc deux ou trois heures minimum. À condition de travailler sans s'arrêter et d'être en bonne forme physique.

Au moins, il ne connaissait pas tous les détails, songea-t-elle. Leur victime était indubitablement plus qu'en bonne forme physique.

— Est-ce qu'ils auraient pu faire ça en une nuit ?

— Dans des conditions favorables ? Oui, sans problème. Surtout par temps sec.

La conversation s'était arrêtée là. Elle retourna ça dans sa tête en marchant jusqu'à la ferme – plongée dans l'obscurité à cette heure avancée – puis la route goudronnée. Elle bifurqua à droite et gagna le chemin qui descendait vers le cottage en pierre où avaient logé les Somerville. Ils étaient partis dès que leurs données biométriques avaient été prélevées. Will Somerville boudait toujours d'avoir été privé de ce qu'il considérait comme l'héritage légitime de sa femme.

Les pensées de Karen se dirigèrent alors vers les photos de la scène de crime que Jason et elle avaient observées en rentrant du pub. Le degré de préservation des tissus mous continuait de la surprendre. On aurait pu croire que la mort remontait à quelques heures, et non quelques années. Mais en étudiant les photos en détail, Karen parvenait à voir au-delà de la seule victime pour se faire une idée plus large du contexte général.

La position de son corps paraissait étrange, d'une certaine façon. Il était tordu au niveau de la taille, comme si le bas de son corps avait été immobilisé au moment où les coups de feu avaient fait pivoter son torse d'un côté. Karen avait parcouru les clichés en question et les avait étalés sur une commode, dans la yourte.

— Si tu trouves que je raconte n'importe quoi, dis-le-moi, avait-elle annoncé. C'est difficile d'être sûre de moi parce que je ne peux me baser que sur les photos, vu qu'en arrivant à la scène de crime, les motos avaient été déplacées. Mais j'ai l'impression qu'il était en partie écrasé par la moto. Elle a peut-être dégringolé sur lui quand il était dans la fosse. Ou alors il était en train de la soulever pour la sortir du trou au moment où on lui a tiré dessus ?

Jason avait étudié les photographies l'une après l'autre en respirant fort par le nez, tout en réfléchissant aux hypothèses de Karen.

— Vous pourriez être dans le vrai, chef. Mais pourquoi s'embêter à déterrer la moto si c'est pour tirer sur le type avant qu'il l'ait sortie du trou ?

C'était bien là toute la question. Un peu plus tôt, Karen s'était trituré les méninges sur ce point. Elle s'était demandé si le meurtre avait été le but de tout cela et la découverte des motos une simple excuse pour convaincre la victime de creuser sa propre tombe. Ça paraissait tiré par les cheveux. D'après son expérience, les scénarios tirés par les cheveux se produisaient bien plus souvent qu'on l'aurait cru.

Marcher lui permettait souvent de débrouiller ce qui semblait insoluble, inconcevable, invraisemblable. En se promenant au clair de lune, elle comprit ce qui lui avait échappé plus tôt. Parfois, songea-t-elle, Jason n'était pas le seul étourdi de l'UEH.

Elle s'arrêta et sortit son téléphone. Elle ouvrit les photos de la scène de crime et agrandit l'une d'entre elles avec deux doigts. La première Indian, dans toute sa splendeur. Le détail qui lui avait échappé précédemment apparaissait clairement, même si, avec ce degré d'agrandissement, l'image était légèrement floue. Elle ouvrit les photos de la deuxième moto, celle qui avait été exposée aux éléments.

Karen scruta l'image, consciente que les résidus de tourbe sur l'engin pouvaient rendre sa tâche impossible. Si tel était le cas, elle devrait attendre qu'il fasse jour pour aller vérifier ça en personne. Mais elle n'avait pas à s'inquiéter. Ce qu'elle croyait se rappeler était bel et bien là sous ses yeux.

Les sacoches en cuir de la moto étaient fermées à l'aide de sangles à boucles. Sur la première moto, apparemment intacte, les sangles étaient attachées.

Sur la deuxième, elles ne l'étaient pas.

24

1944 – Anvers ; Wester Ross

Comme il s'y était attendu, c'étaient les Canadiens qui avaient finalement libéré Anvers. Arnie Burke se rendit à eux ; un major du renseignement militaire assura son débriefing et l'informa qu'il serait renvoyé aux Américains d'ici un jour ou deux. Il ne savait pas exactement s'il serait facile de retourner à Anvers une fois exfiltré ; il se retrouvait face à un dilemme. Laisser son butin dans sa cachette en espérant que personne ne le découvrirait par hasard, ou le récupérer tant que c'était possible au risque de se faire prendre en rentrant au bercail ?

Un tiens vaut mieux que deux tu l'auras, se dit-il. Un matin à l'aube, alors que le jour se levait peu à peu sur la rivière et la ville au-delà, il sortit de son cantonnement pour gagner l'arrière-cour obscure où il avait caché les petits sachets de velours noir. D'un geste rapide, il ôta la brique et trouva son butin. Il le dissimula dans la ceinture-portefeuille qu'il portait à la taille.

De retour au gymnase scolaire que les Canadiens occupaient, il prit son sac, alla aux toilettes et entailla la doublure. Il glissa les sachets à l'intérieur et aplatit leur contenu contre le tissu. Si quelqu'un cherchait de la contrebande, il les trouverait peut-être. Mais ils ne seraient pas détectés lors d'une fouille de routine. Il s'avéra qu'une semaine plus tard, alors qu'il regagnait une unité américaine, personne ne s'en préoccupa. Il aurait pu se présenter au volant d'un side-car de la Wehrmacht sans éveiller l'attention de personne. Bon, c'était peut-être exagéré, mais ce n'était pas loin de la vérité. Il dut raconter une fois de plus son histoire à un lieutenant du renseignement de l'US Army ; pour tout résultat, il se vit payer une bonne quantité de bière trappiste ce soir-là.

Le lendemain matin, en proie à une migraine carabinée et l'estomac retourné, on lui annonça qu'on le renvoyait en Écosse, où il avait été formé, avant d'aller à Anvers.

— Nous avons des hommes là-bas qui pourraient bénéficier de votre expérience de terrain. On a peut-être fait fuir les Boches, mais il nous reste les Japs dans le Pacifique. Vous le savez bien, les Anglais ont un bon centre de formation là-haut. Quelques semaines dans les Highlands et ensuite vous rentrerez chez vous, lui annonça un capitaine pugnace.

Une traversée houleuse de la Manche suivie d'un trajet en train interminable entassé dans un wagon à bestiaux rempli de paras qui n'avaient pas vu d'eau chaude depuis un moment. Enfin, dans une gare perdue au milieu de nulle part et battue par les vents, une Jeep arriva, conduite par un GI dur à cuire qui n'avait pas envie de bavarder. Une heure plus tard, Arnie fut déposé devant une bâtisse qui correspondait à l'idée que se faisait tout Américain d'un château féerique. Du granit gris, des tourelles à chaque angle, une imposante porte à travers laquelle on aurait pu faire défiler un bataillon. C'était encore plus majestueux que la loge de chasse où il avait été basé pendant qu'il apprenait les rouages du métier.

Un petit caporal sec comme un terrier vêtu d'un uniforme défraîchi qui semblait avoir servi à au moins trois régiments différents le mena jusqu'à une chambre minuscule sous les toits. Un lit simple, une chaise et une commode, mais aux yeux d'Arnie, c'était le paradis. Il ne se rappelait pas la dernière fois où il avait dormi sans le grondement sourd de la peur dans sa poitrine. Personne n'allait débouler dans la pièce pour le dénoncer ; aucune balle perdue n'allait le transpercer tandis qu'il vaquait à ses occupations ; aucune bombe n'allait réduire son monde en cendres.

Pendant les dix semaines qui suivirent, il travailla avec les Anglais, transmettant les fruits de son expérience à de potentiels agents. Ce n'était pas stressant et Arnie redevenait peu à peu celui qu'il avait été avant de vivre constamment sur la brèche. Jour après jour, il retrouvait confiance et avait hâte de retourner en Amérique pour commencer une nouvelle vie qui serait facilitée par le contenu de ses sachets en velours.

Et puis tout se compliqua. On lui donna une date de rapatriement. Une couchette sur un navire ravitailleur de l'US Army qui ramenait du matériel dont plus personne n'avait besoin en Europe. C'était une excellente nouvelle, sauf qu'un de ses nouveaux amis de la police militaire avait mentionné des fouilles draconiennes pour tous les passagers.

— Il y a eu trop d'histoires de pillages, lui avait-il expliqué. Quand il s'agissait juste d'un pistolet allemand ou d'une croix de fer, tout le monde s'en fichait, mais certains gars sont allés trop loin. Un abruti de la Signalisation a été pris avec un Rembrandt au fond de son sac – il l'avait enlevé de son cadre chez un richard de Bruxelles, en pensant le ramener chez lui pour faire fortune.

Ce soir-là, il récupéra les sachets en velours pour réunir leur contenu en un seul paquet. Il emprunta un vélo et descendit sur le quai de Loch Ewe où les préparatifs pour l'embarquement étaient en cours. Arnie n'était pas arrivé jusque-là pour se laisser arrêter par quelques bureaucrates donneurs de leçons. Il fallait qu'il trouve un moyen d'embarquer son paquet. Une fois qu'ils auraient levé l'ancre, il se débrouillerait pour le récupérer.

Il slaloma d'un pas rapide entre les équipements militaires devenus superflus, comme s'il avait parfaitement le droit de se trouver là. Pendant ce temps, il observait le navire, étudiant la cargaison, calculant les possibilités. Il lui apparut bientôt qu'il ne pourrait pas pénétrer à bord pour cacher son sac sans être vu. Il avait presque abandonné tout espoir quand il parvint aux derniers objets prêts à être chargés. Tout au bout se trouvaient deux motos Indian Scout. Elles avaient l'air flambant neuves. La peinture était impeccable, les pneus ne montraient pas la moindre trace de boue. Chacune portait deux sacoches fixées au-dessus de la roue arrière.

Arnie regarda autour de lui pour s'assurer que personne ne le regardait. Puis il s'accroupit à côté d'une des motos, ouvrit une sangle en cuir raide et glissa à l'intérieur de la sacoche son sachet de velours bien rempli. Dans trente-six heures, il lèverait l'ancre pour l'Amérique, son avenir bien à l'abri dans la soute du navire.

Il retourna au château sur son vélo, sans un regard pour les collines environnantes. Que représentaient-elles pour un homme s'apprêtant à gravir une montagne ?

25

2018 – Wester Ross

Karen agrandit les images sur l'écran de son ordinateur portable avant de cliquer.

— Est-ce que tu vois ce que je vois ? demanda-t-elle.

Jason, qui n'avait jamais été ce qu'on pourrait appeler quelqu'un du matin, se brûla les lèvres avec son café et fit une grimace.

— Aïe !

Karen passa une nouvelle fois d'une image à l'autre.

— Allez, Jason.

— D'un côté il y a des sacoches fermées et de l'autre, non, répondit-il en soupirant. Donc on dirait que vous avez raison, ce n'est pas les motos qu'ils cherchaient. Mais ça ne nous avance pas, hein ? Je veux dire, on n'a aucun moyen de savoir ce qu'ils voulaient. Ni qui a mis quelque chose dans ces sacoches. Ni même s'il y avait quelque chose dedans, d'ailleurs.

Karen se carra sur son siège et regarda la mer au loin.

— Je pense qu'il y avait bel et bien quelque chose dans ces sacoches. Sans quoi les deux motos auraient été déterrées.

— À moins que tout ça n'ait été un moyen de mener notre victime à creuser sa propre tombe, dit Jason d'un air encourageant.

— C'est un peu gros. Franchement, si c'était le cas, n'importe quel coin des Highlands aurait fait l'affaire, tant que le tueur avait une histoire crédible. Cette fosse était très spécifique, alors si l'enjeu n'était pas les motos, il y avait autre chose. Et ce qu'on sait, c'est que cette chose devait être suffisamment petite pour loger dans une sacoche de moto sans problème. Parce que si cela avait été visible, le grand-père d'Alice Somerville l'aurait vu, ou su que ça se trouvait là. Et s'il l'avait su, pourquoi ne lui aurait-il rien dit ?

— C'est vrai, concéda Jason. Au fait, chef, pourquoi est-ce que vous avez laissé ce message sur le lavabo ?

Karen piqua un fard. Le message en question était écrit sur une feuille A4 à lignes provenant du carnet qu'elle utilisait pour dessiner des schémas connectant les témoins et les suspects aux événements. Elle l'avait crayonné à deux heures et demie du matin après être revenue de sa marche nocturne. Elle était allée dans la salle de bains pour faire pipi et se laver les dents avant de se coucher, mais elle n'avait pas allumé la lumière parce que celle-ci était reliée au ventilateur et elle ne voulait pas réveiller Jason. C'était déjà suffisamment difficile d'avoir une conversation intéressante avec lui quand il était éveillé, alors elle ne préférait pas essayer de le tirer du sommeil.

Sans savoir comment elle s'y était prise, sa boucle d'oreille s'était accrochée dans son bracelet de montre et s'était détachée. Elle avait essayé désespérément de la rattraper. Mais elle avait entendu le petit bruit de l'argent sur la porcelaine, puis sur la bonde et enfin la dégringolade dans le tuyau.

— Merde, avait-elle maugréé entre ses dents.

Le seul bijou auquel elle tenait vraiment venait de disparaître dans le lavabo de la salle de bains.

Elle laissa échapper un petit grognement et posa son front sur le rebord froid du lavabo. Pour l'anniversaire de leur première nuit ensemble, Phil lui avait offert une paire de boucles d'oreilles en argent Tiffany High Tide. Elle était restée sans voix. Personne ne lui avait jamais fait un aussi beau cadeau. Les lignes qui ondulaient doucement rappelaient l'estuaire du Forth sans cesse en mouvement, qu'ils aimaient tant admirer, assis le dimanche en dégustant une gaufre pralinée. Elle les avait portées tous les jours depuis.

Et voilà qu'elle venait d'en perdre une. Elle réfléchit et se dit qu'elle n'avait pas dû tomber bien loin. Elle devait être coincée dans le siphon. Peut-être qu'au matin, Hamish pourrait la récupérer ?

Dans ce cas, il fallait éviter de faire couler de l'eau dans le tuyau. Karen avait donc rédigé le message. En très grosses capitales, à l'aide d'un feutre : *JASON : N'UTILISE CE LAVABO SOUS AUCUN PRÉTEXTE. JE SUIS SÉRIEUSE.* Quand elle s'était levée, elle l'avait trouvé en train de se raser devant l'évier de la cuisine. Comme il avait attendu jusqu'à maintenant pour lui poser la question, elle lui expliqua.

— Je comprends que ça vous tracasse, commenta-t-il. C'est celles que Phil vous a offertes, non ?

— Oui. Merci d'avoir obéi.

Son regard disait : « Comme si j'allais oser désobéir. » Avant qu'il ne puisse reprendre la parole, le téléphone de Karen sonna. Après un coup d'œil à l'écran, elle fit une grimace.

— Bon sang, c'est Nonosse.

Elle ne tint pas compte du regard effaré de Jason, afficha un grand sourire et répondit :

— Bonjour, madame.

Ann Markie semblait aussi pleine d'énergie qu'un jus d'orange fraîchement pressé.

— Est-ce que c'est un bon jour, là où vous vous trouvez, Karen ? Je pose la question, parce qu'il paraît que vous êtes loin de chez nous.

— Vous êtes bien informée, madame. Je suis à Wester Ross, où le soleil fait de son mieux pour se frayer une petite place au milieu des nuages.

Karen leva les yeux au ciel devant Jason et fit mine de se taper la tête contre un mur.

— Voudriez-vous bien m'expliquer ce que vous faites à Wester Ross ?

Sa voix était toute de miel et de soie. Karen eut la surprise de constater qu'elle aurait préféré les aboiements de son ancien chef. Au moins avec Le Macaron, on savait à quoi s'en tenir, même si c'était généralement quelque chose de pourri.

— J'enquête sur une mort suspecte. Enfin, pour être honnête, je dirais même un meurtre. Deux impacts de balle et pas d'arme en vue, ça élimine généralement la thèse du suicide.

— Est-ce que ce n'est pas à la brigade criminelle de la division Nord de s'en charger ?

— Normalement, si, mais il est évident d'après les circonstances que cela relève des Enquêtes historiques. Le corps est dans une tourbière depuis une vingtaine d'années. D'après les estimations du Dr Wilde.

Dès qu'elle mentionna le nom de River, Karen sut qu'elle avait commis une erreur.

— Ah oui, le Dr Wilde. Apparemment, c'est elle qui distribue désormais les enquêtes à mes inspecteurs.

— Elle a passé un coup de fil qui m'a épargné jusqu'à six ou sept heures de route, madame. J'ai pensé que m'atteler à cette enquête était plus utile que faire un aller-retour sur l'A9.

— Est-ce que vous aviez vraiment besoin de vous rendre sur la scène de crime ? En général, vous n'avez jamais ce privilège.

Karen commençait à être agacée.

— Justement, raison de plus pour saisir l'occasion, répliqua-t-elle en se forçant à sourire.

Quand on souriait, on ne pouvait pas grogner.

— Ça ne peut pas faire de mal de rafraîchir un peu ses pratiques de scènes de crime, ajouta-t-elle.

— Et vous ne pensez pas que, vu votre manque d'expérience récente sur le terrain, il aurait été plus judicieux de prendre avec vous le capitaine McCartney plutôt que le lieutenant Murray ?

Merci de confirmer mes soupçons.

— Le lieutenant Murray a besoin d'approfondir son expérience du terrain, répondit Karen avec fermeté. J'ai laissé au capitaine McCartney une série d'investigations à mener qui, honnêtement, nécessitent de l'expérience et du doigté. Ce sont précisément ses points forts, n'est-ce pas ? Ou bien j'ai mal compris ?

Elle n'allait pas laisser Markie lui marcher sur les pieds.

Jason écoutait ouvertement désormais, l'évocation de son nom valant, à ses yeux, autorisation. Il leva le pouce rapidement en direction de Karen.

Markie marqua une pause.

— Je pense quant à moi que le capitaine McCartney est un tantinet surqualifié pour une investigation de la dernière chance qui ne va probablement mener nulle part. J'imagine que vous rentrez bientôt au bercail ?

Elle battait en retraite, d'une certaine façon.

— Je l'espère. Cela dépend du temps qu'il nous faudra pour établir son identité.

Soupir à l'autre bout du fil.

— J'espère que cela ne va pas se transformer en puits sans fond, Karen. Vous savez que nous sommes sous pression constante pour utiliser nos ressources avec parcimonie. Et rien ne grignote les ressources plus rapidement qu'une batterie de tests sans fin que vous autres, aux affaires non élucidées, adorez réaliser.

L'injustice absolue de l'accusation de Markie faillit provoquer chez Karen une réponse inappropriée. Cette technocrate n'était pas allée sur le terrain depuis trop longtemps. Elle répondit du tac au tac :

— C'est une tourbière, madame. Le corps est très bien préservé. Je pense que nous pourrons obtenir une confirmation d'identité à partir d'une photo. Les médias en feront leurs choux gras, ils adorent ce genre d'histoires. Donc avec un peu de chance, nous n'aurons pas besoin de tous ces tests auxquels nous avons habituellement recours pour obtenir un résultat.

— Faites en sorte qu'il en soit ainsi, Karen. Hors de question que cette affaire traîne en longueur.

Et la conversation fut terminée.

— « Faites en sorte qu'il en soit ainsi, Karen. » Pour qui elle se prend, putain ? Pour le capitaine Picard, ou quoi ?

Jason tenta un sourire.

— Vous ne ressemblez pas beaucoup au commandeur Data, chef. J'en déduis qu'on n'est pas dans les petits papiers de la commissaire adjointe ?

Karen haussa les épaules.

— Tout ce qui l'intéresse, c'est le genre de dossiers qui lui permettront de donner des conférences de presse sur *Reporting Scotland*. Nous sommes ici uniquement pour la gloire d'Ann Markie, dit-elle en se levant pour se diriger vers la machine à café. Il faut que j'appelle River. Mais avant, il me faut plus de café.

Pile à ce moment-là, on frappa à la porte. Karen hocha la tête à l'intention de Jason, qui ouvrit la porte à Hamish Mackenzie vêtu d'un kilt et d'un pull maintes fois raccommodé, ses cheveux ondulant dans la brise. Il tenait un sac isotherme turquoise vif.

— Sandwichs bacon avocat, annonça-t-il en lançant le sac à Jason.

— Est-ce que vous essayez de nous acheter ? demanda Karen.

— Il suffit de si peu ?

Jason attrapa le sac et répondit :

— Parfois même moins que ça, si elle n'a pas eu son café.

Hamish sourit.

— Quand je me suis réveillé ce matin, je me suis rendu compte que je n'avais pas rempli le frigo. J'essaie de rattraper mon mauvais accueil.

Jason ouvrit le sac et en sortit deux paquets emballés de papier d'aluminium.

— Merci, dit-il.

— Vous avez bien dormi ? demanda Hamish en regardant Karen.

— Le lit est très confortable, répondit-elle avant de marquer une pause pour trouver la meilleure façon de formuler sa demande. Il n'y a qu'un léger problème.

Il fut immédiatement en alerte.

— Un problème ?

— Rien à voir avec la yourte, tout est vraiment agréable. Confortable, parfait. Vraiment. C'est entièrement ma faute. J'ai fait tomber une boucle d'oreille dans le lavabo hier soir.

Je pense qu'elle doit être dans le siphon. Je me demandais si peut-être…

Karen détestait dépendre de quelqu'un d'autre. En particulier si ce quelqu'un était au mieux un témoin, au pire un suspect, et en plus quelqu'un qui lui rendait déjà service.

— Pas de problème, je jetterai un coup d'œil tout à l'heure.

— Merci beaucoup.

Elle sortit l'autre boucle d'oreille de sa poche et déplia le papier toilette dans lequel elle l'avait emballée.

— Elle va avec celle-ci, dit-elle en la posant dans sa paume.

— Je peux ? demanda Hamish.

Elle hocha la tête et il la saisit pour l'examiner.

— Je pense que je la reconnaîtrai quand je la verrai.

— C'est une Tiffany, précisa Jason.

— Mais surtout, elle a une valeur sentimentale.

Choquée elle-même d'avoir révélé quelque chose de personnel à un quasi-inconnu, Karen se hâta de continuer :

— On n'a pas fait couler d'eau depuis qu'elle est tombée. Je suis vraiment désolée de vous embêter.

Il haussa les épaules.

— Aucun problème. Oh, et au fait…, ajouta Hamish avec une nonchalance légèrement surjouée, la presse est arrivée. Enfin, quand je dis la presse, c'est juste un type de *West Highland Free Press* et une freelance qui bosse pour la BBC et les journaux nationaux. L'agent en uniforme posté près de la tente leur a signalé qu'il n'y avait rien à voir et personne à qui parler, mais ils sont toujours là.

Karen ouvrit l'emballage de son sandwich à l'odeur alléchante et poussa un soupir.

— J'irai faire un saut dans un petit moment pour leur donner des infos.

Hamish hocha la tête.

— Je vais les avertir. À plus tard.

Il esquissa un salut de la main avant de s'en aller.

— Voilà un homme qui sait s'éclipser quand il faut, constata Karen machinalement en observant son petit-déjeuner.

— Il est sympa, jugea Jason.

— Peut-être trop sympa, marmonna Karen. Lis attentivement les e-mails qu'il a échangés avec Alice Somerville, Jason. Tu pourras peut-être faire un tour au pub ensuite, poser des questions, voir si Hamish Mackenzie est conforme à l'image qu'il renvoie. Ils seront peut-être plus enclins à parler si je ne suis pas là, dit-elle avant de mordre dans son sandwich et de pousser un gémissement de bonheur. Comment est-ce qu'on peut se procurer des avocats parfaitement mûrs dans les Highlands, Jason ? Quand j'étais petite et qu'on venait ici en vacances, si on voyait un légume vert qui n'était pas un chou, c'était jour de chance. « Ah, les temps changent, ma p'tite dame ! »

Quand elle eut terminé, elle sortit apprécier l'air frais et s'assurer un peu d'intimité pour téléphoner à River. Karen alla droit au but.

— J'ai déjà Nonosse sur le dos, annonça-t-elle.

— Laisse-moi deviner. On ne peut pas dépenser d'argent pour un type qui est mort depuis vingt ans sans que personne s'en aperçoive, c'est ça ? suggéra River sur un ton plus résigné qu'aigri.

— T'as tout compris.

— C'est pas grave.

— Ah bon ?

— Karen, je n'ai jamais vu de corps mieux conservé. Ce type a bénéficié des soins dentaires du National Health Service. Quelqu'un au Royaume-Uni va reconnaître sa photo. J'ai mis Callum sur le coup.

Callum Phelan était le spécialiste en reconstruction faciale qui travaillait dans le département de River. Il était capable de recréer des visages convaincants à partir d'un simple crâne ; son travail avait déjà permis à l'UEH de mettre un tueur derrière les barreaux. Karen en avait vu suffisamment pour savoir qu'il ferait du bon boulot.

— D'ici combien de temps ?

— D'ici peu. D'après lui, c'est sans difficulté. Il suffit d'éclaircir son teint et de lui donner des yeux bleus pour qu'il soit présentable.

— Génial, merci. Je te jure, tout ce qui intéresse cette femme, c'est dorer son image.

— Je ferai les tests malgré tout. Sur le budget de mon département. C'est un super entraînement pour mes étudiants. Donc tu bénéficieras quand même des résultats, si besoin.

Karen entendit le bip d'un message arriver sur l'ordinateur de River.

— Et les voilà au moment où nous parlons, annonça cette dernière. Callum a terminé. Je te le transfère immédiatement.

Dix minutes plus tard, Karen frappait à la porte de Hamish. Elle avait envoyé Jason sur la scène de crime au cas où le flic chargé de surveiller les lieux reconnaisse l'homme que Callum avait recréé pour eux, et de son côté, elle comptait faire la même chose avec Hamish.

Elle le suivit dans la cuisine.

— J'aimerais que vous jetiez un œil à quelque chose, lui annonça-t-elle. Vous avez dit que vous ne connaissiez pas l'homme retrouvé dans la tourbière, je sais, mais voici à quoi il aurait ressemblé de son vivant.

Elle lui montra son téléphone.

Il examina attentivement l'image en fronçant les sourcils. Callum avait bien travaillé. La victime n'avait l'air ni monstrueuse ni effrayante. Une image de synthèse et non la photo d'un mort. Hamish caressa sa barbe, l'air pensif.

— J'aimerais bien pouvoir vous aider. Mais je suis sûr et certain de n'avoir jamais vu ce gars. Si c'était le cas, je pense que je m'en souviendrais. Ce n'est pas le genre de type qui passe inaperçu, commenta-t-il en lui rendant son téléphone. Un café avant de partir ?

Difficile de résister. Tout ce qui l'attendait, c'était une conférence de presse impromptue.

— Pourquoi pas ? Ça sent très bon.

Il s'affaira avec sa machine sophistiquée et Karen apprécia ce moment de vide. C'était agréable de n'avoir rien de mieux à faire qu'observer quelqu'un accomplir une tâche avec expertise. D'un geste théâtral, il posa le mug devant elle.

— Vous aimez le café, manifestement. Où est-ce que vous allez le prendre, à Édimbourg ?

Karen esquissa un sourire nostalgique.

— Vous ne connaissez pas. Un tout petit café sur Duke Street. Aleppo.

Il fit littéralement un pas en arrière.

— Vous plaisantez ?

— Non, c'est là que j'ai mes habitudes. Pourquoi ? Vous y êtes déjà allé ?

Il éclata de rire en penchant la tête en arrière.

— Incroyable. Incroyable.

— Quoi ? Qu'est-ce qu'il y a ?

Karen s'était mise à rire à son tour, même si elle ne savait pas pourquoi. Hamish parvint à se calmer.

— Vous n'allez jamais au Perk ? Juste à côté d'Aleppo ?

— Plus depuis qu'Aleppo a ouvert. Avant, je leur prenais parfois un cortado. Et je m'arrête à leur petit stand sur George IV Bridge quand je suis dans le coin. Pourquoi ?

Il secoua la tête en souriant largement :

— Ils sont à moi.

Karen ne comprit pas bien ce qu'il voulait dire.

— Comment ça, ils sont à vous ? Vous y allez souvent ?

— Je suis le propriétaire. Et de celui sur le front de mer, aussi, à Portobello.

— Vous possédez une chaîne de cafés à Édimbourg ? répéta-t-elle parce qu'elle avait du mal à comprendre. Mais vous êtes paysan, à Wester Ross !

— Seulement à mi-temps. En général, je monte ici le dimanche soir et je redescends le mercredi soir. Teegan et Donny assurent la plus grande partie du travail à la ferme. Ces temps-ci, je ne suis vraiment qu'un paysan dilettante.

L'embarras lui donnait l'air d'un petit garçon qui ne savait plus où se mettre.

— Vous n'en avez jamais parlé.

Il haussa les épaules.

— Personne ne m'a posé la question. Vous avez tous supposé que j'étais juste paysan. Y compris les Somerville.

Karen ne savait pas exactement comment interpréter cette révélation. Avait-il été malhonnête avec elle ? Ou avait-elle conclu un peu hâtivement, comme il le suggérait, qu'il n'y avait rien d'autre à savoir sur lui ? Cet habitant accueillant des Highlands se doublait donc d'un barista à la mode ? Elle allait devoir réfléchir de nouveau à tout cela. Jason allait sans aucun doute devoir retourner au pub mener sa petite enquête. Elle fut surprise de ressentir un indéfinissable pincement de regret.

— Et est-ce que vous avez prévu de retourner à Édimbourg ce soir ? demanda-t-elle d'une voix neutre.

— Ça dépend s'il y a toujours une tente de police sur mon terrain, j'imagine.

— Je pense qu'on en aura terminé aujourd'hui, dit-elle en sentant une certaine froideur entre eux.

— Alors je pourrai partir. Et vous ?

— Tout dépend si on obtient un résultat de la part des médias au sujet de notre victime.

Hamish hocha la tête. Comme elle, il sentait que sa révélation avait d'une certaine façon changé la donne entre eux.

— Vous pouvez rester dans la yourte aussi longtemps que nécessaire.

— Merci, mais puisque vous êtes convaincu que notre victime n'est pas d'ici, nous partirons de toute façon.

Elle crut lire de la déception dans ses yeux.

— Je vous croiserai peut-être un de ces jours à Édimbourg. Sur le George IV Bridge.

— Peut-être.

Elle termina son café et posa le mug sur le comptoir.

— On ne sait jamais, ajouta-t-elle. C'est une petite ville, après tout.

Elle sortit dans la lumière du matin, complètement incapable d'expliquer ce qui venait de se passer.

26

2018 – Portpatrick

Le capitaine Gerry McCartney n'était pas un homme heureux. Il rentrait chez lui après sa désagréable entrevue avec Ann Markie la veille au soir quand son téléphone avait sonné, affichant un numéro inconnu. Il avait envisagé de ne pas répondre avant de réaliser que Markie était tout à fait capable de l'appeler depuis un téléphone à carte juste pour lui faire les pieds.

Donc il répondit. Et il le regretta. Quand il s'était traîné à contrecœur jusqu'au fin fond de l'Écosse sur les ordres de Karen Pirie pour une enquête perdue d'avance, il avait, pris d'un sursaut inédit de conscience professionnelle, donné sa carte à la voisine curieuse de Gordon et Sheila Chalmers. D'après le service des immatriculations, le couple avait un jour possédé une Rover 214. Et d'après la voisine, ils étaient actuellement dans leur appartement quelque part sur la Costa del Sol.

Dans un premier temps, il eut du mal à reconnaître la voix de la femme au bout du fil. Puis il comprit que son halètement n'était pas du harcèlement sexuel, mais le résultat d'une vie passée en compagnie d'un paquet de Lambert & Butler.

— C'est moi, capitaine. Sandra Shaw, de Portpatrick. Sandie Shaw, vous savez ? Comme la chanteuse ?

La voisine curieuse avec un nom débile.

— Bonjour, Sandie. En quoi puis-je vous aider ?

— C'est moi qui peux vous aider, répondit-elle d'un ton malicieux.

— Comment ça ?

— Vous vous rappelez, je vous ai dit que Sheila et Gordy ne devaient pas rentrer avant ce week-end ? Eh bien, devinez qui vient d'arriver en taxi il y a cinq minutes ?

— Sheila et Gordy ?

Qu'est-ce que ça peut bien me faire ?

— Non, répondit-elle en étirant la syllabe avec force autosatisfaction. Juste Sheila. Sans Gordy. Ça pose question, forcément.

Si on habitait la maison voisine et qu'on n'avait rien d'autre à faire, alors oui, forcément. Gerry McCartney n'était pas désespéré à ce point-là. Néanmoins, si l'un des deux époux était revenu, il pouvait faire un saut à Portpatrick le lendemain matin et rayer un nouveau nom de la petite liste stupide de Karen Pirie.

— C'est très utile, Sandie. Merci de m'avoir appelé.

— Vous allez venir interroger Sheila ?

Les gens regardaient tous beaucoup trop de séries policières à la noix, c'était le problème. Ils s'attendaient toujours à ce qu'on sorte le grand jeu, alors que la plupart du temps, la vie d'un flic était tout à fait ennuyeuse. Cela étant, ces séries présentaient quelques avantages…

— Écoutez, Sandie, vous savez que je ne peux pas discuter d'une enquête avec vous.

Elle gloussa.

— Oh oui, c'est vrai. Mais je vais ouvrir l'œil pour vous.

Il avait donc quitté sa maison ce matin-là à la même heure que ses filles adolescentes qui lui tapaient sur le système, qui avaient râlé et réclamé qu'il les dépose à l'école, alors qu'il se rendait dans la direction opposée. Les femmes lui pourrissaient la vie, songea-t-il. Toujours à faire des remarques, à l'enquiquiner, à critiquer tel ou tel problème qu'il était censé résoudre comme par enchantement. Où était passé le monde d'hommes dans lequel son père avait grandi ? Quelqu'un avait tiré le tapis sous leurs pieds, laissant les hommes chancelants et peinant à trouver leur équilibre. Et pourtant, il se souciait toujours de ce qu'elles pensaient de lui, il avait toujours ce besoin de se sentir admiré par elles, comme si, réellement, il pouvait résoudre tous les problèmes du monde.

Le long trajet en voiture jusqu'à la côte d'Ayrshire n'avait fait que l'agacer davantage. Retraités, pinailleurs et tracteurs avaient tous conspiré pour transformer sa route en un voyage de presque quatre heures au lieu des deux et demie escomptées. Il n'avait pas le temps d'admirer la magnifique campagne ni la côte à couper le souffle. Il s'était branché sur Radio Scotland simplement pour le plaisir de hurler contre l'animatrice et ses invités.

Foutue ville de Portpatrick. Pourquoi est-ce que les gens choisissaient de vivre là-bas ? C'était le bout du monde. Coincée au bout d'une péninsule en forme de marteau qui donnait l'impression d'avoir été ajoutée à la côte après coup. Certes, c'était pas mal si on aimait les petits ports écossais de carte postale avec des maisons colorées, des magasins de souvenirs et l'incontournable terrain de golf. Plutôt agréable par un jour d'été, mais la plupart du temps, elle était exposée aux vents d'ouest qui soufflaient du canal du Nord. Pour McCartney, c'était le genre de météo hivernale qui faisait de la Costa del Sol une destination paradisiaque.

Il se gara à quelques maisons de celle des Chalmers, espérant échapper ainsi à l'indiscrétion de Sandie Shaw, postée derrière son rideau. La femme qui lui ouvrit la porte n'avait pas l'air en forme. En dépit de ses rides bronzées qui donnaient à son visage l'air d'une veste en cuir toute froissée, elle paraissait pâle, ses yeux éteints cernés de noir. Ses cheveux ternes n'avaient manifestement pas vu de brosse depuis qu'elle était sortie du lit. McCartney faisait rarement attention aux vêtements des femmes une fois passée la vingtaine, mais il fut frappé par le pantalon écossais jurant avec la chemise rayée noire et blanche.

— Madame Chalmers ?

Elle hocha la tête, sa bouche tremblante comme si elle avait oublié à quoi servaient les lèvres.

— Je suis le capitaine Gerry McCartney. Je me demandais si je pouvais vous parler ?

Elle ne parut pas surprise. Il imagina que Sandie Shaw l'avait informée sans perdre une minute que la police la cherchait.

Mais il était complètement à côté de la plaque.

— Est-ce que ça concerne les… les dispositions ? demanda-t-elle en bégayant.

— Les dispositions ? Je ne suis pas sûr de…

— Pour ramener Gordy à la maison. Ils m'ont dit de contacter les pompes funèbres locales, mais ils n'ont pas mentionné la police.

Ses yeux s'emplirent de larmes et elle cligna des paupières à plusieurs reprises pour les contenir.

Merde.

— Je suis désolé, madame Chalmers. Est-ce qu'il est arrivé quelque chose à votre mari ?

Il se retint très fort de ne pas s'enfuir en courant.

Elle inclina la tête sur le côté, comme si elle avait mal entendu.

— Vous n'êtes pas là au sujet de Gordy ?

— Madame Chalmers, je suis vraiment désolé. Je ne sais pas de quoi vous parlez. Je travaille à l'Unité des enquêtes historiques.

Ces mots le choquaient, après des années à annoncer fièrement son appartenance à la Brigade d'enquêtes prioritaires.

— Je voulais vous poser des questions, à vous et votre mari, au sujet de la voiture que vous conduisiez dans les années quatre-vingt.

Elle parut perplexe.

— Ça n'a pas de sens. Je comprends vos mots, mais tout ça n'a pas de sens. Mon mari est mort et vous me parlez de voiture ?

— Je suis vraiment désolé. J'ignorais que votre mari était décédé. Nous ne sommes pas obligés de discuter de ça aujourd'hui, je peux revenir plus tard.

Elle se prit la tête à deux mains et se frotta le crâne, ce qui révéla ses racines blanches.

— J'ai l'impression de devenir folle. Entrez donc. Je n'arrive pas à faire quoi que ce soit. C'est trop tôt. Autant répondre à toutes les questions sans importance que vous me poserez.

C'était la dernière chose dont il avait envie. Mais aucune tactique d'évasion ne lui vint à l'esprit. Alors il la suivit dans le couloir jusqu'à une véranda à l'arrière de la maison avec vue sur une extrémité du port et sur les falaises qui le protégeaient.

— Je vais préparer du thé, déclara-t-elle. Ça, j'en suis encore capable.

Pendant qu'il patientait, McCartney se réconforta en pensant que cela ferait une super anecdote à raconter au pub. Il enlèverait les détails maladroits mais laisserait toute la bizarrerie de la situation. Cela lui vaudrait deux verres gratuits, au moins.

Sheila Chalmers revint avec deux petites tasses en porcelaine sur un plateau, accompagnées d'une théière, de lait et de sucre.

— Je n'ai pas de biscuits, je suis désolée. Je suis rentrée tard hier soir. Quant au lait, il est UHT, j'espère que ça vous convient ?

— Je ne prends pas de lait, donc ça m'est égal, répondit-il en se servant deux cuillerées de sucre. Encore une fois, je suis vraiment désolé pour votre mari. Est-ce que je peux vous demander ce qui est arrivé ?

Elle versa du lait dans son thé, qu'elle but avec la délicatesse d'une grande dame.

— C'est son cœur. Nous avons une jolie piscine dans la résidence où nous allons en Espagne. Gordy adorait y nager. Il a fait un plongeon vendredi matin. Comme tous les matins. Quand il a touché la surface, on aurait dit qu'il avait fait un saut carpé sous l'eau. Ses bras étaient enroulés autour de lui-même. Je n'ai pas compris ce qui se passait. Il n'y a pas de maître-nageur à cette heure matinale, mais deux autres résidents ont sauté à l'eau et l'ont sorti. Mais il était déjà parti. Je l'ai vu tout de suite. L'eau dégoulinait sur lui, ses yeux étaient grands ouverts et sa poitrine était immobile.

Elle frissonna et son thé fut agité de minuscules vaguelettes, comme si quelqu'un avait fait des ricochets sur la surface.

— Ça a dû être un choc terrible.

— Je n'arrivais pas à y croire. Même si au fond de moi, je le savais, dit-elle avant de mordre sa lèvre inférieure tellement fort qu'elle y laissa des marques. Ils ont dû effectuer une autopsie. L'idée me fait horreur. Qu'ils l'aient ouvert comme ça. Je sais que mon Gordy n'est plus là, mais quand même. C'est comme une insulte.

Il se creusa la tête pour trouver des paroles compatissantes.

— C'est une terrible épreuve à traverser seule. Au moins, vous êtes rentrée chez vous, maintenant.

— Oui, j'imagine.

Elle posa sa tasse et se redressa, carrant les épaules et respirant fort par le nez.

— Mais ce n'est pas pour ça que vous êtes venu, reprit-elle. La vie continue, il faut que je m'y habitue. Vous avez parlé d'une voiture ? Et d'une unité d'enquêtes historiques ? C'est bien ça ?

McCartney posa sa tasse et imita la posture de son interlocutrice. Il avait suivi de nombreuses formations et même s'il pensait que ces trucs de langage corporel étaient des conneries, ça ne faisait pas de mal de les tenter.

— C'est à la fois important et insignifiant, madame Chalmers. Nous enquêtons sur une série de crimes commis au milieu des années quatre-vingt. Pour des raisons évidentes, je ne peux pas entrer dans les détails. Mais nous avons récemment reçu les déclarations d'un témoin décrivant une voiture qu'elle a vue sur la scène de l'un de ces crimes.

La femme secoua la tête, tombant des nues.

— Quoi ? Trente ans plus tard, elle se souvient de quelque chose ? C'est difficile à croire.

— Elle a de bonnes raisons, croyez-moi. Bref, nous recherchons le conducteur d'une Rover 214 rouge portant l'initiale B sur sa plaque d'immatriculation. Nous avons besoin d'exclure tous ceux qui conduisaient un de ces véhicules, afin de pouvoir affiner nos paramètres de recherche.

C'était n'importe quoi, mais c'était dingue comme les gens étaient crédules.

— Si je ne me trompe pas, reprit-il, vous et M. Chalmers possédiez une Rover 214 rouge à l'époque ?

— C'était la voiture de Gordy. Je n'ai jamais appris à conduire. Je n'ai jamais eu envie.

— Je dois vous poser une question. Et je m'excuse si ça paraît vraiment cruel, mais si je pouvais supprimer Gordy de ma liste, cela me permettrait d'avancer.

Supprimer. Et merde.

— Bien sûr. Comment est-ce que je peux vous aider ? Il n'est plus là pour vous répondre lui-même.

— La référence absolue en matière de preuve médico-légale, c'est encore l'ADN, expliqua McCartney avec un sourire contrit qui ne parvint pas à adoucir le choc de ses mots. Est-ce que vous auriez la brosse à dents de Gordy, ou son rasoir électrique, par hasard ?

Le chagrin rendait Sheila docile.

— On a des brosses à dents électriques dans la salle de bains. Je peux vous donner la tête de la sienne…

McCartney se leva.

— Ce serait parfait. Vous pouvez peut-être me la montrer ?

Il la suivit dans une chambre à coucher où était éparpillé le contenu de deux valises, les vêtements de Gordon Chalmers mélangés aux siens. La salle de bains sentait le renfermé, faute d'avoir été utilisée depuis des semaines. Sheila indiqua du doigt la brosse à dents électrique.

— C'est celle de gauche.

McCartney arracha une feuille de papier toilette pour saisir la tête bien usée avant de la glisser dans un sachet en papier.

— C'est très utile, dit-il.

Quand elle le conduisit de nouveau vers le salon, il lui demanda si son mari se rendait parfois à Édimbourg en voiture.

— Je ne crois pas, répondit-elle. On menait une vie très tranquille. On allait à Glasgow uniquement quand on prenait l'avion pour l'Espagne. Qu'est-ce que Gordy aurait fait à Édimbourg ?

— Peut-être pour le travail ?

— Pourquoi ? Il travaillait sur le ferry entre Stranraer et Larne. C'était le steward en chef, voyez-vous. Pendant quarante-cinq ans, il a effectué la traversée jusqu'en Irlande du Nord. Et vous savez ce qu'il aimait par-dessus tout ? Vous allez peut-être rire tellement c'est bête.

McCartney avait obtenu ce qu'il était venu chercher ; à présent tout ce qu'il voulait, c'était partir. N'empêche que cette femme venait de perdre son mari.

— Dites-moi.

— Il adorait voir les fous de Bassan plonger dans la mer. Il disait qu'ils piquaient comme des bombardiers.

À présent, ses yeux ne parvenaient plus à contenir ses larmes. Elles roulèrent le long de ses joues et gouttèrent de sa mâchoire sur sa chemise. Elle ne prit pas la peine de les essuyer.

— Il ne reverra plus jamais les fous de Bassan.

— Mais quand vous en verrez, vous penserez à lui, dit McCartney, surpris de sa propre compassion.

À ce moment-là, il se rappela qu'il avait une dernière question à poser. Avec le stress lié au chagrin de Sheila Chalmers, il avait presque oublié. Et Karen Pirie aurait tellement aimé ça.

— Avant que je parte, une dernière chose. Est-ce que quelqu'un d'autre utilisait la voiture ?

Sheila s'essuya le nez du dos de la main. Il avait l'impression qu'en temps normal, elle aurait méprisé ce geste.

— Katy et Roddy étaient trop petits pour conduire, à l'époque.

Il se dirigeait vers la porte d'entrée quand elle reprit :

— Mais il a appris à conduire à Barry.

— Barry ? répéta McCartney en pivotant vers elle.

— Mon neveu, Barry. Barry Plummer. Ses parents étaient divorcés. Il ne voyait quasiment jamais son faignant de père. Alors quand il a eu dix-sept ans, il n'avait personne pour lui apprendre à conduire. Gordy s'est proposé, il était comme ça avec la famille. Il se mettait toujours en quatre – vous auriez dû le voir avec ma mère.

— Et Barry a utilisé la voiture après avoir passé son permis ?

Sheila fronça les sourcils.

— Je ne m'en souviens pas. Mais vous pourriez lui demander directement. Il habite à Motherwell. Vous pourriez lui passer un coup de fil.

Quand il regagna sa voiture, il eut l'impression que la journée venait peut-être de prendre un nouveau tour. Il doutait très fortement que Gordy Chalmers ait mené une double vie. Apparemment, c'est tout juste s'il en avait mené une seule. Mais au moins maintenant, il avait sa propre piste à explorer, ce qui était de loin préférable aux restes de l'enquête du rouquin. Avec un peu de chance, il pouvait s'arranger pour que la recherche Barry Plummer dure deux jours. Et deux jours sans Pirie ou Markie sur le dos, ça ressemblait fort au paradis.

Il avait le vague souvenir d'un petit pub à Stranraer qui proposait une bonne tourte au bœuf et offrait un choix de bières acceptable. En tout cas, l'une d'elles portait son nom. Et ça, c'était ce qu'il appelait un vrai résultat.

27

2018 – Wester Ross

Le mépris habituel de Karen pour le protocole avait déjà agacé Walter Wilson dans cette enquête. Elle n'avait pas envie de se déplacer jusqu'à Ullapool pour une conférence de presse alors que les médias étaient sur place, deux journalistes en tout et pour tout, qui avaient garé leur voiture dans le chemin et fixaient la tente blanche avec lassitude. Peut-être que Mahomet viendrait à la montagne, si elle le lui demandait gentiment.

Elle s'éloigna de la ferme de Hamish, bien décidée à ne pas cogiter ni à ruminer leur entrevue. C'était le genre de type qui avait un charme naturel et ne pouvait pas s'empêcher d'en user. Rien de plus. Elle avait regardé trop d'épisodes d'*Outlander* diffusés en fin de soirée. Fâchée contre elle-même, elle sortit son téléphone et envoya la reconstruction de Callum Phelan à Wilson. Elle compta jusqu'à soixante-treize avant que son téléphone sonne.

— La photo est saisissante.

Pas de joyeuse salutation de sa part, ce matin.

— Il ne passe pas inaperçu, reconnut-elle. J'ai l'impression que nous allons avoir de la chance, avec celui-ci. Comment voulez-vous qu'on s'y prenne ? Il y a déjà deux journalistes sur place, donc ce serait judicieux de leur parler en même temps qu'on diffuse le portrait via le service de presse. Est-ce que vous voulez me rejoindre ?

— J'ai une réunion à Poolewe dans une heure, répondit-il lentement tout en réfléchissant. Écoutez, c'est votre enquête, maintenant. Vous feriez aussi bien de vous occuper des journalistes, vu qu'ils sont à votre porte.

C'était un sacré changement par rapport à la mauvaise humeur de la veille, mais Karen s'en accommodait. Elle imaginait que Wilson avait pris conscience des avantages qu'il y avait à se débarrasser d'une affaire compliquée qui ne serait peut-être jamais résolue.

— Je vous tiendrai au courant.

Elle descendit le chemin jusqu'aux voitures des journalistes. Elle s'arrêta à la première et tapota sur la vitre. Elle s'ouvrit, laissant échapper des relents de tabac froid et d'oignons frits. Le visage d'un homme, la cinquantaine, taillé à la serpe, se tourna vers elle.

— Je suis le commandant Karen Pirie, de l'Unité des enquêtes historiques. Il y a une yourte de l'autre côté de la colline. Si vous vous y présentez d'ici une heure, j'aurai une déclaration à faire. Dites-le à votre collègue.

Elle s'éloigna d'un pas rapide en agitant la main vers Jason pour qu'il la rejoigne.

— On donne une petite conférence de presse dans une heure, lui annonça-t-elle quand il arriva, essoufflé et le rose aux joues, ce qui jurait légèrement avec ses taches de rousseur. D'ici là, tu peux t'occuper en vérifiant les personnes disparues à partir du milieu des années quatre-vingt-dix pendant que je rédige le texte pour accompagner la photo qu'on diffusera dans les médias.

Karen importa la photo dans un document Word et se mit à écrire :

Le corps d'un homme a été retrouvé dans une tourbière, sur une petite exploitation agricole de Clashstronach.

Elle se référa aux détails que lui avait envoyés River après la photo :

Il mesurait entre 6 pieds et 6 pieds 2 pouces, il était en très bonne condition physique et très musclé. D'après nos estimations, il aurait entre vingt-cinq et trente-cinq ans. Il portait un tatouage sur l'avant-bras droit. Il avait les cheveux noirs et probablement les yeux bleus. Il portait un jean Levi's 501, un boxer Calvin Klein, une ceinture en cuir marron avec une boucle représentant un nœud celtique et des baskets Nike Air 95. Nous pensons qu'il a été enterré au plus tôt en 1995. Si vous reconnaissez cet homme [insérer coordonnées directes de l'UEH].

Elle sauvegarda le texte et tourna l'ordinateur pour que Jason puisse le lire. Il prit son temps avant de réagir :

— Est-ce qu'il ne vaudrait mieux pas exprimer sa taille en mètres ?

— Probablement, répondit Karen, agacée contre elle-même de ne pas l'avoir repéré. Mais je vais quand même laisser les pieds et les pouces, parce que c'est comme ça que raisonnaient la plupart des gens il y a vingt ans.

Elle effectua les changements avant d'envoyer la déclaration au service de presse, en indiquant une heure de diffusion coïncidant avec celle de sa conférence. Elle bâilla et s'étira. Cela n'échappa pas à Jason.

— Est-ce qu'on rentre ce soir ? demanda-t-il avec espoir.

— Peut-être. Tu as quelque chose de prévu ?

Elle avait posé la question machinalement. Parfois il jouait au football à cinq, d'autres fois il allait au pub à Kirkcaldy avec ses copains d'école. Mais il piqua le plus beau fard qu'elle lui ait jamais connu.

— Je vais peut-être voir un film, dit-il.

— Un film en particulier ?

Elle savait qu'il craquerait vite si elle l'asticotait, mais elle n'avait pas l'intention d'être méchante.

— Je ne sais pas, marmonna-t-il. J'ai pas acheté les billets.

— Bon sang, Jason, ça c'est un exploit ! Non seulement tu as un rendez-vous, mais tu as réussi à la laisser acheter les billets.

— Je paie le dîner, expliqua-t-il.

— Elle en a de la chance, cette fille.

Karen était sincère. C'était, d'après elle, un homme comme il faut, quoiqu'un peu limité. Sa mère l'avait bien élevé, Phil l'avait aidé à devenir adulte et Karen peaufinait le tout.

— C'est quelqu'un qu'on connaît ?

Ses oreilles virèrent au violet, comme s'il avait avalé des piments forts.

— Je ne veux pas le dire. Au cas où ça tourne au vinaigre et que vous pensiez que c'est de sa faute.

Karen éclata de rire.

— Oh, Jason, tu me fais rire, parfois.

— Phil disait que quand il s'agissait de défendre votre équipe, vous étiez une vraie tigresse. J'ai pas oublié le savon que vous avez passé au connard avec qui je partageais mon appartement.

C'était vrai. Elle lui avait passé un tel savon que ce connard était probablement savonné pour les dix années à venir.

— Tu as peut-être raison. En tout cas, ne compte pas être rentré ce soir. Mieux vaut l'avertir maintenant que lui fausser compagnie au dernier moment.

Dépité, il hocha la tête et retourna à son écran. Pendant qu'il fouillait les archives, Karen scruta l'image de l'homme mort, essayant d'élaborer un scénario à partir des éléments qu'ils avaient découverts jusqu'à maintenant. Mais quand les journalistes se présentèrent à l'entrée de la yourte, elle n'avait pas plus avancé.

Jason les fit entrer. L'homme avec qui Karen avait échangé quelques mots était petit et trapu, vêtu d'un pantalon gris froissé et d'un anorak noir par-dessus une chemise bleue dont les boutons souffraient sous l'effet de sa bedaine. Il avait une barbe de quelques jours et une calvitie naissante. L'odeur âcre du tabac froid flottait autour de lui.

— Duncan McNab, *West Highland Free Press*, annonça-t-il en se laissant tomber sur une chaise.

La femme qui le suivait portait pour l'occasion des chaussures de marche, un pantalon coupe-vent et une veste molletonnée sur un tee-shirt en tricot fin. Un bandeau en polaire rouge encerclait sa chevelure blonde et courte.

— Et moi je suis Cathy Locke. Freelance, mais je travaille beaucoup pour la BBC et la presse nationale.

Elle posa son sac à dos sur un meuble pour en sortir son matériel d'enregistrement. Par un miracle de la miniaturisation, le micro était plus gros que l'enregistreur.

Karen se présenta et fit de même avec Jason, mais avant qu'elle n'ait pu terminer, McNab l'interrompit.

— C'est plutôt inhabituel pour les Enquêtes historiques d'être sur place dès la découverte du corps, non ?

Son accent local atténuait les « s », mais cela ne dissimulait pas la franchise de sa question.

— Quand il s'agit à l'évidence d'une affaire ancienne, il est inutile de s'attarder, répondit Karen. Cela dit, c'est inhabituel pour nous de nous trouver sur une scène de crime fraîchement découverte. Normalement, nous travaillons à partir de vieux dossiers.

— Ça vous change un peu, alors, répliqua McNab en lâchant un ricanement horriblement sifflant et guttural. Est-ce que cela signifie que c'est un meurtre ?

— Nous considérons la mort comme suspecte.

— Que pouvez-vous nous dire sur les circonstances de cette découverte ? demanda Locke.

— Il faudrait poser la question au propriétaire du terrain, répondit Karen. Je suis sûre que M. Mackenzie pourra vous raconter toute l'histoire. Ce qui m'intéresse à ce stade, c'est d'identifier l'homme dont le corps a été exhumé de la tourbière.

Elle tourna l'écran dans leur direction avant de reprendre :

— Je suis désolée, je n'ai pas de version imprimée, mais si vous transmettez vos coordonnées au lieutenant Murray, il vous enverra une copie numérique.

Tandis qu'ils regardaient l'écran, elle leur donna les informations contenues dans le communiqué de presse.

— Il y a vingt ans, vous dites ? demanda McNab d'un air songeur.

— Entre vingt et vingt-cinq, selon nos estimations.

— Vous vous basez sur quoi ?

— Ses chaussures. Il porte une paire de baskets fabriquées pour la première fois en 1995.

McNab se gratta le menton et chercha automatiquement ses cigarettes. Il posa le paquet sur son estomac comme un talisman.

— Je crois savoir qui c'est, dit-il lentement.

— Honnêtement ?

Karen ne savait trop quoi penser.

— Un grand type, c'est ça ?

— C'est ça. Vraiment très musclé.

McNab hocha la tête.

— Je couvre les Highland Games dans le secteur depuis trente ans. On finit par connaître les visages. Si c'est bien celui à qui je pense, c'était un athlète de ce championnat.

— De quoi s'agit-il, exactement ? demanda Jason.

— Un championnat où des hommes très musclés passent des épreuves de force. Lancer de tronc, de marteau, de poids, expliqua McNab en rapprochant l'écran. Comment il s'appelait, déjà ? Le lancer de poids en hauteur, c'était sa spécialité. Il était pas loin du record du monde.

Il soupira en regardant la mer par la fenêtre.

— Johnny... Joe... Quelque chose comme ça, reprit-il en fronçant les sourcils. Joey ! C'est ça. Joey Sutherland. Si ce n'est pas lui, c'est son jumeau.

— Vous en êtes sûr ?

Karen ne parvenait pas à y croire. Ce n'était pas comme ça que les choses se déroulaient, dans son monde. Parfois il fallait des mois, voire des années pour identifier un corps.

— Je le répète, à moins qu'il n'ait un double, c'est bien Joey Sutherland, dit McNab ravi en se carrant sur sa chaise. C'est un petit scoop pour nous aujourd'hui, Cathy. C'est pas souvent qu'on devance la police sur une identification.

— Ce n'est pas encore une identification, à ce stade, rectifia Karen qui n'était pas prête à laisser cela échapper à son contrôle. Il faut qu'on ait confirmation de la part de quelqu'un qui connaissait Joey Sutherland. Un membre de la famille ou un ami proche. Est-ce que l'un de vous deux sait d'où il était originaire ?

Les deux journalistes échangèrent un regard déconcerté.

— Aucune idée, répondit McNab. De l'Est, je crois. Il n'était pas d'ici. Ni des An t-Eilean Fada.

— Pardon ? demanda Karen.

Cathy lâcha un soupir de lassitude.

— Il veut dire des Hébrides extérieures. Duncan aime bien dérouter ceux d'entre nous qui ne parlent pas gaélique.

— Donc pas d'ici. Mais avant que nous allions plus loin, qu'est-ce qui est arrivé à ce Joey Sutherland ? Est-ce qu'il a bel et bien disparu ?

McNab prit une cigarette dans son paquet et la fit rouler entre ses doigts. Son besoin de nicotine suintait de tous ses pores.

— Je ne me rappelle pas que quelqu'un ait dit quoi que ce soit de spécial. Il faut comprendre que ces types-là se produisent dans le monde entier. Il y a plus de championnats de Highland Games à l'étranger qu'ici en Écosse. En Amérique et au Canada, en Australie, en Nouvelle-Zélande, en Afrique du Sud. Et ailleurs, il y a les compétitions de l'homme le plus fort du monde. Certaines rapportent beaucoup d'argent. On m'a dit que les athlètes pouvaient passer l'été à enchaîner les compétitions et à vivre de leurs gains. Les meilleurs d'entre eux, bien sûr. Donc ça n'avait rien d'alarmant de ne plus en voir un. Ça a dû prendre un moment avant que les gens se rendent compte qu'il n'était plus dans le milieu. Et il pouvait y avoir plein de raisons. Une blessure qui le force à arrêter. Une rencontre avec une fille avec qui il voulait se poser, dit-il en haussant les épaules.

Les disparus invisibles, songea Karen. Ces gens qui avaient disparu de la circulation sans que personne remarque leur absence. Les raisons n'étaient pas toujours alarmantes. Mais le plus souvent, elles trouvaient leurs racines dans la douleur. Elle se demanda l'espace d'un instant si c'était ce qui était arrivé à leur victime.

— Vous savez où nous pourrions trouver quelqu'un qui serait capable de nous en apprendre davantage sur Joey Sutherland ? Supposant qu'il s'agisse bien de lui.

Elle avait ajouté cette réserve en espérant que cela calmerait les ardeurs du journaliste.

Locke regarda McNab.

— Peut-être Ruari Macaulay ? suggéra-t-elle, hésitante.

— Big Ruari ? C'est vrai, il participait aux championnats à l'époque. Il s'est retiré en 2000. Si je me rappelle bien, il a annoncé qu'il avait assez donné et qu'il raccrocherait avec le nouveau millénaire.

— Ruari Macaulay était une des stars des années quatre-vingt-dix, expliqua Cathy. Une tête de déterré avec un corps de dieu. Quand il a pris sa retraite, il a monté un camp de fitness au milieu de nulle part, dans les collines au-dessus de Beauly. C'est un peu comme un *boot camp*. Ça vous coûte un bras et une jambe, mais vous avez un programme sur mesure, basé sur votre niveau de forme, votre âge et votre poids. Régime alimentaire, exercice, bien-être. Pas plus de six personnes à la fois.

— Pour les gros richards, grogna McNab.

— Des gros richards qui deviennent accros et reviennent encore et encore, poursuivit Locke sur un ton moqueur. J'ai publié un papier sur Ruari il y a un an. J'ai fait des recherches sur lui dans les magazines people, les revues de santé, les suppléments du dimanche. Les gens préfèrent payer une fortune alors qu'ils pourraient effectuer quelques changements radicaux qui transformeraient leurs vies.

Comme moi, semblait-elle dire.

Karen n'avait jamais trop perdu de temps avec les donneurs de leçons, même si elle reconnaissait que Locke n'avait pas tort. Cependant, elle ne recommanderait à personne le changement radical qui avait amélioré sa propre condition physique.

— Et il connaissait Joey Sutherland ?

— Forcément, répondit Locke.

— OK, je vais m'atteler à ça cet après-midi. Tant que nous ne l'aurons pas formellement identifié, vous allez devoir garder ça pour vous.

— Mais ça ferait un super article, protesta McNab. Et c'est nous qui vous avons donné l'info. Ce n'est pas comme ça que fonctionne une conférence de presse, en général.

— Je vous en suis reconnaissante. Allez parler à Hamish Mackenzie et demandez-lui pourquoi il a creusé un trou en plein milieu de sa tourbière.

Les journalistes échangèrent de nouveau un regard, calculant la valeur relative de ce qu'ils possédaient par rapport à ce qu'ils pouvaient obtenir.

— D'accord, céda Locke. Mais ça a intérêt à être bon.

— Croyez-moi, c'est bon pour faire la une, dit Karen en se levant. Je vais avoir besoin que vous m'indiquiez comment me rendre là-bas.

28

2018 – Teavarran

Il y avait des endroits en Écosse où le GPS était aussi utile qu'une boussole en chocolat. Wester Fearn House était l'un d'entre eux. En théorie, le lieu-dit faisait partie d'un hameau baptisé Teavarran, où la femme zélée qui vivait dans l'ordinateur de bord de la voiture croyait les avoir conduits. Mais ce n'était pas exactement un hameau, simplement une route au milieu des bois qui débouchait sur une lande élevée. Ils dépassèrent une maison en pierre magnifiquement rénovée ainsi qu'une résidence pour écrivains avant que Karen reconnaisse la carte que Cathy Locke avait dessinée pour eux.

— Il y a une piste qui monte sur la droite. On dirait un chemin forestier. On doit prendre par là, ordonna-t-elle à Jason.

Au moment où ils bifurquèrent, elle vit un petit panneau en métal fixé à un arbre : « WESTER FEARN – CHEMIN PRIVÉ ».

Karen ronchonna :

— Ouais, c'est ça. Incroyable le nombre de propriétaires qui croient que la liberté de circulation ne s'applique pas à eux.

Ils roulèrent à travers une plantation de conifères pendant quelques minutes, puis la piste bifurqua à gauche et une vaste clairière s'ouvrit devant eux au nord, dominée par un panorama superbe : la vallée de la rivière Beauly jusqu'aux montagnes au-delà. La vue était tellement exceptionnelle qu'au départ, Karen remarqua à peine le bâtiment qui s'élevait sur un côté. Il s'agissait d'une maison traditionnelle carrée en pierre, suffisamment robuste pour résister aux hivers à cette altitude. Elle était flanquée de part et d'autre de dépendances longues et basses habillées de bois avec des panneaux solaires alignés sur le toit. Comme aucune fenêtre n'était visible sur leur façade en bois, les bâtiments avaient un air sévère. Au milieu des arbres, un abri de pierre hébergeait une demi-douzaine de voitures et de SUV. Karen remarqua les caméras de sécurité fixées aux arbres, couvrant la clairière et la maison.

— Ça a dû coûter bonbon, constata Jason. J'imagine que les gens riches dépensent beaucoup pour rester en forme. Vous vous êtes jamais dit qu'on s'était trompés de carrière, chef ?

Karen secoua la tête.

— Jamais, Jason. Gare-toi et allons voir ce qui se passe.

Ils approchèrent de la porte arrière du bâtiment central. Avant qu'ils ne puissent appuyer sur la sonnette, la porte s'ouvrit et une jeune femme, pieds nus, vêtue d'un pantalon de yoga et d'un sweat ample, les accueillit, sourire aux lèvres.

— Bonjour, je peux vous aider ?

Son accent la plaçait de l'autre côté de l'Atlantique.

Karen fit les présentations.

— Nous venons voir Ruari Macaulay.

— Bien sûr. Il travaille avec un résident en ce moment, mais vous pouvez entrer et attendre qu'il ait fini, commandant.

— Ça va durer combien de temps, d'après vous ?

La femme jeta un coup d'œil par-dessus son épaule.

— Voyons voir. Il est moins vingt. Il devrait avoir terminé d'ici un quart d'heure.

— Merci, dans ce cas, nous allons attendre.

La maison avait été entièrement rénovée puis repeinte dans une nuance de blanc cassé probablement commercialisée sous le nom « Aisselle de lapin ». Ils suivirent leur guide le long d'un étroit couloir décoré par deux tableaux abstraits probablement censés, supposait Karen, inspirer la tranquillité. Pour elle, c'était de l'argent jeté par les fenêtres.

À mi-chemin, ils bifurquèrent dans une pièce qui se partageait entre un coin bureau et un coin salle d'attente. Dispendieusement fonctionnelle mais néanmoins confortable.

— Installez-vous et je vais vous chercher quelque chose à boire, dit-elle avant de les gratifier d'un nouveau sourire joyeux. Je suis Madison, au fait. Nous avons une sélection de thés fruités et d'infusions, ou sinon des jus de fruits. Qu'est-ce que vous préférez ?

— J'imagine qu'un café, c'est hors de question ? demanda Karen en essayant de ne pas avoir l'air grincheuse.

Madison fit de la bouche une moue exagérément réprobatrice.

— On ne propose pas de café. Ruari aime bien que nos résidents fassent une vraie détox pendant leur séjour ici.

— Je vais prendre un jus, dit Jason.

— Rien pour moi, dit Karen.

Madison s'éclipsa en laissant la porte ouverte.

— Mon corps est un temple, mais il n'abrite pas le même dieu qu'elle.

La pièce donnait une étrange impression, et Karen mit un moment à comprendre que c'était parce qu'il n'y avait pas de fenêtre. Là où il aurait dû y en avoir une, trônait un immense écran plat qui semblait diffuser un enregistrement en direct d'une plage rocailleuse avec une vue sur la mer et les montagnes. Contrairement aux tableaux, c'était assez apaisant.

Madison revint avec un grand verre de liquide verdâtre. Jason le regarda d'un air méfiant.

— Qu'est-ce que c'est ? demanda-t-il.

— Melon, kiwi, pomme, concombre et kale, annonça-t-elle joyeusement.

Karen se félicita d'avoir échappé à cette corvée nutritionnelle.

— Je vais dire à Ruari de venir dès qu'il aura terminé, ajouta-t-elle avant de ressortir.

Jason renifla prudemment sa boisson puis la goûta d'un air hésitant.

— J'ai connu pire, jugea-t-il. La plupart du temps, quand ma mère pensait que je couvais quelque chose.

Karen ouvrit son ordinateur portable et se connecta au Wi-Fi pour les visiteurs de Wester Fearn House. Elle espérait que le communiqué de presse ait permis de glaner de nouveaux éléments, mais jusqu'à maintenant, Duncan McNab était toujours leur seul et unique informateur. Elle s'apprêtait à consulter les sites d'information pour voir qui avait relayé l'info quand Ruari Macaulay entra, leur adressant un sourire prudent.

— Restez assise, dit-il quand Karen se hâta de refermer son ordinateur, peinant à se lever de sa chaise.

Il portait un débardeur moulant sous une chemise en coton légère et un legging en lycra qui s'arrêtait à mi-jambe, révélant ses mollets musclés. Bien qu'il eût la cinquantaine passée, il avait la condition physique d'un homme beaucoup plus jeune. Rien en lui ne suggérait une once de négligence. Son crâne rasé était lisse, contrastant avec son visage qui donnait l'impression d'avoir été davantage façonné par les coups de poing que par la génétique. Karen imaginait que personne ne venait lui chercher des noises.

Macaulay s'assit en face d'elle.

— Qu'est-ce qui vous amène ? demanda-t-il. Que puis-je faire pour un commandant de police ?

Il y avait une note d'ironie dans sa voix. Il semblait ne rien avoir sur la conscience ; il pouvait se permettre d'adopter avec elle un ton léger.

Karen rouvrit son ordinateur portable et cliqua sur la photo de leur victime.

— J'espère que vous pouvez m'aider. Je me demandais si vous connaissiez cet homme ?

Elle tourna l'écran vers lui.

Le visage de Macaulay exprima une surprise sincère.

— Joey Sutherland ? Bien sûr que je le connais. C'était le roi du lancer de poids en hauteur, par ici. Faites voir, dit-il en tendant la main vers l'ordinateur. Ah oui, c'est bien lui. Qu'est-ce qu'il a fait ? demanda-t-il tandis qu'elle lui donnait son portable.

Il examina la photo plus attentivement et laissa échapper un petit sifflement.

— Je comprends mieux… Il est sacrément amoché, non ? Cette photo, elle n'a pas été prise de son vivant, hein ?

— Malheureusement, non.

Macaulay lui rendit son ordinateur.

— Alors pourquoi vous êtes là ? Ça fait plus de vingt ans que j'ai pas vu Joey. Et pour être honnête, je m'attendais pas à le revoir.

— Nous avons obtenu une identification provisoire ce matin. Cette personne nous a suggéré que vous pourriez nous donner plus d'informations. Pourquoi est-ce que vous ne vous attendiez pas à le revoir ?

Macaulay parut très surpris.

— Pas dans le sens que vous croyez ! Je dis ça parce que quand il est parti, il me devait un sacré paquet de pognon qu'il avait pas envie de me rembourser.

Karen ressentit une petite satisfaction. C'était une vraie chance, à ce stade de l'enquête, de tomber sur un témoin qui connaissait bien la victime.

— Racontez-nous, si vous voulez bien, l'époque où vous fréquentiez Joey Sutherland. Quand est-ce que vous vous êtes rencontrés ?

Il passa la main sur son crâne comme pour lisser une chevelure fantôme. Il réfléchit en prenant une longue inspiration.

— Ça devait être à la fin des années quatre-vingt. Il a débarqué sur le circuit des Highland Games. C'était encore qu'un gamin, mais il avait travaillé dur pour se mettre en forme. Il était costaud, mais c'étaient de vrais muscles, vous voyez ce que je veux dire ? C'était pas juste pour en mettre plein la vue. Quand on participe aux championnats, on finit par connaître les gars du circuit. On se retrouve au fil de la saison, pendant les événements sportifs. On les voit grandir et se développer, on les voit atteindre le sommet et décliner. On sort boire ensemble, on mange ensemble. On devient potes avec certains d'entre eux. Les autres, on les connaît juste comme ça, de vue, vous voyez ce que je veux dire ? C'est un peu pareil dans la police, j'imagine.

— Un peu, reconnut Karen. Alors c'était quel genre de type, Joey ?

— Le public l'adorait. Il dégageait quelque chose. Un certain charisme, je pense. Les femmes avaient envie de le ramener chez elles et les gosses l'idolâtraient. Il était plus beau que la plupart d'entre nous – enfin, on voit de tout, ajouta-t-il en indiquant son propre visage. La plupart des mecs me ressemblent. On dirait qu'on s'est bagarrés avec Chewbacca et qu'il a eu le dessus. Joey n'a jamais fait de boxe, ni de combats à mains nues. C'était un bon gars. Il avait une petite mèche qui lui tombait sur le front, comme Christopher Reeves dans les films de Superman.

Macaulay baissa la tête vers le sol.

— Sur le circuit, certains aiment bien prendre des raccourcis pour se construire du muscle. Ils avalent des stéroïdes. Ça fout en l'air à peu près tout votre organisme. Y compris vos humeurs. Y en a qui peuvent avoir le sang chaud, à cause de ça. Ils se vexent rapidement, ils sortent vite les poings, expliqua-t-il en regardant Karen. Joey n'était pas comme ça. C'était un garçon tranquille.

Sa bouche esquissa une grimace.

— Enfin, ça l'empêchait pas de se foutre de la gueule des autres s'il en avait l'occasion.

Il se carra dans sa chaise, lèvres pincées, attendant qu'elle le pousse à continuer, parce qu'il ne voulait pas avoir l'air de balancer son copain.

Karen s'exécuta.

— Que voulez-vous dire ?

— Si je ne pensais jamais le revoir, c'est à cause de l'argent. Vous savez pourquoi ? Joey présentait bien. Toujours bien habillé, propre sur lui, bien rasé. Il s'en sortait pas mal sur le circuit, mais ça ne lui suffisait pas. Beaucoup de types vivent dans leur camionnette. C'est la seule façon pour eux de survivre. La camionnette de Joey était plutôt pourrie, il faut le dire. Pas le genre d'endroit où on ramenait une fille pour lui en mettre plein la vue. Il voulait en changer. Sauf qu'il n'avait pas assez d'argent. Alors il est venu me demander une rallonge. Je gagnais bien ma vie à cette époque et j'avais un petit club de gym à Inverness qui cartonnait.

Macaulay haussa les épaules. Avec ce simple geste, il avait probablement dépensé les calories contenues dans une barre Mars, se dit Karen.

— Vous lui avez prêté combien ?

— Cinq mille. Ça paraît peut-être pas grand-chose aujourd'hui. Surtout quand on voit cet endroit où nous nous trouvons. Mais c'était pas rien. Il était censé me rembourser en septembre. Ça devait être en 1995. On participait tous les deux aux jeux d'Invercharron au milieu du mois et je lui ai rappelé ce qu'il me devait. Il était un peu fuyant, il évitait le sujet. Enfin bref, plus tard cet après-midi-là, quand on faisait tous nos affaires avant de partir, il vient me voir gai comme un pinson et me lance : « Eh, Ruari, j'aurai ton argent à la fin de la semaine. » J'étais très content d'entendre ça, évidemment. Et c'est la dernière fois que j'ai vu Joey Sutherland et son van flambant neuf.

Il secoua la tête, l'air contrit.

— Qu'est-ce qui a pu le faire changer d'attitude vis-à-vis de sa dette, à votre avis ?

Macaulay gigota sur sa chaise.

— Je n'en suis pas sûr. Ce que je sais, c'est que cet après-midi-là, il traînait avec une Américaine. Je dis américaine, mais elle pouvait tout aussi bien être canadienne. Je me suis demandé si ça lui avait pas donné l'idée de déménager pour éviter de me rembourser. Il y a plein d'endroits où un type doué et costaud comme Joey pouvait bosser. Les gens sont fascinés par les gars comme nous. On est ce qui se rapproche le plus des super-héros.

Il soupira.

— Et s'il avait fait ça, s'il avait pris la poudre d'escampette en me devant de l'argent, il savait bien qu'il ne pouvait pas revenir me voir plus tard comme si de rien n'était. Je n'aurais pas pu me permettre de perdre la face. Ami ou pas, y a des limites.

Il se passa une main sur le visage, soudain atterré par l'énormité de ce que lui avait montré Karen. Son regard s'adoucit et il regarda dans le vide, par-dessus l'épaule de son interlocutrice.

— Écoutez-moi parler, on dirait qu'il vient de quitter la pièce. Mais vous m'annoncez qu'il est parti pour de bon. Dans l'au-delà. J'arrive pas à y croire. Quand je pensais à lui de temps en temps, je l'imaginais toujours quelque part dans le monde, fidèle à lui-même. Pas mort. Qu'est-ce qui s'est passé ? Il est mort où ? Est-ce que c'était en Amérique, finalement ?

Karen secoua la tête.

— Un fermier a retrouvé son corps dans une tourbière, dans un petit hameau qui s'appelle Clashstronach. À une heure environ d'Ullapool, là où Wester Ross jouxte le Sutherland.

— Clashstronach ? Jamais entendu parler. Qu'est-ce qui a bien pu lui arriver ?

— D'après nous, il a aidé quelqu'un à déterrer deux motos enterrées là à la fin de la Seconde Guerre mondiale…

— Des motos ? Joey n'en a jamais eu. À ma connaissance, il ne s'est jamais intéressé aux motos, dit Macaulay l'air désorienté. Alors qu'est-ce qui s'est passé ? Il s'est fait aspirer par la tourbière ? Ça peut arriver, paraît-il.

— C'est difficile de vous annoncer ça, monsieur Macaulay. Il semble que Joey ait été tué par une arme à feu.

Un long silence.

— Tué ?

C'était à peine plus qu'un murmure.

— C'est ce qu'on a pu déterminer jusqu'à présent.

Ses lèvres tremblèrent.

— C'est… c'est brutal. Joey ne méritait pas ça. Qu'est-ce qu'il a bien pu faire pour se mettre dans ce genre de situation ? J'aurais peut-être pu y croire s'il avait été surpris avec la femme d'un autre, mais en déterrant des motos ? C'est complètement dingue.

Karen laissa Macaulay digérer cette information un moment. Quand il parut s'être un peu ressaisi, elle demanda :

— Est-ce qu'il avait des ennemis ? Des rivaux qui auraient voulu se débarrasser de lui ?

Macaulay fit une grimace.

— Il avait des rivaux, bien sûr. Mais les Highland Games et les épreuves de force, ce n'est pas le genre de milieu où vous butez quelqu'un parce qu'il peut lancer le marteau un peu plus loin que vous. Au fond, on est tous amis. Évidemment, il y a des bagarres de temps en temps, mais rien de sérieux. Et je le répète, tout le monde aimait bien Joey. Je ne dis pas ça juste parce qu'il est mort. Demandez à n'importe qui, tous ceux qui le connaissaient diront la même chose.

— Vu son charme, est-ce qu'il avait une petite amie ? Quelqu'un qu'il voyait régulièrement ?

Un sourire nostalgique.

— Il aimait bien s'amuser, Joey. Mais il n'a jamais fait de promesse et il n'est jamais resté avec une fille. Il disait qu'il était pas prêt à se poser.

— Est-ce qu'il vous a présenté cette fille américaine à Invercharron ?

Macaulay lâcha un rire moqueur.

— Certainement pas ! Il se la gardait pour lui.

— Et ses amis ? Est-ce qu'il était particulièrement proche de quelqu'un ?

Macaulay pointa le doigt sur sa poitrine.

— À qui est-ce qu'il est venu réclamer de l'argent ? J'étais son copain. Je l'ai pris sous mon aile dès le départ.

Je voyais bien que ça allait être une star, et ça ne fait pas de mal d'être copain avec les stars. C'est comme ça que ça a commencé, mais au final on s'appréciait vraiment.

— Il nous faut quelqu'un pour identifier formellement le corps de Joey…

— Hors de question !

C'était presque un cri.

— Je ne peux pas, je ne peux pas voir un mort.

C'était une réaction extrême. Presque sujette à caution, songea Karen. Macaulay avait paru très sincère, mais justement, ce n'était peut-être que du paraître. S'il avait tué Joey Sutherland, la dernière chose qu'il souhaiterait, c'était de voir son corps. Surtout des années après. Karen garda cette idée dans un coin de sa tête et reprit :

— Alors, est-ce que vous pouvez nous mettre en contact avec des membres de sa famille ? Ses parents, peut-être, ou des frères et sœurs ? D'où est-ce qu'il venait ?

— Sa famille venait de Rosemarkie, sur Black Isle. Joey avait hâte de s'échapper. Il détestait la vie là-bas. Il appréciait pas trop sa famille non plus. Il avait une sœur. Elle, c'était le cerveau, et lui les muscles. Elle est allée à l'université à Édimbourg. Elle est avocate, aujourd'hui. En tout cas, la dernière fois que j'ai entendu parler d'elle. Elle s'appelle Donalda, mais tout le monde l'appelait Dolly.

Jason ajouta ce nom sur son calepin.

— Et ses parents sont toujours sur Black Isle ? demanda Karen.

Macaulay secoua la tête.

— J'ai vu leur maison en vente il y a cinq ou six ans. J'ai entendu dire qu'ils avaient déménagé à Édimbourg. Dolly leur a acheté un petit appartement de retraités avec un jardin minuscule. D'après ce qu'on m'a raconté au pub, le père Sutherland en avait marre de se casser le dos pour trois fois rien. Il voulait plus cultiver la terre, dit-il avant de lâcher un petit rire rauque. Ironique vu la façon dont Joey a fini.

Il fronça les sourcils et fixa Karen d'un regard perspicace.

— Vous pensez qu'il a été tué juste après Invercharron ? Qu'il ne s'est pas enfui ? Que pendant tout ce temps où je pensais du mal de lui, il était mort ?

Il n'y avait aucun moyen d'adoucir la vérité.

— Apparemment, dit-elle. Vous ne pouviez pas savoir.

Macaulay serra les poings et les frappa sur ses genoux.

— C'est sûr, mais quand même... Quel genre d'ami imagine immédiatement le pire ? Quel genre d'ami ne prend même pas la peine d'avertir la police quand son copain disparaît ?

— C'était un adulte, monsieur Macaulay. Ce qui est arrivé à Joey, ce n'est pas votre faute.

C'était une maigre consolation, elle le savait. Mais c'était mieux que lui dire cette autre vérité : que Joey Sutherland était responsable des choix qui l'avaient mené à sa perte, dans une tourbière de Wester Ross. Il n'avait probablement pas mérité ce qui lui était arrivé. Mais il avait choisi le chemin qui l'y avait mené.

29

2018 – Édimbourg

Le temps qu'ils reviennent à Édimbourg, il était trop tard pour le cinéma, mais Karen avait convaincu Jason d'inviter la jeune fille à boire un verre pour se faire pardonner. Elle avait accompli sa bonne action de la journée, pensa-t-elle en le déposant devant un pub de George Street avant de rentrer chez elle.

Un e-mail de McCartney l'attendait, expliquant son entrevue avec Sheila Chalmers et son intention d'interroger Barry Plummer le lendemain matin. En filigrane, il disait que tout cela était une perte de temps mais que c'était elle qui décidait. Karen lui répondit un rapide « Bon travail, bonne chance pour demain », et en resta là.

Elle inspecta le frigo. Elle était allée au supermarché la semaine précédente, mais rien ne lui faisait envie. Elle aurait dû se réjouir de leurs progrès, et pourtant quelque chose dans le meurtre de Joey Sutherland la tracassait. Même si en apparence, personne n'avait regretté sa disparition, il était clair qu'on allait le pleurer. Pendant la longue route vers le sud, elle n'avait cessé de repenser à la façon dont Ruari Macaulay avait parlé du mort. Chaleur, affection, regret. Des éléments du deuil. Et personne ne comprenait le deuil mieux que Karen.

Elle décida que ce soir, un plat réconfortant était de rigueur. Des patates et des oignons du frigo, de la coriandre du congélateur, des lentilles du placard. Elle émincą les oignons et les jeta dans une poêle avec un peu d'huile d'olive puis coupa les patates en dés avant de les ajouter. Quelques poignées de lentilles, puis de l'eau bouillante à hauteur. Elle se souvint d'ajouter un bouillon cube puis émincą la coriandre. La moitié maintenant, la moitié au moment de servir. Elle avait inventé les ragoûts de lentilles à l'époque où elle vivait seule et, malgré les réserves de Phil qui était un Écossais vigoureux et carnivore, il avait vite adoré ces repas faits maison. Le côté raisonnable de Karen savait qu'il était ridicule de voir un signe dans un plat de lentilles aux patates, mais son côté émotionnel ne pouvait nier qu'elle sentait la présence de Phil quand elle mangeait un plat qu'ils avaient apprécié ensemble. C'étaient peut-être des bêtises, mais elle s'en fichait. Il n'y avait rien de larmoyant là-dedans. C'était simplement une façon de raviver les bons souvenirs du peu de temps qu'ils avaient partagé.

Après manger, Karen ouvrit son ordinateur portable et se connecta au site de l'Ordre des avocats d'Écosse. Elle entra le nom de Donalda Sutherland dans le moteur de recherche et obtint un résultat. Donalda Mary Sutherland était avocate pour un cabinet juridique spécialisé dans les affaires familiales dont les bureaux se trouvaient sur George Street. Elle était experte en résolution de conflits et en médiation. Les divorces compliqués, en d'autres termes. Giorsal, une amie de Karen, assistante sociale à Fife, avait un jour dit ironiquement que la conséquence inattendue du mariage pour tous avait été le divorce pour tous, super filon pour les avocats en affaires familiales. Karen imaginait que Dolly Sutherland n'était pas à plaindre, financièrement.

Non que l'argent offrît une quelconque compensation au chagrin. Perdre son frère serait tout aussi terrible dans d'autres circonstances. Mais au moins, la famille n'avait pas à affronter la situation épouvantable dans laquelle ils auraient été plongés si celui qui subvenait à leurs besoins était mort. Même Karen, qui arrivait souvent très tard dans le processus, avait trop souvent assisté aux conséquences dévastatrices pour une famille de perdre celui dont ils dépendaient et qu'ils aimaient.

Pour une fois, alors qu'il était à peine onze heures passées, Karen avait envie de dormir. « Comme une personne normale », marmonna-t-elle en se préparant pour aller au lit. Elle s'apprêtait à sombrer dans le sommeil quand ce qui lui avait échappé un peu plus tôt lui apparut subitement.

— Et merde ! grogna-t-elle.

La question évidente. Si Joey était sous terre, où se trouvait son van flambant neuf ? Elle attrapa son téléphone et rédigea un e-mail à Ruari Macaulay.

> Désolée de vous déranger une nouvelle fois, monsieur Macaulay. Mais je me demandais si par hasard vous aviez une photo de Joey avec son van ? Nous aimerions le retrouver et toute information nous serait utile (marque, modèle, couleur, immatriculation). Je sais qu'il y a peu de chances que ça aboutisse, mais d'après mon expérience, ça fonctionne parfois.
>
> Cordialement,
> Commandant Karen Pirie

Les chances étaient minces, elle le savait. Mais cela valait le coup d'essayer. Et maintenant elle avait perdu le sommeil.

La matinée débuta sous une pluie battante et le genre de vent d'est qui exfoliait tous ceux qui s'y exposaient.

Même Karen avait ses limites. Elle prit le bus d'Ocean Terminal jusqu'à George Street, coincée entre la vitre glaciale et un vieil homme qui sentait le chien mouillé. Ce fut presque un soulagement de sortir affronter le mauvais temps.

Les avocats des affaires familiales ne passaient pas beaucoup de temps au tribunal. Karen pensait qu'elle trouverait Donalda Sutherland dans son bureau. Et dans le cas contraire, elle n'était elle-même qu'à quelques minutes de marche de son propre bureau.

Une plaque en cuivre discrète indiquait l'entrée de RJS, le cabinet dont Donalda était l'une des associées. Des portes vitrées ouvraient sur une entrée quelconque qui aurait pu être celle de n'importe quelle entreprise. Une réceptionniste était assise derrière un bureau blanc incurvé ; quatre canapés deux places en cuir blanc étaient installés dans la pièce ; sur les tables basses étaient disposés une sélection de journaux du jour et quelques magazines choisis apparemment au hasard.

Se sentant trop débraillée pour l'endroit, Karen attendit que la réceptionniste finisse une conversation téléphonique et annonça :

— J'aimerais voir Donalda Sutherland.

Elle montra sa carte de police.

— Est-ce que vous avez rendez-vous ?

C'était une réponse automatique, non réfléchie.

— Non.

Elle souleva le combiné de son téléphone.

— Est-ce que je peux vous demander quel sujet cela concerne ?

— Vous pouvez me le demander, mais je ne vous répondrai pas. C'est une enquête de police.

Le sourire professionnel de la femme se crispa.

— Asseyez-vous et je vais voir ce que je peux faire.

— Je vais attendre ici, répondit Karen en imitant son sourire.

Elle n'allait pas rester à poireauter parce qu'une réceptionniste snob jugeait que le temps des avocats était plus précieux que celui des policiers.

La femme appuya sur deux touches, attendit, puis dit :

— Angie, j'ai une policière ici qui voudrait parler à Mme Sutherland. Est-ce qu'elle a un créneau ce matin ? demanda-t-elle en évitant le regard de Karen. Oui ? OK, je m'en occupe.

Elle reposa le téléphone et dit :

— Elle est en réunion pour l'instant. Elle pourra vous recevoir dans une demi-heure.

Elle parut ravie de sa petite victoire.

— Très bien, dit Karen en consultant sa montre. Je vais prendre un café à Burr et je reviens dans une demi-heure, ajouta-t-elle sur un ton enjoué, refusant de donner à la réceptionniste la satisfaction de l'avoir agacée.

Installée avec son café au lait sur une banquette confortable au fond de l'établissement, Karen ouvrit son ordinateur portable et consulta les sites d'information. Comme elle l'escomptait, la nouvelle de la découverte d'un corps dans une tourbière s'était répandue dans les médias. Même la presse nationale basée à Londres, réputée pour la pauvreté de ses informations au-delà du mur d'Hadrien, avait trouvé cela suffisamment intrigant pour en parler. Karen choisit l'un des quotidiens écossais, pensant que c'était le plus susceptible de donner un maximum d'éléments. L'article était précédé du portrait-robot de Joey Sutherland. La reproduction lui donnait l'air d'un personnage de Pixar. Mais d'après Karen, tous ceux qui avaient connu Joey allaient le reconnaître. Elle espérait que Donalda Sutherland n'était pas accro aux infos.

MYSTÉRIEUSE DÉCOUVERTE D'UN CORPS ET DE DEUX MOTOS DANS UNE TOURBIÈRE

Quand le fermier Hamish Mackenzie s'est mis en quête d'un trésor, il a trouvé bien plus que ce qu'il espérait. En plus des deux motos anciennes qu'il était parti chercher, il a déterré de la tourbière le corps d'un homme, parfaitement préservé.

M. Mackenzie, trente-sept ans, qui travaille à Clashstronach à Wester Ross, a déclaré : « Ça a été un choc terrible. J'avais entendu parler de corps préservés dans des tourbières, mais on n'est pas préparé à trouver ça sur son terrain. C'est la dernière chose à laquelle je m'attendais. »

L'exhumation a eu lieu après que M. Mackenzie a été contacté par un couple originaire du sud de l'Angleterre. « La femme m'a expliqué que son grand-père avait été en poste non loin d'ici pendant la Seconde Guerre mondiale. Il était formateur pour le service Special Operations Executive de Churchill ; des gens formés pour devenir espions et saboteurs derrière les lignes ennemies. À la fin de la guerre, on leur a ordonné de détruire tout l'équipement. Mais il y avait deux motos Indian neuves qui venaient d'arriver des États-Unis et le grand-père de cette femme, ainsi qu'un copain à lui, n'ont pas pu s'y résoudre. Donc, à la faveur de l'obscurité, ils les ont emballées dans une bâche étanche, les ont mis dans des caisses et les ont enterrées. Mes grands-parents n'en savaient rien, évidemment. »

Le couple qui a contacté M. Mackenzie possédait une carte rudimentaire, et à l'aide d'un détecteur de métaux qu'ils ont emprunté, la chasse au trésor a commencé : « J'ai utilisé ma minipelle et à environ un mètre vingt de profondeur, on est tombés sur la première caisse. Quand on l'a ouverte, on a trouvé la moto en parfait état. »

Mais la deuxième caisse leur a offert un tout autre spectacle. « Immédiatement, j'ai su que quelque chose n'allait pas. Le couvercle de la caisse avait été déplacé. Quand on a commencé à ôter la tourbe et les planches, on a compris qu'on était tombés sur un bras humain. On ne pouvait pas s'y tromper. On distinguait les ongles, et tout. »

« Ça a été un sacré choc. On est ressortis de là aussi vite que possible et on a appelé la police. Quand ils sont arrivés, ils ont vite constaté que le corps d'un homme se trouvait là. Plus tard, ils nous ont dit que le reste du corps était aussi bien conservé que le bras. »

Le commandant Karen Pirie de l'Unité des enquêtes historiques a ensuite confirmé que le corps d'un homme avait été retrouvé dans la tourbière de Clashstronach. Elle a révélé qu'il ne datait probablement pas de la fin de la guerre. « Nous avons des raisons de croire que cet homme a été enterré dans cette tombe de fortune au cours des vingt-cinq dernières années. Il s'agit selon nous d'une mort suspecte. »

L'article se concluait par les détails du communiqué de presse de Karen. Elle était reconnaissante au journaliste d'avoir respecté son souhait de ne pas révéler l'identité de Joey. C'était déjà assez terrible que sa famille voie sa photo. Plus terrible encore si leurs pires soupçons se voyaient confirmés de façon aussi brutale.

Demain, Joey Sutherland serait dans tous les médias. Avec un peu de chance, cela éveillerait des souvenirs. Les affaires anciennes étaient différentes des affaires courantes. On ne pouvait pas récolter des témoignages en faisant du porte à porte ni en interrogeant tous ceux qui étaient présents lors d'un événement ayant mené au crime. Ruari Macaulay semblait penser que la dernière apparition publique de Joey avait été lors des Highland Games d'Invercharron.

Quelqu'un avait peut-être vu ou entendu quelque chose cet après-midi-là qui ferait avancer leur enquête. C'étaient les liens fragiles sur lesquels Karen s'appuyait pour établir une chaîne de preuves. Et peut-être Donalda Sutherland pourrait-elle lui en fournir quelques-uns à son tour.

30

2018 – Édimbourg

Quand Karen revint chez RJS vingt-cinq minutes plus tard, une autre femme était assise à la réception. Plus jeune et apparemment plus heureuse de son sort. Dès que Karen expliqua qu'elle était attendue, la réceptionniste 2.0 lui indiqua de prendre le couloir jusqu'à la deuxième porte à gauche.

Karen frappa et pénétra dans une petite salle de réunion. Elle était environ trois cents pour cent plus chaleureuse que son équivalent au commissariat. Trois fauteuils confortables, une table basse où était posée une boîte de mouchoirs, un éclairage tamisé bien conçu et non disposé au hasard. Une longue et haute fenêtre laissait apercevoir un coin de ciel au-dessus des toits. Elle était seule dans la pièce mais s'autorisa à ôter son manteau et à le poser sur l'accoudoir d'un des fauteuils.

— Commandant, je suis désolée de vous avoir fait attendre.

La seule ressemblance entre la femme qui entra et Joey Sutherland, c'était leur taille, car elle était un peu plus grande que la moyenne. Elle paraissait proche de la quarantaine ; maquillage discret, cheveux noirs épais parsemés de mèches blanches et coupés en un carré long. Elle portait une robe en jersey noire qui moulait son corps mince, des ballerines à petits talons et une paire de grosses boucles d'oreilles qui brillaient comme un bijou de valeur. Elle avait des lunettes noires surdimensionnées qui lui donnaient l'air d'une intellectuelle, mais son sourire et sa voix étaient chaleureux. Elle serra la main de Karen avant de lui indiquer un siège. En s'asseyant à son tour, elle dit :

— Je suis désolée, je ne connais pas votre nom. Rachel, qui était à la réception quand vous êtes arrivée, ne me l'a pas transmis. Appelez-moi Donna, au passage.

Elle croisa les chevilles, fléchissant les jambes.

Elle se faisait appeler Donna, à présent. À l'évidence, elle avait pensé que personne ne prendrait au sérieux une avocate baptisée Dolly.

— Je suis Karen Pirie. De l'Unité des enquêtes historiques.

— Intéressant. En quoi puis-je vous aider, Karen ?

Elle avait un air intéressé et intelligent. Elle était manifestement habituée à mettre rapidement les gens à l'aise.

— J'ai malheureusement de mauvaises nouvelles.

Il n'y avait jamais moyen d'adoucir ce genre d'annonces.

Un rapide froncement de sourcils.

— Un client ?

— Non, Donna. À quand remontent les dernières nouvelles que vous avez eues de votre frère ?

Elle prit une brève inspiration. Sa main droite serra la gauche.

— Il est arrivé quelque chose à Joey.

Ce n'était pas une question.

— Je le savais. Je l'ai toujours su. Il était capable de partir sans dire un mot, mais pas de faire durer ça pendant vingt-trois ans. Avec mes parents, il avait des différends mais il ne les détestait pas. Et pour faire ça à des gens, il faudrait vraiment les détester.

Elle ferma les yeux un instant avant de se ressaisir :

— Dites-moi.

— Un corps a été retrouvé dans une tourbière de Wester Ross plus tôt dans la semaine. Il était très bien conservé grâce à la composition du sol. Nous avons demandé à un expert médico-légal de nous préparer une photo ressemblant à cet homme de son vivant, et lors de la conférence de presse, un journaliste local a cru reconnaître votre frère.

— Montrez-moi. Vous l'avez sur vous ?

Karen sortit la copie qu'elle avait imprimée le matin même et la lui tendit.

Le visage de Donna se décomposa. Elle ôta ses lunettes pour se frotter les yeux.

— Est-ce que votre expert a dû beaucoup retravailler cette photo ?

Tout le monde se raccrochait à des bribes d'espoir, même quand on savait que c'était futile.

— Non, très peu. Pour la couleur des yeux, il a deviné. Il a éclairci le teint pour gommer la coloration due à la tourbe. Mais ce que vous voyez correspond grosso modo à l'apparence de cet homme. Est-ce que vous diriez qu'il s'agit de votre frère ?

— Je dirais que c'est à ça que ressemblait mon frère la dernière fois que je l'ai vu, il y a vingt-trois ans. Est-ce que ça colle ? Est-ce que son corps est là-dedans depuis si longtemps ?

— C'est ce que nous pensons, confirma Karen en sortant une autre photo, représentant cette fois la boucle de la ceinture du mort. Est-ce que vous reconnaissez ça ?

Les épaules de Donna s'affaissèrent.

— C'est à Joey. Il l'a gagnée lors de sa première participation aux jeux de l'île de Skye. Il la portait toujours avec son kilt quand il était en compétition. Et avec ses jeans le reste du temps, expliqua-t-elle avant de serrer ses bras contre elle comme si elle avait subitement froid. Ça ne fait aucun doute, n'est-ce pas ?

Karen secoua la tête.

— Nous allons procéder à un test ADN pour confirmation, mais en effet, je pense qu'il n'y a aucun doute.

— Qu'est-ce qui s'est passé ? C'était un accident ?

Elle avait de l'angoisse dans les yeux. Donna avait eu vingt années pour s'habituer à l'absence de son frère ; cela n'amoindrissait pas l'intensité de sa douleur.

— J'ai bien peur que non. Nous considérons la mort de votre frère suspecte.

— Vous voulez dire qu'il a été tué ? Je ne suis pas une enfant, Karen. Vous n'avez pas besoin de recourir à des euphémismes avec moi.

— Je n'ai pas encore les résultats de l'autopsie. Mais l'examen préliminaire montre qu'il a reçu des blessures par balle, un pistolet de neuf millimètres. À la poitrine et au cou. À mon avis, la mort a probablement été rapide.

En réalité, elle ignorait complètement si c'était le cas. Mais personne n'allait venir la contredire et c'était, supposait-elle, un petit réconfort.

— Des blessures par balle ? répéta Donna, incrédule. Comment ? Pourquoi ? Joey n'était pas un voyou. Il ne fréquentait pas de gens qui possédaient des armes. Bien sûr, il en connaissait plein qui avaient des fusils ou même des carabines pour la chasse. Mais c'est normal dans les Highlands. Des armes pour le gibier. Pas pour tuer des gens. Ça, c'est ce qui se passe en ville. Criminels. Dealers. Trafiquants d'êtres humains.

— Nous pensons que ça s'est produit avant les lois Dunblane, avant le changement de législation sur le port d'armes à feu. Les armes de poing circulaient beaucoup plus facilement, à l'époque.

La bouche de Donna esquissa une grimace.

— Bien sûr. J'avais oublié comment c'était avant. Mais quand bien même, Joey ne traînait pas avec le genre de personnes qui règlent leurs problèmes de cette façon.

Son expression changea, comme si quelque chose d'autre lui était venu à l'esprit.

— Et qu'est-ce qu'il fabriquait à Wester Ross ?

— Nous ne savons pas. Nous pensons que ça a un lien avec deux motos enterrées là à la fin de la Seconde Guerre mondiale.

Donna secoua la tête comme si elle essayait de dissiper un brouillard.

— Des motos ? Des motos enterrées ? Pendant la guerre ? C'est surréaliste.

Karen lui expliqua comment les motos s'étaient retrouvées enterrées dans la tourbière.

— Je pense que Joey a peut-être été embauché pour les déterrer. Et puis quelque chose a très mal tourné.

— Difficile d'envisager pire scénario, dit Donna en s'humidifiant les lèvres et en prenant une profonde inspiration. Quelqu'un a fait ça à mon frère. Quelqu'un l'a tué comme un chien et l'a sûrement enterré pour dissimuler ses traces. Qu'est-ce que vous faites pour retrouver cette personne ?

Il y avait une intonation plus agressive dans sa voix, maintenant que le choc s'était suffisamment estompé pour laisser place à la colère.

— Je fais tout ce que je peux. Je travaille aux Enquêtes historiques parce que je crois que les gens méritent des réponses. Ne pas savoir ce qui est arrivé à ceux qu'on aime, c'est l'une des choses les plus difficiles à vivre. Je le comprends.

Donna remercia Karen de sa sincérité d'un hochement de tête.

— D'accord. Alors qu'est-ce que je peux faire pour vous aider ?

— J'ai besoin d'en savoir beaucoup plus au sujet de votre frère.

Donna jeta un coup d'œil à sa montre.

— Je suis désolée, j'ai un rendez-vous dans cinq minutes. Il faut que je l'annule.

Elle se leva abruptement et quitta la pièce, raide comme un ivrogne essayant de camoufler son état.

Elle revint presque immédiatement.

— J'ai demandé du café. Il est probablement trop tôt pour une boisson forte.

Elle s'assit tout au bord de sa chaise, coudes sur les genoux, bras serrés autour d'elle.

— Je vous écoute, dit-elle.

— Est-ce que vous étiez proches ?

— On avait quatre ans de différence, ce qui est assez important quand on est petits. Cela dit, c'était un grand frère très protecteur. Il veillait à ce que personne ne m'embête ou ne me rackette. Quand il a eu dix-huit ans, il s'est mis à parcourir les routes de compétition en compétition. Ça marchait bien. Il était invité à des concours partout. À vingt ans, il voyageait en Europe et en Amérique du Nord. On ne le voyait quasiment jamais. Chaque fois qu'il revenait à la maison, il y avait des disputes. Mon père voulait qu'il lui donne un coup de main à la ferme ou qu'il leur donne de l'argent pour les aider, expliqua-t-elle avant de laisser échapper un bref soupir. Joey répliquait qu'il gagnait sa vie en travaillant dur. Que personne d'autre n'avait le droit de lui prendre son argent ni son temps. Ça n'aidait pas vraiment à ce que ses visites se déroulent en bonne harmonie.

— J'imagine. Vous avez dit qu'il était parti sans un mot. Est-ce que vous pouvez développer ?

Donna leva brièvement la tête vers le plafond, en clignant des yeux.

— C'était au moment où je suis entrée à l'université. Il est passé un dimanche à la fin du mois d'août. Il avait participé à un championnat des Highland Games pas très loin de là, et il est venu me montrer son van tout neuf. Il était magnifique. Il était équipé d'une douche et d'un micro-ondes. Je dois admettre que je l'ai un peu envié. Comme d'habitude, il s'est disputé avec papa, et puis il est reparti avant la nuit. C'est la dernière fois que je l'ai vu. Quand je suis arrivée à Édimbourg, ça faisait au moins un mois qu'on n'avait pas eu de nouvelles de lui. Je m'en souviens, parce que papa était vraiment fâché que je m'en aille. « Tu vas devenir comme ton frère ; dès que tu vas découvrir les lumières de la ville, tu nous oublieras. »

Elle lâcha un petit rire sec et poursuivit :

— C'était drôle, parce que sur le circuit des championnats, on ne trouve pas vraiment les lumières de la ville.

Sa voix se brisa et elle se racla la gorge.

— Est-ce que vous avez essayé de le contacter ?

C'était un petit coup de sonde délicat.

— Tout d'abord, je ne savais pas comment. Les réseaux sociaux n'existaient pas, à la fin des années quatre-vingt-dix, rappelez-vous. Et puis j'étais trop occupée par ma vie étudiante pour courir le circuit des Highland Games. Pourquoi est-ce que je me serais souciée d'un grand frère qui ne se souciait pas de moi ?

Le visage de Donna se décomposa de nouveau, le chagrin visible derrière la bravade.

— Après, c'était trop tard. Quand j'ai eu mon diplôme et terminé ma formation, j'évoluais dans un monde différent. Les gens comme moi n'allaient pas voir des types costauds soulever de la fonte au milieu d'un champ.

— Une fois qu'on perd contact, c'est difficile de le renouer.

Donna lança un regard froid à Karen.

— Quand mes parents ont renoncé à la ferme pour s'installer en ville, j'ai quand même fait un petit effort. Je n'aimais pas l'idée qu'il puisse revenir à la maison et découvrir qu'il n'en avait plus. Je m'étais mise à le rechercher sur Google, régulièrement. Je pensais que s'il s'était installé à l'étranger, il apparaîtrait peut-être dans un article local. Mais non. Il y avait des Joseph Sutherland et des Joe Sutherland mais, pour autant que je sache, aucun d'eux n'était notre Joey.

On frappa à la porte et un jeune homme maigre à l'air nerveux, en bras de chemise, entra avec un plateau. Une cafetière, deux mugs, un pot de lait, un bol rempli de sucrettes.

— Votre café, Donna, dit-il en s'avançant entre elles deux pour poser le tout sur la table basse.

Il ressortit de la pièce avec sur les lèvres un vague sourire anxieux. Les femmes poursuivirent comme si cette interruption n'avait pas eu lieu.

— J'imagine que vous n'avez pas pris de photo de Joey avec son van, ce jour-là ?

Pour une avocate, les questions anodines n'existaient pas. Donna cherchait du sens partout.

— Non. Pourquoi ? Est-ce qu'il y a un problème avec ce van ? Est-ce qu'il est apparu dans une autre affaire ?

— Pas du tout. Bien au contraire. Nous essayons simplement de savoir ce qu'il est devenu.

— Au cas où ça vous mènerait à son tueur ? demanda-t-elle en secouant la tête. Il faudrait être vraiment bête ou très sûr de soi pour conserver un lien aussi flagrant avec la personne qu'on vient de tuer.

— À ce moment-là, il ne l'avait pas depuis très longtemps. Je ne suis pas sûre que beaucoup de gens l'auraient automatiquement relié à lui. Et vous seriez surprise du nombre de personnes qui parviennent à se tirer d'affaire, Donna.

Donna esquissa une moue sceptique.

— Vous oubliez comment je gagne ma vie. Croyez-moi, je suis parfois estomaquée par les énormités que mes clients et leur conjoint peuvent dire.

Un sourire ironique.

— Au moins, cela nous facilite un peu la tâche, parfois, reprit Karen. Nous pensons que la dernière compétition à laquelle Joey a participé, c'était lors des jeux d'Invercharron en septembre 1995. L'un de mes adjoints a vérifié auprès de la Highland Games Association et c'est bien la dernière inscription qu'ils ont pour lui. Nous savons qu'il a remporté le lancer de poids en hauteur à cette occasion. Mais j'ai un témoin qui m'assure avoir vu Joey parler avec une Américaine, cet après-midi-là. Ou peut-être une Canadienne. Ça vous dit quelque chose ?

Donna secoua la tête en poussant un soupir de frustration.

— Rien. Si ce n'était rien de plus qu'une simple aventure, on n'en aurait rien su. La dernière petite amie dont j'ai entendu parler, c'était quand il était encore à l'école. Une fille originaire de Rosemarkie. Mais ils se sont séparés peu après qu'il s'est lancé sur le circuit et je ne crois pas que ça les a empêchés de dormir, l'un comme l'autre. Il n'a jamais parlé d'une Américaine.

Elle voûta les épaules dans un geste auto-protecteur, enroulant ses bras autour d'elle.

— Pendant toutes ces années, j'ai voulu croire qu'il avait trouvé quelqu'un à aimer, quelque part loin d'ici. Je l'imaginais refaire sa vie avec une femme et une famille. Apprendre à ses enfants à jouer au football américain, ou bien gérer un club de sport. Je ne pouvais pas croire qu'il était mort, dit-elle en regardant Karen droit dans les yeux. Vous devez penser que je suis bête. De ne pas avoir compris qu'il était mort depuis longtemps.

Karen ne pensait rien de la sorte. Si elle-même avait pu se convaincre que tout ça n'était qu'une terrible erreur et que Phil était toujours en vie, elle l'aurait fait.

— Quand cela concerne les gens qu'on aime et qui ont disparu, on ne peut pas s'empêcher de garder espoir. À moins qu'on n'ait la preuve du contraire, c'est naturel de s'y réfugier.

— Plus d'espoir, maintenant, dit-elle en frissonnant avant de se redresser. Vous allez avoir besoin d'une identification formelle. Donnez-moi dix minutes pour annuler mes rendez-vous de la journée et je serai à vous. J'imagine qu'il est toujours dans les Highlands ?

— Non, il est à Dundee. C'est là que se trouve le labo.

— C'est une bonne nouvelle, dit Donna avant d'afficher une moue ironique. Et on ne dit pas souvent ça quand on parle de Dundee.

— Je suis désolée.

Donna secoua la tête.

— Quelque part au fond de moi, j'ai toujours su que ça allait arriver. Je vous attendais, commandant Pirie. Vous ou un de vos confrères.

31

1944 – Wester Ross

Arnie s'appuya sur le bastingage du bateau pour regarder les matelots embarquer la fin du chargement. Il était accompagné de deux autres GI qui rentraient chez eux, comme lui. Il avait rangé son sac dans une cabine qu'il partageait avec trois autres hommes et à présent, il s'assurait que son plan se déroulait comme prévu. Il avait bien fait de dissimuler son butin ; les policiers militaires qui avaient fouillé ses affaires avaient découvert la couture déchirée et inspecté soigneusement la doublure du sac.

Les deux autres soldats présents sur le pont se charriaient mutuellement en parlant de la première chose qu'ils feraient en arrivant sur le sol américain. Aux yeux d'Arnie, leurs projets de filles et de bars dénotaient un manque d'ambition déprimant. Lui, il avait d'autres objectifs. Il allait s'éclater d'une façon bien différente. Ce n'était pas encore très précis, certes, mais il s'était donné les moyens de saisir la première occasion qui se présenterait.

Les matelots travaillaient rapidement. Seules deux douzaines d'objets demeuraient à quai, à présent. Et puis, sans crier gare, ils arrêtèrent. Un marin vêtu d'un épais chandail sortit de la cale et sembla leur dire quelque chose. Puis il remonta à bord et avant qu'Arnie n'ait pu comprendre ce qu'il voyait, les passerelles d'embarquement remontèrent et on ferma la soute.

— Qu'est-ce qui se passe ? demanda-t-il à voix haute. Pourquoi ils laissent le reste à quai ?

L'un de ses compagnons lui lança un regard curieux.

— J'imagine qu'ils ont atteint leur limite. Qu'est-ce que ça peut te faire, mon pote ?

— Rien, répondit Arnie sèchement.

Il sentit littéralement son cœur se contracter. La tête lui tourna et il se demanda s'il faisait une crise cardiaque. Il fut pris d'une envie de pleurer et il dut s'éloigner quand le bruit des moteurs du navire s'amplifia et que les matelots larguèrent les amarres.

Il lui fallut deux jours avant de se ressaisir. Quand on lui demandait ce qui lui arrivait, il répondait qu'il était triste d'avoir quitté sa copine. Les autres se moquèrent de son attitude fleur bleue, mais mieux valait ça plutôt que d'avouer la véritable cause de son chagrin. Il passa les deux jours suivants à se creuser les méninges pour savoir qui pourrait le renseigner sur le destin des motos et son avenir à lui.

Il découvrit que le responsable du chargement était amateur de poker. Des parties à petites mises se déroulaient perpétuellement dans un réduit de stockage près de la salle des machines. Arnie s'y fit une place et se joignit aux joueurs. Il avait participé à des parties de poker où la compétition féroce et la concentration imposaient un silence quasi complet autour de la table. Heureusement, celles-ci n'étaient pas de ce genre. Les hommes parlaient et riaient, racontaient des blagues obscènes et des histoires salaces. Lors de sa troisième partie, il demanda l'air de rien pourquoi ils n'avaient pas embarqué la totalité du chargement.

— Pas de place, répondit le responsable du chargement. Putain, je leur ai dit une demi-douzaine de fois qu'ils avaient vu trop grand.

— Alors où va aller le reste, maintenant ? Ils le chargeront sur un autre bateau ?

— Je pense pas. Trop de boulot de faire tout ce trajet pour quelques bricoles. Ils vont dire aux Anglais de s'en débarrasser.

— S'en débarrasser ?

— Ouais. Tout brûler ou enterrer.

Arnie joua encore un tour puis s'excusa. Il était pris d'une envie physique de vomir. Tous ses plans allaient partir en fumée, littéralement. Il ne pouvait pas le supporter. Tous ses efforts pour mettre la main sur un sac de diamants… n'avaient servi à rien.

32

2018 – Dundee

Bien que Karen ait insisté pour la reconduire à Édimbourg, Donna prit le train.

— J'ai besoin d'être seule, expliqua-t-elle sur un ton aussi catégorique que celui de son interlocutrice. Je vais devoir annoncer la nouvelle à mes parents et j'ai besoin de temps pour m'y préparer.

Quand elle ouvrit la portière du taxi que River avait appelé pour la conduire à la gare, Donna marqua une pause :

— Merci, commandant Pirie. Vous avez été très prévenante. Ce n'est pas le sort que j'aurais souhaité pour mon frère, mais je préfère connaître la vérité.

Sur ce, elle partit accomplir une tâche dont personne n'aurait voulu s'acquitter.

Sur le trajet qui les avait menées à Dundee, Donna avait parlé librement de son frère, mais rien de ce qu'elle avait pu dire ne paraissait utile à Karen. C'était trop ancien. Elle en savait désormais un peu plus sur la vie des athlètes du circuit des Highland Games, cependant cela ne lui donnait aucun indice sur la mort de Joey Sutherland. Comme l'avait fait remarquer Ruari Macaulay, il ne semblait pas avoir d'ennemis. Elle retrouva River dans son bureau, qui jouxtait le labo de dissection principal.

— Je commence à penser que Joey Sutherland n'est qu'une victime collatérale, dit Karen en se laissant tomber sur une chaise.

Quand Karen avait envie de penser à voix haute, rien ne pouvait l'arrêter. River sauvegarda son travail en cours et accorda à son amie toute son attention.

— Que veux-tu dire ?

— C'est encore tôt, mais si toute cette affaire concerne le contenu de ces sacoches en cuir, alors ça n'a rien à voir avec Joey. N'importe qui aurait pu être à sa place. Enfin, n'importe qui d'assez grand et fort pour creuser un trou et déplacer une moto. Quelqu'un qui ne doute pas de sa force physique, sans quoi il n'aurait pas accepté de le faire.

L'esprit de River était encore concentré sur son travail en cours.

— Pardon si je parle comme Jason, dit-elle, mais je ne te suis pas très bien.

Karen ricana.

— C'est ma faute, je réfléchis à voix haute. Admettons que tu saches qu'un objet de valeur est caché dans la sacoche de l'une de ces motos. Mais tu sais aussi que tu n'as pas la force de creuser dans la tourbière ni de déplacer les motos si elles sont enterrées de façon à ce que les sacoches soient inaccessibles. Tu fais quoi ?

River comprit et sourit.

— Tu embauches quelqu'un pour s'en charger à ta place.

— Exactement. Et tu embauches quelqu'un de suffisamment fort pour pouvoir porter deux cent cinquante kilos. Ça ne se trouve pas partout. Mais l'avantage, c'est que les gars comme eux ont l'habitude d'être payés pour les exploits que peuvent accomplir leurs muscles. Un boulot sur mesure pour Joey.

— Mais pourquoi le tuer ? Pourquoi ne pas se contenter de récupérer ce qui t'intéresse et le payer ?

— Je ne sais pas. Mais à mon avis, ce que tu es venu récupérer ne t'appartenait pas, à la base. Et tu n'as pas envie qu'un Musclor des Highlands raconte à tous ses copains la petite mission qu'il a accomplie pour toi. Une Américaine, peut-être…

Sa voix s'éteignit quand elle se remémora les paroles de Ruari Macaulay.

— Maintenant, je ne te suis plus du tout.

— La dernière compétition où l'on ait vu Joey, ce sont les jeux d'Invercharron. Et d'après son meilleur ami, il traînait avec une Américaine. Peut-être une Canadienne. En 1995, c'était assez exotique dans un coin aussi reculé. Ils ne devaient probablement pas faire la différence entre les deux.

— Et tu penses que cette mystérieuse inconnue a embauché Joey pour récupérer ce qui se trouvait dans les sacoches de la moto ?

— Ça paraît plus plausible que de l'attirer là-bas pour creuser sa propre tombe et le tuer. Si le tueur avait voulu faire ça, il aurait choisi n'importe quel endroit dans les Highlands sans s'embêter. Si c'était moi…

Elle fut interrompue par la sonnerie de son téléphone.

— Jason ? Qu'est-ce qu'il y a ? demanda-t-elle.

— J'ai pensé qu'il valait mieux vous avertir, dit-il.

— De quoi ?

— Le *Mail Online* a publié une interview des Somerville. Ils sont pas très sympas avec vous.

— Oh, bon sang, ronchonna Karen. OK, je vais y jeter un œil.

— Désolé, chef.

— Non, tu n'y peux rien, merci de m'avoir prévenue.

Karen raccrocha et grogna.

— Un problème ?

— Est-ce que tu peux aller sur le site du *Mail Online* ? Jason dit que les Somerville ont déblatéré…

Elle passa derrière le bureau afin de voir l'écran de River. Quelques instants plus tard s'afficha une photo d'elle, avec quelques kilos supplémentaires et la mine encore défaite par le chagrin, peu après la mort de Phil.

— Oh putain, j'ai l'air d'une folle.

— Évidemment. C'est exactement l'effet recherché.

River fit défiler l'article.

« UNE POLICIÈRE AUTORITAIRE TRAITE D'HÉROÏQUES TÉMOINS COMME DES CRIMINELS », annonçait le titre.

Un couple qui a découvert une victime de meurtre enterrée de longue date dans une tourbière des Highlands s'est vu refuser l'héritage qui lui revenait.

Alice et Will Somerville étaient partis en quête de deux motos anciennes Indian Scout, datant de la Seconde Guerre mondiale et cachées par le grand-père d'Alice, quand ils ont découvert le corps d'un homme qui aurait été tué par arme à feu.

La chef de l'Unité des enquêtes historiques, le commandant Karen Pirie, a annoncé au couple qu'il n'avait aucun droit sur les motos, découvertes en même temps.

Alice raconte : « Mon grand-père a été en poste à Clachtorr Lodge dans les Highlands. Il formait des agents britanniques à s'infiltrer derrière les lignes ennemies en tant qu'espions et saboteurs. À la fin de la guerre, on lui a ordonné de détruire les motos. Il a trouvé que c'était dommage et a demandé s'il pouvait les garder. Son supérieur lui a dit oui, à condition que personne ne sache d'où elles provenaient. »

— C'est des conneries ! explosa Karen. C'est de la pure invention. Elle n'a jamais parlé d'une autorisation d'un supérieur hiérarchique.

Au bord des larmes, Alice, trente-deux ans, poursuit : « Sur son lit de mort, son dernier souhait était qu'on retrouve les motos. Il n'a jamais réussi à le faire de son vivant et voulait qu'on les récupère. »

Son mari, Will, trente-quatre ans, explique : « Mais le commandant Pirie nous a dit que c'était du vol. Elle a dit que nous n'avions aucun droit sur ces motos, ce qui est absurde puisque le grand-père d'Alice avait eu la permission de les garder. C'est scandaleux. Sans nous, le corps de ce pauvre homme serait toujours dans la tourbière. Elle ne nous a même pas remerciés. La seule récompense qu'on a obtenue pour nos efforts, c'est de s'entendre dire que les motos ne sont pas à nous. »

Le commandant Pirie n'a pas souhaité commenter. Un porte-parole de la police a déclaré : « Nous ne pouvons pas commenter une enquête en cours. »

— Connards, lâcha Karen en revenant d'un pas lourd jusqu'à sa chaise dans laquelle elle s'affala. Comment osent-ils ? Ils n'ont aucun droit sur ces foutues motos. En plus, c'est Hamish Mackenzie qui s'est coltiné tout le boulot. « Témoins héroïques », mon cul !

À cet instant, son téléphone vibra, signalant un texto. C'était Jason.

Nonosse dans le bâtiment

Karen poussa un gémissement et dit :

— D'une minute à l'autre…

— Quoi ?

Elle agita son téléphone et répéta :

— D'une minute à l'autre…

Elles fixèrent toutes les deux le téléphone des yeux. Les secondes s'écoulèrent. Enfin, le téléphone s'illumina et vibra dans la main de Karen. L'écran annonça *Commissaire adjointe Markie*.

— Je te l'avais dit, dit Karen en faisant glisser son doigt sur l'écran pour prendre l'appel. Oui, madame ?

— Est-ce que vous avez vu le *Mail Online* ?

La voix de la commissaire était tranchante.

— Si vous faites référence à la plongée d'Alice et Will Somerville en pleine fiction, oui madame, je l'ai vue.

— En pleine fiction ?

— La version des événements qu'ils profèrent aujourd'hui n'est pas celle qu'ils ont donnée dans leur déposition. Ils ont eu le temps d'y réfléchir et ils ont inventé un paquet de bobards pour nous mettre dans l'embarras et nous forcer à leur donner les motos. Un point c'est tout.

Karen avait parlé sur un ton léger. Elle ne voulait pas montrer à Nonosse à quel point les Somerville l'avaient enragée.

— Quoi qu'il en soit, c'est publié, maintenant. Ce n'est pas le genre de publicité que nous voulons pour l'UEH.

— Si les gens racontent n'importe quoi à la presse, je n'y peux rien, madame.

— Ils ne raconteraient pas n'importe quoi si vous ne les aviez pas énervés au départ, répliqua Markie. C'est si difficile de maintenir des relations cordiales avec vos témoins ?

— Ils n'ont aucun droit légitime sur ces motos, répéta Karen les lèvres serrées formant une moue dédaigneuse à laquelle elle aurait dû renoncer si Markie s'était trouvée en face d'elle. Elles appartiennent soit au ministère de la Défense, soit à l'US Army.

— Peut-être. Mais vous auriez pu le leur annoncer plus tard. Une fois que l'intérêt suscité par l'affaire était retombé et que tout le monde se fichait des Somerville et de leurs demandes. Mais non, il a fallu que vous les agaciez pile au moment où vous saviez que les journalistes allaient leur tourner autour.

À présent, le venin s'insinuait dans les propos polis de Markie.

Karen serra les paupières très fort.

— Ils voulaient repartir avec la moto. Celle qui, techniquement, n'est pas une pièce à conviction. Qu'est-ce que j'étais censée dire ?

— Vous n'aviez qu'à vous débrouiller ! Vous devez vous ressaisir, commandant Pirie. Jusqu'à maintenant, je ne suis pas très impressionnée par le fonctionnement de votre unité.

Elle raccrocha.

River fit la grimace.

— Elle n'est pas contente.

Ce n'était pas une question.

— C'est rien de le dire. Je ne comprends pas. On fait du bon travail à l'UEH. On obtient des résultats. Pas tout le temps, évidemment, mais on a un bon taux de réussite. Et pourtant, Nonosse est sur mon dos depuis la seconde où elle a franchi la porte, soupira bruyamment Karen.

— Tu sais pourquoi, non ?

— Elle fait partie de ces femmes qui considèrent toutes les autres comme une menace ? suggéra Karen.

— Peut-être. Mais il ne s'agit pas de ça. Il s'agit d'une querelle de clocher. Elle veut contrôler l'UEH. Et ça veut dire que l'unité doit lui revenir, à elle. Chose impossible tant que tu la diriges, parce que tu es là depuis sa création, et que tu y faisais déjà du bon travail bien avant qu'elle prenne ses fonctions. Tes succès sont à la source de sa frustration. Elle veut que tu dégages, Karen.

33

2018 – Motherwell

Un ciel bas pesait sur le centre-ville de Motherwell, qui était de la même teinte gris acier que les nuages. Mais contrairement à ces derniers, les rues monochromes étaient égayées par des enseignes commerçantes aux couleurs primaires criardes ou par un vêtement coloré porté ici ou là par un passant prêt à relever le défi de la météo et de l'expérience shopping.

Il y avait quelques villes du Lanarkshire qui déprimaient et plombaient toujours le capitaine Gerry McCartney, et Motherwell en faisait partie. À l'époque où la ville était surnommée « Steelopolis », la cité de l'acier, en raison des monumentales tours réfrigérantes des aciéries surplombant les rues exiguës, il régnait un véritable esprit de communauté. Mais la fermeture de Ravenscraig vingt-cinq ans plus tôt avait mis fin à tout cela. Des hommes politiques de Westminster avaient rendu Motherwell exsangue, aux yeux de McCartney, ainsi qu'ils l'avaient fait dans de si nombreuses villes écossaises. Voilà ce qui alimentait sa colère.

Aujourd'hui, ces mêmes politiques se vantaient d'avoir implanté ces dernières années des centrales d'appels et des zones d'activité créatrices d'emplois, mais McCartney savait que les blessures étaient trop profondes pour être soignées à coups de jobs qui n'apportaient aucun épanouissement personnel et inspiraient peu de respect. Il avait de la chance d'être policier. Lui, il faisait bouger les choses.

Ou du moins, avant qu'il se laisse convaincre par Ann Markie de quitter le terrain pour s'enterrer dans cette fichue unité. Il ne savait pas exactement ce qu'elle avait derrière la tête, mais il savait qu'il ferait tout pour la satisfaire. C'était sa seule chance de retourner poursuivre de vrais criminels au lieu de piétiner sur des affaires tellement anciennes qu'elles auraient trouvé leur place dans un musée.

Il se gara tout au bout du parking d'Aldi. Dans le coin, les places de stationnement était bon marché, mais s'il pouvait en trouver une gratuite, c'était encore mieux. Il pourrait acheter une de leurs excellentes bouteilles de pinot noir néo-zélandais après son entrevue avec Barry Plummer. Autant rentabiliser le voyage. Il quitta le parking, tête baissée fendant le crachin, et se dirigea vers le magasin de literie géré par Barry Plummer.

À dix heures par un matin pluvieux, la principale artère commerçante était étrangement déserte. Un sans-abri dont les vêtements crasseux ne dissimulaient pas la maigreur ne parvint pas à lui vendre un exemplaire de *Big Issue*. Le capitaine avança en ignorant superbement les propositions de l'homme. Ce type n'était même pas d'ici, songea-t-il, aigri. Où étaient passés tous les SDF de souche ? Il était convaincu que les mendiants de Glasgow appartenaient à une sorte de mafia. Ils avaient tous l'air de venir de la même famille, et pas d'une famille écossaise. Il avait abordé la question avec les agents en uniforme qui patrouillaient la ville, mais ils s'étaient moqués de lui.

Il ralentit en approchant de l'empire de Barry Plummer. Aucun doute possible quant aux articles que vendait BEDzzz. La double devanture vitrée était remplie de lits. Superposés, à montants en cuivre, simples, doubles, king size. Il y en avait même un circulaire. Où est-ce qu'on pouvait bien poser son oreiller ? À l'intérieur, entre les sommiers et les matelas, on apercevait des armoires. Malgré l'abondance de marchandise, le magasin dégageait quelque chose de profondément désolant. McCartney était heureux d'avoir cédé aux demandes de sa femme et d'avoir acheté leur literie chez John Lewis.

Il poussa la porte vitrée et pénétra à l'intérieur. Il flottait une odeur chimique de plastique et de désodorisant, et il n'y avait aucun vendeur en vue. Il supposa que le vol n'était pas très fréquent. Il s'aventura plus avant et entendit une sonnerie au loin. Presque immédiatement, un jeune homme vêtu d'un pantalon noir ridiculement serré et d'une chemise qui aurait été parfaitement ajustée s'il avait pesé trois kilos de moins apparut du fond du magasin. Il portait des dread incongrues.

— Bonjour, lança-t-il sur un ton enjoué, son visage feignant le bonheur. En quoi pouvons-nous améliorer vos nuits ?

— Je cherche Barry Plummer, annonça McCartney en sortant sa carte de police. Capitaine McCartney, police.

Il haussa les sourcils et fronça son front couvert de boutons.

— Ouh là là ! Dans quels beaux draps s'est fourré Barry ?

— Il est ici ?

— Je vais le chercher. C'est la chose la plus excitante qui soit arrivée depuis que j'ai commencé à travailler ici.

Il s'éclipsa.

McCartney n'eut pas à patienter longtemps. Barry Plummer apparut quelques instants plus tard, souriant lui aussi comme un idiot. C'était un homme quelconque, d'âge moyen, vêtu d'un costume ordinaire. Une coiffure insignifiante dans les tons châtains et un visage banal, à l'exception d'un nez saillant comme la proue d'un bateau.

— Quelle surprise, dit-il. Je ne crois pas qu'on ait déjà eu la visite de la police. On se demande bien ce qui peut vous amener ici.

— Est-ce qu'on peut parler dans un endroit un peu plus tranquille ?

Plummer parut légèrement déconcerté.

— On peut aller dans le bureau, je pense. Désolé, je n'ai pas entendu votre nom ?

— Capitaine Gerald McCartney, répéta-t-il en montrant de nouveau sa carte.

Plummer esquissa un rapide sourire avant de se diriger vers la porte par laquelle il était arrivé. Elle donnait sur un étroit couloir. La première porte ouvrait sur un bureau exigu et encombré. Des panneaux publicitaires en carton étaient posés contre le mur, promettant ristournes et confort. Un pauvre bureau au vernis écaillé ainsi qu'un très vieil ordinateur occupaient presque tout l'espace. Il y avait une chaise derrière, ainsi qu'une autre en face, dont l'assise décousue laissait paraître la mousse. McCartney la déplaça de façon à voir ce qui se passait derrière l'imposant écran gris, et s'assit sans y être invité.

Plummer déboutonna sa veste de costume et s'installa à la place du patron.

— Alors, à quoi devons-nous cette visite, capitaine ?

Il s'efforçait toujours d'être affable mais clignait des yeux sans cesse, ce qui traduisait une légère inquiétude.

— Je travaille avec l'Unité des enquêtes historiques, expliqua-t-il.

— Oh, ça paraît intrigant. Comme dans *Meurtres en sommeil* ?

— Pas vraiment. Cela consiste principalement à passer en revue d'anciennes preuves, à la lumière de nouvelles informations et des progrès en matière de techniques médico-légales. On n'a pas de grand-mère profiler qui nous dit comment raisonnent les méchants.

McCartney afficha un sourire destiné à détendre Plummer.

— Qu'est-ce qui vous amène donc chez BEDzzz ? Est-ce que vous avez besoin que j'identifie une chambre à coucher pour vous ?

Un gloussement.

— Non, rien de ce genre. J'ai besoin que vous vous transportiez trente ans en arrière.

— Voyons voir. Ça devait être à peu près quand Motherwell a été promu en première division, non ?

Plummer afficha un large sourire, révélant des dents étonnamment bien conservées pour son âge, sa nationalité et sa classe sociale.

— Je vous crois sur parole. Je soutiens les Hoops, pour ma part. À l'époque, vous appreniez à conduire. Dans la voiture de votre oncle Gordy. C'est bien cela ?

Plummer gigota sur sa chaise, comme s'il essayait de s'éloigner du policier plus loin que ne le permettait la taille de la pièce.

— C'est ça. Pauvre Gordy, vous savez qu'il vient de décéder ? Quel choc pour nous tous. Pauvre Sheila. Mais je ne vois pas…

— Vous vous rappelez la voiture ? demanda McCartney, coudes posés sur le bureau.

— C'était une Rover 214 rouge. Semblable à des centaines d'autres.

C'était un faux pas qui n'échappa pas à McCartney. Pourquoi prendre la peine de préciser que cette voiture était banale, à moins de vouloir cacher une aiguille dans une botte de foin ?

— Pas autant que ça, en réalité. Pas avec une immatriculation comme celle de Gordy, en tout cas.

Il marqua une pause. Plummer ne cilla pas.

— Une fois que vous avez passé votre permis, vous empruntiez parfois cette voiture ?

— Peut-être… je ne m'en souviens pas.

— D'après Sheila, oui. Elle n'aurait aucune raison de me mentir, n'est-ce-pas ?

Une légère pellicule de sueur était apparue sur la lèvre supérieure de Plummer.

— Bien sûr que non. C'était il y a longtemps, je ne me rappelle pas vraiment en détail, répondit-il en lâchant un rire qui s'apparentait davantage à une toux. J'étais jeune, occupé à m'amuser. Toujours à droite à gauche, dans les pubs et en boîte. Vous avez dû passer par là vous aussi, non ?

McCartney laissa s'installer un silence.

— Je ne me suis jamais livré à quoi que ce soit de ce genre dans ma vie.

Plummer fronça les sourcils.

— Je ne comprends pas. Vous ne m'avez toujours pas expliqué sur quoi vous enquêtiez. Ni pourquoi vous êtes ici.

— Au milieu des années quatre-vingt, il s'est produit une série de viols violents, Barry. À Édimbourg et Falkirk. Peut-être deux à Stirling, également. L'une des victimes, Kay McAfee, a été tabassée tellement sauvagement qu'elle a fini dans un fauteuil roulant avec toutes sortes de problèmes de santé. Elle est morte il y a quelques semaines. Selon sa famille, même s'il lui a fallu trente ans pour mourir, il s'agit d'un meurtre.

Le ton de McCartney était calme et posé.

— C'est terrible, vraiment. Mais je ne vois toujours pas…

— Quand quelqu'un meurt de cette façon, cela ravive les souvenirs de certaines personnes. Elles se rappellent des détails qui ne paraissaient peut-être pas importants à l'époque. Ou peut-être qu'elles avaient trop peur pour nous parler. Mais les temps changent et la vie des gens aussi. Aujourd'hui, nous recherchons tous ceux qui conduisaient une Rover 214 rouge avec une immatriculation bien précise.

Il se carra dans sa chaise en écartant les bras. Son langage corporel indiquait clairement qui menait la danse.

Choqué, Plummer écarquilla les yeux.

— Je n'ai jamais…

McCartney sourit.

— Personne ne vous met en cause, Barry. Mais juste par curiosité, est-ce qu'il vous est arrivé de vous rendre à Édimbourg avec la voiture de Gordy ?

Il secoua vigoureusement la tête.

— Certainement pas. J'avais passé mon permis depuis peu. Hors de question pour moi de conduire sur l'autoroute. La M8, c'était de la folie à l'époque, comme aujourd'hui.

— C'est bien vrai. Il fallait que je vous pose la question. Je dois vous demander autre chose. Il nous faut les échantillons ADN de tous ceux qui ont conduit une Rover 214 rouge à l'époque. C'est simplement pour vous rayer de la liste, vous comprenez ?

— Mais je viens de vous le dire. Je ne suis jamais allé à Édimbourg avec la Rover. Je ne crois même pas y être allé tout court à l'époque, à part pour le foot. Qu'est-ce qu'on n'aurait pas fait pour voir les Hearts ou les Hibs ? Et même dans ce cas-là, je prenais le train, jamais la voiture.

McCartney hocha patiemment la tête.

— Je comprends, Barry. Mais c'est mon job. Ma chef va me botter les fesses jusqu'à la semaine prochaine si je ne reviens pas avec le bon nombre de prélèvements. Vous n'êtes pas le seul. J'en ai déjà une douzaine dans ma voiture.

— Et si je refuse ?

McCartney haussa les épaules.

— C'est votre droit de refuser. Mais franchement, Barry, si j'étais vous, j'accepterais. Ça fait mauvais effet, vous voyez ce que je veux dire ? Ça donne l'impression que vous avez quelque chose à cacher. Et je vois bien que ce n'est pas votre genre. Croyez-moi, dès que nous vous aurons écarté, votre échantillon sera détruit. Il n'y a aucun souci à se faire.

Il plongea la main dans sa poche intérieure et en sortit le kit d'échantillonnage ADN. Il déchira le sachet en papier et saisit le bâtonnet doté d'une extrémité absorbante, emballé dans du plastique.

— C'est indolore, Barry. Un prélèvement à l'intérieur de la joue, ça suffira. Vous avez dû voir ça à la télé. Ce sera fait en quelques secondes. Et comme vous n'êtes jamais allé à Édimbourg avec la Rover, vous serez mis hors de cause d'ici quelques jours.

Il se leva et contourna l'extrémité du bureau.

Plummer jeta des coups d'œil de gauche à droite. Il était acculé. Cela ne signifiait pas qu'il était coupable. En tout cas, coupable de ces crimes-là. Nerveusement, il mordillait la peau autour de l'ongle de son index.

— OK. OK. Je n'ai rien à cacher.

Il pencha la tête en arrière et ouvrit la bouche. McCartney avança rapidement, avant que l'autre n'ait le temps de changer d'avis.

— Super. Il y a de fortes chances pour que vous n'entendiez plus jamais parler de moi, annonça-t-il joyeusement en replaçant l'écouvillon dans le tube stérile et en notant les détails sur l'étiquette.

— J'espère que vous l'attraperez, dit Plummer. Les gars comme ça, ce sont des ordures.

— On va l'attraper, ne vous en faites pas. Vous savez ce qu'on dit, lança McCartney par-dessus son épaule : « On peut s'enfuir, mais on ne peut pas se cacher. »

Sans même attendre de réponse, il ajouta :

— Je connais le chemin.

34

2018 – Édimbourg

Au milieu de la longue file de voitures attendant sur le pont de Queensferry Crossing, Karen regrettait presque d'avoir décidé de passer la nuit à Dundee. Mais elle se connaissait suffisamment bien pour savoir qu'un dîner thaï et quelques bières avec sa meilleure amie étaient exactement ce qu'il lui fallait quand elle se sentait assaillie de toutes parts. Quand ceux qui étaient censés la soutenir étaient les premiers à l'attaquer, passer du temps avec un être de confiance était le meilleur rempart contre le doute. Un enquêteur ne pouvait pas travailler correctement s'il remettait sans cesse en question son jugement.

Quand elle finit par arriver au bureau, elle ne fut pas surprise que Jason soit le seul présent à l'UEH.

— Sacrée circulation sur le pont, ronchonna-t-elle. Moi qui pensais avoir quitté Dundee suffisamment tôt pour éviter les bouchons.

— Le seul moment où ça ne bouchonne pas à cet endroit, c'est vers trois heures du matin, répliqua Jason. Le dimanche.

— C'est vrai. Et dire que ce nouveau pont devait fluidifier le trafic… À part ça, quoi de neuf ?

— Pas grand-chose. Votre dame de la galerie d'art a appelé, au sujet du tableau volé que vous êtes allée voir. Elle va vous envoyer des diapos.

Karen lança son manteau sur une chaise.

— Une minute… Aucun signe du capitaine McCartney ? Il n'est pas allé nous chercher un café pour se rendre utile, par hasard ?

Jason parut mal à l'aise.

— Il a dit qu'il faisait un saut à Gartcosh pour déposer en personne des échantillons ADN au labo. Je lui ai conseillé de s'adresser à Tamsin et de lui dire que c'était pour vous.

— Bonne idée.

Karen essaya de dissimuler sa surprise face à cette initiative de Jason. Il dépassait toutes ses attentes et s'améliorait dans son travail. Manifestement, se demander « Que ferait Phil ? », ça fonctionnait bien. Il ne lui vint pas à l'esprit qu'elle-même pouvait avoir tout autant d'influence sur l'évolution de son adjoint.

Strictement parlant, l'analyse ADN ne relevait pas du domaine de Tamsin Martineau, experte en recherche médico-légale numérique. Mais elle avait le don de convaincre ses collègues de faire un petit effort pour Karen et son équipe.

— Tamsin s'occupe toujours bien de nous. Je crois que ça l'excite d'utiliser son savoir-faire pour attraper des salauds qui sont en liberté depuis des années.

— Elle n'est pas la seule, commenta Jason en se levant. Est-ce que je vais chercher des cafés ?

Avant qu'elle ne puisse répondre, la porte s'ouvrit et Jimmy Hutton entra, les joues rouges, puis referma rapidement la porte derrière lui.

— Karen, il faut que je te parle.

— J'allais chercher des cafés, dit Jason.

— Prends ton temps, répliqua Jimmy. Et un cappuccino pour moi.

Il se décala pour laisser sortir Jason puis s'appuya contre la porte. En dépit de son teint rosé, la peau autour de ses yeux était pâle et sa mâchoire était serrée.

— Qu'est-ce qui ne va pas, Jimmy ?

— Fiasco total, Karen. C'est la façon la plus simple de décrire la situation. Tu te souviens de la conversation que tu as entendue au Café Aleppo ? Dont tu m'as parlé l'autre soir ?

Sous l'effet d'une froide appréhension, les poils de Karen se dressèrent.

— Tu plaisantes ?

Jimmy se mordilla la lèvre et secoua la tête.

— Si seulement. C'est encore pire que tu ne l'imaginais. Ça s'est passé hier soir. Une femme du nom de Dandy Muir est morte. Un certain Logan Henderson est dans un état critique au Royal Infirmiary. Et sa femme, Willow Henderson – la femme que tu as entendue à Aleppo – était soi-disant trop choquée pour nous parler.

La poitrine de Karen se serra. Les morts violentes et soudaines ne la concernaient généralement que rétrospectivement. Elle avait rarement eu l'occasion de s'y confronter au présent. Mais chaque fois, cela l'avait marquée. Certains de ses collègues étaient devenus des experts dans l'art du détachement professionnel. Cependant, même les policiers et les experts médico-légaux les plus expérimentés n'étaient pas complètement immunisés. Un de ses anciens collègues de Fife avait été envoyé en Irak au sein d'une équipe d'enquêteurs. Face au corps mutilé d'une fille qui avait le même âge que son enfant, son armure s'était fissurée et il s'était effondré en larmes, comme un gamin. À l'époque où il lui avait raconté cette histoire, Karen n'avait jamais rien vécu de semblable. Elle était alors convaincue d'être assez forte pour supporter tout ce qu'elle pourrait rencontrer dans son travail.

Elle s'était trompée. La première fois qu'elle avait été confrontée à une scène de crime toute fraîche, ses barrières avaient cédé. Elle avait dû mobiliser toutes ses ressources intérieures pour dissimuler sa détresse. D'une certaine façon, au fil des années, elle était devenue plus douée pour la dissimulation. Cela ne signifiait pas qu'elle ne connaissait pas de douloureux moments d'empathie.

Mais elle n'était pas près de les laisser transparaître. Même avec Jimmy, qui avait pourtant connu et partagé son chagrin.

— Comment elle est morte ? demanda-t-elle.

— Poignardée avec un couteau de cuisine.

— Dans la cuisine ?

— Évidemment, répondit Jimmy d'un air aigri.

— Merde. Je les ai même averties là-dessus. J'ai dit que les cuisines n'étaient pas un bon endroit pour se disputer. Je leur ai dit. Et Logan ?

— Multiples blessures au couteau.

— Et Willow n'a pas parlé ?

Jimmy lâcha un petit rire sec.

— Ce n'est pas ce que j'ai dit. Elle était suffisamment lucide pour dire aux ambulanciers que Logan l'avait attaquée avec un couteau, mais que Dandy s'était interposée pour la sauver. Ensuite, Willow a pris un couteau aussi pour se défendre contre lui.

Karen était atterrée. D'une certaine façon, c'était entièrement de sa faute. Si elle n'avait rien dit à Dandy… Une pensée lui traversa l'esprit.

— Est-ce que Logan a été poignardé avec le même couteau que Dandy ?

Jimmy secoua la tête. Elle pouvait sentir la rage contenue qui s'échappait de lui telle une vague de chaleur.

— Oh non. Ça aurait été une erreur de débutant, non ? Ironiquement, c'est peut-être ce deuxième couteau qui a épargné la vie de Logan. La lame était plus courte. Elle a causé moins de dégâts.

— Bon sang. C'est de ma faute, dit Karen en sentant les larmes lui piquer les yeux.

— Arrête ça tout de suite, lui ordonna-t-il d'une voix froide pleine de colère. Ce qui s'est passé dans cette cuisine – et malgré toutes nos suppositions, on ne sait rien pour l'instant –, tu n'en es pas responsable.

— Si je n'avais rien dit…

— Ça se serait produit quand même.

— Dandy n'aurait pas été présente. Willow parlait d'y aller seule.

— Karen, arrête. Je n'ai pas besoin que tu culpabilises. J'ai besoin que tu sois lucide et efficace. J'ai besoin de ton aide.

Une question lui vint à l'esprit.

— Attends, Jimmy… Pourquoi c'est toi qui enquêtes là-dessus ? Ton équipe s'occupe de l'anticriminalité. Tu ne gères ce genre de choses que quand ça dégénère. Comment se fait-il que tu en saches autant sur cette affaire ?

Il s'assit au bureau de McCartney.

— Il se trouve que j'étais à St Leonard hier soir, à réviser un dossier qui passe bientôt devant la Haute Cour, en compagnie d'un policier de la BEP de la division Est, quand l'annonce est tombée. J'ai reconnu les noms, expliqua-t-il en haussant les épaules. Vu ce que tu sais, j'ai jugé important que tu sois au courant. J'ai su que ça allait se compliquer bêtement si l'un des cadors de la BEP s'en chargeait.

Karen hocha la tête. Jimmy était trop gentil pour le reconnaître, mais il la protégeait.

— Selon l'interprétation qu'on fait de cette affaire, ça ne me met pas dans une très bonne position. Déjà qu'au départ, je ne suis pas dans une position favorable…

— Peu importe. Je me suis dit que ce serait mieux si j'arrivais à récupérer le dossier. Et à ce moment-là, je me suis rappelé ce que tu avais dit : que Willow avait déjà signalé Logan à la police pour tentative d'étranglement. Alors j'y suis allé au culot. J'ai prétendu qu'on surveillait le mari, donc que c'était une enquête en cours, chez nous.

Karen fixa Jimmy des yeux.

— Tu as fait ça ? Pour me protéger ?

— L'enjeu est bien plus important que ta seule protection, Karen. C'est exactement le genre de dossier que mon équipe sait gérer. On va faire du bon travail. Les gars de la BEP, ils courent après des affaires plus glamour qu'une simple dispute conjugale qui a mal tourné. Ce qu'ils veulent, c'est enquêter sur le terrain. Pas aller poser des questions à des femmes complètement cinglées de la bonne société de Morningside dans ce qui a tout l'air d'être un dossier sans mystère. Comme il n'y a rien de spectaculaire là-dedans, ils étaient ravis de me laisser l'enquête.

La colère céda place à un sourire autosatisfait.

— Donc si nous avons raison, reprit-il, et qu'il s'agit d'une sale affaire, bien moche et vicieuse, elle sera résolue dans les règles.

Karen poussa un profond soupir.

— Ça, c'est sûr, Jimmy. Comment est-ce que ça pourrait mal se passer ? Je suis déjà sur la liste noire de Nonosse. Autant viser la première place. Quelle est la prochaine étape ?

Avant que Jimmy n'ait le temps de répondre, un coup timide à la porte se fit entendre et Jason apparut dans l'entrebâillement.

— Est-ce que je peux revenir, maintenant ? demanda-t-il. Parce que le capitaine McCartney vient de garer sa voiture et il sera là dans une minute.

Karen lui fit signe d'entrer. Il serra son plateau en carton contenant les cafés contre sa poitrine, tel un bouclier.

— Merci, Jason.

— Pas de problème. Je me suis dit que vous n'aimeriez pas voir le capitaine débouler au milieu de votre conversation avec le commandant Hutton.

— Bon raisonnement, Jason. Phil serait fier de toi, mon garçon, commenta Jimmy en saisissant la tasse qu'on lui tendait, avant de se lever.

Se tournant vers Karen, il ajouta :

— Je t'appelle dès que notre témoin traumatisé se sent d'attaque pour nous parler.

En sortant, il croisa McCartney qui eut l'air très surpris de le voir là. Ce dernier le regarda s'éloigner et dit :

— C'était pas le commandant Hutton ? De la Brigade anticriminalité ?

— Lui-même, répondit Karen les yeux fixés sur son ordinateur portable, tapant sur le clavier.

— Qu'est-ce qu'il venait chercher ?

— Un bon café, je crois.

Elle répondit sur un ton distrait, davantage fascinée par son écran que par McCartney.

Frustré, il se laissa tomber lourdement sur son siège.

— C'est vraiment la seule chose qui semble intéresser tout le monde, ici.

Karen leva les yeux et fit un grand sourire.

— Et alors, qu'en concluez-vous ?

35

2018 – Édimbourg

En attendant l'appel de Jimmy, Karen eut du mal à se concentrer. Elle confia à Jason la mission de retrouver tous les concurrents des Highland Games d'Invercharron en 1995 dans l'espoir que Joey ait parlé de ses projets à quelqu'un. Ou présenté cette Américaine qui était avec lui. Selon Karen, si elle cherchait quelqu'un de musclé pour l'aider à déterrer les motos, il y avait une petite chance qu'elle ait abordé d'autres athlètes. Quelqu'un qui aurait refusé mais avait des informations sur elle. Après tout, les petites chances tenaient parfois à un fil, mais il suffisait de tirer sur ce fil pour dérouler la bobine des événements.

McCartney rédigeait les PV des entrevues qu'il avait menées sur les Rover rouges, maugréant de temps à autre en disant que c'était une perte de temps. Décidée à ne pas le laisser plomber le moral de son unité, Karen ne relevait pas ses remarques. Elle trouverait bien un moyen de se débarrasser de lui, mais pas aujourd'hui. Non, aujourd'hui, elle se consacrait à un autre genre de projet.

Il était presque midi quand la nouvelle tomba. Tout en écoutant Jimmy, Karen enfila son manteau.

— J'arrive, dit-elle en attrapant son sac avant de se diriger vers la porte.

— Vous allez où ? demanda McCartney.

Mais la porte se refermait déjà derrière elle.

Elle laissa sa voiture au parking du bureau et se hâta de gagner la file de taxis devant le Playhouse. Ce serait plus rapide que d'essayer de se garer autour du commissariat de St Leonard et elle ne voulait pas attirer l'attention en demandant au planton une place sur leur parking. Elle était surprise que Jimmy ait amené Willow Henderson au QG de la division Est. Vu l'état de son mari, elle aurait pensé que l'avocat de Willow – voire les médecins – aurait tenu à ce que l'interrogatoire se déroule à l'hôpital. Il avait eu raison de la tirer hors de son cocon protecteur afin de l'amener sur leur terrain à eux.

Comme convenu, Jimmy l'attendait à l'accueil. Il la conduisit dans le couloir sans âme desservant les salles d'interrogatoire. Ils s'arrêtèrent à la dernière porte, qui s'ouvrit sur une salle d'observation faiblement éclairée. On y trouvait le traditionnel miroir sans tain, mais de nos jours, il y avait également un enregistrement vidéo en direct transmis par deux caméras fixées au mur. Dans la salle d'interrogatoire se trouvaient deux personnes : Willow Henderson, en tenue d'hôpital, et un homme en costume coûteux, qui semblait passer beaucoup plus de temps au spa qu'au commissariat.

— Qui est l'avocat ? demanda Karen.

— Gil Jardine. Un homme de choix quand il s'agit de défendre les riches et les discrets. La bonne nouvelle, c'est qu'il n'a pas travaillé sur de nombreux meurtres. Je te laisse. Il faut juste que j'aille chercher mon lieutenant, et ensuite, lever de rideau. Si je juge utile que tu lui parles seule à seule, je ferai sortir l'avocat à la fin.

— Merci. Voyons comment ça va se passer.

Une fois Jimmy sorti, Karen s'approcha de la vitre. Il était clair que la nuit avait été difficile pour Willow. Certains détails étaient peut-être volontaires – les cheveux emmêlés, les lèvres pâles, le désastre du mascara et de l'eye-liner qui avaient coulé – mais les yeux gonflés à force d'avoir pleuré, ce n'était pas du chiqué. Idem pour les rides de tension autour de sa bouche. Ironiquement, la tenue d'hôpital bleue lui allait bien, mais il ne fallait pas oublier que si elle la portait, c'était parce que les techniciens d'investigation criminelle avaient placé ses vêtements ensanglantés sous scellés pour analyses ADN.

Elle dit quelque chose à son avocat, qui lui tapota la main pour la rassurer, comme les hommes persuadés d'avoir toutes les cartes en main l'avaient toujours fait avec les femmes. Le son n'était pas encore allumé ; les conversations avec les avocats étaient confidentielles. La police n'était pas censée les écouter. Pour la énième fois de sa vie, Karen regretta de ne pas savoir lire sur les lèvres.

À ce moment-là, Jimmy entra, suivit par le lieutenant Jacqui Laidlaw. C'était une blonde aux proportions généreuses et au visage poupin. Sous la surface pourtant, elle était loin d'être une poupée. Elle était intelligente, coriace, et Karen ne serait jamais son amie. D'un autre côté, quelle qu'ait été la personne à remplacer Phil aux côtés de Jimmy, elle aurait eu du mal à sympathiser avec elle.

Jimmy et Laidlaw s'installèrent dos au miroir. Elle appuya sur le bouton audio et le son emplit la pièce. Après avoir fait les présentations pour les besoins de l'enregistrement, Jimmy demanda :

— Madame Henderson, vous vous êtes présentée de votre plein gré pour faire une déclaration en tant que témoin, c'est correct ?

— Je ne dirais pas exactement ça, le corrigea-t-elle d'une voix légèrement tremblante. Je voulais m'entretenir avec vous chez moi, mais vous avez insisté pour que nous venions ici.

— Malheureusement, votre domicile familial est une scène de crime, à l'heure qu'il est.

— Nous aurions pu aller dans l'appartement de la grand-mère de mon amie Fiona, où je loge avec les enfants. Comme ça au moins, j'aurais pu me changer.

D'un air dégoûté elle pinça son vêtement en coton bleu.

Jimmy n'y prêta pas attention.

— J'aimerais que vous nous racontiez ce qui s'est passé hier soir.

Willow soupira et cligna plusieurs fois des yeux.

— Ce n'est pas facile pour moi. Ma meilleure amie est morte.

— Bien sûr. Vous avez vécu une expérience extrêmement traumatisante. Mais nous avons besoin de savoir ce qui s'est passé exactement. Si j'ai bien compris, votre mari et vous viviez séparément ?

D'un geste délicat, elle s'essuya l'œil.

— Nous sommes séparés. Je voulais divorcer. Logan a refusé de quitter le domicile familial. Heureusement, une amie nous a proposé l'appartement de sa grand-mère pour nous dépanner, donc j'y suis allée avec mes enfants, expliqua-t-elle avant de porter une main à sa bouche. Il faut que je retourne auprès des enfants. Ma mère n'est pas capable de s'occuper d'eux correctement.

— Pourquoi est-ce que vous vous êtes séparés ? demanda Laidlaw sur un ton amical.

C'était le genre de femme à qui on pouvait ouvrir son cœur.

Willow poussa un nouveau soupir.

— Logan a perdu son travail. Après ça, j'ai découvert tous les mensonges qu'il m'avait racontés sur notre sécurité financière. Il jouait. Il pariait des sommes élevées au jeu. Toutes nos économies y sont passées. Il avait contracté une deuxième hypothèque sur la maison. Et il n'avait pas remboursé le prêt depuis des mois. On était au bord de la banqueroute.

L'amertume perçait sous le dépit.

— Vous ne pensiez pas pouvoir régler ça ensemble ? demanda Jimmy.

— Non. Ne dit-on pas : « La confiance c'est comme la virginité, on ne peut la perdre qu'une seule fois » ? C'était inimaginable pour moi de lui refaire confiance. À tous les niveaux. Alors je suis partie et j'ai entamé une procédure de divorce.

— Comment est-ce que Logan a réagi ? demanda Jimmy d'une voix douce comme un châle en cachemire.

— À votre avis ? Vous réagiriez comment ?

— Je ne suis pas votre mari, madame Henderson. Comment a-t-il réagi ? Est-ce qu'il est devenu violent avec vous ?

Karen n'aurait pas pu en jurer, mais elle crut apercevoir un changement d'expression chez Willow. Si c'était le cas, il s'était évanoui aussitôt. Willow baissa les yeux sur la table. La honte de la victime. Si c'était du bluff, elle était bonne.

— Je suis allée lui parler, répondit-elle d'une voix basse et monotone. Je voulais qu'il finisse par comprendre, qu'il déménage pour que les enfants puissent revenir à la maison avec moi. Il a dit… il a dit que les enfants étaient les bienvenus mais pas moi. J'ai rétorqué qu'aucun tribunal dans ce pays ne le défendrait. Qu'il allait être mis à la rue dès que mon avocat pourrait s'entretenir avec un juge.

Elle se couvrit le visage pendant un long moment.

— Il a pété les plombs. Il a posé les mains sur ma gorge et a serré, dit-elle en levant les yeux pour regarder Jimmy d'un air implorant. J'ai cru qu'il allait me tuer. J'étouffais. Ma tête s'est mise à tourner, comme si j'allais m'évanouir. À ce moment-là, il m'a lâchée. Je me suis effondrée par terre. Ensuite, il s'est agenouillé à côté de moi et s'est confondu en excuses.

Elle émit un petit grognement guttural.

— Je me suis enfuie le plus vite possible. Il n'arrêtait pas de s'excuser, de dire qu'il était désespéré, que ça ne se reproduirait pas.

Sa voix était entrecoupée. *De la comédie*, songea Karen qui savait que Jimmy ne serait pas dupe, lui non plus. Dans son travail avec la Brigade anticriminalité, il avait très souvent été témoin du véritable chagrin.

— Et vous avez signalé cet incident à la police ?

Elle hocha la tête.

— Je voulais qu'il y ait une trace. J'avais peur. Pas tellement pour moi. Pour mes enfants.

— Est-ce qu'il s'est déjà montré violent avec les enfants ? demanda à son tour Laidlaw.

Willow laissa échapper un souffle tremblant.

— Non, mais il ne s'était jamais montré violent avec moi non plus, auparavant.

— Est-ce que vous avez parlé de ça avec vos amis ?

— J'en ai parlé à Dandy. C'est… c'*était* ma meilleure amie. Et à une ou deux autres. Mais Logan lui-même l'a avoué à tout le monde. Il a débarqué lors d'un dîner chez des amis et leur a confié sur un ton mélodramatique qu'il avait failli m'étrangler, qu'il était honteux de son geste, qu'il voulait que tout le monde sache que ça ne lui ressemblait absolument pas et que ça ne se reproduirait jamais.

Elle ferma momentanément les yeux.

— C'était insupportable, commenta-t-elle avant d'esquisser un léger sourire. Je suis quelqu'un d'assez réservé. J'étais morte de honte pour lui et pour moi.

— Il nous faudra les noms de tous les invités de ce dîner, dit Jimmy à l'avocat qui hocha la tête et en prit note. Malgré tout, vous avez décidé de remettre sur le tapis la question de la maison.

La voix de Jimmy était légère mais la question ne l'était pas.

Pour la première fois, l'avocat intervint.

— D'après moi, l'expression « remettre sur le tapis » est assez tendancieuse, commandant Hutton. Pourquoi ne pas simplement dire « lui parler » ?

Jimmy le lui concéda d'un hochement de tête.

— Vous avez raison. Je m'excuse. Qu'est-ce qui vous a poussée à parler de nouveau de la maison avec votre mari ?

Elle avait eu le temps de reprendre ses esprits.

— J'ai pensé que ça valait la peine de tenter une dernière fois. Il s'était tellement excusé, voyez-vous. Je voulais lui proposer un marché : je ne porterais pas plainte pour violences conjugales s'il me laissait réintégrer le domicile avec les enfants.

— Et vous avez décidé d'y aller accompagnée de Mme Muir, pour vous soutenir moralement ? Ou pour qu'elle puisse témoigner si les choses tournaient mal ?

Willow secoua la tête.

— Je ne pensais pas que ça tournerait mal. Pas comme ça. Si je l'avais imaginé un seul instant… je n'aurais jamais laissé Dandy m'accompagner.

Sa voix fut de nouveau entrecoupée et une larme roula le long de sa joue.

— Mais elle a insisté. Elle a dit que Logan ne tenterait rien si elle était présente. Qu'il aurait trop honte, poursuivit-elle en lâchant un rire rauque. C'est dire à quel point on peut se tromper parfois…

Les policiers lui laissèrent le temps de se ressaisir. Karen ne savait pas quoi penser de Willow Henderson. Soit elle avait un niveau d'intelligence émotionnelle qui faisait passer La Menthe pour un génie, soit c'était une merveilleuse actrice. Lequel des deux ? Au fil des années, Karen en avait rencontré, des femmes égocentriques ; elle ne jouait peut-être pas la comédie.

Jimmy avait repris la parole et Karen focalisa de nouveau son attention sur la conversation.

— Qu'est-ce qui s'est passé quand Dandy et vous êtes arrivées à la maison ?

— J'ai ouvert la porte. J'y suis chez moi autant que lui. Et il n'avait pas changé les serrures. Il ne pouvait probablement pas s'offrir un serrurier. Comme on entendait la télé dans la cuisine, on y est allées directement. Il était assis au comptoir et il a bondi du tabouret quand on est entrées. Il était manifestement choqué de nous voir. Il a hurlé quelque chose comme « Qu'est-ce que vous foutez là ? » Je voyais bien qu'il paniquait.

Elle saisit la bouteille d'eau posée devant elle et en but une longue gorgée.

— Je lui ai expliqué que je voulais trouver un terrain d'entente. Maintenant qu'il s'était confié à nos amis et m'avait présenté des excuses.

— Comment a-t-il réagi ? demanda Laidlaw.

— Il n'a pas dit grand-chose. Je lui ai proposé le marché auquel j'avais pensé et il m'a ri au nez. Il a répliqué qu'il ne serait jamais condamné et m'a envoyée me faire voir. Je lui ai soutenu qu'il serait bel et bien condamné et qu'il n'aurait plus jamais le droit de voir ses enfants seul.

S'il existait une phrase susceptible de faire sortir de ses gonds un homme en colère, c'était bien celle-là. Non que Karen cherche à défendre les connards comme Logan Henderson. Mais si Willow avait commis ce dont Karen la soupçonnait, cette phrase n'avait probablement jamais été prononcée. Toute cette conversation n'avait sans doute jamais eu lieu.

— Vous ne vous êtes pas dit que c'était un peu dangereux ? demanda Jimmy, doux comme un jour de printemps.

Soudaine poussée de colère chez Willow.

— Alors, quoi ? C'est le moment d'accuser la victime, c'est ça ? Je défendais les intérêts de mes enfants ! Logan doit comprendre où sont les priorités de la famille.

— Et quelle a été sa réaction à vos paroles ?

Elle se carra dans sa chaise, les bras serrés autour d'elle. On aurait dit une femme en train de revivre les pires moments de sa vie.

— Il est devenu fou.

36

2018 – Édimbourg

C'est parti. Karen redressa les épaules et enfouit les mains dans ses poches. *Le spectacle commence.*

— Qu'est-ce que cela signifie exactement ? demanda Jimmy. « Il est devenu fou » ?

— Il s'est mis à hurler que je ne pourrais jamais le séparer de ses enfants. Il ne cessait de hurler ça. Pas avant que j'aille en enfer, a-t-il ajouté. C'était comme si quelque chose s'était déclenché en lui. J'avais l'impression d'avoir en face de moi un inconnu, pas l'homme à qui j'ai été mariée pendant onze ans. On a un bloc de couteaux tout au bout du comptoir. Je ne me rappelle même pas comment c'est arrivé, mais en un instant il avait saisi le couteau à découper et se jetait sur moi.

Sa voix était montée dans les aigus, hystérique.

Une nouvelle fois, les enquêteurs patientèrent. Puis Laidlaw demanda :

— À quelle distance se tenait-il de vous et Dandy, à peu près ?

Willow secoua la tête.

— Je suis nulle pour les distances. Peut-être à six mètres environ ?

— Et ensuite, que s'est-il passé ?

La voix de Laidlaw aurait pu bercer un nourrisson, songea Karen.

Willow ferma les yeux avec force et lâcha un petit sanglot.

— C'est trop difficile…

Jardine leva la main, paume dirigée vers Jimmy.

— Je crois que ma cliente a besoin de faire une pause.

Willow rouvrit les yeux et lui saisit le bras.

— Non. Il faut que ça sorte. Je n'ai pas envie de tout raconter une deuxième fois.

Mais bien sûr…, songea Karen ironiquement. Plus que tout le reste, cette phrase la persuada qu'elle jouait la comédie. *C'est une répétition générale.*

— Si vous êtes sûre…, dit Jardine, inquiet pour ce brin de femme.

— J'en suis sûre.

— Alors racontez-nous, Willow. Logan s'approche de vous avec un couteau. Et ensuite ?

Un soupir tremblotant.

— Dandy s'est jetée devant moi. Elle a crié quelque chose comme « Ne sois pas aussi bête, Logan », mais ça ne l'a pas arrêté. Ensuite, Dandy était par terre et le couteau était couvert de sang. Il y avait du sang partout et Dandy poussait des gémissements et des râles. Comme un animal blessé, dit-elle en regardant Jimmy, le visage figé. J'ai peur de m'endormir et d'entendre ça dans mes rêves.

C'était un moment hautement dramatique que tout le monde respecta. Puis Laidlaw revint à la charge. Ils fonctionnaient bien ensemble, Karen était forcée de le reconnaître.

— Comment avez-vous réagi quand Logan a attaqué Dandy ?

— Je voulais la prendre dans mes bras, l'aider. Mais il s'était remis à hurler. Il disait qu'il allait me tuer. Je n'ai pas réfléchi. J'ai juste réagi. J'ai reculé de l'autre côté du comptoir et j'ai attrapé un couteau sur le bloc. Logan s'est jeté sur moi mais je me suis écartée et je l'ai poignardé. À plusieurs reprises. Je ne voulais pas le tuer. Je ne réfléchissais pas. Je voulais juste que ça s'arrête.

Elle pleurait vraiment, à présent, à grosses larmes. Son nez coulait, ses yeux aussi. Il lui avait fallu du temps pour en arriver là, mais maintenant qu'elle y était, elle donnait tout ce qu'elle avait.

Laidlaw sortit de sa poche un paquet de mouchoirs et en offrit un à Willow. Elle se moucha bruyamment et se tapota les yeux.

— Je suis désolée. Il y a des moments qui sont très clairs, mais tout le reste est complètement flou, à part les hurlements et le sang.

— Je pense que Mme Henderson a retracé les principaux événements qui se sont déroulés hier soir, intervint Jardine. Maintenant, elle a besoin de retrouver ses enfants. Nous restons bien entendu à votre disposition pour un nouvel interrogatoire quand vous aurez rassemblé davantage de preuves.

Jimmy hocha la tête.

— Bien sûr. Ce n'est que le début d'une longue procédure. Et nous espérons que Mme Henderson ira bientôt mieux pour qu'on puisse l'interroger de nouveau.

Il poussa sa chaise et se leva.

— Maître Jardine, est-ce que je peux vous dire un mot ?

L'avocat hocha la tête, rassembla ses papiers et se leva.

— Si vous voulez bien attendre ici, madame Henderson ? Le lieutenant Laidlaw va vous faire préparer un véhicule pour vous ramener chez vous.

Il fit sortir Jardine. Laidlaw nota l'adresse de Willow avant de couper l'enregistrement. Dès qu'elle gagna la porte,

Karen se leva. Elles échangèrent un hochement de tête et Karen pénétra dans la salle d'interrogatoire.

Willow se tourna légèrement et ne put contrôler sa réaction. Elle plissa les yeux et fusilla Karen du regard.

— Qu'est-ce que vous faites ici ? Je veux mon avocat.

Karen s'assit dans la chaise que Jimmy avait laissée libre.

— Pas tout de suite, Willow. C'est strictement confidentiel. Cette conversation n'a jamais eu lieu.

— Tout cela ne vous regarde pas.

Karen gloussa.

— Vous croyez ? Je suis témoin, dans cette affaire. Je peux témoigner de ce que j'ai entendu et rapporter ce que je vous ai dit. Ce que je vous ai dit à toutes les deux, puis à Dandy après votre départ. J'imagine qu'elle vous a tout répété juste après. Et vous avez compris que vous alliez également devoir vous débarrasser d'elle, en plus de Logan.

Willow garda le silence mais sa mâchoire se serra, lui donnant un air de défi.

C'était le moment de raconter un petit mensonge sans conséquence, pour le bien de la justice. Karen adopta une voix pleine d'empathie.

— Je ne pense pas que vous soyez une tueuse de sang-froid, malgré les apparences, Willow. Je crois que vous avez été poussée au désespoir. Si vous avouez tout maintenant, vous vous en sortirez sûrement avec des circonstances atténuantes.

— Comment osez-vous ? répliqua-t-elle avec une colère retrouvée. Je viens de voir ma meilleure amie se faire assassiner. J'ai dû me défendre en poignardant le père de mes enfants. Et vous insinuez que je suis responsable de tout ça ?

— Si Logan s'en sort, ce sera sa parole contre la vôtre. Et même si je ne suis pas convoquée comme témoin, je peux toujours raconter ma version des faits aux médias.

— Vous ne pouvez pas. Vous êtes policière.

Il y avait une note de triomphalisme dans sa voix.

— Je n'étais pas en service à ce moment-là. Je n'étais qu'une citoyenne inquiète. Vous n'êtes pas la seule à pouvoir tordre la vérité, Willow.

— Vous êtes complètement à côté de la plaque. Vous vous trompez. Je suis la victime, dans tout ça. Vous me prenez pour un monstre, ou quoi ? dit-elle en se penchant en avant, poings posés sur la table. Laissez-moi vous dire que si quelqu'un va parler à la presse, c'est moi. Harcelée par une policière au lendemain du meurtre de ma meilleure amie, tuée dans ma cuisine par mon mari cinglé. Vous pensez que ça donnera quoi ? Je rendrai hommage à Dandy. La meilleure amie qu'une femme puisse avoir. Celle qui a donné sa vie pour sauver son amie. Vraiment, leur préférence ira à qui ? Moi et mes enfants, ou vous ? lança-t-elle d'un air dégoûté. J'imagine très bien la une. Je suis sûre qu'ils ont de super photos de vous, dans leurs archives.

Karen secoua la tête.

— Vous pouvez pérorer autant que vous voulez, Willow. Mais je fais ce métier depuis assez longtemps pour savoir que, d'une façon ou d'une autre, la vérité finit toujours par remonter à la surface. Si vous avez agi comme je le crois, on en trouvera la preuve quelque part. Vous seriez étonnée de savoir ce que les techniques médico-légales peuvent révéler, de nos jours. Ou peut-être qu'on apprendra que Dandy a répété mes paroles à quelqu'un. Son mari. Ou sa véritable meilleure amie, qui n'était pas vous, manifestement. Parce qu'on n'assassine pas sa meilleure amie.

— Sortez ! siffla-t-elle. Vous ne savez rien. Vous dites n'importe quoi.

Karen se leva.

— Je vais sortir, ne vous inquiétez pas. Mais ce n'est pas terminé, Willow. Quelqu'un d'autre sait ce que vous avez fait. Vous vous croyez plus intelligente que nous ? Réfléchissez mieux que ça, ma chère. Vous avez une toute petite occasion, maintenant, de dire la vérité. Sans quoi, ça ne se terminera pas bien pour vous.

37

2018 – Édimbourg

Willow n'avait pas été la seule à jouer la comédie dans la salle d'interrogatoire, pensa Karen en descendant de Pleasance à Cowgate. Son dernier argument était du bluff. S'ils trouvaient une preuve médico-légale permettant de contredire la version des faits de Willow, ce serait un sacré coup de bol.

Jimmy, lui, s'était montré plus optimiste.

— Ça dépend si le mari s'en sort ou pas. Si sa version coïncide plus que celle de sa femme avec les résultats des analyses, ce sera bon. Sinon, eh bien, on avisera à ce moment-là.

Karen avait ouvert la bouche pour protester, mais il l'avait interrompue.

— La seule chose dont je suis sûr dans cette affaire, c'est que ce n'est pas ta faute. Rien de tout ça.

— Alors on fait quoi, maintenant ?

— En attendant des nouvelles de l'hôpital, j'ai envoyé Jacqui parler à Edward Muir.

— Le mari en deuil ?

— Oui. Et son chagrin est sincère. Ils ont deux ados pensionnaires à Gordonstoun. L'un des profs les ramène ici en voiture. Donc Jacqui dispose d'un petit peu de temps seule à seul avec lui. Pour voir si Dandy lui aurait parlé des Henderson récemment. Si ce n'est pas le cas, elle lui demandera une liste de ses meilleures amies. Les femmes à qui elle serait susceptible de se confier.

Karen était parvenue à esquisser un sourire fatigué.

— Tu sais comment ça marche, non ? Quand on te dit un secret, tu ne peux légalement le partager qu'avec tes deux meilleurs amis. Par opposition à toute ta liste d'amis Facebook.

— Quand tu dis des trucs comme ça, je prends conscience que je ne comprendrai jamais les femmes. En tout cas, si elle a confié quoi que ce soit, je suis prêt à parier cher que Jacqui le découvrira. Elle est très différente de Phil, mais elle obtient quand même des résultats.

Karen avait tenté de feindre la satisfaction mais avait probablement échoué à donner le change.

— Tant mieux. Parce que je vais devoir me faire toute petite dans cette affaire, Jimmy. Nonosse n'attend qu'une chose : pouvoir me coller quelque chose sur le dos, et ma participation dans cette enquête serait l'occasion rêvée pour elle.

— Je comprends, Karen. Tu peux continuer à participer activement en coulisses. Je te tiens au courant et je te consulte si j'ai besoin, OK ?

Karen avait accepté à contrecœur de rester tapie dans l'ombre de cette enquête et ils s'étaient séparés devant St Leonard. Elle bifurqua à droite sur le Royal Mile, se frayant un passage à travers les groupes de touristes qui encombraient le trottoir à longueur d'année, fascinés par l'alignement interminable de boutiques qui vendaient des bibelots en tissu écossais, des biscuits de toutes les formes imaginables et du whisky trop cher. Parfois, elle regrettait qu'il n'existe pas un permis de marcher. Semblable au permis de conduire, mais avec des punitions plus sévères quand on ne respectait pas le code.

Elle évita deux adolescents japonais, écouteurs sur les oreilles, complètement absorbés par leur musique et coupa par North Street. C'était comme voyager dans le temps et dans une autre ville, dont les rues n'étaient accessibles qu'aux autochtones. Son trajet la mena à l'arrière de Waverley Station, sous l'impressionnant viaduc de Regent Place puis jusqu'à Leith Street, à quelques minutes de son bureau.

Karen ne fut pas surprise de n'y trouver que Jason. Il était quatre heures et demie et ce petit sournois de McCartney avait profité de son absence pour partir plus tôt. Elle ne demanda pas à La Menthe où était passé le capitaine, pour ne pas le mettre dans l'embarras. Elle se laissa tomber sur son siège en poussant un profond soupir.

— Quelle journée, maugréa-t-elle.

Au contraire, Jason, lui, avait la tête du garçon qui vient de trouver le dernier praliné dans une boîte de chocolats.

— Peut-être que vous vous sentiriez mieux si vous ouvriez vos e-mails ?

— Tu crois ? Ce serait bien la première fois.

Karen alluma son ordinateur puis s'exécuta. Des rappels, des réunions qu'elle avait appris habilement à éviter, un pot de départ à la retraite pour quelqu'un qu'elle ne connaissait pas et enfin, un e-mail transféré par Jason. Le sujet était : *Votre question.* Elle l'ouvrit et remarqua qu'il y avait une pièce jointe ressemblant à une photo.

> Cher lieutenant Murray,
>
> C'était un plaisir de vous parler l'autre jour. Ça a fait ressurgir beaucoup de bons souvenirs. Ça m'a aussi fait réfléchir. Chaque fois qu'on se réunit, avec deux ou trois anciens du circuit, on se dit qu'il faudrait organiser de

vraies retrouvailles, mais on ne l'a jamais fait. En apprenant que Joey était mort si jeune, je me suis dit que c'était dommage de toujours repousser à plus tard. On ne sait jamais quand ça va nous tomber dessus.
Bref. Comme je vous l'ai dit, je me souviens de l'Américaine mais si j'ai jamais su son nom un jour, je l'ai oublié depuis. Trop de coups à la tête pendant les combats !
Je ne pensais pas avoir d'image du van de Joey, mais en fouillant dans mes photos, regardez ce que j'ai trouvé !
Ce n'est pas vraiment une photo du van, mais on le distingue en arrière-plan. C'est celui tout à droite, noir avec la bordure chromée. Au milieu c'est moi, Joey à droite et Big Tam Campbell à gauche.

Elle ne lut pas davantage mais cliqua sur la pièce jointe. Les quinze secondes de téléchargement semblèrent durer une éternité puis le cliché s'afficha dans le coin supérieur gauche de son écran. Trois hommes en kilts et débardeurs souriaient à l'objectif, bras dessus bras dessous comme la première ligne d'une mêlée de rugby. Elle discernait même la boucle de ceinture de Joey, si reconnaissable. Derrière eux, une demi-douzaine de vans garés côte à côte. Le noir se distinguait de tous les autres, quelconques.

— Personne n'a pensé à préciser qu'il était noir, murmura-t-elle.

Mais ça n'avait plus d'importance, désormais. Karen adressa un grand sourire à Jason.

— C'est extraordinaire.

— C'est le troisième type que j'ai interrogé, expliqua-t-il. D'ailleurs, il n'est pas le seul à avoir mentionné cette photo. Et regardez…

Il tourna son écran face à elle. Il avait agrandi la section qui montrait l'avant du van. C'était flou, mais lisible.

— On a l'immatriculation.

L'espace d'un instant, les frustrations de la journée s'envolèrent et Karen ne ressentit rien sinon la pure joie de voir une enquête avancer d'un bond. Trouver ce qu'était devenu le van ne les mènerait peut-être nulle part, mais cela pouvait tout aussi bien se révéler l'élément clé de cette affaire.

— Est-ce que tu as parlé avec ton contact au service des immatriculations ?

La déception se dessina sur le visage de Jason.

— J'ai préféré attendre que vous voyiez la photo. Au cas où…

Elle ne pouvait penser à aucun « au cas où » qui tienne la route. Il avait juste manqué de confiance en lui.

— Très bien, dit-elle en jetant un œil à l'horloge de son ordinateur. Trop tard pour s'y mettre maintenant. De toute façon, il y a des chances pour que ton contact soit déjà parti. Mais lundi matin à la première heure, tu t'y colles.

— Ça marche, chef. Au fait, j'ai vérifié les e-mails entre Alice Somerville et Hamish Mackenzie.

— Et ?

Il secoua la tête.

— Rien de suspect. Pareil quand j'ai posé la question au pub. Ça a l'air d'être un type sympa. Il vit seul mais c'est pas un ermite bizarre. L'un des papis du pub m'a dit que Hamish était toujours l'un des premiers à offrir son aide quand quelqu'un en avait besoin.

— Ça nous change un peu. On n'en rencontre pas souvent, dans notre travail. Écoute, pourquoi tu ne t'arrêtes pas là pour aujourd'hui ? Tu as déjà fait suffisamment d'heures sup cette semaine, dit-elle avant de lâcher un rire moqueur. Je raconte n'importe quoi. Comme si on avait des heures sup, chez nous ! En tout cas, il n'y a rien de vraiment urgent, maintenant. Allez, va-t'en avant que je change d'avis.

— OK.

Il ferma son ordinateur portable et se pencha en arrière pour enfiler sa veste sans l'ôter de la chaise pour autant.

— À lundi matin.

— Oui. C'était du bon travail, Jason.

Il rougit. Ce n'était pas joli à voir.

— Je crois que je m'améliore en conversations téléphoniques.

Encore tout penaud, il se glissa hors du bureau, la laissant seule dans ses pensées. Elle était suffisamment honnête pour admettre, dans un coin de son esprit, que Willow Henderson puisse dire la vérité. Néanmoins, son instinct de flic lui soufflait le contraire. Mais n'était-ce pas en grande partie dû au fait que Karen n'appréciait guère les femmes comme Willow ? Laissait-elle ses propres préjugés déformer la situation ?

— Laisse tomber, marmonna-t-elle.

Quand elle avait dit à Jimmy qu'elle se retirait de l'enquête, elle n'avait pas menti, mais c'était plus fort qu'elle. Certaines affaires avaient le don de s'insinuer dans les recoins de son esprit et d'y rester.

Cette fois, cependant, ses ruminations furent interrompues par un petit coup frappé à la porte. Elle fronça les sourcils. Elle n'attendait personne et n'était d'humeur à recevoir aucun des visiteurs potentiels.

— Entrez, grommela-t-elle.

Elle fut surprise de découvrir Hamish Mackenzie dans l'encadrement de la porte.

— Comment est-ce que vous êtes entré ?

C'était une réaction instinctive. Elle n'avait pas voulu être aussi sèche.

— Comment est-ce que vous avez pu passer l'accueil ?

Pris au dépourvu, il bégaya :

— Je suis tombé sur… j'ai croisé le lieutenant Murray dans la rue. Dehors, expliqua-t-il en affichant un sourire anxieux. Je lui ai dit que… que j'avais quelque chose pour vous. Comment est-ce que je devais m'y prendre ? Il a fait demi-tour pour m'accompagner au commissariat.

Elle se leva.

— Désolée. Je ne voulais pas être désagréable. Vous m'avez juste fait un peu peur, sur le coup. C'est interdit au public, ici, dit-elle en lâchant un petit rire nerveux. Sauf si vous êtes en état d'arrestation. Vous m'avez surprise.

— J'espérais que ce soit une bonne surprise.

Maintenant qu'elle avait l'occasion de l'examiner plus en détail, elle devait bien admettre que c'était en effet une bonne surprise. Ses cheveux étaient attachés, brillants sous les néons. Il portait une tenue citadine : un jean slim – et non un pantalon cigarette – avec des tennis noires, un tee-shirt gris clair sous une chemise à carreaux Black Watch déboutonnée et une veste en tweed bleu foncé à chevrons. Ainsi qu'une sacoche en cuir sur une épaule. Si elle l'avait croisé au café, elle l'aurait probablement remarqué mais se serait gardée de le montrer. Pestant intérieurement contre son attitude d'ado, elle reprit :

— J'aime bien qu'on me prévienne, avant de me faire une surprise. Dans mon métier, elles sont généralement mauvaises.

Mais elle sourit, pour adoucir ses paroles.

— Je ne vais pas vous retenir, la rassura-t-il. Je sais que vous êtes occupée. Je voulais simplement vous rapporter ceci.

Il plongea la main dans la poche de sa veste et en sortit un petit paquet enveloppé dans un mouchoir en papier. Il le lui tendit avec un sourire hésitant.

Karen se doutait de ce qu'il contenait. Elle déplia le papier et vit sa boucle d'oreille perdue. Cette fois-ci, son sourire était sincère.

— Merci beaucoup. Je ne peux pas vous dire à quel point ça compte pour moi.

— J'avais compris. Ça n'a pas été trop compliqué de la récupérer. J'ai enlevé le siphon et je l'ai trouvée.

— Elle a l'air neuve. Elle brille !

Il parut gêné.

— Je l'ai nettoyée avec un petit chiffon, expliqua-t-il en esquissant un petit geste de la main indiquant que ça n'avait pas d'importance. Rien de plus.

— Mais vous avez fait l'effort de venir me la rapporter en personne. C'est très gentil. Je ne sais pas comment vous remercier.

Il y eut un bref silence, puis il la regarda droit dans les yeux.

— Vous pourriez m'inviter à dîner ce soir.

38

1946 – Michigan

Il avait fallu deux années éreintantes pour rassembler l'argent du voyage, mais enfin, Arnie Burke était en route. Le *Queen Mary*, encore équipé comme un navire militaire, n'était pas l'option la plus luxueuse pour une traversée de l'Atlantique en cinq jours, mais le voyage demeurait néanmoins beaucoup plus confortable que celui du retour, alors qu'il était effondré de tristesse et de chagrin.

Pendant ces deux années, il n'était pas resté assis sans rien faire. Quand il ne travaillait pas pour l'équipe de sécurité de l'usine Dodge à Hamtramck, il avait résolu de découvrir où étaient passés ses diamants. Dès qu'il avait débarqué à terre, il avait écrit à l'un de ses compatriotes américains encore présent à Wester Ross. Au milieu de son bavardage sans intérêt, il avait demandé l'air de rien ce qu'était devenu le reste du chargement resté sur le quai à l'embarquement. « J'envie celui qui a mis la main sur ces deux Indian toutes neuves, écrivit-il. Quelles beautés. » Puis il évoqua son retour aux États-Unis, décrivant la joie de croquer dans un hamburger et de sentir la viande juteuse dégouliner sur son menton.

Il lui fallut attendre six semaines avant de recevoir la réponse de son copain. Arnie chercha ce qu'il attendait désespérément de lire, quitte à en déchirer les fines pages. Ça se trouvait presque à la fin :

Les Anglais étaient censés brûler ou enterrer tout l'équipement restant. Ils ont confié ça aux deux types qui enseignaient les techniques de survie. Mais j'ai pas vu de motos brûlées. Si tu veux savoir, je pense que ces types ont fait disparaître les Indian par un autre moyen. À la fin de la guerre, ils pourront crâner sur les routes ! Je leur en veux pas, j'aurais fait pareil si j'avais pu. Alors, tu t'es trouvé une copine ? Ou est-ce que tu leur fais trop peur ?

« Les deux types chargés des techniques de survie », répéta-t-il.

Il les revoyait bien. De taille moyenne tous les deux, les cheveux courts sur les côtés, portant l'un comme l'autre une moustache d'acteur. Le premier était sec, les muscles de ses épaules et de ses bras saillants. Il fumait comme un pompier et toussait comme un clébard qui aboie. Le deuxième était bien bâti, épaules larges et hanches fines, un nez qui avait l'air d'avoir été cassé plus d'une fois. Au début de sa formation, Arnie avait souffert sous leurs ordres pendant quelques jours. Il avait dû ramper des heures durant à travers la lande, sous le soleil, dans l'humidité de la tourbière. Comment ils s'appelaient, putain ?

Il passa des jours à y réfléchir et ça finit par lui revenir, alors qu'il était allongé sur un canapé à écouter le match à la radio, Hal Newhouser, au lancer pour les Tigers, semant la confusion chez les batteurs avec son lancer de la main gauche.

— Kenny ! s'écria-t-il en envoyant balader son plateau. Le petit maigre. Kenny.

Il ne fut pas difficile d'obtenir le nom de famille de Kenny. Arnie avait été formé en renseignement, après tout.

Il connaissait le numéro de téléphone du château où il avait été logé, si bien qu'un dimanche matin, il arriva à l'usine, fier comme un paon, et s'introduisit dans le bureau de la secrétaire du manager. Les appels transatlantiques prenaient du temps, mais il patienta. Un Anglais avec une voix grave et sèche finit par décrocher. Arnie s'efforça de paraître joyeux et léger.

— Bonjour monsieur ! lança-t-il.

— Bonjour, aboya l'autre. D'où appelez-vous ?

— Monsieur, je vous appelle du Pentagone. Nous venons d'organiser une cérémonie pour remettre la Silver Star à l'un de nos agents. Il voulait envoyer une copie de la photographie à l'un de vos hommes qui l'a formé à s'infiltrer derrière les lignes ennemies.

— Merveilleux. Mais en quoi cela me concerne-t-il ?

— Eh bien, monsieur, c'est un peu gênant. Notre homme ne parvient pas à se rappeler le nom de famille de votre collègue. Son prénom est Kenny et il enseigne les techniques de survie. Expert en camouflage, apparemment.

— Vous voulez parler de Kenny Pascoe ? Sergent Pascoe ? C'est lui ?

— J'imagine, si vous le dites.

Aussi simple que ça. Moyennant finance, un détective privé de Londres était parvenu à localiser Kenny Pascoe. Maintenant qu'il savait où se trouvait cet homme, il pouvait aller le voir dès qu'il serait prêt.

Aujourd'hui, il était prêt.

39

2018 – Édimbourg

Elle n'avait pas eu l'intention de dire oui. Pourtant elle était là, installée sur une chaise en bois rigide dans un coin tranquille de son restaurant préféré à Leith, avec un gin tonic Arbikie Kirsty auquel elle n'avait pas touché, à attendre un homme qu'elle connaissait à peine. Elle avait fait deux fois le tour du pâté de maisons à pied, s'attardant sur le pont piétonnier, là où le Water of Leith débouchait sur l'Albert Dock, les yeux fixés dans le vide. Malgré cela, elle était encore en avance.

Est-ce que c'était un rendez-vous galant ? Elle ne le connaissait même pas. Elle n'était pas sortie avec Phil après de multiples rendez-vous, ils avaient appris à se connaître en travaillant ensemble, au sein d'une petite équipe soudée par un esprit de camaraderie et des objectifs communs. Dans l'ancien département de police de Fife, l'Unité des affaires non résolues était distincte du reste de la Crim et ils avaient développé un état d'esprit qui leur convenait à tous les trois. Elle était amoureuse de Phil bien avant qu'il ne se passe quelque chose entre eux. Il s'était avéré qu'il partageait ses sentiments, mais ils étaient tous les deux persuadés de ne pas intéresser l'autre.

Ce qui leur avait permis de franchir le pas, c'était une affaire dont la résolution les avait tous les deux profondément ébranlés. Le corps momifié d'une fillette de dix ans, portée disparue une douzaine d'années plus tôt, avait été découvert dans une valise cachée dans une ancienne cheminée. C'est un camion qui, ayant perdu le contrôle en haut d'une colline, avait percuté la maison et révélé la valise. Il était clair que l'enfant avait été torturée avant sa mort. Les preuves médico-légales avaient accusé son beau-père, un pasteur épiscopalien. Sa femme – la mère de la fillette – refusait de croire en sa culpabilité. Arrêter le coupable avait été une expérience éprouvante.

Ils étaient retournés chez Karen avec une bouteille de gin, mais ils n'avaient aucune envie de boire. Ils avaient plutôt envie l'un de l'autre. Ça avait commencé comme ça. Ils s'en voulaient d'avoir perdu du temps, mais en dehors de ça, ils n'avaient eu aucun regret. Karen n'avait jamais imaginé vivre une passion pareille. Après la mort de Phil, elle avait tiré un trait sur l'amour. Elle ne s'attendait pas à ce qu'un autre homme lui tourne autour.

Jusqu'à ce qu'elle rencontre Hamish Mackenzie, et ça la mettait mal à l'aise. C'était un témoin clé dans une enquête pour meurtre qu'elle était en train de mener. Elle aurait été stupide de ne pas envisager la possibilité qu'il veuille lui jeter de la poudre aux yeux. Même si l'enquête de Jason n'avait rien révélé de suspect, elle n'avait aucun moyen de savoir ce que Hamish pouvait cacher. Il avait peut-être connu Joey Sutherland. Vingt-trois ans plus tôt, il était adolescent. L'âge idéal pour idolâtrer un bel athlète couronné de succès. Il avait évoqué les difficultés financières de ses grands-parents, à cette époque. Peut-être avaient-ils accepté un pot-de-vin et fermé les yeux le jour où quelqu'un était venu creuser un trou sur leur terrain. Et puis il y avait l'Amérique. Il y avait passé son adolescence ; au cœur de cette affaire se trouvait une mystérieuse Américaine. Et s'il y avait un lien quelque part ?

Ce n'était que le début. Hamish s'était mis en quatre pour aider les Somerville dans leur petite chasse au trésor cupide. Il avait agi de même avec Karen et Jason. Est-ce qu'on pouvait se montrer aussi généreux sans arrière-pensée ? Ou bien est-ce que son métier l'avait rendue aigrie ? Avait-elle été tellement privée du lait de la bonté humaine qu'elle ne s'y fiait pas, même quand quelqu'un lui en servait un verre ?

C'était peut-être une terrible erreur, à la fois sur le plan personnel et professionnel. Si Nonosse avait su ce qu'elle faisait ce soir… À cette pensée, Karen se ressaisit. Elle était une femme libre. Ann Markie n'était pas l'arbitre de ses actions. Son instinct lui dictait que Hamish Mackenzie était quelqu'un de bien. Et la commissaire adjointe une carriériste égoïste.

Par ailleurs, si elle n'avait pas été ici ce soir, elle aurait passé son temps à ressasser inlassablement cette fichue affaire avec Willow Henderson, tel un hamster dans sa roue. Or cela aurait été la définition même de la futilité.

La tirant de ses fébriles spéculations, Hamish Mackenzie entra, regardant autour de lui pour apprécier l'endroit. Quand il l'aperçut, il agita les doigts en guise de salut. Il avait troqué sa chemise contre une autre, blanche et sans col, et avait détaché ses cheveux. Ils frôlaient ses épaules en douces ondulations. Karen se demanda s'ils étaient soyeux, puis s'en voulut d'être aussi ridicule.

Il tira la chaise en face d'elle et s'assit.

— Je ne suis pas en retard, au moins ?

— Non, je viens d'arriver moi aussi.

Petit mensonge sans conséquence, destiné à ne pas lui faire perdre la face.

Il regarda autour de lui, embrassant du regard le mobilier en bois sombre et l'éclairage tamisé, le bar en acajou bien pourvu et le murmure discret des conversations aux autres tables.

— Je ne connaissais même pas l'existence de cet endroit. A Room in Leith, dit-il en souriant. Il faut admettre que ce n'est pas très engageant.

— Je suis tombée dessus par hasard. J'aime parcourir la ville à pied, et un soir, je suis venue sur les docks, et j'ai vu ça. Le menu m'a paru intéressant, du coup je suis revenue quand c'était ouvert. C'est devenu mon repaire pour les brunchs du dimanche. Œufs Benedict et boudin noir.

Tais-toi, bon Dieu.

— Ça m'a l'air super.

Le serveur approcha et Hamish demanda à Karen ce qu'elle buvait.

— J'ai entendu parler de ce gin, reprit-il. C'est du Single Estate, n'est-ce pas ? Du fût à la bouteille ? Je vais prendre la même chose.

— Vous vous y connaissez en gin.

Il fit une grimace.

— Je suis un peu trop hipster, c'est mon excuse. Quelle est la vôtre ?

Elle n'avait pas l'intention de lui parler de ses soirées gin avec Jimmy Hutton.

— J'aime bien varier les plaisirs, répondit-elle en saisissant le menu. On commande ?

Leurs préférences culinaires se révélèrent aussi bien accordées que leur goût pour le gin. Des moules en entrée puis un steak accompagné, à l'insistance de Karen, d'un supplément de macaronis au fromage.

— Faites-moi confiance, ce sont les meilleurs, lui assura-t-elle.

Hamish céda facilement. Il lui tendit la liste des vins.

— C'est vous qui payez, c'est vous qui choisissez.

Elle opta donc pour un shiraz sud-africain qu'elle adorait. Quand elle passa commande au serveur, elle espéra que Hamish n'allait pas interpréter son nom – Cloof Very Sexy Shiraz. Elle pourrait peut-être tourner l'étiquette vers elle durant le repas.

— Vous avez le dessus sur moi, ce soir, commenta-t-il.

— Comment ça ?

— Vous connaissez beaucoup de petites choses à mon sujet, et moi je ne sais rien de vous, sauf que vous êtes une super enquêtrice.

Karen éclata de rire.

— Je ne crois pas que ma chef me reconnaîtrait dans cette description. Où est-ce que vous êtes allé chercher cette idée ?

— Sur Google, évidemment. Comme tout le monde, non ? Ils parlent de toutes ces affaires oubliées que vous avez résolues, dit-il en jouant avec sa fourchette. Ce n'est pas rien. De permettre aux gens de faire leur deuil.

— Je me contente de suivre les pistes.

— Qu'est-ce qui vous a donné envie de faire ça ?

Elle lui raconta son histoire. La conviction que l'université n'était pas faite pour elle. Pas plus que les autres carrières qui s'offraient à elle. Elle pensait qu'une carrière dans la police serait intéressante. En plus, là-bas, personne ne se souciait de votre apparence.

— Personne ne se soucie vraiment de votre apparence dans un café non plus, fit remarquer Hamish. Même si je ne vois pas pourquoi ça vous posait problème.

L'arrivée des moules lui évita de répondre. Peut-être pas le choix le plus judicieux, songea-t-elle en regardant son grand bol. Personne ne mangeait des moules avec élégance.

Comme s'il lisait dans ses pensées, Hamish prit sa serviette sur ses genoux et la coinça dans sa chemise.

— Erreur fatale, la chemise blanche.

Karen n'identifiait pas exactement ce qui, en Hamish, l'incitait à se confier si facilement. Elle avait passé la plus grande partie de sa vie dans un état de méfiance modérée, toujours sur ses gardes quand quelqu'un s'approchait trop près. Trois ou quatre amis intimes, ainsi que Phil ; ces dernières années, ça s'était limité à ça. Mais cet inconnu avait le don de la mettre à l'aise.

Quand le vin arriva, il aperçut l'étiquette et éclata de rire.

— C'est la première fois qu'une bouteille de vin essaie de me faire des avances !

— Désolée. J'adore le shiraz et c'est le seul sur la carte.

Il avala une bouchée.

— Heureusement, les moules sont assez riches pour s'accorder parfaitement avec.

Pendant quelques minutes, ils se concentrèrent sur leur plat, puis Karen dit :

— Maintenant, vous en savez davantage sur moi. Et vous, qu'est-ce qui vous a incité à diriger une chaîne de cafés ?

— Quand j'ai ouvert le premier, on ne pouvait pas boire un bon café à Portobello. J'ai fait des études d'économie ici à Édimbourg et je me suis lancé dans la finance. Ça ne m'a pas beaucoup plu, mais le salaire était une bonne motivation et rien d'autre ne m'intéressait.

Il se concentra sur ses moules, utilisant d'un geste expert une coquille en guise de pince pour extraire les autres mollusques.

— Ensuite, il y a eu la crise économique mondiale et tout s'est cassé la figure. Autour de moi, tout le monde se faisait virer. Les gens quittaient le bureau en titubant, littéralement, comme s'ils étaient saouls. Ils n'arrivaient pas à croire que leur bon filon soit complètement à sec.

— Vous ne l'aviez pas vue venir ?

Il secoua la tête, lèvres serrées.

— Je ne suis pas aussi intelligent. Et je n'étais pas suffisamment haut placé pour avoir ce type d'informations de l'intérieur.

— Mais vous vous êtes fait virer quand même ?

Il secoua de nouveau la tête.

— J'y ai échappé de peu. Ce qui m'a rendu très impopulaire auprès de gens que je prenais pour des amis.

— Qu'est-ce qui s'est passé ?

— J'ai pris conscience que je n'avais pas d'avenir dans un environnement où les patrons mettent les gens à genoux quand ça leur chante. J'avais emménagé à Portobello peu de temps auparavant et j'aimais vraiment bien ce quartier, mais pour moi, il manquait un bon café. J'ai attendu que la tempête financière se calme, puis j'ai réussi à obtenir une indemnité de licenciement qui m'a ouvert la voie vers la liberté, expliqua-t-il en esquissant une moue de dédain. Depuis, je n'ai jamais remis de costume.

Ils avaient brisé la glace. Ils passèrent le reste de la soirée à bavarder agréablement. De temps à autre, Karen se surprenait à se détendre et à s'amuser. Elle ne s'était pas attendue à cela. Elle avait imaginé qu'ils seraient tous les deux embarrassés face à ce qui était au fond une mauvaise idée. Bien au contraire, il apparaissait qu'elle était plutôt bonne.

40

2018 – Édimbourg

Quand il avait reçu l'appel, Jimmy Hutton était en train de dîner avec sa femme et ses enfants, comme un être humain normal. C'était la première fois cette semaine-là qu'ils partageaient ensemble le repas du soir, et dès que la sonnerie retentit, sa progéniture adolescente leva les yeux au ciel et sa femme poussa un soupir.

— Parfois je me demande si tu n'es pas le seul commandant de police en Écosse, dit-elle.

Il savait que ces mots ne cachaient aucune rancœur. Elle était fière du travail qu'il accomplissait, des efforts que lui et son équipe mobilisaient pour protéger la vie des femmes et des enfants. Voire des hommes, de temps en temps.

Quand il vit le nom de Jacqui Laidlaw sur son écran, il se leva de table pour répondre. En se dirigeant vers le couloir, il dit :

— Que se passe-t-il, Jacqui ?

— Le pronostic vital de Logan Henderson n'est plus engagé. Il est désormais dans un état « grave mais stable ». Le médecin accepte qu'on lui parle tant que ça reste bref.

— C'est une bonne nouvelle. Je te retrouve là-bas dans quarante minutes.

Jimmy passa la tête par la porte de la cuisine pour s'excuser auprès de sa famille, puis il prit la route du Royal Infirmary. Le nouveau site était beaucoup plus facile d'accès pour lui que le vieux bâtiment victorien du centre-ville. Les anciens locaux, situés dans un édifice gothique impressionnant, allaient devenir le nouveau centre d'apprentissage de l'université, cerné par des résidences tout en verre, rutilantes et coûteuses. Au lieu de se traîner dans la circulation dense de la ville, à cette heure avancée, il pouvait filer sans stress le long de la bretelle du périphérique.

Laidlaw l'attendait au niveau du bureau des infirmières, appuyée au guichet, bavardant agréablement avec les deux femmes qui étaient de service. Elle savait y faire avec les gens, songea Jimmy. Phil avait la même facilité. Il avait craint que son physique ne crée une barrière entre elle et les personnes égratignées par la vie qu'ils rencontraient. Parfois, les gens n'acceptaient pas la beauté. Mais ses manières faisaient tomber toutes les résistances que pouvait inspirer sa plastique. Le petit plus qu'il n'avait pas anticipé, c'était que les hommes avaient tendance à la reléguer au rôle de la bimbo. Il adorait les voir détrompés.

— Bonsoir mesdames, lança joyeusement Jimmy. Je crois qu'on peut aller voir M. Henderson ?

L'infirmière en chef le gratifia d'un regard froid.

— Je vais prévenir le docteur.

Pendant qu'elle passait l'appel, Jimmy prit Laidlaw à part et lui dit à voix basse :

— Qu'est-ce que tu sais ?

— Il a repris conscience hier en fin d'après-midi. Ils voulaient être sûrs que ce ne soit pas une fausse joie avant de nous contacter. J'ai parlé au médecin. Il est un peu réticent à nous laisser seuls avec Henderson et a demandé à être présent.

Jimmy fit une grimace. Il s'était attendu à ça mais restait toujours optimiste.

— Espérons qu'il n'est pas du genre à jouer les petits chefs.

Avant qu'il ne puisse en dire davantage, Laidlaw lui toucha le bras et tourna les yeux vers l'homme qui approchait derrière Jimmy, à pas silencieux avec ses semelles en caoutchouc.

— Voici le Dr Gibb, monsieur, annonça-t-elle.

Jimmy se retourna et lui serra la main. Le médecin portait une tenue d'hôpital verte sous une blouse blanche, stéthoscope pendu autour de son cou maigrichon. Il était épais comme un fil de fer avec des yeux cernés de noir et des joues creuses que lui auraient enviées les top models.

— Johnny Gibb, annonça-t-il. Vous voulez parler à Logan Henderson, c'est bien ça ?

— En effet. Nous voudrions lui poser quelques questions sur les événements qui se sont déroulés chez lui hier soir.

Gibb hocha la tête.

— Je comprends que vous ayez besoin de savoir, mais je dois m'assurer que vous ne mettez pas mon patient en danger. Il est encore très faible. Donc je vous serais reconnaissant de m'écouter quand je dirai stop.

Jimmy le gratifia de son sourire le plus chaleureux.

— Nous nous en remettons à vous, docteur. Si vous voulez bien simplement garder à l'esprit qu'une femme est à la morgue aujourd'hui et qu'elle n'a qu'une voix pour la défendre : la mienne.

Pris par surprise, Gibb parut décontenancé. Il ne dit rien cependant et se contenta de leur indiquer le chemin d'un geste de la main. Logan Henderson se trouvait dans une petite chambre au bout du service, devant laquelle un agent de police en uniforme était posté. Dans la pièce, les rideaux étaient tirés et il faisait sombre. Même ainsi, Jimmy vit que Henderson était presque aussi pâle que son drap d'hôpital. On distinguait une barbe de quelques jours ainsi qu'un vilain bleu couvrant une partie de sa joue. Il était relié à une perfusion et des tubes à oxygène lui rentraient dans les narines. Quand ils pénétrèrent dans la pièce, il cligna des paupières puis garda les yeux entrouverts.

— Monsieur Henderson, je suis le commandant Hutton et voici le lieutenant Laidlaw. Nous enquêtons sur ce qui s'est passé chez vous hier soir et…

— Cette pauvre folle a essayé de me tuer, le coupa Henderson d'une voix faible et chevrotante. Voilà ce qui s'est passé. Elle m'a poignardé. Plusieurs fois.

Il s'interrompit, le souffle court.

— Pour que les choses soient bien claires, monsieur, de qui parlez-vous ? demanda doucement Laidlaw.

— De ma femme, putain.

Ce n'était guère plus qu'un murmure.

— Est-ce que nous pouvons retracer le fil des événements ? Comment est-ce que l'incident a commencé ?

Il ferma les yeux, la respiration laborieuse.

— J'étais dans la cuisine. Je regardais le foot. Assis au comptoir.

Ils attendirent qu'il reprenne des forces.

— Elles sont entrées sans prévenir. Ma femme et sa copine. Dandy Muir.

Une nouvelle pause.

— Willow s'est dirigée tout droit vers les couteaux. Elle en a pris deux et s'est avancée vers moi. Comme une dingue. J'ai senti la lame faire des allers-retours en moi. Plusieurs fois. Ensuite j'étais par terre et elle a continué. Elle m'a donné des coups de pied au visage. Après ça, je ne me souviens plus de rien.

Une pellicule de sueur lui couvrait désormais le front. Le Dr Gibb s'avança pour vérifier les moniteurs.

— Je crois que ça suffit.

— Une dernière question, insista Jimmy. Logan, qu'est-il arrivé à Dandy ?

Il fronça les sourcils.

— Je ne comprends pas. Il n'est rien arrivé à Dandy. Cette salope est restée là sans lever le petit doigt.

— Vraiment, ça suffit, inspecteurs.

Le Dr Gibb les poussa littéralement dans le couloir.

— Appelez-nous demain matin, dit-il. Il aura récupéré.

Il pivota pour s'éloigner mais se ravisa :

— Vous ne vous attendiez pas à entendre ça, n'est-ce pas ?

Jimmy le regarda droit dans les yeux. Ces temps-ci, tout le monde se prenait pour un enquêteur.

— Sans commentaire.

D'un geste de la tête, il indiqua à Laidlaw de le suivre. Il garda le silence jusqu'à ce qu'ils sortent de l'hôpital en direction du parking.

— Qu'en penses-tu ? demanda-t-il.

Laidlaw mit les mains dans les poches de son manteau à cause de la fraîcheur de la soirée.

— Comme a dit le médecin. Je ne m'attendais pas à entendre ça. Et vous, monsieur ?

— Ça me fait dire que Karen pourrait bien avoir raison. Que Willow a tout manigancé. Logan Henderson n'aurait pas dû survivre. Elle a pensé qu'elle lui avait réglé son compte, que personne ne serait là pour contredire sa version des faits. Mais ce sera sa parole contre la sienne, à moins que les analyses médico-légales n'en décident autrement, dit-il avec un soupir.

— Quel bazar. Est-ce qu'on va continuer à pousser Mme Henderson ?

— Oh, je crois qu'on n'a pas le choix.

— C'est drôle. Si le commandant Pirie n'avait pas surpris leur conversation…

Jimmy pivota sur lui-même et la toisa sévèrement :

— Ne va pas dans cette direction, Jacqui.

— Mais c'est grâce à elle qu'on ne croit pas Willow Henderson sur parole, protesta-t-elle. Quel est le problème ?

— Réfléchis un peu, rétorqua Jimmy avec une touche d'exaspération.

Laidlaw le surprenait. Elle était futée et émotionnellement intelligente. Il s'attendait à ce qu'elle comprenne par elle-même. Au lieu de quoi, elle paraissait perplexe.

— Si Karen n'avait pas averti Dandy Muir que Willow pouvait l'utiliser comme témoin pour sa défense, elle ne se serait peut-être pas trouvée sur les lieux. Il y a des chances qu'elle ait répété à Willow les paroles de Karen, si bien que Willow a jugé que son plan risquait d'être ruiné si Dandy était là pour témoigner. Si Karen s'était tue, Dandy serait probablement toujours en vie. Et Willow est suffisamment intelligente pour l'avoir compris. La dernière chose qu'on souhaite, c'est que tout le monde soit au courant. Il y a beaucoup de gens qui attendent de taper sur Karen. Le succès ne vient jamais sans ennemis.

Laidlaw parut peinée.

— Je comprends tout ça. Mais ce qu'a commis Willow Henderson – si c'est elle –, c'est un meurtre de sang-froid, chef. Peu de gens ont le cran de faire ça sans craquer.

— Je sais. D'habitude, à la Brigade anticriminalité, on a affaire à des homicides commis sous le coup de la boisson ou de la drogue. Les meurtres de sang-froid sont beaucoup moins fréquents, et nécessitent du détachement. Un détachement d'un genre assez rare. Je ne connais pas encore suffisamment bien Willow Henderson, mais il se peut qu'elle fasse partie de ces rares cas.

— Ce qui m'a frappée, c'est le peu de chagrin qu'elle a témoigné pour son amie. Comme si elle voulait qu'on se concentre sur son mari.

— Exactement. Je ne dis pas qu'on élimine la possibilité qu'elle dise la vérité. On doit garder l'esprit ouvert, malgré la conversation qu'a entendue Karen. Mais dans l'immédiat, je penche pour la théorie selon laquelle la victime, c'est le mari.

41

2018 – Édimbourg

Rien n'égalait ces matins à Édimbourg où le ciel était bleu, songea Karen en partant au travail. Elle avait passé le dimanche avec ses parents pour aider son père à retapisser le couloir, l'escalier et l'entrée, et le scintillement de la mer qui semblait rendre l'atmosphère encore plus vivifiante était exactement le remède qu'il lui fallait après s'être contorsionnée dans tous les sens. Même le grès des logements sociaux, que la pollution obscurcissait depuis des générations, était lustré par le soleil. Par un jour comme celui-ci, il était rare de ne pas avoir le moral en hausse, même si le meurtre était votre pain quotidien.

Mais ce matin-là, alors qu'elle remontait d'un bon pas Newhaven Road, ce n'était pas le meurtre qui occupait ses pensées. Elle aimait varier ses trajets pour aller au travail, mais pour une fois, elle était indifférente à l'activité des gens et aux transformations de la ville. Elle ressassait plutôt sa soirée avec Hamish Mackenzie.

Après qu'ils s'étaient quittés devant le restaurant sur une accolade légèrement maladroite et une bise sur la joue, elle était rentrée chez elle en disséquant la soirée. Elle avait passé un bon moment, elle devait le reconnaître. La conversation avait été facile. Ils avaient ri. Même après quelques verres

– un gin chacun, une bouteille de vin puis deux brandies –, la sympathie de Hamish n'avait pas viré vers quelque chose de moins attirant. Aucun signe qu'il faille se méfier.

Des deux, elle avait été la seule à voir les absents comme s'ils étaient là. Le souvenir de Phil avait plané au-dessus d'elle pendant tout le dîner. C'était la première fois depuis sa mort qu'elle avait un rendez-vous de cette nature et il était impossible pour elle d'échapper à ce sentiment mêlé de culpabilité et de déloyauté. Même si le pragmatisme lui disait que Phil n'aurait pas attendu d'elle – ni voulu – qu'elle passe le restant de ses jours seule, à pleurer sa mémoire. Il l'avait aimée ; il avait toujours voulu le meilleur pour elle. La raison et les sentiments, c'étaient cependant deux choses très différentes.

Karen était persuadée de ne rien avoir laissé transparaître de tout cela. Elle ne pensait pas que Hamish ait vu autre chose que la version d'elle sans complication qu'elle avait voulu lui montrer.

La question qui la taraudait, c'était pourquoi il se souciait d'elle. Il était beau, il avait une bonne situation, il était sympa, célibataire et apparemment hétéro. Il ne devait pas avoir de difficultés à inviter à dîner – et plus si affinités – des femmes qui surpassaient Karen à tous les niveaux. Elle ne se faisait aucune illusion sur elle-même. Les hommes comme Hamish Mackenzie ne faisaient pas la cour aux femmes comme elle.

Il était difficile de ne pas croire qu'il avait autre chose derrière la tête. Quel meilleur moyen pour détourner l'attention de quelqu'un d'un homme et de sa vie que de jouer de ses charmes auprès de l'inspectrice chargée de l'enquête ? Elle n'avait aucune preuve indiquant qu'il ait quelque chose à cacher. Mais l'enquête ne faisait que débuter. Elle ne devait pas se laisser distraire de son objectif. Parce que *ça*, ça aurait été fortement désapprouvé par Phil.

Elle était chez elle depuis cinq minutes à peine quand son téléphone avait sonné, indiquant un texto. Karen avait presque espéré que ce soit le travail. Quelque chose de pas compliqué, comme une correspondance ADN avec un ministre haut placé, dans une affaire de meurtre non résolu. Mais non. C'était Hamish.

> Merci pour cette bonne soirée. La prochaine fois, c'est pour moi.
> Hamish x

Bref et sans détour. Pas de phrases à interpréter, sauf qu'il semblait persuadé qu'il y aurait une prochaine fois. La proposition était tentante.

Ce qui avait clarifié quelque peu les choses dans l'esprit de Karen, c'était sa nuit de sommeil. Peut-être due à la boisson. Quoiqu'elle consommât régulièrement la même quantité d'alcool lors de ses soirées gin avec Jimmy. Pour une raison inconnue, cette soirée passée en compagnie de Hamish avait été suivie d'un sommeil apaisant. Et ce n'était pas négligeable. Depuis la mort de Phil, son sommeil était perturbé. Elle ne se rappelait pas la dernière fois qu'elle avait fait une vraie nuit. Quand elle s'était tournée dans son lit pour consulter l'heure sur son radio-réveil, elle avait eu du mal à y croire.

Aujourd'hui, deux jours plus tard, elle examinait de nouveau sa décision sous toutes les coutures, et le seul inconvénient qu'elle y trouvait, c'était l'éventualité qu'il lui cache quelque chose. Après tout, c'était bien son cas, à elle. Sauf que son secret n'avait pas d'impact sur une enquête pour meurtre.

Elle arriva à Gayfield Square sans même s'en rendre compte, tellement elle était perdue dans ses pensées qui tournaient en rond.

— Tu réfléchis trop, murmura-t-elle. Laisse les choses se faire d'elles-mêmes. Tu verras bien plus tard.

Le bureau désert témoignait du fait qu'elle avait mis le turbo pour venir, guidée par son esprit préoccupé. Elle aurait dû se concentrer sur Joey Sutherland et non sur le propriétaire du terrain où on l'avait retrouvé. À peine se fut-elle installée derrière son écran que Gerry McCartney arriva chargé, miraculeusement, d'un plateau de cafés provenant de la boutique d'en face.

— Magnifique, commenta Karen en acceptant le gobelet qu'il lui tendit.

Elle but une gorgée, reconnaissante.

— Oh, c'est ce dont j'avais besoin, dit-elle en contemplant sa tasse. Même si, vu la quantité de café que l'on consomme ici, il est temps que je nous achète des gobelets réutilisables.

Jason arriva sur ces entrefaites.

— Je suppose que la corvée de vaisselle sera pour moi ? lança-t-il.

— Certainement pas pour moi, lâcha McCartney en passant le plateau en carton à Jason.

— Chacun pourra laver le sien. C'est quand même à votre portée, messieurs, non ?

La discussion fut interrompue par la sonnerie du téléphone de Karen. C'était un numéro qu'elle ne connaissait pas. Une offre de remboursement pour un trop-perçu d'impôts ou une compensation pour un accident de voiture qu'elle n'avait jamais eu ? Elle répondit en poussant un soupir. À sa grande surprise, c'était Jimmy Hutton.

— Bonjour, Karen.

— Tu as changé de numéro ?

— C'est celui de Jacqui. Un des enfants a débranché mon chargeur. J'ai plus de batterie. Je viens de m'en apercevoir.

— Les petits chenapans. Tout ça, c'est la faute des parents !

— Je suis bien d'accord. Écoute, on a pu parler à Logan Henderson, hier soir.

— C'est vrai ? Et qu'est-ce qu'il vous a dit ?

Trop absorbée par ce que Jimmy avait à lui raconter, Karen, pour une fois, oublia la présence de McCartney qui buvait son café avec nonchalance, juste derrière elle.

— Pas grand-chose. Il est toujours mal en point. Sous perfusion et oxygène, et il a un énorme bleu au visage, là où il prétend que sa femme l'a frappé à coups de pied quand il était à terre. Littéralement.

— OK, et sa version des événements ?

— Elle l'a attaqué. Sans qu'il la provoque. Mais le truc, c'est que je lui ai demandé ce qui était arrivé à Dandy.

— Et qu'est-ce qui est arrivé à Dandy, d'après lui ?

— D'après lui, rien du tout. Du moins pas tant qu'il était conscient.

— C'est intéressant. S'il voulait jouer les innocents, il aurait eu tendance à lui coller ça sur le dos.

— Il y a beaucoup de détails intéressants. Ce qui m'inquiète de plus en plus, c'est qu'ils s'accusent mutuellement, et de façon plausible. À moins qu'on n'obtienne des preuves médico-légales déterminantes, on pourrait se retrouver sans personne à inculper.

— Tu as encore un long chemin à parcourir avant d'en arriver là. Je pense quand même que Willow va s'en tenir à sa version. Quand je lui ai parlé samedi, elle n'a montré aucun signe de fragilité. Je crois que c'est vraiment une tueuse de sang-froid. Elle maintiendra qu'il ment et qu'il pense qu'en l'accusant elle, il va récupérer les enfants et la maison.

— C'est un argument convaincant.

— Sauf qu'elle a déjà fait un signalement à la police à son sujet pour violences conjugales. Les tribunaux ne vont pas lui rendre ses enfants aussi facilement. Et il le sait sans doute, non ?

— Peut-être pas… À ce stade, on navigue à vue. Quoi qu'il en soit, j'espère pouvoir l'interroger de nouveau aujourd'hui. Nous verrons où ça nous mène. À plus tard, Karen.

— Merci de m'avoir tenue au courant, Jimmy.

Karen raccrocha et, sourcils froncés, contempla l'ouverture ridicule qui faisait office de fenêtre. Le ciel était très bleu. Pourtant, son moral avait flanché. Voilà ce qu'elle récoltait à ne pas vouloir se mêler de cette enquête.

42

2018 – Édimbourg

Karen venait à peine de raccrocher quand Jason glapit comme un chiot.

— Est-ce un cri de victoire, ou bien tu t'es coincé le doigt dans le tiroir ? demanda Karen.

— La fille du service des immatriculations m'a répondu, expliqua-t-il. Elle a dit que c'était dans les archives classées mais que ça n'a pas été difficile à trouver. Le propriétaire du van acheté par Joey Sutherland a changé le 17 décembre 1995.

— Trois mois après les jeux d'Invercharron. Trois mois après que quelqu'un l'a vu pour la dernière fois. C'est intéressant. Alors, qui était ce nouveau propriétaire ?

— Une certaine Shirley O'Shaughnessy. Il y a une adresse à Édimbourg. On dirait un appartement, déduisit-il en lisant l'adresse à voix haute.

— C'était une de ces résidences à Napier. Qu'est-ce qu'une étudiante vivant dans une résidence ferait avec un van ?

— C'était peut-être moins cher d'y habiter ?

— Mais c'est une grosse dépense. Comment tu as dit qu'elle s'appelait ?

Les doigts de Karen étaient figés au-dessus de son clavier, prêts à lancer une recherche Google.

— Shirley O'Shaughnessy. Vous voulez que je vous l'épelle ?

— Je crois que c'est bon…

Karen tapa rapidement. Les résultats de recherche furent presque instantanés. Elle ouvrit le premier, qu'elle parcourut. O'Shaughnessy n'était pas du tout la personne à laquelle elle s'attendait.

— Oh, commenta-t-elle. Voilà qui est intéressant.

Elle cliqua sur l'onglet « images ». Il y avait l'embarras du choix. Elle choisit la plus ancienne où l'on pouvait la reconnaître, et la joignit à un e-mail.

— En quoi c'est intéressant ?

— Elle vit à Édimbourg mais est originaire des États-Unis.

— Ah bon ? Vous pensez que ça pourrait être cette Américaine qui était avec Joey à Invercharron ?

— Il n'y a qu'un moyen de le savoir.

— Vous allez l'appeler ?

— Pas encore. J'ai beaucoup de chats à fouetter avant d'être prête à m'entretenir avec Mme O'Shaughnessy.

Karen fouilla sur Facebook pour trouver une demi-douzaine d'autres femmes qui ressemblaient vaguement à Shirley O'Shaughnessy et les ajouta à l'e-mail, en les mélangeant volontairement pour qu'elle soit noyée dans la masse. Dans l'encadré « destinataire », elle entra l'adresse de Ruari Macaulay. Dans son message, elle lui demanda s'il reconnaissait une de ces femmes. Avant d'appuyer sur « envoyer », elle se tourna vers Jason :

— Envoie-moi l'adresse e-mail du type qui t'a transmis la photo du van, s'il te plaît.

Comme toujours, Jason obéit. Karen ajouta cette adresse à l'e-mail et l'envoya.

— Maintenant, on attend de voir, conclut-elle.

— Est-ce que vous voulez que j'entame des recherches sur elle ?

Karen secoua la tête.

— Gardons ça pour plus tard. Inutile de perdre ton temps si ce n'est pas la bonne Américaine. Cela dit, j'ai un petit travail de recherche pour toi. Je commence à croire qu'on a pris cette affaire par le mauvais bout. Les origines du meurtre de Joey Sutherland ne datent pas de 1995. Elles remontent à 1944. Quelqu'un a caché quelque chose dans ces sacoches de moto. Quelque chose de valeur qu'il voulait récupérer. Cinquante ans plus tard, quelqu'un d'autre vient le reprendre. On n'a aucun moyen de combler les lacunes de l'histoire, à ce stade. Mais ce qu'on sait, c'est que deux personnes seulement avaient connaissance de cette cachette, d'accord ?

— Oui.

— L'une d'entre elles était Austin Hinde, le grand-père d'Alice. Il possédait toujours sa carte. Mais on ne sait rien sur Kenny Pascoe et sur ce que sa carte à lui est devenue. On aurait dû suivre cette piste plus tôt, je me suis laissé distraire. Ce que je veux, c'est que tu trouves un maximum d'infos sur Kenny Pascoe – Kenneth, probablement. On sait qu'il est mort à Warkworth en 1946 ou 1947. Mets la main sur son certificat de décès. Ça devrait te donner une adresse, ensuite tu pourras vérifier sur le registre électoral et obtenir le nom de la sœur. Elle est peut-être toujours en vie. Si c'est le cas, trouve-moi où elle habite.

Le regard paniqué de Jason rappela à Karen qu'il s'agissait d'une piste extrêmement ténue, remontant à soixante-dix ans. Elle s'apprêtait à lui suggérer par où commencer à chercher quand la porte s'ouvrit. Sans qu'on ait frappé. Karen supposa que quand on était commissaire adjointe, on pouvait se dispenser des bonnes manières. Ann Markie se tenait dans l'encadrement de la porte, l'élégance personnifiée, à l'exception de l'expression rageuse dessinée sur son visage.

— Laissez-nous seules, ordonna-t-elle à Jason qui se hâta de déguerpir.

Elle referma la porte avant de s'appuyer contre.

— Vous êtes incorrigible, n'est-ce pas, Pirie ?

Sa voix était dure et froide. Aucune marge de manœuvre ici.

Karen ne prit pas la peine de répondre. Que dire, après tout ? Dire non revenait à capituler. Mais dire oui aussi. En guise de réponse, elle referma son ordinateur portable et soutint le regard hostile de Markie.

— Je ne me rendais pas compte qu'à force de consacrer vos journées à enquêter sur le passé, vous aviez complètement perdu de vue le présent. Manifestement, vous n'avez pas remarqué qu'en ce moment, la police écossaise subit une très forte pression. De la part des hommes politiques, du public, des médias. Certains d'entre nous essaient d'arranger ça. D'autres semblent déterminés à faire empirer les choses.

Karen esquissa le plus léger des sourires.

— Malheureusement, tout le monde ne peut pas égaler le taux de réussite de l'UEH, madame.

Deux rougeurs apparurent sur les pommettes de Markie.

— Ne jouez pas les malignes avec moi, Pirie. Si je suis ici c'est parce que, une nouvelle fois, vous êtes le problème, pas la solution.

Elle ne pouvait pas lui reprocher encore d'avoir court-circuité la division Nord. Ça devait être au sujet du meurtre de Dandy Muir. Évidemment. Quand de gentilles femmes de la classe moyenne se faisaient poignarder dans le quartier prospère de Merchiston, des officiers supérieurs comme Nonosse se mettaient vent debout pour brandir les grands principes. Personne ne viendrait casser les pieds de Markie pour une histoire de violences conjugales qui avaient mal tourné à Pilton. Mais les riches payaient des impôts pour s'épargner ce genre de désagréments.

— Ce n'est pas mon intention, je peux vous l'assurer, répondit Karen d'une voix tout aussi tranchante. Quel est le problème ?

— Je crois que vous le savez très bien. Vous voulez peut-être m'expliquer ce que vous fabriquez à vous mêler d'une enquête pour homicide en cours ?

— J'en déduis que vous parlez du meurtre de Dandy Muir et de la tentative de meurtre sur Logan Henderson ? demanda Karen d'une voix assurée.

— Pourquoi ? Est-ce que vous avez fourré votre nez de manière déplacée dans d'autres affaires que j'ignore ?

Si Markie avait su à quel point elle était laide quand le mépris se peignait sur son visage, elle aurait immédiatement changé d'expression, pensa Karen.

— Je possédais des informations importantes à transmettre à l'inspecteur chargé de l'enquête. Si j'avais gardé ça pour moi, ça aurait été tout aussi déplacé.

Un bref éclair de surprise passa sur le visage de Markie.

— Comment avez-vous eu connaissance de ces informations ? En dehors de votre interrogatoire officieux d'un témoin ?

— Il se trouve que j'ai surpris une conversation dans un café, entre Dandy Muir et Willow Henderson. Mme Henderson s'apprêtait à parler à son mari au sujet de leur maison alors même qu'il l'avait attaquée, un peu plus tôt. J'ai jugé bon de l'avertir que c'était une conduite très risquée.

— C'est tout ?

Elle rechignait à l'admettre, mais Karen était impressionnée. Nonosse était peut-être bien plus futée qu'elle ne l'aurait cru. À présent, elle allait devoir lui avouer le plus difficile. Ce qui avait peut-être coûté la vie d'une femme.

— J'ai également parlé seule à seule à Dandy Muir. Je lui ai fait remarquer qu'il y avait une autre lecture possible du scénario, expliqua-t-elle avant de prendre une profonde inspiration. Que Mme Henderson cherchait peut-être à transformer Mme Muir en témoin de la défense, si elle tuait son mari.

Une longue pause pendant que la commissaire adjointe évaluait les différentes réactions possibles à l'aveu de Karen.

— Pourquoi avez-vous fait ça ? finit-elle par demander.

— La prévention des homicides ne concerne pas uniquement la protection des femmes. C'est le plus souvent le cas, mais de temps en temps, cette protection s'étend aux hommes. Il y avait quelque chose de calculé chez Willow Henderson qui a éveillé mes soupçons.

— Mais Logan Henderson n'est pas mort. Contrairement à Dandy Muir.

— C'est un pur hasard que Henderson soit vivant. Elle l'a poignardé neuf fois.

— Vous pensez réellement que Mme Henderson a tué sa meilleure amie avant de s'en prendre à son mari ? ironisa Markie en secouant la tête d'un air incrédule.

Karen haussa les épaules.

— S'il était mort, est-ce que vous considéreriez seulement cette option ? Je ne crois pas. Il n'y aurait qu'un témoin survivant, armé d'une version des événements très crédible.

Markie pinça les lèvres. À l'évidence, elle n'aimait pas l'éventualité que Karen puisse avoir raison.

— Malgré tout, lui parler sans témoin, sans enregistrer la conversation, c'est complètement hors procédure. Oh oui, commandant Pirie, je sais ce que vous avez manigancé samedi. Vous n'êtes pas la seule à avoir des sources à St Leonard. Vous avez sapé toute possibilité d'enquête transparente. Votre conduite inappropriée est du pain bénit pour n'importe quel avocat de la défense.

Karen fit non de la tête.

— Elle ne va pas rapporter notre conversation à son avocat. Si elle le fait, cela soulèvera une question : sur quoi se fondent mes soupçons. Et ça mène à ma discussion avec Dandy, ce qui à son tour donne du pain bénit – comme vous le dites – à l'accusation, qui va se demander ce que Dandy faisait là au départ.

— Elle soutenait son amie, clairement, répondit Markie avec mépris.

— On pourrait le penser. Sauf que je suis prête à jurer sous serment que Willow a refusé l'aide de Dandy. Elle a répété que ça ne ferait qu'enrager davantage son mari. C'est exactement ce qu'elle a dit, madame.

— Et vous pensez que votre témoignage suffira à convaincre un jury qu'une mère respectable de deux enfants sans aucun antécédent criminel tuerait sa meilleure amie et tenterait de tuer son mari juste pour récupérer sa maison ?

Karen ne put s'empêcher d'être écœurée par le peu de respect que lui témoignait sa supérieure.

— Je suis un officier de police expérimenté, avec un bon taux de réussite. Je suis l'une des rares à avoir régulièrement bonne presse dans les médias écossais. Qu'est-ce que je gagne à témoigner contre Willow Henderson dans une enquête qui ne concerne même pas mon unité ?

— Dorer l'image de votre petit copain de boisson, le commandant Jimmy Hutton ? lança Markie avant d'ajouter, au vu de la surprise de Karen : Quoi ? Vous pensez que vous pouvez passer autant de temps avec le mari d'une autre sans que ça se sache ?

Karen recula dans son siège, sincèrement choquée par l'insulte que constituait ce commentaire de Markie.

— Jimmy Hutton n'a pas besoin de moi pour dorer son image. Il se défend très bien tout seul. Et inculper Logan Henderson pour le meurtre de Dandy Muir ne ternirait pas son image. Par ailleurs, madame, vous feriez mieux de retirer cette insinuation.

Les deux femmes se fusillèrent du regard, aucune n'étant prête à céder.

— Ne tentez pas de me menacer, Pirie, lâcha enfin Markie. À l'heure qu'il est, vous êtes sur la sellette. Restez à distance de Willow Henderson et de son mari. C'est un ordre.

43

2018 – Édimbourg

De nouveau seule dans son bureau, Karen scruta la porte d'un air mauvais. Jusqu'à maintenant, elle n'appréciait guère Nonosse ; aujourd'hui, elle la méprisait de toutes ses forces. Mais plus encore, elle méprisait celui qui avait joué les Judas. Il n'y avait qu'une personne qui aurait pu la dénoncer à la commissaire adjointe. Elle éliminait Hutton et Laidlaw, parce que c'était dans leur intérêt qu'on les aide à attraper un tueur. Mais McCartney, c'était une tout autre histoire. Il était présent dans le bureau quand elle avait pris l'appel de Jimmy. Il était suffisamment proche pour avoir entendu et déduit une partie des événements. Ajouté à ce que Markie pouvait déjà savoir de l'affaire, elle avait dû faire le lien.

— Le petit con, grommela-t-elle.

Son envie de le voir déguerpir grandissait.

— Et merde ! lâcha-t-elle en se levant avant de saisir son manteau.

Elle ne pouvait pas supporter de rester dans le bureau une minute de plus. Il fallait qu'elle sorte. Se trouver n'importe où sauf ici.

Sur le chemin, elle croisa Jason qui rôdait près de l'accueil.

— Tout va bien, chef ? demanda-t-il, l'inquiétude l'emportant sur la sagesse.

— Non, grogna-t-elle. Je sors. Si on me demande, je suis partie pourrir la vie de quelqu'un d'autre.

C'était impossible de claquer la porte derrière elle, ce qui était très frustrant.

Elle dévala la colline, comme Kate, la femme de Tam O'Shanter dans le célèbre poème écossais, qui fronçait les sourcils comme la tempête réunit les nuages et berçait sa colère pour la tenir bien au chaud. McCartney allait payer pour sa trahison. Il allait se coltiner toutes les petites missions les plus merdiques qu'elle pourrait trouver. Et les meilleurs morceaux, qui auraient dû lui revenir, seraient pour La Menthe. Il comprendrait vite le message. Il irait peut-être réclamer sa récompense à Nonosse. Elle s'autorisa un sourire funeste. Elle aimerait bien voir ça !

Quelques minutes avant d'atteindre sa voiture, son téléphone émit une sonnerie, indiquant un texto de Jimmy.

Vérifie tes e-mails.

Elle s'exécuta et vit qu'il lui avait envoyé un dossier. Elle se glissa derrière son volant et connecta son ordinateur portable à son téléphone pour télécharger ce qui s'avéra être l'analyse médico-légale préliminaire de l'incident survenu chez les Henderson.

Si ça avait été l'enquête de Karen, elle aurait eu envie de passer sa colère sur quelqu'un. Les empreintes digitales ne donnaient rien. Le couteau à pain qui avait tué Dandy Muir révélait essentiellement des traces indistinctes. Mais parmi les empreintes, celles qui étaient distinctes appartenaient à Logan Henderson. Cela ne prouvait pas qu'il l'avait tuée ; simplement que sa main avait saisi le couteau, à un moment. Si vous aviez l'esprit mal tourné, vous pouviez même penser que cela s'était produit après qu'il avait perdu connaissance. Même s'ils trouvaient des empreintes ou des traces ADN appartenant à Willow sur le couteau, cela ne prouvait rien. Elle avait vécu dans cette maison pendant des années ; il aurait été surprenant de ne pas retrouver son ADN un peu partout. L'autre couteau – celui qui avait poignardé Henderson – était couvert d'empreintes de Willow. Mais personne ne contestait l'auteur des coups de couteau portés au mari. Les circonstances demeuraient floues, et sur ce point, les empreintes n'apportaient rien.

Il était probable que l'analyse des traces de sang et l'ADN ne donnent rien de plus. De son propre aveu, Willow Henderson avait pris Dandy Muir dans ses bras alors qu'elle était morte, ou mourante. Elle avait aussi eu un contact rapproché avec son mari. Le sang, qui racontait parfois une histoire, n'était ici qu'un charabia incohérent de traces et de taches.

Ils savaient qu'ils auraient besoin de preuves tangibles s'ils voulaient accuser Willow Henderson. Or elles ne se trouvaient pas dans ce rapport.

Karen referma son ordinateur. La colère qu'elle avait ressentie tout à l'heure s'était transformée en une hargne froide tellement aiguë qu'elle aurait pu transpercer le crâne du premier inconnu suffisamment inconscient pour croiser sa route. Mieux valait qu'elle se dirige quelque part où on appréciait sa compagnie. Elle passa un rapide coup de fil pour s'assurer que la personne qu'elle voulait voir était présente, puis s'engagea sur la M8 direction Gartcosh.

Le QG de la police écossaise était situé, étrangement, entre forêt, parcs, prés et marais. Ce complexe moderne avait été conçu de façon à ressembler à un code ADN stylisé. De loin, les bandes noires et blanches donnaient cette illusion. D'après Karen, c'était la seule chose vaguement glamour dans la police écossaise. De l'extérieur, du moins.

L'intérieur ressemblait davantage à une banque qu'à des bureaux de police. Des gens en costume marchaient d'un pas décidé, agrippant leurs ordinateurs portables et leurs tablettes, concentrés sur un but connu d'eux seuls. Karen évita le triste secteur des bureaux pour se diriger droit vers les labos, où plus d'une centaine de scientifiques et techniciens mettaient les plus récentes technologies au service des forces de l'ordre.

Karen trouva Tamsin Martineau derrière un écran d'ordinateur plus grand que le téléviseur de son appartement. Son poste de travail était parsemé d'objets variés dont Karen ignorait la fonction. La coiffure de Tamsin était encore plus étonnante que d'habitude. Elle avait troqué sa crête platine contre une coiffure tout ébouriffée couleur arc-en-ciel et il y avait sur ses oreilles encore plus d'anneaux et de piercings que lors de leur dernière rencontre. Karen aimait bien imaginer ses collègues plus traditionnels rencontrer Tamsin pour la première fois.

L'Australienne leva à peine les yeux quand l'ombre de Karen se dessina sur son bureau.

— Salut, lança-t-elle.

Ses doigts dansaient sur le clavier et des lignes de texte défilaient sur l'écran tellement vite que l'œil ne pouvait pas suivre. Puis elle repoussa son bureau et sourit à Karen :

— Comment ça va, toi ?

— J'ai connu mieux. Est-ce que tu as le temps pour un café ?

— Bien sûr. Ce truc me tord le cerveau comme un bretzel. Il faut que je fasse une pause.

Elle se dirigea vers une toute petite salle de repos à l'extrémité du labo, où les techniciens se préparaient de tristes cafés instantanés. Il y avait toujours de bons biscuits, même si, aux yeux de Karen, ça ne compensait pas. Personnellement, elle échangerait volontiers un paquet de gaufrettes au caramel Tunnock contre un bon café.

Elles s'assirent à une table dans un coin et Tamsin ouvrit un paquet de biscuits au chocolat Leibniz.

— Mon mathématicien préféré, Leibniz, commenta-t-elle. Franchement, comment ne pas aimer un homme qui a inventé les logarithmes et donné son nom à une bonne marque de biscuits ?

— Peu importent les biscuits.

— Hérésie, souffla Tamsin.

— J'aurais besoin d'aide, annonça Karen.

— Et même pas un petit paquet de Hobnobs en guise de pot-de-vin, regretta Tamsin avec une moue qui fit scintiller son piercing à la lèvre inférieure.

Il y avait trois choses que Karen aimait chez cette fille. La première était son affection pour les affaires non élucidées, qui la poussait à vouloir aider Karen. La deuxième, qu'elle pouvait s'insinuer dans tous les recoins et les failles du bâtiment médico-légal de Gartcosh, soit en jouant de ses charmes, soit en piratant. Elle savait réellement employer tous les moyens à sa disposition. Et la troisième, c'était qu'elle méprisait gentiment l'autorité.

— Je me suis fixé l'objectif d'énerver encore un peu plus Ann Markie.

Karen n'avait pas prévu de dire ça, mais dès qu'elle prononça ces mots, elle sut que c'était la vérité.

Tamsin fit un grand sourire.

— Cool. On commence par quoi ?

— Deux choses. La première me regarde. Elle m'a collé un certain capitaine McCartney, pour me faire payer mes péchés, littéralement. Il est venu déposer des échantillons

ADN qui sont probablement relégués aux tâches les moins urgentes possible. Je veux que leur examen soit accéléré, qu'il soit considéré comme important.

Tamsin hocha la tête.

— Je peux faire ça. Au moins deux des équipes d'analystes ADN ont une sacrée dette envers moi, en ce moment, répondit-elle avant de feindre la déception. C'est tout ? Je pensais que tu allais me proposer un petit challenge.

Il y avait une quatrième chose qu'elle aimait chez elle. Comme River, Tamsin était animée d'une curiosité pour la science médico-légale qui dépassait largement son domaine de spécialité. Elle parlait avec ses collègues, elle lisait la littérature scientifique, elle absorbait et mémorisait les informations à la manière d'un disque dur. En général, Karen pouvait être sûre que quoi qu'elle cherche, une de ces deux femmes l'orienterait dans la bonne direction.

— Eh bien, nous allons tester ton talent, dit Karen.

Si elle avait été un peu réticente au début, à présent elle était à fond. En prenant son temps, elle détailla à Tamsin l'affaire Henderson.

— Les analyses médico-légales préliminaires n'ont pas permis de déterminer lequel des deux époux dit la vérité ?

Karen fit non de la tête.

— J'imagine que les téléphones seront envoyés à ton service. On trouvera peut-être quelque chose ?

— Ils sont arrivés ce matin, répondit Tamsin. Je n'ai eu que le temps de télécharger les données sur notre ordinateur. Mais Willow n'a pas l'air assez bête pour avoir stocké quelque chose sur son téléphone.

— Dandy s'est peut-être confiée à quelqu'un d'autre. En répétant ce que je lui avais suggéré.

— Je vais jeter un œil. Mais je ne te garantis rien. Aujourd'hui, on est tous beaucoup plus prudents avec les traces digitales qu'on laisse derrière nous et qu'on ne veut pas voir étalées au grand jour.

Tamsin prit un nouveau biscuit. Elle grignota les bords en chocolat, les sourcils froncés, songeuse.

— Une dernière chose : quelle taille mesure Logan Henderson ?

Question à laquelle Karen ne s'était pas attendue.

— Je n'en suis pas sûre. Mais je peux trouver la réponse. Pourquoi ?

— Dans une minute. Et sa femme ?

— Je dirais environ un mètre soixante-cinq.

— Et la victime du meurtre ?

— Plus ou moins pareil. Où veux-tu en venir ?

— Les angles des blessures. Si tout le monde était debout quand ça s'est passé, l'angle d'attaque de la blessure mortelle sera différent. Henderson aura probablement attaqué par le bas…

— Et Willow à sa hauteur. C'est génial, Tamsin.

Karen était déjà en train d'envoyer un texto à Jimmy, pour lui demander la taille de Logan Henderson.

Tamsin afficha une petite moue contrite.

— Ce n'est pas aussi simple. Il y a beaucoup de variables. La forme de la blessure est différente quand le corps est à l'horizontale. La chair bouge. Et le mouvement n'est pas toujours un simple aller-retour. Sans parler qu'il faut pouvoir prouver tout ça.

Abattue, Karen poussa un soupir.

— Alors on est probablement fichus ?

— Donne-moi une minute, lui dit Tamsin en sortant son téléphone, dont l'écran l'absorba immédiatement. L'année dernière, pendant une conférence, j'ai entendu un chercheur en post-doc faire une présentation de cinq minutes là-dessus…

Elle fit glisser son doigt, tapa quelque chose puis sourit. Elle tourna son portable pour montrer l'écran à Karen.

— Vaseem Shah. Il est chercheur au Life Sciences Centre de Newcastle.

Sur l'écran, elle vit un Asiatique qui paraissait bien moins geek qu'elle ne s'y était attendue pour un chercheur en post-doc. Coiffure branchée, barbe bien taillée et lunettes élégantes.

— Le Dr Shah est actuellement engagé dans un projet de recherche qui vise à établir des méthodes pour visualiser les trajectoires dans le corps des blessures au couteau, lut Karen.

Suivi de son adresse e-mail.

— Tu crois qu'il peut m'aider ?

Tamsin haussa les épaules.

— Il en parlait bien. Même si c'était bref. Tout dépend où il en est de ses recherches. Quoi qu'il en soit, il y a des chances que son expertise n'ait jamais été utilisée dans un tribunal, donc il va te falloir un procureur ouvert d'esprit et prêt à prendre des risques.

— Ce ne sera pas un problème. J'ai la candidate idéale. Mais avant tout, on doit rassembler des preuves. Il faut que je puisse réunir dans une même pièce ce chercheur et River. Est-ce que tu peux m'envoyer ses coordonnées ?

Tamsin tapa sur son téléphone.

— C'est fait, dit-elle en se levant. Il faut que j'y aille. J'ai des criminels à incriminer.

— Merci. Je te revaudrai ça.

— Carrément. La prochaine fois, apporte des biscuits qui valent le coup. Ces délicieuses petites choses aux amandes de la boutique en face de ton bureau, par exemple ?

— C'est promis.

— Tu auras ton ADN demain. J'en toucherai deux mots à mon collègue de l'équipe de nuit quand je partirai.

Karen regagna sa voiture, contente d'être venue jusque-là. Sa colère n'était plus qu'un souvenir, maintenant. Elle ne croyait pas à la rancune.

Elle croyait qu'il valait mieux la tuer dans l'œuf.

44

2018 – Édimbourg

Karen ne prit pas la peine de retourner au bureau. Elle pouvait faire le nécessaire aussi aisément chez elle. Contrairement à son habitude, car elle buvait rarement seule, elle se prépara un gin tonic – Wild Island Sacred Tree de Colonsay, avec un tonic Fever Tree – et rédigea un e-mail à Vaseem Shah. Elle s'était déjà entretenue avec Jimmy dans la voiture en rentrant. Après avoir appris pourquoi elle voulait savoir que Logan Henderson mesurait un mètre quatre-vingt-huit, il convint que c'était peut-être leur meilleur espoir. Ils ne pensaient pas que Willow allait craquer ; quant au deuxième entretien de Jimmy avec Logan Henderson, il n'avait rien donné de concluant. Pour l'instant, c'était toujours parole contre parole, une impasse qu'aucun procureur n'apprécierait.

> Cher docteur Shah,
> Je suis commandant de police, ici en Écosse. J'assiste un collègue chargé d'une enquête sur un homicide doublé d'une tentative d'homicide à Édimbourg. Une experte médico-légale qui collabore avec nous vous a entendu faire une brève présentation de vos recherches sur l'angle des blessures et m'a suggéré que vous pouviez

peut-être nous aider. Nous vous serions reconnaissants de nous contacter, le commandant James Hutton et moi-même.

Elle donna leurs numéros de portable et signa. À la suite de quoi elle transféra l'e-mail à River, accompagné d'une explication. S'il en ressortait quelque chose, ils auraient besoin du poids de son expertise, reconnue par le tribunal, pour appuyer leur découverte. Sans parler de sa capacité à expliquer des détails scientifiques complexes en des termes qu'avocats, juges et jurés pouvaient comprendre.

À présent, elle avait la soirée devant elle sans rien pour interrompre ses recherches sur Shirley O'Shaughnessy, l'Américaine qui avait pris possession du van de Joey Sutherland trois mois après son apparente disparition. Elle avait dit à Jason d'attendre qu'ils aient plus d'informations, mais c'était essentiellement parce que même en parcourant rapidement les résultats de la recherche Google, elle avait immédiatement compris qu'une enquête sur Shirley O'Shaughnessy allait les conduire dans des lieux où ils ne seraient pas les bienvenus.

Karen relança sa recherche et examina les résultats. Elle choisit un long article publié par un de ces magazines qui se targuaient de proposer des interviews intelligentes avec des femmes qui changeaient les choses et faisaient bouger les lignes dans leurs différents domaines. L'article datait de l'automne précédent, et Karen pensa donc qu'il devait être relativement à jour et aborder des sujets variés.

L'INTERVIEW DE LA RÉDACTION

India Chandler s'entretient avec la femme qui propose des solutions à la génération boomerang.

J'ai rencontré Shirley O'Shaughnessy, la reine de l'immobilier, dans sa nouvelle propriété, un duplex de standing sur le toit d'une résidence surplombant le cœur vibrant et historique d'Édimbourg. Des grandes fenêtres de son salon, on a une vue spectaculaire sur les monuments historiques de la capitale écossaise : le château, le monument Scott, les attractions de Calton Hill, l'hôtel Grand Balmoral dominant la gare de Waverley. Mais au loin, on aperçoit également les contours géorgiens de New Town, et certaines zones résidentielles moins attractives de la ville. Car sous les apparences glamour de l'Athènes du Nord se cache une triste réalité.

Une réalité que Shirley compte bien changer. Elle a passé vingt ans dans l'immobilier et pour célébrer cet anniversaire, elle a annoncé une collaboration avec le gouvernement écossais qui va, selon elle, transformer la vie de beaucoup de citoyens.

Elle s'apprête à lancer un programme de construction immobilière remarquable non pas sur le marché du luxe mais destiné aux habitants les moins bien logés. Primo-accédants. Familles en quête d'une location décente à prix abordable. Jeunes célibataires cherchant un foyer à eux. Sans-abri désireux de quitter la rue.

Nous avons pris place à une table Darkside de Philippe Starck avec chaises assorties pour siroter un whisky de Speyside léger et parfumé pendant que Shirley m'expliquait sa philosophie :

« Mon grand-père disait toujours que c'est un don de savoir dire stop. Il y a quelque temps, j'ai pris conscience que j'en avais assez. Qu'il était temps de changer la direction de ma carrière pour ne plus faire du profit mais partager la chance que j'ai eue dans la vie. »

Shirley a peut-être eu de la chance, mais elle a surtout travaillé pour la provoquer. Elle n'est pas venue au monde avec une cuiller d'argent dans la bouche. Elle est née à Milwaukee, où son père travaillait sur la ligne de production de l'usine

Harley-Davidson. Terrible ironie du sort, il est mort dans un accident de la route, à bord d'une des motos qu'il avait aidé à construire. C'était quelques semaines seulement avant le troisième anniversaire de Shirley.

« Mon grand-père est venu à Milwaukee le lendemain et nous a ramenés avec lui à Hamtramck, dans le Michigan. Il était chef de la sécurité à l'usine automobile Dodge. Ça paraît pompeux, mais ça ne l'était pas. Il aurait pu avoir une bien meilleure carrière, mais pour échapper à son milieu de cols-bleus, il lui aurait fallu un sacré coup de chance, qui ne s'est jamais présenté. Mais il a travaillé dur et économisé, si bien qu'à sa mort, son héritage m'a permis de prendre un bon départ dans la vie. »

L'héritage du grand-père de Shirley a eu un impact, pas seulement en termes matériels. C'est également grâce à lui qu'elle a choisi d'étudier à l'université en Écosse.

« Mon grand-père a été posté dans les Highlands pendant la guerre… »

Karen retint son souffle. Est-ce que c'était là que les graines ayant provoqué la mort de Joey Sutherland avaient été semées ?

« … et il trouvait que c'était le plus bel endroit du monde. Il avait voyagé dans toute l'Europe pendant la guerre, donc il savait de quoi il parlait. Quand j'étais adolescente, il m'a dit qu'il avait mis suffisamment d'argent de côté pour que j'aille étudier en Écosse. Le drame, c'est qu'il est mort avant que j'obtienne mon diplôme. »

Shirley a fait des études de commerce à Napier University à Édimbourg, sur le campus de Craiglockhart dont les bâtiments ont servi pendant la Première Guerre mondiale de maison de repos pour les soldats traumatisés, parmi lesquels les grands poètes de la guerre Siegfried Sassoon et Wilfred Owen.

Réinventer cet espace de façon plus moderne était une perspective excitante pour Shirley.

« J'ai grandi en Amérique, nous n'avons pas la même perception de l'héritage architectural. Nous avons tendance à tout démolir et à reconstruire. C'est bien, d'une certaine façon. Mais c'est important aussi de chercher à utiliser ce qui existe déjà. Craiglockhart était la première véritable mise en application de ce principe à laquelle j'ai assisté. »

Inspirée par cette expérience et mue par le désir de faire quelque chose de constructif, littéralement, avec l'argent légué par son grand-père, au cours de sa deuxième année d'université, Shirley est allée à une vente aux enchères immobilières où elle a acheté une villa victorienne délabrée surplombant le parc de Leith Links. Pendant un an, elle a consacré tout son temps libre à la rénover et la réparer.

« C'était vraiment un challenge, commente-t-elle. Mon grand-père était un manuel et il m'a élevée à son image. Mais j'ai dû apprendre de zéro la plomberie anglaise et les systèmes électriques. J'ai réalisé la plupart des travaux seule, à l'exception du toit, explique-t-elle avec un sourire espiègle. Pour ça, j'ai dû embaucher une équipe. »

Quelle fut la partie la plus difficile de ce projet ? « Vivre dans un Winnebago à Édimbourg en plein hiver, répond-elle en frissonnant. J'avais mis tout mon argent dans ce projet. J'ai dû quitter ma résidence étudiante au bout d'un semestre, parce que je ne pouvais pas me permettre de payer mon loyer. Alors j'ai garé le van dans la toute petite cour et j'ai vécu là. Je n'ai jamais eu aussi froid, même pendant les rudes hivers du Midwest ! »

Mais les efforts de Shirley ont fini par payer. Elle avait bien choisi son emplacement. La vente de la maison lui a rapporté deux fois la somme investie. Elle ne comptait pas s'arrêter là.

Elle a acheté ensuite deux maisons semi-mitoyennes des années trente dans une banlieue résidentielle tranquille. Elles avaient été sérieusement endommagées lors d'un incendie et l'un des couvreurs qui avait travaillé pour Shirley à Leith lui a indiqué que la compagnie d'assurances cherchait à s'en débarrasser à petit prix. Une nouvelle fois, elle a fait des miracles et en a tiré un joli profit.

Quand on la voit aujourd'hui, à quarante-cinq ans, il est difficile de l'imaginer portant un casque de chantier et une combinaison, en train de creuser une canalisation ou de refaire l'installation électrique d'une maison de ville géorgienne. Elle est élégante avec son tailleur-pantalon Armani classique et ses chaussures Pantanetti Chelsea. Ses cheveux sont coupés en un carré sévère. « Mon coiffeur Sandro est le seul à savoir dans quelles proportions ma couleur est encore mon blond naturel », plaisante-t-elle. Elle a ce look naturel qui demande beaucoup de travail. « Au fond de moi, je n'aime pas trop l'idée de devoir travailler mon apparence pour qu'on me prenne au sérieux, admet-elle. Mais j'aime aussi me mettre à mon avantage. »

Et c'est ce que Shirley a fait ces vingt dernières années. Son diplôme de commerce en poche (« J'ai obtenu une mention bien. J'ai eu le sentiment d'avoir trahi mon grand-père en n'obtenant pas un très bien, mais ma mère m'a conseillé de ne pas m'apitoyer sur mon sort, parce qu'il aurait été très fier de mes réussites immobilières »), elle a monté son entreprise en immobilier, City SOS Construction. La semaine suivant ses derniers examens, elle a loué un bureau et embauché son équipe.

« Ma secrétaire et mon architecte sont là depuis le début. Je serais perdue sans eux. Nous avons grandi dans ce secteur ensemble, en commençant par de petites rénovations, puis des réhabilitations d'entrepôts, et des restaurations d'immeubles entiers, comme celui où nous nous trouvons aujourd'hui. De

l'extérieur, ça ressemble à un imposant bâtiment victorien. Mais ce n'est qu'une façade. L'intérieur a été intégralement rénové selon les normes modernes, en utilisant les meilleurs matériaux contemporains. »

Son empire s'est développé avec régularité, mais la récente crise du logement l'a convaincue de changer son angle d'approche. « C'est vraiment tragique que tant de gens soient condamnés à vivre dans des lieux où il est impossible de construire quoi que ce soit. J'ai donc proposé un plan qui offre de nouvelles possibilités. Et je suis heureuse de dire qu'ici, en Écosse, où j'ai fondé mon foyer, nous avons un gouvernement capable d'imaginer cela. »

Shirley ouvre son Mac Air pour nous montrer certains de ses plans. Tout d'abord, la réhabilitation de conteneurs de transport en maisons d'habitation. Ils sont empilés quatre par quatre, autour d'une cour centrale. « Ils occuperont un ancien site industriel qui abritait une usine de pièces détachées. Seize maisons séparées, comprenant chambre, salon, salle d'eau et cuisine. »

Elle clique sur une icône et me montre la galerie de photos des intérieurs. Ils dégagent une sensation d'espace surprenante. « Ce sont des conteneurs de douze mètres, donc c'est assez spacieux une fois équipé. Tout est modulaire, et ils seront loués pour un loyer très modéré. Nous avons prévu d'étendre le projet au reste de l'Écosse, dans les grandes villes comme les petites. Là où il y en a besoin. C'est-à-dire un peu partout. »

Une autre fenêtre montre un bloc carré de trois étages, à la façade peinte dans des tons neutres rehaussés de couleurs primaires. « C'est un immeuble spécialement conçu, contenant douze appartements de deux chambres. Ils seront vendus à des primo-accédants avec une clause interdisant la location. Là encore, on espère en construire plusieurs, pour la plupart en ville. »

Une nouvelle fenêtre montre un ancien immeuble de bureaux des années soixante, en béton et fenêtres de métal. « On peut en voir un coin, juste là derrière le parking, dit-elle en indiquant sur sa gauche l'extrémité hideuse d'un bâtiment. On va le transformer en studios. Nous travaillons avec des associations qui aident les sans-abri et les anciens militaires, et cet immeuble sera utilisé pour héberger des gens qui ont besoin de repartir du bon pied dans la vie. Il y aura une salle de gym, une bibliothèque – la Première ministre est très attachée à la lecture – ainsi que quelques parties communes. Voilà qui montre ce qu'on peut faire de bâtiments dont personne ne veut. »

Elle sourit en trinquant avec moi. « Et ce n'est que le début. »

Karen repoussa son ordinateur portable.

— Et merde, lança-t-elle au ciel nocturne. Je m'attaque à une putain de mère Teresa.

45

2018 – Édimbourg

Karen était convenue de retrouver Jason au bout de sa rue. Elle voulait lui donner des informations sur Shirley O'Shaughnessy en dehors du bureau, là où les murs n'avaient pas d'oreilles déloyales. Ensemble, ils prirent un bus en haut de Leith Walk et traversèrent St Andrew Square jusqu'à Dishoom pour s'arrêter au Kerjiwal manger des toasts au fromage épicé accompagnés d'œufs.

— Et deux suppléments bacon, insista Karen. C'est moi qui régale.

— Je ne suis jamais venu ici, commenta Jason en admirant le café iranien d'inspiration Bombay qui avait été implanté dans un paysage culturel très différent.

Des fauteuils en bois courbé et des paravents également en bois faisaient des clins d'œil appuyés au passé, notamment au géographe et planificateur urbain écossais Patrick Geddes, qui avait vécu à Bombay au début des années vingt.

— Très historique. Assez différent du style indien habituel.

— Tout comme la nourriture, renchérit Karen. Mais écoute, je ne t'ai pas traîné ici pour qu'on discute de la grande époque du Raj. Je voulais te parler de ce que j'ai trouvé sur Shirley O'Shaughnessy.

— Je croyais qu'on attendait d'avoir…

— Je sais. Mais je m'ennuyais hier soir et je fulminais encore contre Nonosse, alors il me fallait quelque chose pour me changer les idées.

Il poussa un soupir résigné.

— OK, chef. Vous pensez que c'est le capitaine qui a cafté auprès de la commissaire adjointe ?

— À moins que ce ne soit toi ?

Elle le regarda droit dans les yeux, mais quand elle vit qu'il rougissait et était sincèrement blessé, elle secoua la tête et sourit :

— Ne sois pas bête, Jason, je sais que ce n'était pas toi, bien sûr.

— Je ne ferais jamais ça… Honnêtement, dit-il d'un air douloureusement sincère. Pas après ce que vous avez fait pour moi. En plus, je vous respecte, vous savez.

Karen culpabilisa ; elle oubliait parfois à quel point il pouvait se montrer sensible.

— Je sais. Enfin bref, voilà ce que j'ai découvert.

Elle lui résuma les points essentiels de l'article sur lequel elle était tombée.

— Elle n'a pas l'air de ressembler beaucoup aux meurtriers qu'on a rencontrés jusqu'à maintenant, jugea Jason, dubitatif. En général, ils ne sont pas copains avec le Premier ministre.

Il n'avait pas tort.

— C'est pourquoi on doit rester très prudents. J'ai lu tout ce que je pouvais trouver en ligne, et il y a une ou deux petites bricoles qui mériteraient qu'on se penche dessus. J'ai trouvé une autre interview, datant d'il y a une dizaine d'années, quand elle travaillait sur son premier gros chantier sur la côte, vers Dunbar. Un lotissement entre l'A1 et la ligne de chemin de fer. J'imagine que si tu bosses à

Édimbourg, c'est bien pratique. La journaliste a demandé à notre Shirley comment elle avait commencé, et elle parle de l'hiver qu'elle a passé dans un van. Elle décrit ce van, qu'elle adorait. Elle dit l'avoir acheté par une petite annonce publiée dans l'*Evening News*. Elle ne s'attendait pas à grand-chose mais il s'est avéré que c'était un van de luxe. Ce qu'on doit faire, c'est trouver cette annonce pour voir si ça colle avec sa version. Si ce n'est pas le cas, eh bien, on l'aura prise en flagrant délit de mensonge avant même d'avoir commencé.

Jason n'avait pas l'air ravi. Il savait que ce « on » signifiait lui. Mais c'était un homme simple et l'arrivée de son petit-déjeuner suffit à lui remonter le moral.

— OK, dit-il en coupant son toast au fromage. Mais j'ai encore cette recherche sur Kenny Pascoe à terminer.

— Tu en es où ?

— J'ai trouvé l'adresse où il habitait quand il est mort. Percy Cottage, Warkworth, Northumberland. D'après le certificat de décès, il est mort de tuberculose. J'ai réussi à demander aux archives du Northumberland de vérifier les registres pour cette adresse, et apparemment sa sœur a vécu là jusqu'au recensement de 2011. Elle ne s'est jamais mariée. Elle vivait seule. Elle figure sur les registres électoraux à cette adresse jusqu'en 2015.

Karen soupira. Pas de famille qui pourrait raconter l'histoire d'oncle Kenny et de ses motos.

— Elle est morte ?

— Je ne sais pas. C'est ce qu'il me reste à découvrir. Je n'ai pas réussi à trouver de certificat de décès.

— Donc il se peut qu'elle soit toujours en vie ?

— C'est possible. Mais je ne sais pas où.

— OK. Laisse ça pour l'instant, et concentre-toi sur la petite annonce du van.

À l'évidence, même le fromage épicé ne compensait pas cette perspective. L'air sinistre, Jason demanda :

— Où se trouvent les archives, d'après vous ?

— Je ne sais pas s'ils ont des archives papier. Mais il y a des archives numériques pour les journaux anglais. Tu peux rechercher à partir de la date et du sujet. Tu devras écumer les annonces de vans, de mobile homes ou de caravanes pour les trois mois qui séparent les jeux d'Invercharron et la date d'immatriculation établie à son nom à elle. Je sais que c'est le genre de mission ennuyeuse que je devrais refiler à McCartney, mais je n'ai pas confiance en lui, il ne fera pas le travail correctement.

Même La Menthe comprenait qu'il s'agissait d'un compliment. Il sourit tout en mâchant, ce qui n'était pas très beau à voir. Il déglutit et dit :

— Si c'est en ligne, est-ce que vous voulez que je fasse ça chez moi ? Pour qu'il ne me voie pas ?

— Ce n'est pas une mauvaise idée. Et je m'occuperai de cette fouine quand il arrivera. En attendant, dit-elle en levant la main à l'intention du serveur, je vais prendre une autre tasse de *chai*.

Karen n'était pas du genre à penser longtemps à la nourriture, mais bien manger améliorait toujours son état d'esprit. Elle parvint donc à esquisser un sourire pincé quand McCartney arriva à Gayfield Square peu après elle, tenant en équilibre trois gobelets de café. Il avait l'air las et fatigué. Elle espérait que c'était à cause de sa mauvaise conscience qui le taraudait, mais c'était probablement plutôt à cause de sa femme et de ses enfants qui lui cassaient les pieds.

— Où est le petit génie, ce matin ?

Il passa un café à Karen et regarda autour de lui comme si Jason allait sortir de sous un bureau pour prendre sa boisson.

— Il mène une petite enquête pour moi, répondit-elle sur un ton neutre. Si vous avez un café de trop, je vous en débarrasse.

Il soupira, lui donna la tasse supplémentaire et s'installa à son bureau. Il ouvrit son ordinateur portable puis siffla entre ses dents.

— Ça alors, les miracles existent.

Bruit de doigts tapant sur le clavier, lourdement et avec raideur.

— Est-ce que vous disposez de sérieux moyens de pression sur les geeks de Gartcosh ?

— Pardon ?

Karen ne détourna pas les yeux de son écran.

— J'ai reçu les résultats ADN complets de tous les propriétaires de Rover rouges. Incroyable, putain. Vous savez combien de temps ça prend, en général, pour recevoir les résultats du labo ? Et ça, c'est pour les enquêtes actuelles, celles qui intéressent vraiment les gens.

— Nos enquêtes intéressent les gens, aussi. Le passage du temps ne diminue pas le besoin de réponses.

— Je sais, je sais. Les victimes de cette ordure ont passé presque trente années à vivre avec les conséquences de son crime. Et les parents de Kay McAfee n'ont eu que quelques semaines pour s'habituer à l'idée que ce qu'elle a subi avait fini par la tuer. Néanmoins, la BEP n'obtient jamais de résultats aussi rapides.

Karen haussa les épaules.

— Certains techniciens partagent mon point de vue, je pense. Quand les gens attendent des réponses depuis des années, on ne devrait pas les faire patienter un jour de plus que le strict minimum. Donc ils ont tendance à nous faire remonter dans la liste quand personne ne regarde.

Il avala son café.

— Je ne me plains pas, qu'on soit bien d'accord. Je suis juste impressionné.

— De bonnes nouvelles ?

— Attendez une minute…

Le silence sembla plus long qu'il n'aurait dû.

— C'est pas vrai ! On a quelque chose !

Karen avait bondi sur ses pieds pour se poster derrière McCartney quasiment avant qu'il ait fini sa phrase. Elle regarda l'écran par-dessus son épaule, où il pointait du doigt une section de la page de résultats qu'il avait téléchargée.

— Barry Plummer. Le vendeur de lits de Motherwell. Il n'était pas sur notre liste au départ, parce que ce n'était pas sa voiture. C'est son oncle, Gordon Chalmers, qui lui a appris à conduire, le type de Portpatrick qui est mort en Espagne. Merde.

— Et vous qui pensiez que c'était une perte de temps, dit Karen avec beaucoup moins de rancœur qu'elle n'en ressentait. Il s'avère que l'idée n'était pas si farfelue, finalement.

McCartney pivota, mains levées, paumes tournées vers elle.

— Je le concède entièrement. Vous aviez absolument raison.

— Je ne veux pas avoir l'air de fanfaronner, mais quand on travaille depuis aussi longtemps que moi sur les affaires non élucidées, on apprend que parfois, ce sont les petits détails passés inaperçus à l'époque ou paraissant insignifiants qui nous donnent les réponses aujourd'hui.

Elle retourna à sa place.

McCartney lui lança un regard goguenard.

— Vous savez de quoi vous parlez.

— C'est-à-dire ?

Il haussa les sourcils.

— Allez, Karen. La première chose qu'on apprend sur vous, c'est la façon dont vous êtes arrivée aux affaires non résolues quand vous étiez à Fife.

— Je me répète : c'est-à-dire ? Et c'est commandant Pirie pour vous, capitaine.

Karen sentit son estomac se serrer, une sensation familière.

Malgré le passage des années, de temps en temps, une sous-merde comme McCartney pensait se donner de l'importance en évoquant son passé.

Il détourna les yeux en tentant vainement de réprimer un bâillement.

— Vous avez balancé votre propre chef. Qui est toujours derrière les barreaux, d'ailleurs.

— Je le sais. C'est ce qu'il mérite.

— Bonjour la loyauté et le travail d'équipe.

— Dans ma définition du travail d'équipe, le meurtre n'entre pas en jeu. Et tout cela ne vous regarde pas. Concentrons-nous sur notre affaire en cours.

Elle était sèche et sans concession, cherchant à dissimuler le tourbillon d'émotions complexes que provoquaient encore certains épisodes de son histoire.

— Nous avons une correspondance ADN pour Barry Plummer. Mais pas d'échantillon des autres victimes pour pouvoir comparer, c'est ça ?

McCartney acquiesça.

— Ils sont manquants. Probablement mal classés quelque part, mais à moins de passer en revue chaque carton de l'entrepôt de stockage, aucun moyen de mettre la main dessus.

L'espace d'un bref instant, Karen se demanda si elle le détestait au point de lui infliger ça. Mais il s'empresserait de cafter à Markie, qui rendrait la vie de Karen vraiment infernale.

— Alors c'est tout ce qu'on a. Est-ce que ça suffit, d'après vous ?

McCartney parut dubitatif.

— C'est suffisant pour l'interroger. Mais l'inculper ? C'est différent. Il pourrait très bien dire qu'il était avec cette fille au cours de la soirée mais qu'il ne l'a jamais tabassée. Aller aux putes ne constitue pas un crime.

— Peut-être plus pour très longtemps, si le gouvernement écossais parvient à ses fins et rend illégal le fait de payer pour une relation sexuelle. Ce qu'il nous faut, c'est quelqu'un qui puisse affirmer : « C'est lui qui m'a violée. » Idéalement, plus d'une personne. Ce que je veux que vous fassiez aujourd'hui, c'est contacter l'équipe VIPER et monter une opération demain matin. Je veux qu'on organise une séance d'identification. La photo de Plummer doit figurer dans les archives du service des immatriculations, ils peuvent partir de là. Ensuite, je veux que vous contactiez toutes les femmes qui ont pu être violées par l'auteur de ces crimes, et en convoquer un maximum ici demain pour la séance d'identification. J'en veux au moins deux. Si possible plus. Une fois que vous aurez organisé tout ça, vous pourrez convoquer Barry, le roi de la literie, pour répondre à quelques questions.

— Vous voulez que je convoque des putes d'il y a vingt ans pour être témoins dans une séance d'identification ? On aura de la chance si la moitié d'entre elles sont encore en vie. La plupart sont toxicos et alcoolos.

— C'est exactement ce que je veux. Et comme je vous l'ai déjà signalé, peu importent les mauvaises manières de la BEP, ici, capitaine, on parle de « travailleuses du sexe ». Comme vous et moi, ce sont des êtres humains.

Elle retourna à son écran et termina son café. Elle lui jeta un regard par-dessus son épaule :

— Vous êtes toujours là ?

— Putain, marmonna-t-il dans sa barbe. Laissez-moi juste imprimer leurs adresses.

Soupirs, raclement de clés, nouveaux soupirs et, enfin, le bruit de l'imprimante laser. McCartney attrapa son manteau, les papiers, et quitta la pièce.

Quand il sortit, Karen sentit les muscles de ses épaules se détendre. Pour la première fois de la matinée, elle avait du temps et de l'espace pour penser.

À ce moment-là, le téléphone sonna.

46

2018 – Édimbourg

La première fois que Karen avait dû se rendre à la morgue municipale d'Édimbourg sur Cowgate, elle avait dû consulter une carte sur son téléphone. Elle avait tout de suite remarqué, non sans un certain malaise, qu'elle se situait à un pâté de maisons, presque en ligne droite, du musée de l'Enfance. Ce genre de rapprochements bizarres et inattendus étaient légion à Édimbourg. La maison de ce donneur de leçons moraliste de John Knox se tenait juste en face du World's End, le pub où avaient débuté deux des meurtres les plus célèbres de la ville. On trouvait de majestueuses demeures géorgiennes abritant des bordels dans leurs sous-sols. Chaque moitié de la ville aimait prétendre que l'autre n'existait pas. C'était une dualité qu'elle apprenait à accepter.

River et Vaseem devaient arriver tous les deux en train, de directions opposées, à dix minutes d'intervalle. Karen avait proposé qu'ils se retrouvent au kiosque qui vendait des cookies fraîchement préparés, pour éviter de courir entre les quais s'il y avait du retard. Elle commençait à le regretter, maintenant ; l'odeur du sucre chaud et du chocolat la torturait. Elle savait que les cookies s'avéreraient terriblement décevants, mais ça ne l'empêchait pas de saliver. Ce fut donc un soulagement quand River traversa le hall d'un pas rapide dans sa direction.

Elles s'embrassèrent mais n'eurent pas le temps d'échanger un mot parce qu'un grand Asiatique qui ressemblait étrangement à sa photo officielle les accosta.

— Vaseem ? demanda Karen.

Il sourit et hocha vigoureusement la tête.

— C'est moi.

Ils firent les présentations pendant que Karen se dirigeait vers la sortie, puis vers le virage de Jeffrey Street jusqu'à la colline de Cowgate et la morgue, un immeuble moderne entouré de bâtiments qui comptaient parmi les plus anciens de la ville.

À chaque pas, Vaseem avait une question à poser ou une opinion à énoncer. Son enthousiasme était épuisant, d'autant que lors de leur conversation téléphonique, Karen avait déjà entendu ce qu'il répétait maintenant à River.

— L'analyse des blessures, ce n'est pas une affaire simple, vous savez. Il ne suffit pas d'examiner la blessure et d'y insérer le couteau pour voir si ça rentre. Des gens ont essayé de le faire croire, mais c'est vraiment une méthode basique qui donne des résultats très peu fiables. Il y a toutes sortes de variables, voyez-vous. La profondeur de la plaie est liée à l'état de la lame. Sans parler de la résistance des organes et autres parties du corps. Si la victime est habillée et ce qu'elle porte. N'oublions pas la vitesse du coup elle-même. Et ça, c'est juste pour une seule mesure. Le corps humain n'est pas un objet fixe, style bloc de bois. Il ressemble plutôt à un grand cabas de course. Vous posez ce sac dans la cuisine et tout est bien à sa place, comme vous l'avez chargé. Puis vous le faites tomber, et la configuration change du tout au tout. C'est ce qui se passe dans l'organisme quand vous mourez et que le corps se retrouve allongé.

Il s'interrompit pour reprendre sa respiration.

— Ça paraît logique, jugea Karen.

Elle le répéta, faute d'avoir autre chose à dire.

— Est-ce que ça signifie que vous allez vouloir mettre le corps debout ? demanda River, le vent froid venant de l'est ébouriffant ses cheveux devant son visage.

— J'aimerais pouvoir le faire, oui.

Tout en marchant, elle fit un nœud avec ses cheveux qu'elle coinça sur sa nuque.

— Ça ne va pas être simple.

— Non. Je vais introduire un moulage souple de la lame de couteau dans la plaie, pour la maintenir en place pendant qu'on redresse le corps. Une fois qu'il sera en place, j'introduirai un moule rigide du couteau, puis j'étudierai l'angle via l'échographie. Le moule de la lame apparaît sur l'écran à l'angle où il a été introduit, expliqua-t-il en souriant comme un gamin qui vient de recevoir un train électrique à Noël. Je fais des expériences là-dessus depuis trois ans maintenant, et j'ai hâte de le tester dans le cadre d'une véritable affaire criminelle.

— Vous n'avez jamais utilisé ça devant un tribunal ? demanda River.

— Jusqu'à maintenant, non. Peut-être qu'avec cette affaire, ça va changer ?

— Ce n'est pas facile de faire accepter au tribunal une nouvelle technique médico-légale.

River plongea profondément les mains dans les poches de sa vieille veste huilée. Elle ne faisait jamais d'effort vestimentaire en ville. Elle avait toujours l'air de revenir de promener les chiens sur la lande. Karen adorait ça chez elle.

— Mais beaucoup de gens ont déjà témoigné au sujet des blessures, non ? demanda Karen, étonnée.

— Ce n'étaient que des opinions, dit Vaseem sur le même ton que s'il avait dit « vermisseau ». Jamais étayées de preuves scientifiques rigoureuses.

— Au moins, nous possédons le couteau qui a provoqué les blessures, ça va vous faciliter la tâche, ajouta River.

— Oui, et vous dites que c'est une blessure au cœur ?

— D'après ce que j'ai compris en parlant avec le légiste.

— D'après moi, c'est excellent. Les surfaces sérosales et le fascia du sac péricardique montrent en général très clairement la forme de la plaie. C'est beaucoup plus facile, de cette façon, d'en déduire l'angle, dit-il alors qu'ils bifurquaient à l'angle de Cowgate. Wahou, je ne suis jamais venu ici. C'est comme Quayside à Newcastle. La ville est sur deux niveaux. La ville haute et la ville basse.

— Et ici, on est incontestablement dans les bas-fonds, commenta River.

— Sauf que le Parlement est juste au bout de la rue. Et Holyrood Palace. C'est la ville de Jekyll and Hyde, Vaseem, expliqua Karen en effectuant un geste du bras. Nous y voilà. Je vais attendre au pub du coin. Je n'ai pas besoin d'être présente et le professeur en médecine légale sera avec vous.

River parut momentanément surprise.

— Je pensais…

— Et c'est à Jimmy Hutton que vous rendrez votre rapport, ajouta Karen en pesant ses mots.

River comprit.

— Ah, OK. On viendra te chercher quand on aura fini.

— Ça peut prendre deux heures, précisa Vaseem. Voire plus.

— Je suis une femme très patiente, répliqua Karen.

— Et une très bonne menteuse, lança River par-dessus son épaule tandis qu'ils s'éloignaient.

Karen aurait volontiers passé l'après-midi dans un coin tranquille du pub, avec son livre. En ce moment, elle était d'humeur à lire des auteurs comme Philip K. Dick et une récente série télévisée lui avait rappelé qu'elle n'avait pas lu *La Servante écarlate*. Elle avait lu d'autres dystopies de Margaret Atwood, mais elle avait réussi à passer à côté de ce classique.

Cependant, elle avait à peine terminé une page que son téléphone vibra, indiquant un e-mail. Si c'était McCartney lui servant une excuse tirée par les cheveux pour expliquer qu'il n'avait pas trouvé les témoins, elle aurait du mal à garder son calme.

Ce n'était pas McCartney.

C'était Ruari Macaulay.

> Bonjour, commandant Pirie. J'ai été intrigué par votre séance d'identification en ligne. Le temps a passé depuis cet après-midi à Invercharron, mais nous n'avions pas beaucoup de jolies Américaines qui venaient assister à nos petits événements. Alors elle avait attiré mon attention. Et dès que j'ai vu la photo, je l'ai reconnue tout de suite. Je pourrais jurer sous serment que la femme que j'ai vue avec Joey Sutherland cet après-midi-là est la numéro 5 dans votre liste. N'hésitez pas à me recontacter pour une déposition officielle.
> Ça a été un plaisir de vous rencontrer.
>
> Bien à vous,
> Ruari Macaulay

Macaulay avait touché en plein dans le mille. La numéro cinq de la liste n'était autre que la reine de l'immobilier, celle que tout le monde adorait : Shirley O'Shaughnessy.

Karen se souvint de ne pas vendre la peau de l'ours avant de l'avoir tué. Après tout, ils n'avaient pas eu de nouvelles de l'autre témoin potentiel présent à Invercharron, l'homme qui leur avait fourni la photo du van de Joey. Mais ils se rapprochaient de quelque chose. Elle le sentait.

Néanmoins, elle ne pouvait s'empêcher de se répéter la phrase de Donald Rumsfeld au sujet de l'inconnu connu et de l'inconnu inconnu. Les satiristes en avaient fait leurs choux gras à l'époque, quand le secrétaire d'État américain avait sorti cette phrase. Mais Karen comprenait ce qu'il avait voulu dire. À l'heure qu'il était, elle avait parfaitement conscience de ne pas tout savoir sur Shirley O'Shaughnessy. Mais ce qui l'inquiétait davantage, c'étaient les choses dont elle ne savait même pas qu'elle aurait dû les connaître. Et tant qu'elle n'avait pas mis au jour ces inconnues bel et bien inconnues, il n'y aurait aucune explication satisfaisante à la mort mystérieuse de Joey Sutherland.

47

2018 – Édimbourg

À quelques kilomètres de là, Jason était en pleine souffrance. Ses tentatives pour trouver les anciens numéros de l'*Edinburgh Evening News* en ligne avaient échoué. Enfin, pas complètement échoué. Ils les avaient trouvés au British Newspaper Archive. Mais les exemplaires qu'ils avaient numérisés s'arrêtaient à 1942. Comme il n'avait pas envie de rentrer les mains vides, il regarda de nouveau sur Google. Peut-être que la National Library of Scotland aurait la réponse.

Il peinait avec ses recherches quand il remarqua une bulle de tchat en ligne avec un bibliothécaire. Cette perspective l'emplit d'angoisse. Quand il était à l'école, la bibliothèque était gérée par une jeune femme enthousiaste qui essayait de mettre tout le monde à la lecture et n'en pouvait plus des garçons comme Jason qui ne s'intéressaient qu'au foot et aux jeux vidéo où, pour gagner, il fallait accumuler le plus de cadavres possible. Il avait évité cet endroit au maximum parce qu'il avait un faible pour cette fille et qu'il culpabilisait d'être incapable de lire un livre.

Mais il était adulte, à présent, et même s'il n'aimait toujours pas lire, il regardait beaucoup de documentaires et de films, si bien qu'il n'était pas totalement ignorant. Avec un peu de chance, le bibliothécaire du tchat ne lui demanderait pas le titre du dernier livre qu'il avait lu avant d'accepter de l'aider.

L'expérience s'avéra totalement indolore. Il expliqua ce qu'il cherchait et, oui, la NLS avait ce qu'il voulait. Oui, il pouvait venir consulter les archives sur microfiches. Ils allaient les mettre immédiatement à sa disposition.

Le bibliothécaire l'informa que la salle de lecture était ouverte jusqu'à huit heures et demie. Il avait au moins cinq heures de lecture, probablement plus, devant lui. La perspective de passer cinq heures rivé devant un lecteur de microfiches était l'idée que Jason se faisait de l'enfer. Il ne comprenait que très vaguement pourquoi sa chef jugeait important de vérifier ce minuscule détail de l'histoire de Shirley O'Shaughnessy. Mais s'il y avait une chose qu'il avait apprise en travaillant aux côtés de Special K, comme il avait entendu Gerry McCartney la surnommer, c'était qu'elle avait toujours une bonne raison. Tous ceux qui pensaient le contraire n'avaient qu'à examiner son taux de réussite.

Deux heures plus tard, Jason était penché au-dessus d'une machine à microfiches dans la bibliothèque, feuilletant lentement des pages de petites annonces proposant des véhicules à vendre, des logements à louer, des dates de ventes aux enchères, le nom des pharmacies de garde et des cœurs solitaires. Toutes les quinze minutes environ, il jetait un œil autour de lui pour vérifier qu'aucun employé ne le regardait. Puis il glissait subrepticement la main dans sa poche, qui abritait un sachet de gommes aux fruits, avant de la porter à sa bouche.

Peu à peu, il comprit qu'il y avait un fonctionnement particulier pour les petites annonces, et que la plupart de celles qui concernaient les voitures et les caravanes paraissaient le vendredi. Probablement parce qu'en 1995, les gens ne travaillaient pas le week-end et qu'ils avaient le temps de se déplacer pour voir leurs potentielles acquisitions. Cela lui permit d'accélérer un peu les choses. Mais ça n'en demeurait pas moins une tâche lente et fastidieuse, notamment parce qu'il y avait si peu de vans à vendre qu'il était facile de laisser ses yeux défiler sur la page sans réellement voir.

Au bout d'une heure et demie, il s'arrêta et alla au café prendre un thé et un scone. Le plus agréable, ce fut presque de pouvoir se reposer les yeux pendant dix minutes.

Puis il revint au rouleau de film interminable. Trois heures et quarante-sept minutes après le début de sa quête, il finit par trouver ce qu'il cherchait. Il faillit le manquer la première fois. Mais il était bien là. Un van à vendre de la même marque, du même modèle, de la même couleur, et avec la même année d'immatriculation que celui de Joey Sutherland. Il y avait un numéro de téléphone à Édimbourg, mais pas de nom.

Jason sortit rapidement son téléphone pour prendre des photos. Une avec un gros plan de l'annonce, l'autre plus large comprenant le titre en haut de la page : *Edinburgh Evening News*, 8 décembre 1995.

Il y était arrivé. Il ne savait pas trop comment, mais il y était arrivé.

River trouva Karen devant la fenêtre, scrutant un coin de ciel gris et l'angle d'un haut immeuble en grès, ses sourcils froncés creusant un sillon sur son front.

— Tu n'as pas l'air contente, commenta-t-elle en s'asseyant dans le box en face d'elle.

Karen soupira.

— Trop de questions non résolues qui me tournent dans la tête. C'est mon travail d'aligner les preuves pour qu'un procureur puisse les juger correctement. Mais à l'heure qu'il est, rien ne prend forme et j'ai l'impression que je n'aboutirai jamais à rien, grogna-t-elle avant de se redresser. Mais alors, comment ça s'est passé à la morgue ? Qu'est-ce que vous avez fait ?

— J'ai besoin de boire un coup, répondit River avec un sourire taquin. Et toi aussi.

Elle se glissa hors du box et se dirigea vers le bar puis en revint avec deux gin tonics.

— Rien d'exceptionnel, l'avertit-elle en posant le verre devant Karen. Je n'avais pas le courage de discuter gin avec le barman.

Elles trinquèrent et burent une gorgée.

— Bien, dit Karen. Arrête de me faire languir et raconte-moi.

— Le professeur n'a pas été épaté par la théorie, il faut le dire. Mais comme il est beaucoup plus ouvert d'esprit que bon nombre de ses collègues, il a écouté jusqu'au bout. J'avais peur que l'autopsie n'ait détruit ou endommagé toutes les preuves potentielles, mais on a eu de la chance. Il s'avère que Dandy Muir était juive, et que sa famille a demandé une autopsie non invasive.

— Qu'est-ce que c'est ? Souviens-toi que tous mes cadavres remontent à une époque où la seule option du médecin légiste, c'était de les ouvrir en deux.

— C'est un mélange de caméras endoscopiques et de scanner. Normalement, c'est une méthode utilisée uniquement pour les morts naturelles. Mais vu que les causes du décès ne faisaient aucun doute et qu'il n'y avait pas d'autre signe de violence, ils ont décidé de faire une exception, cette fois. Ce qui est tant mieux pour nous.

— Sans blague.

Silencieusement, Karen tapota des doigts sur le rebord de la table. Elle ne s'en rendait même pas compte, mais River reconnut chez son amie un signe de tension qu'elle avait déjà vu auparavant.

— Alors, qu'est-ce qui s'est passé ?

— Plus ou moins ce que Vaseem nous avait annoncé. Il a réalisé un moule souple de la lame et l'a glissé dans la plaie. En fait, c'est ce qui s'est avéré le plus difficile : le glisser dans la blessure. Ensuite, à l'aide d'un treuil, on a mis le corps à la verticale. Pour être honnête, je n'étais pas convaincue que ça allait marcher, et le professeur non plus. Mais ça a fonctionné. À ce moment-là, il a introduit le moule rigide dans la plaie. Et quand il a lancé l'échographie, on a tout vu, très clairement. On voyait l'angle de la lame, la profondeur de la blessure, tout, expliqua-t-elle avant de sortir un petit morceau de papier de sa poche. Regarde par toi-même.

Karen saisit l'imprimé. Elle reconnut l'arrière-plan familier, gris et noir, d'une échographie. Mais là, au milieu de cette image floue, on voyait distinctement la forme d'une lame de couteau.

— C'est malin. Et selon Vaseem, qu'est-ce que ça nous apprend ?

River se pencha en avant et traça une ligne du doigt.

— Le tracé de la lame est plus ou moins horizontal. Le coup a été porté par quelqu'un qui mesurait grosso modo la même taille que la victime. Ou qui se tenait à son niveau. Par exemple, s'ils s'étaient trouvés dans un escalier, la différence de taille aurait été altérée.

— Mais ils étaient sur du plat, dans la cuisine. Et Logan Henderson mesure vingt-trois ou vingt-cinq centimètres de plus que Dandy Muir. Alors que Willow Henderson, elle, fait sa taille.

Sa voix était neutre, son ton décidé.

— On dirait que tu as ta réponse, donc, dit River avant de boire une généreuse gorgée de sa boisson. Tu avais raison.

— Ça devrait me faire plaisir. Mais je n'avais vraiment pas envie d'avoir raison. Je n'avais pas envie d'accepter cette idée qu'une femme puisse faire de son amie une victime collatérale dans un combat qui n'a rien à voir avec elle. Willow Henderson était en conflit avec son mari. Elle voulait se débarrasser de lui pour réintégrer sa grande maison avec ses enfants. Parce qu'elle pensait que c'était son droit. Et elle était prête à donner la vie de Dandy Muir en échange, dit-elle en secouant la tête. Tu es ma meilleure amie, River. Si tu voulais te débarrasser d'Ewan, est-ce que tu envisagerais que ça puisse me coûter la vie ?

— Bien sûr que non. Personne ne penserait ça, à part un psychopathe. Ou quelqu'un de désespéré. Et d'après ce que tu me dis, Willow Henderson n'était pas désespérée. Elle fait partie des exceptions, Karen. Ceux qu'on ne peut pas comprendre parce qu'ils sont différents de nous.

Karen se passa la main dans les cheveux.

— S'il l'avait laissée récupérer cette baraque, rien de tout ça ne se serait produit.

— Tu ne peux pas raisonner comme ça.

— Pourquoi ? Tout ce qui nous reste à faire, c'est nettoyer le chantier ?

River soupira.

— Avec les gens comme elle ? Probablement. Au moins, elle va payer pour ce qu'elle a fait. Quand Jimmy Hutton lira le rapport de Vaseem, il aura de quoi lui mettre la pression.

Karen esquissa un sourire las et guère convaincant.

— Espérons que ça suffise, dit-elle en vidant son verre. Maintenant, je file prendre le train.

— Où est-ce que tu vas ?

— Dans un petit patelin du Northumberland, baptisé Warkworth. La gare la plus proche est Alnmouth, à une heure d'ici. J'ai une petite quête à accomplir et avec un peu de chance, je serai rentrée avant la tombée de la nuit.

48

2018 – Northumberland

La rivière Coquet traversait le charmant village de Warkworth en direction de la mer, et le tout petit cottage en pierre où Kenny Pascoe était né et mort dominait l'estuaire depuis près de trois cents ans, surplombé par la ruine impressionnante d'un château médiéval.

— Il était déjà ancien à l'époque où Shakespeare en a parlé, annonça le chauffeur de taxi à Karen tandis qu'ils bifurquaient sur l'artère principale pour se retrouver nez à nez avec ses hautes tours et ses remparts.

Karen ignorait si les habitants actuels de Percy Cottage savaient quelque chose au sujet d'Evlyn Pascoe, mais elle était bien décidée à éclaircir les zones d'ombre concernant la carte de Kenny. Le chauffeur de taxi accepta de l'attendre.

Elle sonna à la porte, qui fut ouverte immédiatement par un homme d'âge moyen et de petite taille vêtu d'une veste de tweed, d'un tee-shirt Fleet Foxes et d'un jean. Il parut surpris.

— Vous n'êtes pas Eliza, constata-t-il.

— Non, je suis le commandant Pirie, de l'Unité des enquêtes historiques.

Son étonnement grandit à vue d'œil et ses lunettes à fines montures dorées glissèrent sur son nez.

— Je ne comprends pas. J'attendais une joueuse de cornemuse du Northumberland. Qu'est-ce qui est arrivé à Eliza ?

— Je n'ai rien à voir avec Eliza, monsieur… ?

— Hall. Tobias Hall. Alors pourquoi est-ce que vous êtes ici ?

— Je cherche une femme qui a habité cette maison. Mme Evlyn Pascoe ?

Il gloussa.

— Je ne pense pas qu'on ait déjà appelé Evlyn « madame ». Pourquoi la cherchez-vous ?

— J'aimerais lui poser quelques questions.

— Oh, c'est très intrigant. Je n'ai jamais imaginé Evelyn dans un contexte criminel. En tout cas, comme vous l'avez dit, elle n'habite plus ici. Il y a trois ans, la maison commençait à lui donner trop de travail. Elle a quatre-vingt-huit ans, vous savez.

— Alors où est-elle ?

— Dans une maison de retraite sur la route de Lesbury. Ça s'appelle Friary View. Elle a une jolie chambre, une belle vue sur le méandre de la rivière Aln. Ils s'occupent vraiment bien des anciens, là-bas. On va souvent donner un petit concert. Je suis musicien. Tiens, voilà Eliza !

Karen se retourna et vit une jeune femme corpulente remonter l'allée, une petite valise en cuir à la main.

— Je vous laisse, dit Karen. Merci de votre aide.

La maison de retraite était un bâtiment en pierre moderne, située à flanc de colline près de la gare où Karen était arrivée un peu plus tôt.

— Inutile que je vous attende, dit le chauffeur de taxi. D'ici, vous pourrez rejoindre la gare à pied.

Elle le régla et entra à Friary View.

Une odeur inattendue de lys et de cire flottait dans l'air. Un jeune homme vêtu d'une blouse blanche était assis derrière un bureau en bois luisant, occupé à taper sur un clavier. Il leva la tête et sourit.

— Bonjour. Est-ce que je peux vous aider ?

Karen montra sa carte de police puis demanda à voir Evlyn Pascoe. Il fronça les sourcils.

— Il faut que je demande à Mme Leatham. C'est la directrice. Si vous voulez bien me donner une minute ?

D'un geste, il indiqua deux fauteuils bas dans un coin. Il s'éclipsa dans un couloir et revint quelques minutes plus tard accompagné d'une femme d'une trentaine d'années, bizarrement accoutrée. Ses jambes sculptées étaient moulées dans un collant noir, tandis qu'en haut, elle était emmitouflée dans une immense vareuse de marin couleur orange. On aurait dit qu'elle s'apprêtait à prendre part à une chorégraphie de mandarines dansantes. Karen répéta ce qu'elle avait dit au jeune homme. Mme Leatham hésita.

— Est-ce que ça va la perturber ? demanda-t-elle.

— Je ne crois pas, répondit Karen. C'est au sujet de son frère. Il est mort il y a plus de soixante-dix ans.

— Est-ce que ça vous ennuie si j'assiste à la conversation ? C'est juste qu'elle est un peu fragile, vous voyez ? Le cerveau fonctionne très bien, mais elle a du mal à gérer le stress.

Mme Leatham esquissa un sourire inquiet.

— Je n'y vois pas d'objection, répondit Karen.

Son interlocutrice prit le temps de réfléchir avant de dire sur un ton décidé :

— Allons-y, dans ce cas.

Karen la suivit jusqu'à un couloir au sol recouvert de moquette. La chambre d'Evlyn était la dernière, et elles la trouvèrent assise près de la fenêtre. Tobias Hall avait raison, la vue était magnifique. Evlyn était grande et voûtée, comme la plupart des femmes de son âge qu'avait rencontrées Karen. Ses cheveux formaient un halo de frisottis blancs et son visage était parsemé de rides et de taches. Malgré la chaleur étouffante qui régnait dans la pièce, son gilet était boutonné jusqu'en haut, et elle avait un plaid écossais sur les genoux. Mais son visage exprimait la curiosité et ses yeux bleus étaient vifs.

— Evlyn, vous avez de la visite, annonça joyeusement Mme Leatham. C'est quelqu'un qui sort un peu de l'ordinaire. Cette dame est officier de police et elle voudrait vous parler de quelque chose qui s'est passé il y a longtemps.

— Un officier de police ? Pour me voir ?

Sa voix était aiguë et ténue, son accent indéniablement local.

Il était temps de prendre le relais.

— Je m'appelle Karen Pirie et j'enquête sur des affaires non élucidées.

— Comme Trevor Eve dans *Meurtres en sommeil* ? Je parie qu'on vous dit ça tout le temps.

Evlyn lui adressa un clin d'œil.

— Je suis plus sympa que lui, dit Karen.

— C'est ce qu'on va voir ! répliqua-t-elle en poussant un gloussement.

Karen songea qu'elle n'avait jamais entendu un rire qui méritait autant de s'appeler « gloussement ».

Karen prit place sur un tabouret en face d'Evlyn.

— J'ai besoin de vous poser quelques questions au sujet de votre frère, Kenny.

— Est-ce que c'est à propos de la guerre ?

— C'est surtout la période après la guerre qui m'intéresse.

Evlyn secoua la tête.

— Il n'a jamais rien fait de criminel après la guerre. Quand il est revenu des Highlands, il avait déjà contracté la tuberculose qui l'a tué. Pendant le temps qui lui est resté, il ne pouvait plus rien faire.

— Je ne sous-entends pas qu'il ait fait quoi que ce soit de criminel à cette époque.

C'était un petit mensonge, mais qui s'en rendrait compte ?

— Est-ce qu'il vous a déjà parlé de deux motos américaines dont lui et son ami Austin devaient se débarrasser ?

— Des motos ? Je sais qu'ils se déplaçaient à moto dans les Highlands, mais je ne crois pas qu'elles étaient américaines. Vous pensez qu'il a fait quoi, au juste ?

— Austin a dit à sa famille que Kenny et lui avaient caché deux motos à la fin de la guerre. Ils étaient censés les détruire, mais ils n'ont pas pu s'y résoudre. Ils possédaient tous les deux une carte indiquant où ils les avaient cachées. Ils avaient prévu d'y retourner après la guerre pour les récupérer, mais Kenny est mort et Austin n'a pas eu le cœur de le faire. Est-ce que Kenny vous en a déjà parlé ?

Evlyn esquissa un sourire plein de nostalgie.

— Ça, c'est tout lui… Il n'aimait pas le gâchis.

— Après sa mort, est-ce que vous avez trouvé une carte ? Dessinée à la main ?

— Non, répondit Evlyn. Des photos, quelques lettres et cartes postales, c'est tout.

Elle plissa le front.

— Il n'a pas laissé grand-chose, vous savez. Il est parti sans laisser beaucoup de traces sur cette terre.

— Je suis désolée.

Elle soupira.

— Il était heureux. Jusqu'à ce que la tuberculose vienne le faucher.

— Est-ce que ça vous ennuie si je vous demande quand il est mort ? Je sais que ce sont des souvenirs qui doivent être douloureux pour vous…

— Ça fait trop longtemps, vous savez. Aujourd'hui, je peux penser à Kenny sans tristesse, parce que j'arrive à la fin de ma vie.

— Ne dites pas n'importe quoi, Evlyn, vous avez encore des années devant vous ! s'insurgea Mme Leatham d'une voix trop forte pour la pièce.

— J'espère bien que non. Je suis fatiguée. Fatiguée jusqu'aux os. Alors, qu'est-ce que vous vouliez savoir ?

— J'aimerais savoir s'il s'était passé quelque chose d'inhabituel avant sa mort. Est-ce qu'il a reçu un courrier inattendu ? Des visites ?

Evlyn serra l'accoudoir du fauteuil.

— Pas de lettres. Mais un Américain lui a rendu visite. Quelques jours avant sa mort.

— Un Américain ?

Est-ce que c'était ça, le lien avec Shirley O'Shaughnessy ? Est-ce que l'hypothèse hasardeuse de Karen avait porté ses fruits ?

— Oui, il a dit qu'il avait connu Kenny pendant la guerre. Je savais qu'il y avait tout un tas de gens différents, là-haut dans les Highlands, où il avait été formé, mais Kenny n'avait jamais raconté avec qui il était, ni ce qu'ils faisaient. Alors ça ne m'a pas étonnée. Sauf que Kenny n'était pas à la maison. Je lui ai dit : « Kenny a un rendez-vous à l'hôpital. » Il était à l'hôpital d'Alnwick. J'ai demandé à l'Américain s'il voulait laisser un message, mais il m'a répondu que ce n'était pas la peine, qu'il reviendrait plus tard.

— Et est-ce qu'il est revenu ?

— Je ne crois pas, j'étais au travail le lendemain – je travaillais à mi-temps dans une boulangerie – mais Kenny n'a pas parlé de lui. Et le jour suivant, il est mort. Quand je suis rentrée du travail, je l'ai trouvé allongé par terre dans le salon, comme s'il avait essayé de se lever de sa chaise, raconta-t-elle en esquissant un petit mouvement de tête empli de regrets. C'est dommage qu'il n'ait pas eu une dernière fois l'occasion de parler de son expérience pendant la guerre.

— Est-ce que c'est la tuberculose qui a tué Kenny ?

Karen connaissait la réponse mais espérait davantage de détails. Peut-être même une hypothèse selon laquelle la mort n'aurait pas été si claire que cela.

— C'est ce qu'a conclu le médecin. Comme je l'ai dit, il était venu à l'hôpital deux jours plus tôt. Je connaissais une des infirmières là-bas, elle habitait dans un village et sa mère avait été postière pendant la guerre. D'après elle, ça n'a surpris personne. Ils ne s'attendaient peut-être pas à ce que ça arrive aussi tôt, mais ils savaient tous que ce n'était qu'une question de temps.

Un Américain, une carte disparue et une mort survenue trop tôt. Pas besoin d'être policier pour trouver ça louche, instinctivement, songea Karen. Son travail consistait à remettre en ordre les pièces d'un puzzle sans pouvoir se référer au modèle imprimé sur la boîte. Elle ne put s'empêcher de sentir qu'elle venait d'assembler une grande partie de ciel.

49

1946 – Northumberland

Il avait fait tout ce chemin sans avoir trouvé ce qu'il cherchait. Arnie avait pris le train de Southampton à Londres, puis de Londres à Newcastle et de Newcastle à Warkworth. Ensuite, il avait parcouru les deux kilomètres restants à pied, jusqu'à la ville, où il avait demandé qu'on lui indique Percy Cottage. Quand il avait frappé, ce n'était pas Kenny Pascoe qui avait répondu, mais une fille qui semblait tout juste sortie de l'école.

Arnie sourit et souleva son chapeau.

— Bonjour, je cherche le sergent Pascoe. Nous étions ensemble pendant la guerre.

— Il n'est pas ici. Il est à l'hôpital. Je suis sa sœur, Evlyn, répondit-elle.

Du moins, c'est ce qu'il avait cru comprendre. Son accent était presque inintelligible pour lui.

— À l'hôpital ? Est-ce qu'il a eu un accident ?

Il pria le ciel pour que ça ne soit pas le cas. Pas maintenant.

— Non, il a la tuberculose. Il est assez malade. Il doit aller là-bas deux fois par semaine pour son traitement.

— Quand est-ce qu'il va rentrer ?

— Je sais pas. Est-ce que vous pouvez revenir demain ? Ou peut-être après-demain, ce serait mieux, parce qu'il est toujours fatigué après l'hôpital.

Arnie souleva de nouveau son chapeau.

— Bien sûr. À quelle heure ?

— Peu importe. Je rentre du travail vers deux heures. Je travaille à la boulangerie, dans la rue principale. Je pourrai peut-être rapporter des scones. Mais Kenny sera à la maison toute la journée.

Il regagna la gare à pied et prit un train pour Newcastle. Il ne voulait pas rester là-bas ; il craignait qu'on ne lui demande les raisons de sa visite, ou qu'on ne se souvienne de lui. Il trouva une pension bon marché et lugubre près de la gare, où il passa son temps allongé sur le lit à lire un roman de Dashiell Hammett et à dormir. S'il avait appris une chose pendant la guerre, c'était la patience.

Le jour convenu, à dix heures passées de quelques minutes, il frappa chez Kenny Pascoe. Il fallut à ce dernier un moment pour le reconnaître, mais dès que ce fut le cas, un grand sourire se dessina sur son visage et il l'invita à entrer. Arnie le suivit. Il aurait eu du mal à reconnaître chez ce bonhomme tout rabougri l'homme qui lui avait appris à disparaître dans la jungle écossaise. Un jour, Arnie avait lu une description de quelqu'un dont le crâne était visible sous la peau, et Kenny Pascoe était l'incarnation de cette description. Sa respiration sifflait comme un triste concertina et il paraissait vingt ans de plus.

Dans le minuscule salon surchauffé, il se laissa tomber dans un fauteuil et invita Arnie à l'imiter. Ce dernier resta debout.

— Je ne vais pas te faire perdre ton temps, Kenny. D'après ce que je vois, il ne t'en reste plus beaucoup. Qu'est-ce que tu as fait des motos ?

Les joues de Pascoe virèrent au rouge vif, contrastant avec sa peau exsangue.

— Je pensais que tu étais venu me voir.

— J'en ai rien à foutre de toi, Kenny. Je suis ici pour les motos. J'ai bien l'intention de découvrir ce que vous en avez fait, ton petit copain et toi.

Il avança d'un pas, toisant le malade.

Pascoe secoua la tête.

— Tu menaces un homme malade pour deux motos ? lâcha-t-il d'une voix tremblante. Tu devrais avoir honte.

— Contente-toi de me répondre, Kenny, menaça Arnie d'une voix grave.

— On les a enterrées, souffla-t-il.

À ce moment-là, il fut secoué par une quinte de toux. Arnie recula vivement, pris de dégoût et de peur. Quand Kenny fut calmé, il reprit faiblement la parole :

— On les a protégées par des bâches et enterrées dans des caisses. On voulait retourner les chercher après la guerre, expliqua-t-il avant d'être interrompu par une nouvelle toux. Je crois pas que ça va se faire.

Il esquissa un terrible sourire squelettique.

— Où est-ce que vous les avez enterrées ?

— Dans une tourbière.

— Où ça ? insista Arnie en hurlant presque.

— On a dessiné une carte pour pouvoir les retrouver. On en a gardé une copie chacun. Tu peux prendre la mienne. Elle ne me servira plus, maintenant.

Il pointa le doigt vers un petit bureau victorien.

— Elle est là-dedans.

Arnie se retourna et avança vers le bureau.

— Tu n'avais pas besoin de crier, tu sais, reprit Kenny. Je t'aurais donné la carte quand même. Mais vous, les Américains, vous ne connaissez pas les bonnes manières, hein ?

Arnie pivota face à lui.

— Non, tout ce qu'on a fait, c'est risquer nos vies au front pour vous sauver.

Pascoe lâcha un rire essoufflé.

— Les Russes l'auraient fait pour nous si vous n'étiez pas arrivés.

Furieux, Arnie l'attrapa par le revers de sa veste et le força à se mettre debout.

— Espèce de petit ingrat de merde. On a sauvé votre peau et comment vous nous avez remerciés ? En piquant notre matos.

Soudain, le corps tout entier de Pascoe se mit à trembler de façon incontrôlable. Il était pris de spasmes, son visage s'assombrissant tandis qu'il luttait pour retrouver son souffle, en vain. Il poussait des râles et suffoquait, puis l'odeur âcre de l'urine s'éleva. Arnie le lâcha, horrifié non pas par ce qu'il avait fait, mais à l'idée de transporter sur lui la souillure de cet homme mourant.

Car il savait que Pascoe était mourant. Il avait suffisamment côtoyé la mort pour la reconnaître quand elle survenait. Ce n'était pas ce qu'il avait prévu. Mais il n'y avait aucune raison que cela le détourne de son objectif. Arnie recula d'un pas et se retourna vers le bureau. Il savait comment fouiller sans laisser de traces. Et il savait qu'il avait tout son temps avant le retour de la sœur de Pascoe, donc inutile de se presser.

Il lui fallut plus d'une heure de fouille attentive et même malgré cela, il faillit passer à côté. La carte était glissée dans une enveloppe contenant une lettre adressée à Pascoe de la part d'Evlyn en 1942, qui lui annonçait la mort de leur père, d'une insuffisance rénale suite à une infection. C'était exactement le genre de lettres qu'on conservait. La plupart des gens n'auraient pas regardé plus loin que ça. Mais Arnie n'était pas comme la plupart des gens.

Il déplia le fragile carré de papier pelure. Il s'agissait des contours rudimentaires d'un paysage, avec quelques rectangles grossiers et des triangles au-dessus, qu'il interpréta comme étant des bâtiments. En haut à droite, une croix. Pas de noms, pas d'indications géographiques précises. Il vérifia une nouvelle fois l'enveloppe avant de remarquer qu'il y avait des nombres presque effacés écrits au crayon en bas de la seconde page. Dix rangées contenant chacune sept chiffres. Cela ne lui évoquait rien. Il n'était même pas sûr que ça ait un rapport avec la carte.

Néanmoins, mieux valait assurer le coup. Il remit la carte et la lettre dans l'enveloppe, qu'il glissa dans sa poche intérieure. Un rapide coup d'œil révéla que le cottage possédait une porte arrière qui donnait sur une cour minuscule, laquelle donnait à son tour sur une ruelle étroite menant vers la rivière. Beaucoup moins de chances qu'on le remarque que s'il sortait par la porte d'entrée. En moins d'une minute, il marchait le long du Coquet, homme insouciant qui se promenait tranquillement le long de la rivière, par un beau matin. Personne n'aurait pu deviner son amère déception.

50

2018 – Édimbourg

À Stockbridge, il y avait un bar très fréquenté où personne ne connaissait Karen et Jimmy Hutton. Personne pour se demander pourquoi ils étaient penchés au-dessus d'une petite table dans la pièce du fond, en conciliabule. Personne pour les balancer à Ann Markie. Jimmy avait envoyé un texto à Karen alors qu'elle revenait de Warkworth. À présent, elle avait devant elle un Coca Light, Jimmy un Irn Bru. Ils voulaient garder les idées claires. Par ailleurs, Jimmy n'avait pas terminé sa journée de travail.

— Où est Laidlaw ? demanda Karen.

— On a récupéré sur le téléphone de Dandy Muir une liste de ses amis, qu'on a vérifiée avec son mari. Jacqui est partie enquêter, savoir si Dandy avait dit quoi que ce soit à qui que ce soit au sujet de l'avertissement que tu lui avais donné.

— Propos rapportés…

— C'est vrai, mais les propos rapportés d'une victime décédée sont parfois entendus, tempéra Jimmy. Mais je ne m'attends pas à ce que Jacqui obtienne quelque chose. Dandy n'a rien dit à son mari, et d'après lui, ça signifie qu'elle n'en a parlé à personne.

Karen fut scandalisée.

— Je ne m'habituerai jamais au fait que les hommes sont persuadés de connaître leurs femmes. Pour un truc comme ça, son mari est la dernière personne à qui elle en aurait parlé. En particulier parce que les deux couples fréquentaient le même cercle d'amis.

— J'espère que tu as raison. Il nous faut plus d'éléments. Le rapport du Dr Shah est bon, mais, comme le dit River, c'est un nouveau domaine d'expertise. Les tribunaux sont toujours frileux face à la science qui n'a pas été testée de nombreuses fois.

— Mais c'est convaincant.

Il parut sceptique.

— Tu te rappelles la première fois où la Couronne a présenté une analyse du schéma veineux pour identifier un pédophile à partir d'une photo de son avant-bras ? Des heures de débats juridiques. Et bien que le shérif ait fini par accepter, le jury a pris sa décision en se fondant sur les témoignages et non sur la science.

Karen acquiesça avec lassitude.

— Ils ont eu du mal avec ça. Parce qu'ils n'avaient jamais vu ce type d'analyse dans *Les Experts* ni lu d'articles là-dessus dans un roman ou en ligne. Maintenant, c'est entré dans les mœurs et c'est accepté par les juges et les jurys. Il me semble que les gens sont un peu plus ouverts aux preuves scientifiques, aujourd'hui, d'autant que les experts invités à la barre ont amélioré leur façon de présenter leurs analyses de sorte qu'un citoyen lambda puisse comprendre.

Jimmy secoua la tête.

— C'est tout aussi difficile de faire entendre ça aux avocats et aux juges. Cette théorie du Dr Shah paraît bonne sur le papier. Il présente bien, aussi. Mais comme ça n'a jamais été testé, la défense va tout faire pour la démolir.

Et, il faut bien l'admettre, tout ça paraît assez glauque. On dirait le retour des « *resurrectionists* », qui se livraient au trafic de cadavres, dans le prétendu but d'étendre nos connaissances.

Karen était déçue par le manque d'enthousiasme de Jimmy pour l'analyse des blessures. Elle avait sincèrement cru que, comme elle, il y verrait un pas en avant.

— Au moins, ça peut permettre de mettre la pression sur Willow Henderson.

Il le concéda en inclinant la tête et en levant son verre.

— Mais ce n'est pas suffisant. Il me faut une preuve avant de pouvoir lui mettre vraiment la pression, sans parler même de l'arrêter. C'est frustrant, Karen. Je suis presque sûr que tu as raison sur ce qui s'est passé dans cette cuisine, mais pour le moment, on est bloqués.

Ils restèrent assis en silence, sirotant leurs boissons, les yeux tristement baissés sur la table. Ann Markie lui tombait dessus à bras raccourcis et n'allait pas la laisser tranquille jusqu'à ce que Karen puisse brandir ses réussites tel un bouclier.

— N'hésite pas si je peux faire quelque chose, dit-elle. En ce moment, tout ce que je touche semble se transformer en impasse. Et partout où je vais, Nonosse est dans mes pattes à m'aboyer dessus, ajouta-t-elle avec un soupir. Je ne sais pas ce qu'elle a contre moi. Selon River, elle veut tout contrôler. Elle veut me virer de l'UEH pour me remplacer par un de ses hommes et récolter les lauriers de notre excellent taux de réussite.

Karen joua avec son verre avant de poursuivre :

— Elle a peut-être raison. Mais ça paraît plus personnel que ça.

Jimmy gigota.

— Ne la laisse pas t'atteindre. Tu vaux mieux que ça.

— Facile à dire pour toi. Elle n'est pas sur ton dos à te rappeler que tu es sur un siège éjectable, répliqua Karen en le regardant droit dans les yeux. J'adore mon job, Jimmy. Je sais que l'UEH, ce n'est pas grand-chose, mais ce qui est sur pied, c'est moi qui l'ai construit. La Menthe et moi, on fait du bon boulot. Je ne comprends pas pourquoi même une obsédée du contrôle voudrait me mettre des bâtons dans les roues. Elle récolte déjà toute la gloire de notre travail, vu qu'on est sous sa coupe. Difficile de ne pas prendre ça personnellement.

Jimmy fit une moue expressive de la bouche, comme s'il savait quelque chose qui le mettait mal à l'aise. Karen remarqua son embarras.

— Qu'est-ce qu'il y a, Jimmy ? Qu'est-ce que tu ne me dis pas ? Je croyais qu'on n'avait pas de secrets l'un pour l'autre ?

Il tordit le visage en une affreuse grimace.

— Ça paraît personnel parce que ça l'est, lâcha-t-il avant de se lever sans prévenir. J'ai besoin d'un remontant. Tu en veux un ?

Elle hocha la tête. Qu'est-ce qui était si difficile pour que Jimmy ait besoin d'un remontant avant de le lui annoncer ? Elle le regarda gagner le bar et héler le barman. Ses épaules étaient tendues, plus hautes que d'habitude.

Peu après, il était de retour avec deux gin tonics.

— Du Millers, annonça-t-il platement en indiquant la tranche de concombre qui flottait dans le verre.

— C'est pas grave. Qu'est-ce que tu sais sur Markie ?

— Je n'ai jamais voulu t'en parler. Bon sang, Phil ne voulait pas que tu le saches !

Une froide appréhension serra le cœur de Karen. Phil ? Quel rapport avec Ann Markie ? Les imaginer ensemble l'emplit de crainte et de dégoût, à mesure égale.

— Que je sache quoi ? gronda-t-elle.

Paniqué, Jimmy écarquilla les yeux.

— Il ne s'est rien passé, Karen. Quand même, tu ne peux pas imaginer Phil intéressé par une dame de fer comme Markie ?

Karen but une gorgée. La boisson avait un goût acide.

— Viens-en au fait, Jimmy.

— C'était juste avant que Phil et toi sortiez ensemble. Tu te rappelles qu'il avait suivi une formation sur les techniques d'interrogatoire, à Tulliallan ?

L'école de police proposait régulièrement des formations sur tout un tas de sujets. Karen elle-même avait dû s'en farcir quelques-unes. C'était toujours un mélange d'informations réellement utiles et d'interactions humaines agaçantes.

— Je m'en souviens. Pour moi, le domaine où on avait besoin de s'améliorer, c'était les techniques pour solliciter la mémoire à long terme des gens.

— D'accord. Eh bien, Markie a suivi la même que Phil. À l'époque, elle était seulement commandant. J'imagine que ce qui l'intéressait davantage, c'était de parfaire ses talents d'oratrice face aux médias plutôt que de soutirer des informations aux criminels. Enfin bref, elle est tombée sous le charme de Phil. Ce qui le mettait mal à l'aise, parce qu'elle avait un grade supérieur.

— Moi aussi j'avais un grade supérieur ! protesta-t-elle.

— C'était différent. Il te connaissait depuis des années, et puis toi, tu ne joues jamais les chefs comme elle. Une fois qu'il s'en est rendu compte, Phil a essayé au maximum de l'éviter, mais un soir, alors qu'ils étaient tous allés boire un verre, elle lui a fait des avances. Et il l'a repoussée alors qu'elle essayait de jouer du galon. Il a dit qu'elle avait été vraiment énervée.

— Elle a dû se sentir humiliée.

Karen ne pouvait s'empêcher de se mettre à la place de Markie. Elle savait à quel point un rejet était douloureux, même si elle avait très rarement fait le premier pas vers quelqu'un qui lui plaisait. Par ailleurs, Markie était une belle femme. Karen imaginait qu'elle n'avait pas l'habitude qu'on lui résiste, surtout dans le genre d'atmosphère qui régnait dans les formations, où on vivait dans une bulle.

— Je suppose. En tout cas, il lui a clairement fait comprendre qu'il n'était pas intéressé. Mais moins de deux mois plus tard, tu as emménagé avec Phil.

Karen sirota son verre en réfléchissant.

— Elle a dû être verte quand elle l'a su. Il a repoussé la belle et ambitieuse Ann Markie pour une petite femme bouboule mal coiffée dotée d'un mauvais goût vestimentaire. Et de zéro ambition, dit Karen en lâchant un petit rire. Comment a-t-il pu oser ? Elle ne pouvait que le prendre personnellement. C'est assurément le genre de grief qu'on garde sur le cœur. Pas étonnant qu'elle ait envie de me voir ramper sur des tessons de bouteille.

— Tu prends ça très bien, observa Jimmy.

Karen haussa les épaules.

— Elle est chiante au quotidien. Pas de doute là-dessus. Mais écoute, Jimmy : chaque fois qu'elle s'en prend à moi, je n'aurai qu'à me rappeler qu'elle voulait avoir Phil mais qu'il m'a choisie, moi. C'est moi qu'il aimait. Je n'ai peut-être pas été avec lui aussi longtemps que je l'aurais voulu, mais on a partagé quelque chose qu'elle n'aura jamais.

— Que ce soit dit ! conclut Jimmy.

Elle vit que son visage et sa posture s'étaient détendus. Il avait eu peur qu'elle ne pète un plomb en apprenant la raison qui expliquait le comportement autoritaire de Nonosse et, comme la plupart des hommes, il redoutait de se retrouver face à une femme en colère dominée par ses émotions. Mais elle ne ressentait pas de colère. Au contraire, elle était soulagée de savoir ce qui se cachait derrière l'hostilité de sa chef. En vérité, Karen ressentait même une certaine compassion pour elle.

Pas suffisamment cependant pour relâcher sa garde.

Une chose était claire, néanmoins. Maintenant que la dernière pièce du puzzle était en place, Karen comprenait ce qui se passait, au fond. Cela ne faisait que renforcer sa détermination à poursuivre ses trois enquêtes. Impossible de concéder quoi que ce soit à Markie maintenant, malgré les efforts de cette dernière pour lui compliquer la tâche.

51

2018 – Édimbourg

Dès que Karen avait pénétré dans le bureau, Jason lui avait montré des versions imprimées de la seule annonce de l'*Edinburgh Evening News* concernant un van qui correspondait à celui de Joey Sutherland.

— Est-ce que c'est ce que vous cherchiez ? demanda-t-il avec empressement.

Quand elle remarqua la date en haut de la page, son visage s'éclaira.

— Bon travail, Jason.

Elle l'ajouta au dossier et s'enfonça dans son siège, perdue dans ses pensées. Puis elle se redressa.

— La prochaine étape, c'est de trouver à quelle date elle a acheté cette maison à Leith. La première qu'elle a retapée. Il faut que j'appelle le service des registres pour qu'ils consultent leurs archives.

— Je peux m'en occuper, proposa Jason.

Jusqu'à il y a peu de temps, il ne se serait jamais proposé. Mais il gagnait en confiance et croyait davantage en ses capacités à obtenir des informations.

— Je sais, répondit Karen. Mais j'ai une autre mission pour toi. Voilà ce que je pense, Jason. Shirley O'Shaughnessy passe du temps avec Joey Sutherland à Invercharron. Trois mois plus tard, elle devient la propriétaire officielle de son van. Le service des immatriculations nous le confirme. Même si on sait qu'elle a rencontré Joey – et sympathisé avec lui – elle ne lui achète pas directement le van à lui, mais via une petite annonce dans un journal. Franchement, c'est bizarre. Surtout que personne ne semble avoir vu Joey ni avoir parlé avec lui après Invercharron.

Elle haussa les sourcils vers lui d'un air interrogateur.

— Ce n'est pas logique, confirma Jason en espérant que ce soit la réponse correcte.

— Exactement. Ce qu'on doit faire, c'est trouver où était ce van entre le week-end à Invercharron et la date à laquelle Shirley prétend l'avoir acheté à son précédent propriétaire.

— Dans l'interview que vous m'avez envoyée, elle prétend qu'elle y a habité pendant le premier hiver, quand elle retapait la maison. Qu'elle l'avait garé derrière la maison de Leith.

— Mais même si elle possédait cette maison à ce moment-là, elle n'était pas officiellement propriétaire du van. Si elle a utilisé Joey Sutherland pour récupérer un objet de valeur caché dans ces motos et qu'elle l'a tué ensuite, elle était décidée à dissimuler ses traces. Il est impossible qu'après cela elle fasse quelque chose d'aussi dangereux que garer ce van près de chez elle, tant qu'elle n'avait pas tous ses papiers en règle. Tu vois où je veux en venir ?

— Plus ou moins. Alors où se trouvait le van, à votre avis ?

Karen haussa les épaules.

— Tu peux le deviner aussi bien que moi.

Jason éclata de rire.

— Je ne crois pas, chef.

Elle secoua la tête, amusée.

— Où est-ce qu'on cache une aiguille ?

— Dans une botte de foin ! répondit-il avec assurance.

— Non, Jason.

De nouveau perplexe, il se gratta la tête.

— Euh…

— On cache une aiguille dans une boîte à aiguilles.

Il comprit.

— Un camping ! On le garerait dans un camping.

— Exactement. Je sais qu'il y a des risques de revenir bredouilles, parce que ça s'est passé il y a longtemps, mais je voudrais que tu vérifies les campings qui étaient en activité en 1995.

Consterné, il protesta :

— Mais il doit y en avoir des centaines !

— Elle n'a pas dû aller bien loin d'Édimbourg. Il fallait qu'elle puisse y accéder facilement dès qu'elle pouvait le ramener officiellement à Leith. Commence par une recherche dans un rayon de trente kilomètres.

Sa poitrine se serra. « *Commence par* » ?

— Même si j'arrive à obtenir une liste, personne ne va se souvenir d'un van d'il y a vingt et quelques années.

— Peut-être que si, s'il est resté trois mois dans leur camping et que la propriétaire était une belle Américaine. Ça vaut le coup d'essayer.

— Bon, d'accord. Mais si on trouve où il était, ça prouve quoi, exactement ?

Il avait du mal à comprendre ce qui se passait dans la tête de sa chef.

— C'est une pierre de plus à l'édifice, Jason. Et comment est-ce qu'on procède, chez nous ?

— Une pierre à la fois, répondit-il en soupirant, se résignant à son sort.

Il se tourna vers son ordinateur, sourcils froncés. Comment faisaient les gens qui voulaient trouver un emplacement pour leur caravane, avant l'invention d'Internet ? À l'époque, il était petit ; il n'avait jamais eu à réfléchir à ça. Il regarda par-dessus son épaule, mais Karen était déjà concentrée sur son propre travail. Il envoya un rapide texto à sa mère :

> Quand j'étais petit et qu'on partait en vacances en caravane, comment vous faisiez pour trouver un camping ? Avant Internet.

Quelle que soit l'activité qui occupait sa mère, elle s'interrompait toujours pour ses fils. Quelques minutes plus tard, un message arriva :

> Les guides. Empruntés à la bibliothèque. Le Caravan Club avait aussi un magazine, mais ton père l'a acheté une année et s'est rendu compte que c'était surtout destiné à des gens qui possédaient leur propre caravane, pas comme nous qui voulions juste en louer une pour une ou deux semaines. On en a passé des bonnes vacances, tu te rappelles ? Il y a eu cette fois à Stonehaven, tu ne voulais pas quitter la plage. Est-ce que tu viens dîner dimanche ? Bisous, maman.

Bien sûr. La bibliothèque. Maintenant qu'il avait découvert à quel point c'était facile de demander un renseignement à un bibliothécaire sans se sentir gêné, il pouvait s'en charger sans problème. Il remercia sa mère sans lui répondre à propos du dîner dominical. Ça pouvait attendre.

Jason se connecta au service et rédigea attentivement sa question :

> Je cherche un annuaire recensant les campings et/ou les emplacements pour caravanes à louer dans un rayon de 30 kilomètres autour d'Édimbourg, en 1995. Est-ce que vous auriez quelque chose qui pourrait m'aider ?
> Merci d'avance.
> Lieutenant Jason Murray, Unité des enquêtes historiques, Police écossaise.

Il l'envoya puis se demanda comment avoir l'air occupé pendant qu'il attendait la réponse. Karen était en pleine conversation téléphonique avec quelqu'un au sujet des transferts de propriété, donc il pouvait au moins souffler un peu. Il décida qu'il avait besoin de sucre, alors il se rendit au distributeur situé devant le bureau de la brigade criminelle, dans le bâtiment principal.

Quand il revint, tenant à la main un Snickers à moitié mangé, Karen était en train d'ajouter une note au tableau en liège à côté de son bureau.

— Je pensais que ça allait être galère, dit-elle. Le gars que j'ai eu au téléphone avait l'air d'être là depuis l'époque de la Garde municipale.

Voyant son expression d'incompréhension, elle précisa :

— L'ancêtre de la police, qui existait à Édimbourg il y a trois cents ans. Mais je l'ai mal jugé, le pauvre. Il était aussi pointu que les burins de mon père. Tous les anciens transferts et les vieilles transactions ont été numérisés, si bien qu'ils sont à portée de clic, expliqua-t-elle avant d'indiquer la note. Shirley O'Shaughnessy a été enregistrée comme propriétaire du bien de Leith le 4 décembre 1995.

— Quatre jours avant la parution de la petite annonce dans le journal.

— Exactement. Et treize jours avant que le van ne soit enregistré à son nom. À ce moment-là, elle pouvait légitimement le garer dans sa cour.

Jason hocha la tête. Tout cela avait du sens. Mais quelque chose continuait de le tracasser.

— Pourquoi est-ce qu'elle a attendu aussi longtemps ? Pourquoi ne pas acheter la maison et prétendre qu'elle était devenue propriétaire du van juste après avoir tué Joey ?

Karen accueillit cette question par un sourire.

— Je peux envisager deux raisons.

Elle leva un sourcil, lui donnant la possibilité d'émettre à son tour une ou plusieurs hypothèses. Mais il y avait des limites aux progrès de Jason, et il séchait.

Il fit une grimace de perplexité.

— Aucune idée…

— Mets-toi à sa place. Elle a tué un homme et peut imaginer que son entourage va s'en rendre compte. Il était connu sur le circuit des Highland Games. J'imagine qu'elle savait à quel endroit il devait se produire ensuite, de façon à rester vigilante et surveiller qu'on n'annonce pas sa disparition. À sa place, j'aurais attendu quelques semaines, au moins pour m'assurer que personne ne cherchait Joey, ou le cas échéant, que personne ne la cherchait, elle.

— Logique, reconnut Jason. Et l'autre raison ?

— Elle avait un plan. Elle avait besoin du van pour quelque chose, sans quoi elle aurait imité la signature de Joey et l'aurait vendu à un client ou à un concessionnaire, non ?

— Oui, elle avait besoin d'un endroit où habiter pendant qu'elle réalisait les travaux.

— C'est vrai. Mais elle n'a pas acheté cette maison tout de suite, n'est-ce pas ?

Jason haussa les épaules.

— Peut-être qu'elle ne trouvait rien qui lui convenait sur le marché à ce moment-là.

— C'est possible. Ou peut-être qu'elle n'avait pas l'argent, tout simplement. Peut-être qu'elle avait besoin de ce qui était caché dans la sacoche de cette moto, pour lui fournir un capital. Il fallait donc qu'elle gare le van quelque part, le temps d'avoir de l'argent pour démarrer. Et c'est pourquoi il est essentiel, Jason, de découvrir où était ce van avant qu'elle l'emmène à Leith avec son nom sur la carte grise. Pour pouvoir faire un lien entre elle et le van, à un moment où il n'y avait aucune raison d'en trouver un. Et au fait, il nous faut les documents originaux du service des immatriculations. Elle a dû imiter la signature de Joey. On doit mettre nos experts en graphologie là-dessus.

— Vous voulez que je me charge de ça, aussi ? Je peux m'en occuper en attendant que la bibliothèque me réponde.

— Parfait.

Avant qu'elle ne puisse ajouter un mot, McCartney arriva, d'un pas assuré.

— Bonjour, dit-il. J'ai convoqué Plummer. Il est dans la salle d'interrogatoire numéro trois avec son avocat.

Karen leva les yeux de son écran.

— Et la séance d'identification, ça a donné quoi ?

— J'ai réussi à convaincre deux des victimes de venir. La première a été attaquée en 1983 et l'autre en 1984.

— Si c'est Plummer, pourquoi il s'est arrêté ? demanda Jason.

Karen poussa un soupir.

— Il n'a sans doute pas arrêté. Il est juste devenu plus prudent. L'ADN a commencé à être un moyen d'identification reconnu en 1987 seulement. Il est tout à fait possible qu'il viole et violente des travailleuses du sexe de façon régulière depuis trente ans. Les femmes qui travaillent dans la rue négligent souvent de dénoncer les violences qu'elles subissent. Elles pensent qu'on ne les prendra pas au sérieux. La plupart du temps, elles ont sans doute raison, dit-elle en se levant. Pour le moment, voyons ce que Plummer a à dire pour sa défense. Jason, tu sais ce que tu dois faire, n'est-ce pas ?

— Oui, chef.

Il se tourna vers son ordinateur et Karen sortit, accompagnée de McCartney.

— Sur quoi est-ce qu'il bosse, le petit génie ? demanda McCartney sur un ton détaché alors qu'ils se dirigeaient vers le bâtiment principal du commissariat.

— Il effectue des vérifications, répondit Karen. Rien qui vous concerne. Vous avez suffisamment de travail avec votre enquête.

Elle le gratifia de son plus beau sourire avant d'ajouter :

— Je me charge d'assembler les pièces du puzzle.

52

2018 – Édimbourg

Quand ils entrèrent dans la salle d'interrogatoire, Barry Plummer pointa le menton et carra les épaules, comme pour signifier : « Je suis un type normal et respectable qui n'a rien à cacher. » Karen, elle, voyait un homme d'âge moyen sur lequel on ne se retournait pas quand on le croisait quelque part. Mais quand elle l'examina plus attentivement, elle vit ses muscles se tendre alors qu'il serrait puis desserrait la mâchoire. La peau rouge à vif autour de ses ongles, parce qu'il l'avait rongée. Sa jambe gauche qui remuait et se contractait alors qu'il essayait de dissimuler son anxiété. Par ailleurs, son avocat était une femme. C'était vraiment le cliché du criminel sexuel : trouver une femme pour le représenter, parce qu'à l'évidence, une femme ne défendrait jamais un homme qui avait commis une agression sexuelle grave.

Karen tira la chaise en face de Plummer et alluma sans mot dire l'enregistreur. Elle se présenta, ainsi que McCartney, avant d'ajouter :

— Également présents : Barry Plummer et… désolée, je ne connais pas votre nom ?

— Je suis Sujata Chatterjee, l'avocate de M. Plummer. Je croyais qu'il s'agissait seulement d'une clarification de l'entretien que mon client a eu avec le capitaine McCartney la semaine dernière, dit-elle avec un accent nasal de Glasgow et ce genre de voix qui semble toujours lancer un défi.

— Pas exactement. C'est un interrogatoire officiel, l'informa Karen.

Elle inclina la tête vers McCartney, qui lui récita solennellement ses droits.

— Attendez une minute, intervint Plummer. Est-ce que vous m'arrêtez, ou quoi ?

— Comme je l'ai dit, nous souhaitons vous entendre officiellement afin qu'il ne subsiste aucun doute sur les questions et les réponses que nous échangeons, répondit Karen d'un ton ferme.

Plummer se tourna vers son avocate :

— Est-ce que je suis obligé de leur répondre ?

— Vous pouvez répondre « sans commentaire » à toutes les questions auxquelles vous ne souhaitez pas réagir, répondit-elle. Nous sommes en Écosse. Le tribunal ne peut tirer aucune conclusion incriminante d'un « sans commentaire ». Vous n'êtes pas en état d'arrestation et vous pouvez partir à tout moment.

Karen sourit. Le genre de sourire qui faisait pleurer les petits enfants et leur donnait envie de se cramponner à la jambe de leur maman.

— Bien entendu, si vous décidiez de partir, nous procéderions probablement à votre arrestation.

Plummer se réinstalla sur sa chaise et croisa les bras sur son étroite poitrine.

— Très bien. Allez-y. Je n'ai rien à cacher.

Sans quitter Plummer des yeux, Karen tendit la main vers McCartney qui lui donna un fin dossier en papier kraft. Elle l'ouvrit et en sortit deux documents. Chacun comportait le code-barres noir et blanc d'un échantillon ADN. Elle tapota la première feuille.

— Voici l'échantillon ADN recueilli sur une victime de viol en 1985. Nous pensons qu'il s'est inscrit dans une série de viols violents qui se sont déroulés sur une période de plusieurs années, expliqua-t-elle avant de tapoter la deuxième feuille. Ici c'est l'échantillon ADN que le capitaine McCartney a prélevé sur votre client la semaine dernière.

Une pause.

— Comme vous pouvez le voir, ils coïncident parfaitement.

Plummer clignait furieusement des yeux. Il serrait les lèvres tellement fort que la peau autour était toute blanche.

Elle se pencha en avant, entrelaçant ses doigts.

— Je me demande, monsieur Plummer, comment vous expliquez cela ?

Plummer se pencha vers son avocate et lui murmura quelque chose à l'oreille. Elle hocha la tête et demanda :

— Est-ce que la victime de ce crime supposé était une travailleuse du sexe ?

— Un viol c'est un viol, peu importe si la femme est une travailleuse du sexe.

— J'en suis tout à fait consciente, commandant Pirie. Ce n'était pas le but de ma question. Je la repose : est-ce que cette victime était une travailleuse du sexe ?

Karen savait exactement où elle voulait en venir. Mais elle ne pouvait pas éluder la question.

— Nous pensons que oui, madame Chatterjee.

Plummer murmura de nouveau à l'oreille de son avocate. Elle hocha la tête. Il s'éclaircit la voix.

— J'ai recours à des prostituées. J'ai une très grande énergie sexuelle, expliqua-t-il avec un léger sourire. Il se peut que j'aie côtoyé cette femme. Ça ne signifie pas que je l'aie violée. J'ai toujours payé ce que je devais. Vous voyez ce que je veux dire ?

Il se carra dans son siège, soudain très sûr de lui.

— C'est une sacrée coïncidence. Une victime de viol sauvagement tabassée, qui porte votre ADN sur elle, et comme par hasard, vous avez eu un rapport sexuel consenti avec elle cette même nuit ?

Karen avait gardé un ton neutre, refusant de trahir son mépris pour Plummer.

— Les coïncidences, ça arrive, commandant Pirie.

Chatterjee avait raison.

— Je me demande ce qu'en penserait un jury ?

Chatterjee lâcha un petit rire poli.

— Je ne vois pas comment cela pourrait un jour se retrouver face à un jury. Un homme a un rapport sexuel avec une prostituée… Ce n'est pas exactement un scoop, non ? Je crois qu'il va vous falloir beaucoup plus de preuves que ça.

— Et c'est ce que nous comptons réunir. Le capitaine McCartney a organisé une séance d'identification ce matin, ici au commissariat. Ce que nous vous demandons, monsieur Plummer…

— Hors de question ! s'indigna Plummer. Vous parlez de crimes qui ont eu lieu il y a trente ans. J'ai beaucoup changé depuis.

Son visage était tendu, soit par la colère, soit par la peur, Karen ne parvenait pas à le déterminer. Ce qu'elle savait, c'est que ce nez crochu ne pouvait pas avoir changé tant que ça au fil des années. Elle était sûre qu'on le reconnaissait encore.

— Je proteste, intervint Chatterjee à son tour. Mon client a raison. Une identification après un intervalle aussi long est sérieusement contestable. Je doute qu'elle puisse avoir valeur de preuve et franchement, c'est une perte de temps et d'argent.

— Eh bien, votre temps est rémunéré ; quant à moi, ce que je fais de mon budget, ça me regarde, répliqua Karen. Tout ce que nous demandons à M. Plummer, c'est quelques minutes devant un appareil photo. Ensuite, il nous faudra un peu de temps pour monter le dispositif VIPER.

— Quelques minutes ? Un peu de temps ? Tout ça était prévu à l'avance, reprocha Chatterjee.

— Ce serait de la négligence si…

— Qu'est-ce que c'est que le dispositif VIPER ? l'interrompit Plummer. Qu'est-ce qui se passe ici ?

— C'est très simple, expliqua Karen sur le ton de quelqu'un qui s'adresse à un jeune enfant pas très intelligent. VIPER signifie « Video Identification Parade Electronic Recording ». C'est un dispositif qu'on utilise depuis quinze ans. Nous avons une grande base de vidéos de gens dans tout le pays. Nous les enregistrons face caméra puis de profil. Une équipe d'experts va rassembler un groupe d'hommes qui vous ressemblent. Puis on vous filmera exactement dans les mêmes positions : de face, puis de profil. Ensuite, un policier qui ne vous a jamais vu et qui ignore quelle vidéo vous correspond montrera la liste aux victimes.

— Je refuse, explosa Plummer en repoussant son siège.

Il commença à se lever, mais son avocate lui tapota le bras, indiquant qu'il valait mieux se rasseoir. Il s'exécuta en se renfrognant.

— Je refuse. Vous ne pouvez pas me forcer.

— Voilà comment ça se déroule, monsieur Plummer, dit Karen d'une voix basse et agréable. Soit vous coopérez, soit je vous arrête. Si je vous arrête, la loi autorise la police à vous photographier. Une fois que ce sera fait, nous pourrons réunir une dizaine de photos d'hommes qui vous ressemblent, et les montrer aux témoins. Même résultat, sauf que vous aurez gâché toute l'indulgence que vous auriez pu gagner en nous aidant. En plus, vous serez en état d'arrestation et en garde à vue. J'imagine que vous avez oublié de mentionner à votre femme, vos enfants et vos collègues que vous veniez au commissariat aujourd'hui. En voyant que vous ne rentrez pas à la maison à l'horaire habituel, votre femme s'inquiétera. Elle appellera peut-être le commissariat de quartier pour signaler votre disparition. À ce moment-là, ils l'informeront que vous êtes en garde à vue parce qu'on vous interroge sur le viol d'une prostituée avec qui vous avez reconnu avoir eu des rapports sexuels.

— C'est scandaleux, s'indigna Chatterjee. Comment osez-vous menacer mon client ?

— Croyez-moi, madame Chatterjee, si je menaçais votre client, il serait au courant. Je ne faisais qu'exposer à M. Plummer les choix qui s'offrent à lui. Je crois qu'il est important de faire des choix éclairés, pas vous, madame Chatterjee ?

L'avocate la fusilla du regard, mais Karen ne lui avait laissé aucune prise.

— Alors que choisissez-vous, monsieur Plummer ? La voie de la facilité, ou le parcours du combattant ?

En définitive, cela ne fit aucune différence. Aucune des deux victimes ne put identifier formellement Barry Plummer. La première crut le reconnaître sans pouvoir en jurer. La deuxième, une femme ravagée par des années de drogue, de boisson et de misère, n'en avait aucune idée. Et même dans le cas contraire, Karen savait qu'elle aurait fait un très mauvais témoin. Aucun procureur n'aurait engagé de poursuites judiciaires sur la base de son témoignage.

Karen et McCartney étaient dans le bureau quand le policier du dispositif VIPER leur annonça la mauvaise nouvelle. Ils ne s'étaient pas attendus à un résultat concluant de leurs témoins, mais Karen avait espéré de quoi mettre la pression sur Plummer.

C'était ce qu'il y avait de plus difficile avec les affaires non résolues. On enquêtait sur un crime resté impuni, ou bien un nouvel élément apparaissait, comme un numéro d'immatriculation, par exemple. On avançait un peu plus vers la solution. Parfois, comme aujourd'hui, vous aviez un suspect dont vous saviez, grâce à vos années d'expérience, que c'était probablement le bon. Mais à ce moment-là, vous vous heurtiez à un mur. Un mur différent que lors de la première enquête menée à l'époque, mais un mur tout aussi solide.

— Qu'est-ce qu'on fait maintenant ? demanda McCartney.

Karen secoua la tête.

— Je crois qu'on est foutus. Je ne vois pas d'autre angle. L'ADN ne suffit pas. Si la victime n'avait pas été une travailleuse du sexe, passe encore. Mais Plummer a une réponse légitime. La seule autre possibilité, c'est d'éplucher dossier par dossier les preuves des autres affaires. Ça prendrait des semaines, et même si on en trouvait, il n'y aurait aucune garantie qu'on aboutisse à une arrestation. Je déteste renoncer à une affaire parce qu'on n'a pas le budget. Mais cette fois, on n'a pas le choix. On est obligés de laisser tomber.

McCartney shoota dans la poubelle près de son bureau. Elle rebondit contre le tiroir du bas en produisant un bruit de cloche éraillée.

— Connard, lança-t-il.

— J'avais l'impression que selon vous, c'était une perte de temps, fit remarquer Karen.

McCartney eut le bon goût de paraître honteux.

— Au début, c'est vrai. Mais Plummer m'a alerté. Je ne le sentais pas, vous voyez ce que je veux dire ? Je suis allé parler aux parents de Kay McAfee. Juste pour voir si d'autres éléments avaient ressurgi au fil des années.

Il lâcha un rire amer.

— Ça rend tout ça très réel, non ? Quand on parle à des gens qui sont plongés dans le chagrin.

Il hocha la tête.

— Ils n'ont jamais perdu espoir, ses parents. En particulier son père. Il a la soixantaine passée, maintenant, mais il est toujours aussi déterminé. Il a l'impression qu'ils ont laissé Kay tomber pendant son adolescence. Elle est partie en vrille. Vous savez comment ça se passe. Ce sont des gens ordinaires issus de la classe ouvrière d'une petite ville dans le West Lothian, ils étaient démunis. Alors ils lui ont dit : « Chez nous, tu vis selon nos règles. » Et Kay s'est barrée. Un jour, la police a sonné chez eux et un médecin leur a annoncé que leur fille allait passer le restant de sa vie dans un fauteuil roulant, sans plus jamais pouvoir parler.

— C'est dur.

— Ouais. Billy McAfee a accumulé trente ans de culpabilité et de rage, dit McCartney en passant la main le long de sa joue bien rasée. Lui parler, voir sa douleur… j'ai un peu compris. Pourquoi vous n'aviez pas envie de laisser les gens souffrir un jour de plus. Je voulais vraiment coincer Barry Plummer pour Billy McAfee.

À sa grande surprise, Karen était émue par les paroles de McCartney. Peut-être qu'elle pouvait faire quelque chose de lui, finalement, à condition de le convaincre que c'était elle, et non Nonosse, qui se trouvait du côté des gentils.

— On ne peut pas arrêter Plummer, à l'évidence. Mais laissons-le mariner un peu, et disons à son avocate qu'on doit relancer la procédure VIPER. On va le garder au chaud pendant quelques heures encore. Peut-être suffisamment longtemps pour qu'il ait à s'expliquer en rentrant chez lui, dit-elle avec un sourire sardonique. Ce sera au moins ça.

53

2018 – Édimbourg

De nouveau seule, Karen se plongea dans l'affaire Joey Sutherland. Elle relut tout ce qu'elle avait trouvé sur Internet, mais ne cessait de revenir à ce que l'article du magazine racontait sur les débuts de l'empire de Shirley O'Shaughnessy. D'après la journaliste, elle avait lancé son affaire grâce à l'argent hérité de son grand-père. Si tel était le cas, pourquoi avait-elle attendu aussi longtemps ? C'était seulement au cours de sa deuxième année à Napier qu'elle s'était attaquée au marché immobilier.

Peut-être souhaitait-elle comprendre un peu mieux les principes du marché avant de plonger dans le grand bain. C'était une explication plausible. Même un esprit naturellement suspicieux comme celui de Karen devait le concéder.

Mais peut-être était-ce aussi parce que cette femme n'avait eu le capital que plus tard. Si la part la plus importante de son héritage était enterrée dans une tourbière des Highlands, cela expliquait pourquoi elle avait dû attendre que quelqu'un comme Joey Sutherland puisse la déterrer pour elle.

Un jour, Karen avait visionné *Les Hommes du président* sur une cassette VHS tremblotante que son père avait louée dans un vidéo-club des années plus tôt. Sa première enquête en tant qu'inspectrice avait tourné autour d'un testament falsifié. Tandis qu'ils enquêtaient sur cette affaire, elle s'était souvenu de la voix rocailleuse de Gorge profonde exhortant Bernstein et Woodward à « suivre l'argent ». Cela lui avait permis de résoudre l'enquête, et c'était devenu l'un des outils principaux de ses investigations.

Le temps était venu de suivre l'argent de Shirley O'Shaughnessy. Mais comment allait-elle vérifier ça ? S'ils parvenaient à présenter le dossier à un procureur, des comptables allaient disséquer chaque penny des comptes de Shirley O'Shaughnessy et de son entreprise. Mais Karen ne pouvait pas disposer de ce type d'expertise.

Si O'Shaughnessy avait été écossaise, Karen aurait su où envoyer La Menthe trouver le testament du grand-père. Mais elle ignorait comment se passaient ce genre de choses en Amérique. Elle allait devoir se renseigner sérieusement.

Elle avait à peine tapé « archives succession États-Unis » dans la barre de recherche quand McCartney revint. Un rapide coup d'œil à l'horloge l'informa qu'il s'était absenté quasiment deux heures. Elle avait été tellement absorbée dans ses recherches sur l'histoire d'O'Shaughnessy qu'elle en avait perdu la notion du temps.

— Est-ce que Plummer est toujours là ? demanda-t-elle.

McCartney hocha la tête.

— Chatterjee est un peu énervée, mais je lui ai dit qu'elle devrait être contente qu'on prenne notre temps. C'est dans l'intérêt de son client, et toutes ces conneries. On peut peut-être prolonger d'une heure encore ?

Karen réfléchit.

— Non, je pense que ce serait exagéré. Libérez-le et dites-lui d'arrêter d'encombrer notre joli petit commissariat.

Le capitaine ne semblait pas satisfait mais savait qu'il ne valait mieux pas contester.

— OK. Où est La Menthe, au fait ?

Karen gloussa.

— Vous ne laissez jamais tomber, n'est-ce pas ?

Il sourit en retour.

— Je suis persévérant. C'est une bonne qualité pour les affaires non résolues, non ?

— C'est vrai. Mais peu importe Jason, allez libérer Plummer. On se penchera de nouveau sur l'affaire en fin de semaine prochaine, pour voir si l'un de nous a une illumination.

— OK. Je vais me chercher un thé et un sandwich au bacon, ensuite je libérerai Plummer.

Quand il partit, Karen retourna à son écran. Il était temps de faire quelque chose qui pouvait les mener vers un résultat digne de ce nom.

Gayfield Square, fin d'après-midi. Il n'y avait qu'un des rares parkings à parcmètre de la ville dans ce quartier, et une voiture tournait lentement dans l'espoir de trouver une place. Comme d'habitude, il y avait beaucoup de piétons, des gens coupant à travers, entre London Street et Elm Row. Un joli petit parc au centre avec deux bancs sur la pelouse dont un qui offrait une vue imprenable sur l'entrée du commissariat. Et s'il pleuvait – ce qui n'était pas le cas cet après-midi-là –, South Gayfield Lane longeait le bâtiment et fournissait une ou deux portes cochères, bien pratiques pour s'abriter.

Quand Barry Plummer sortit accompagné de Sujata Chatterjee, ils s'arrêtèrent sur le trottoir, probablement pour discuter de ce qui venait de se passer. Peut-être pour s'accorder sur une stratégie en cas de développement de l'affaire. Ils n'avaient pas remarqué que l'une des personnes assises sur le banc avait bondi sur ses pieds en les voyant. Un homme grisonnant et trapu vêtu d'un jean, de baskets et d'un blouson en nylon zippé jusqu'au cou traversa en courant le parc puis la rue. Il était sur eux avant qu'ils aient pu remarquer sa présence.

— Espèce d'ordure ! Espèce d'ordure ! hurla-t-il en ouvrant sa veste, d'où il sortit un long couteau. Salaud ! Salaud !

Il plongea le couteau dans le ventre de Barry Plummer.

Ce dernier tenta en vain d'attraper le manche et la lame lui trancha les doigts tandis que son assaillant lui assénait des coups à répétition. Les cris aigus de Plummer se mêlèrent aux hurlements de l'autre homme et à la voix perçante de Sujata Chatterjee, qui frappait le dos de l'assaillant avec ses petits poings. Il ne semblait pas s'en apercevoir. Il continua simplement de poignarder Plummer autant de fois que possible.

Plummer tomba à genoux, mais ça n'arrêta pas l'homme. Il s'attaqua au cou et à la tête de sa victime, le visage rougi, éclaboussé de sang, sans cesser de jurer et de hurler.

Il hurlait encore quelques secondes plus tard, quand une demi-douzaine d'officiers de police surgirent de l'entrée, certains encore en train d'enfiler leur gilet pare-balles. Ils l'attrapèrent par-derrière et le plaquèrent au sol tandis que l'un d'entre eux lui écrasait le poignet pour le forcer à lâcher le couteau.

Trop tard. Il avait fallu moins d'une minute. Ce fut terminé si rapidement que personne sur la place ne réussit à filmer l'incident avec son téléphone. Mais Barry Plummer était mort. Pas d'une blessure au couteau, mais d'une crise cardiaque.

54

2018 – Édimbourg

Le lieutenant Jason Murray revint à Gayfield Square d'humeur joyeuse, et trouva le commissariat en pleine crise. Il y avait une tente de scène de crime installée sur le trottoir devant le bâtiment et un attroupement de journalistes à peine contenus par un trio d'agents à l'air renfrogné vêtus de vestes réfléchissantes. Il avança dans l'entrée, où un lieutenant en uniforme derrière le bureau le regarda d'un œil mauvais.

— Qu'est-ce qui se passe ? demanda-t-il.

— Votre équipe a causé un sacré merdier ici cet après-midi, lui répondit l'autre. Hors de ma vue, et demande à ta chef de t'expliquer. Enfin, si elle est au courant, évidemment.

Confus, Jason se hâta dans le couloir vers l'UEH, évitant un inspecteur à l'air épuisé qui sortait d'une pièce, tenant à la main un sachet contenant un couteau sanguinolent.

— Bouge de là, La Menthe ! aboya-t-il quand Jason s'aplatit contre le mur.

Il arriva à l'UEH sans encombre et trouva Karen debout, face à face avec le commissaire Craig Carson, l'homme qui dirigeait Gayfield Square. Elle avait les joues rosies et tout son corps paraissait crispé par la colère.

Carson était en train de parler quand Jason entra. Ils se tournèrent tous les deux vers lui, brutalement tirés de leur conversation.

— Dehors, lieutenant ! cria Carson.

Jason n'eut pas une seconde d'hésitation. Mais il n'alla pas bien loin. Inutile de coller son oreille à la porte pour entendre la conversation, vu qu'aucun des deux ne prenait la peine de baisser la voix.

— D'après mes informations, Wilson McAfee se réjouit sans regret d'avoir tué un homme devant mon commissariat. Et vous pensez que c'est acceptable ?

Oh là là, ça barde, s'alarma Jason.

— Bien sûr que non ! s'insurgea Karen. Cet homme est manifestement fou de chagrin. Il a perdu sa fille il y a moins de trois semaines. Elle a passé presque trente ans en fauteuil roulant suite à l'attaque d'un salaud. Et Billy McAfee a pensé que ce salaud, c'était Barry Plummer. Ça ne rend pas les choses acceptables, mais au moins compréhensibles.

— Et comment est-ce que Billy McAfee en est venu à penser que Barry Plummer était l'homme qui avait attaqué sa fille ? Dites-moi un peu, commandant Pirie. Dites-moi comment vous avez transformé mon commissariat en un putain de cirque !

— Nous tenons les familles informées des progrès crédibles d'une enquête, monsieur. C'est la procédure habituelle.

— Quoi ? Vous allez chez eux et dites « Au fait, il y a ce type, Plummer. On n'a aucune preuve concrète, mais on pense que c'est notre homme » ? Est-ce que c'est comme ça que ça se passe ? Pas étonnant qu'ils vous surnomment « Special K » !

— Ne dites pas n'importe quoi. J'ignore comment McAfee a obtenu le nom de Plummer, et comment il savait qu'il serait ici aujourd'hui. Mais, faites-moi confiance, je vais le découvrir.

— Et moi aussi. La seule source d'info, c'est ce bureau. Votre équipe. Vous avez du sang sur les mains, Pirie.

La porte s'ouvrit violemment, faisant trembler la cloison, et une fois de plus, Jason s'aplatit contre le mur. Au moins, maintenant, il avait une vague idée de ce qui se passait. Il compta jusqu'à cent, puis, prudemment, il approcha de la porte.

— Je peux entrer, maintenant, chef ?

Karen était affalée dans son siège, plus calme à présent.

— Tu as tout entendu, je suppose. Ça s'est probablement entendu jusqu'à l'esplanade du château.

— Barry Plummer a été tué ?

Serrant les poings, Karen parla par phrases brèves.

— On l'a interrogé. On a lancé un VIPER. On n'a pas eu de confirmation d'identité. Alors on l'a laissé sortir. Le père de Kay McAfee l'attendait dehors. Il l'a attaqué au couteau sur le trottoir.

— Je me suis demandé pourquoi il y avait une tente de scène de crime. Mais comment est-ce qu'il a su ? Je comprends qu'il ait perdu la tête, mais comment est-ce qu'il a… ?

Karen frappa des poings sur son bureau.

— Trois personnes étaient au courant, pour Barry Plummer. Toi, moi, et le capitaine Gerald McCartney. Et seul l'un d'entre nous est allé voir les McAfee. Dis-moi comment il a eu cette info, Jason. Dis-moi.

Il ne l'avait jamais vue aussi en colère. Depuis qu'ils travaillaient ensemble, ils avaient eu affaire à des choses affreuses, mais il ne l'avait jamais vue en proie à une telle rage froide. McCartney n'aurait pas pu choisir pire moment pour surgir dans le bureau.

Karen bondit immédiatement. Il avait à peine refermé la porte derrière lui qu'elle était à sa hauteur. Elle l'attrapa par le col et le plaqua au mur. McCartney trébucha, mais tint bon. Il sourit. Non pas un sourire nerveux de peur, mais un véritable sourire détendu.

— Du calme, chef, dit-il. Vous allez me lâcher ?

Pour toute réponse, Karen le plaqua de nouveau contre le mur. Cette fois, il se cogna bruyamment la tête et lâcha un cri.

— Aïe, ça fait mal, putain !

— Espèce de sous-merde, gronda Karen en détachant chaque mot. Un homme est mort aujourd'hui à cause de vous.

Elle le secoua et, l'espace d'une terrible seconde, Jason crut qu'elle allait lui en mettre une. Personnellement, il s'en serait réjoui. McCartney méritait qu'on écrase son petit nez pointu sur sa face.

— Et alors ? C'était une brute. Un violeur qui chassait les femmes et détruisait leur vie. Je pensais que vous seriez contente de vous en débarrasser. Vu que vous êtes féministe et tout ça.

McCartney tenta de se libérer, mais Karen le maintenait fermement. S'il avait voulu se détacher d'elle, il aurait été obligé de déchirer le col de sa veste.

— Vous lui avez parlé, c'est ça ? Quand j'ai dit qu'on allait laisser Plummer mariner un peu avant de le relâcher, vous avez tout répété à Billy McAfee.

— Oui. Quand j'ai rendu visite aux McAfee, je lui ai dit qu'on était quasiment sûrs de l'identité de l'ordure qui avait détruit la vie de leur fille. Et après, quand on est revenus bredouilles, j'ai téléphoné pour dire que j'étais désolé, qu'on ne pouvait pas coincer ce salaud. Et oui, il se peut que j'aie mentionné que cette ordure sortirait bientôt de

Gayfield Square, s'il voulait le voir de ses propres yeux. Je ne pensais pas qu'il allait s'en prendre à lui. Je pensais que McAfee voulait juste se défouler. Lui dire ce qu'il avait sur le cœur.

— Et comment a-t-il su qui était Barry Plummer, en le voyant sortir du commissariat ? Vous lui avez envoyé une photo ? Parce que si c'est le cas…

— Je ne suis pas stupide, répondit McCartney les lèvres serrées.

Elle a réussi à l'atteindre, songea Jason.

— Je lui ai dit que ce salaud serait avec son avocate. Une femme asiatique en tailleur. On n'en voit pas souvent sortir du commissariat, n'est-ce pas ?

Karen le plaqua contre le mur une dernière fois.

— Vous me dégoûtez.

Elle le lâcha et recula de quelques pas.

McCartney redressa les épaules et brossa sa veste.

— J'en ai rien à foutre, dit-il. Ce soir, les rues seront plus sûres. On ne pouvait pas coincer Plummer, alors Billy McAfee s'en est chargé lui-même. Quand il racontera son histoire, il s'en sortira avec une peine minimale. Pour ma part, je considère ça comme un résultat. Vous l'avez dit vous-même : c'est notre boulot d'aider les gens à faire leur deuil. C'est exactement ce qui s'est passé aujourd'hui.

— Sortez de mon bureau, dit Karen. Je ne veux plus jamais vous voir ici. Vous serez suspendu ce soir, avant la nuit, mais même s'ils ne vous mettent pas en taule, vous ne travaillerez plus jamais sous mes ordres.

Il haussa les épaules.

— Ça me va. Cette unité, c'est de la blague de toute façon. Vous n'avez pas la moindre idée de ce que c'est, un policier de terrain. Je vais peut-être me faire taper sur les doigts. Mais les gens qui dirigent les opérations ici, ils savent qui fait du bon boulot. Et ce n'est pas vous. Vous êtes ridicules.

Karen ne cilla pas et ne broncha pas. Phil aurait été tellement fier d'elle, pensa Jason. Merde, lui, il était fier d'elle !

— Rangez votre bureau et sortez d'ici, finit-elle par lâcher en faisant un pas de côté pour le laisser passer.

Il attrapa son ordinateur portable, quelques stylos et un carnet rangé dans un tiroir. Cela prouvait clairement qu'il n'avait jamais eu l'intention de s'investir dans l'UEH. *Bon débarras*, pensa Jason.

En silence, ils le regardèrent partir. Puis Karen poussa un profond soupir et lança :

— Ça te dirait de boire un verre ? Je crois qu'on l'a bien mérité.

55

2018 – Édimbourg

Karen ne s'était jamais sentie moins d'humeur à aller au travail. Ce n'était pas dû aux effets secondaires de l'alcool : ils avaient tous les deux perdu l'envie de boire après le troisième verre. Mais elle souffrait des effets secondaires de la rage et du désespoir provoqués en elle par la mort de Barry Plummer. Elle n'appliquait pas toujours les règles à la lettre, elle le concédait. Mais elle connaissait la différence entre ça et ce que McCartney avait fait. Tordre le règlement pour faciliter l'application de la loi était à des années-lumière de piéger quelqu'un pour qu'il se fasse tuer. Elle ne pensait pas que cela avait été le but de McCartney. Mais il l'avait rendu possible. Et d'une certaine façon, c'était encore pire. Être si négligent, si inconséquent, c'était complètement étranger à Karen.

Et maintenant, elle allait devoir en subir les conséquences. Comme elle l'avait prédit, McCartney avait été suspendu dans l'attente d'une enquête interne. Sa carrière serait terminée, à moins qu'Ann Markie ne le défende, ce qui serait beaucoup demander. Mais c'était l'unité de Karen qui en était entachée. Quand il serait temps de désigner des coupables, l'UEH serait dans le collimateur. L'incident était déjà repris par tous les réseaux antisociaux, comme Karen se plaisait à les appeler.

La tente devant le commissariat avait été démontée. Les techniciens d'investigation criminelle avaient dû travailler non-stop sur cette scène de crime particulière. Ça ne donnait pas une bonne image de la police écossaise, d'avoir devant chez elle le symbole aussi flagrant d'un crime violent.

Les médias s'étaient dispersés, eux aussi, leur attention déjà attirée par autre chose. Il y aurait une conférence de presse un peu plus tard, elle n'en doutait pas. Mais Nonosse la tiendrait loin de la scène de crime dans le but de détourner les gens du lieu où s'était produit le meurtre.

Un pauvre bougre s'était vu confier la tâche de frotter le trottoir. Mais les taches avaient pénétré la surface, et une ombre brune persistait, là où s'était écoulé le sang de Barry Plummer. Ce rappel salutaire resterait ancré longtemps, pensa Karen en se dirigeant vers une porte qui lui permettait de contourner ce souvenir honteux.

Elle réussit à gagner son bureau sans croiser personne. Elle essaya de rassembler un peu d'enthousiasme pour la tâche qu'elle avait commencée la veille, pendant que Billy McAfee enroulait un torchon autour du couteau de cuisine et prenait l'autoroute en direction d'Édimbourg, la tête embrumée par sa soif de vengeance.

Elle avait à peine entré quelques mots dans le moteur de recherche qu'un bruit la remplit d'effroi. Des claquements brefs de talons sur le sol en vinyle, se rapprochant de son bureau. Karen se prépara, et la porte s'ouvrit d'un coup, sur la commissaire adjointe Ann Markie. On aurait dit qu'elle venait de sortir d'un salon de beauté après un relooking. Karen en déduisit qu'une conférence de presse était imminente.

Markie garda le silence un long moment. Elle observait ce qu'elle pouvait apercevoir de Karen derrière son bureau, ses yeux allant de sa taille à sa tête, la bouche pincée de dédain.

— Cette semaine, vous avez vraiment décidé de traîner la police écossaise dans la boue, n'est-ce pas ? finit-elle par dire.

Karen se leva. Elle savait que son sweat en coton et son jean noir n'égalaient pas l'uniforme sur mesure impeccable de Markie et sa chemise immaculée, mais elle s'en fichait, désormais. Elle en avait assez de se sentir inférieure à une femme qui ne la surpassait dans aucun domaine qu'elle jugeait important.

— Pas moi, répondit-elle calmement. La seule personne qui a mal agi, ici, c'est McCartney. L'homme que vous avez imposé à mon unité.

— Mais c'est votre unité, commandant Pirie. Vous devez assumer la responsabilité de ce qui s'y passe. Et à l'heure qu'il est, vous avez un pied dans la tombe.

— Ce n'est pas mon pied qui est dans la tombe, madame. Je me défendrai volontiers devant l'Inspection générale. Parce que la seule personne en faute ici, c'est votre sournois petit lèche-bottes.

Markie écarquilla les yeux.

— Comment osez-vous me parler de cette façon ?

Karen ne cilla pas et resta de marbre, bien décidée à ne pas donner à Markie la satisfaction de voir la colère et la douleur qui la rongeaient. Elle savait qu'il valait mieux ne rien dire, mais il était trop tard pour ça.

— Quelqu'un doit bien s'en charger. Cette unité fait un travail important, et elle le fait bien. Nous sommes fiers de notre façon de nous conduire. Mais vous avez imposé à mon unité un homme, sans me consulter. Il s'est montré constamment perturbateur et démoralisant. Aujourd'hui, une personne est morte à cause de l'indiscrétion et l'irresponsabilité de Gerry McCartney. Pourquoi nous imposer un policier avec de tels traits de caractère, à moins de vouloir délibérément nous foutre en l'air ? Et pourquoi, madame, chercheriez-vous à foutre en l'air un commandant qui obtient le genre de résultats positifs dont vous adorez vous vanter ?

Markie fit un pas en arrière.

— Vous n'êtes pas à votre place, Pirie. On ne parle pas comme ça à un supérieur hiérarchique.

Karen s'assit.

— Alors dénoncez-moi à l'Inspection générale. Je serai heureuse de soulever le couvercle de cette boîte de Pandore. Parce que depuis le temps, vous devriez savoir qu'il n'y a pas de secrets, dans un commissariat. Maintenant, si ça ne vous ennuie pas, j'ai du travail. Je suis sûre que vous aussi. Votre protégé a laissé un sacré bazar que vous devez nettoyer.

Sous son bureau, ses jambes tremblaient, mais elle ne laisserait pas Markie prendre le dessus. Cette femme avait tort ; c'était aussi simple que ça. Karen savait toutefois qu'elle marchait sur un fil sans filet de sécurité.

Les joues de Markie avaient une rougeur que même ses talents cosmétiques ne pouvaient camoufler.

— Ce n'est pas terminé, siffla-t-elle. Vous n'êtes pas intouchable.

— Eh bien nous sommes deux, j'imagine, répondit Karen sur un ton moqueur en rallumant son ordinateur. Si vous voulez bien m'excuser. Je suis sûre que le public vous attend.

Elle leva les yeux et ajouta :

— Vous savez, je pensais qu'avoir un chef femme était une bonne chose. Solidarité féminine et tout ça, dit-elle avant de lâcher un rire bref. J'aurais dû penser à Margaret Thatcher plutôt qu'à Nicola Sturgeon.

— Vous avez de la chance que je n'enregistre pas cette conversation. La prochaine fois, je le ferai.

Sur ce, Markie tourna les talons et s'en alla.

Karen aurait dû se sentir victorieuse ; au lieu de quoi, elle était plutôt abattue. Peu de femmes s'élevaient dans la hiérarchie et pour chacune qui comprenait l'importance de la solidarité, il y en avait une prête à décapiter toutes ses concurrentes. On disait que les sommets étaient solitaires. Mais parfois, c'était toute l'ascension qui l'était.

Elle tendit les bras sur les côtés et agita vigoureusement ses mains et ses poignets. Cette action physique lui donna l'impression de s'être débarrassée de l'entrevue avec Nonosse. Elle savait que ce n'était pas aussi simple, que cela reviendrait la hanter plus tard, mais pour l'heure, elle avait mis de côté ces émotions compliquées. Elle était enquêtrice ; le moment était venu d'enquêter. Jason était sur le terrain à la recherche d'archives concernant des vans de 1995. Le moins qu'elle puisse faire, c'était s'attaquer à l'affaire sous un angle différent.

Karen comprit rapidement que dans le Michigan, les testaments homologués étaient conservés au palais de justice local. Elle savait que le grand-père de Shirley O'Shaughnessy avait vécu à Hamtramck mais ignorait son nom. Il allait falloir y arriver par un chemin détourné.

D'après l'article du magazine, Shirley O'Shaughnessy était née à Milwaukee. Karen découvrit bientôt que les archives complètes étaient disponibles en ligne, mais elle ne pouvait y accéder sans une pièce d'identité prouvant qu'elle avait le droit de consulter ce certificat de naissance en particulier. Il allait falloir les appeler et convaincre un employé de lui donner ce dont elle avait besoin. Une fois qu'elle aurait le certificat de naissance d'O'Shaughnessy, elle pourrait remonter jusqu'à sa mère et son grand-père maternel. Et jusqu'au testament.

Mais elle ne pourrait lancer cette recherche avant plusieurs heures. Des heures à attendre le prochain qui viendrait lui botter les fesses. Karen n'était pas d'humeur pour ça. Elle enfila son manteau et quitta Gayfield Square par la sortie côté parking. Au moins, le soleil brillait, à présent. Elle coupa à travers le dédale des ruelles, longeant l'arrière plutôt banal d'élégantes bâtisses géorgiennes jusqu'à Dundas Street. Ensuite, elle gravit Princes Street puis monta encore jusqu'à Playfair Steps jusqu'au sommet du Mound, indifférente à la vue spectaculaire de part et d'autre.

Pendant qu'elle attendait au passage piéton de Royal Mile, Karen s'approcha de la statue de David Hume. Comme le grand philosophe, elle était rationaliste. Mais ça ne pouvait pas faire de mal d'imiter les centaines d'étudiants et d'enfants qui avaient, par superstition, frotté le gros orteil en bronze brillant dans l'espoir d'obtenir savoir et intelligence. Un rapide coup d'œil aux alentours pour s'assurer qu'aucune de ses connaissances ne se trouvait dans le coin, et Karen se livra à sa petite lubie puérile. *Dieu sait qu'il me faut toute l'aide possible en ce moment.*

Ensuite, elle traversa la rue et George IV Bridge. Elle passa devant la National Library of Scotland, où Jason liait de nouvelles amitiés. À ce moment-là, elle ralentit. Qu'est-ce qu'elle était en train de faire ? C'était le genre de bêtises bonnes pour les ados, pas pour une femme adulte plus intelligente que ça. Elle marqua une pause à une vingtaine de mètres de Perk.

Mais pourquoi pas, après tout ? Elle n'était plus une ado. Elle était une adulte qui pouvait faire ses propres choix. Tant qu'à être venue jusqu'ici, autant aller boire un café. Après tout, elle lui avait dit qu'elle fréquentait cet endroit de temps en temps. Plaquant sur son visage une expression qu'elle espérait neutre, Karen entra dans le petit café. Il y avait une demi-douzaine de tables, la plupart occupées par de jeunes gens avec des ordinateurs portables, profitant du Wi-Fi gratuit. La machine à café reluisante était située derrière le comptoir, à mi-chemin de la porte. Karen fit la queue puis commanda un café au lait à un barista joyeux à l'épaisse tignasse noire et bouclée. Il répéta sa commande à son collègue et quand elle le paya, elle demanda d'un air détaché :

— Est-ce que Hamish est dans le coin ?

Le barista la dévisagea plus attentivement.

— Désolé, vous l'avez raté. Il était là tout à l'heure.

Il haussa les épaules pour s'excuser. Puis il s'arrêta et la fixa du regard.

— Vous êtes la policière ! s'exclama-t-il.

— Pardon ?

— Les boucles d'oreilles. Je les reconnais. Il les avait fait envoyer ici.

— Comment ça, envoyer ici ?

Elle ne comprenait pas bien.

— Il les avait fait envoyer ici parce qu'il n'était pas sûr d'être chez lui au moment de la livraison. Il a dit qu'il avait hâte de vous les donner.

— Il les a achetées ?

Ce fut au tour du barista de ne pas comprendre.

— Euh, oui… Comment vous pensiez qu'il…

Karen éclata de rire.

— Désolée, bien sûr ! Je n'avais pas pensé qu'il avait pu les faire livrer.

L'incompréhension dissipée, il lui tendit son café.

— Elles sont belles. Même si c'est pas le genre de choses que j'aurais vues sur une policière. J'imagine que personne ne s'attend à ce que vous ayez bon goût, hein ?

— Non, effectivement.

Il lui adressa un clin d'œil.

— En tout cas, vous auriez pu tomber sur pire que Hamish.

Mais elle n'écoutait plus. Elle essayait de comprendre les propos qu'ils venaient d'échanger. Le barista devait s'être mélangé les pinceaux. Peut-être que Hamish avait acheté une paire de boucles d'oreilles en ligne pour quelqu'un d'autre, sans aucun rapport avec sa mission de retrouver la sienne, et que le barista avait confondu.

Mais ça n'avait pas de sens, parce qu'il avait reconnu les boucles d'oreilles et su qu'elle était policière. Pour faire le lien entre les deux, il avait fallu qu'il les voie au moment où Hamish ouvrait le paquet, et qu'il sache qu'elles appartenaient à Karen. À moins qu'il n'ait acheté des boucles d'oreilles pour une autre policière, ce qui était franchement absurde.

Peut-être que Hamish avait bien aimé ses boucles d'oreilles et qu'il en avait acheté une paire pour quelqu'un d'autre ? C'était presque logique. En tout cas, plus logique que l'hypothèse selon laquelle il n'avait pas retrouvé son bijou dans le siphon et en avait donc acheté une autre paire.

Parce que ça, c'était vraiment absurde.

56

2018 – Édimbourg

Jason apprenait tout un tas de choses sur les campings. Tout d'abord, ils ne semblaient pas changer souvent de main. Ce qui, en théorie, aurait dû aider sa cause. Sauf qu'ils ne tenaient pas très bien leurs registres, avait-il découvert ensuite. Il supposait que cela venait du fait qu'ils n'étaient pas toujours transparents avec le fisc. Mais même ceux qui avaient des registres relativement bien tenus ne remontaient pas aussi loin que 1995.

— Voyez-vous, si on a une enquête du fisc ou de la TVA, lui avait expliqué doucement une femme à l'air maternel qui tenait un camping familial près de Berwick Law, ils ne peuvent remonter qu'à sept ans. Donc tout ce qui est plus ancien que ça, on s'en débarrasse en fin d'année.

— Mais vous ne vous souvenez pas des gens ? avait-il demandé.

— S'ils reviennent chaque année et qu'ils louent un mobile home, on finit par les connaître, concéda-t-elle. Mais les gens qui ont leur propre van ? Pas vraiment.

— Ce van serait resté ici peut-être pendant trois mois. De septembre à décembre. J'imagine que c'est une période calme pour vous ? demanda Jason.

C'était son cinquième camping ; il commençait à maîtriser son laïus.

— Voici une photo du van en question.

Il lui montra l'agrandissement imprimé de la photo qu'ils avaient reçue ainsi qu'un cliché provenant de la publicité du constructeur. Jason avait, non sans peine, scanné la publicité et modifié la couleur de la peinture.

La femme fut catégorique :

— Joli van. Mais ça me rappelle rien du tout, mon garçon.

— La conductrice était une jeune Américaine. Elle s'appelait Shirley.

— J'aurais bien aimé vous aider, dit-elle avec un sourire plein de regret. Je ne sais pas où elle est allée, mais je suis sûre que ce n'était pas ici.

Elle lui rendit ses documents.

— Bon courage. Vous allez en avoir besoin.

En début d'après-midi, il approchait de la fin de la liste qu'il avait dressée à partir des vieux guides de la bibliothèque. À ce moment-là, alors qu'il roulait sur le périphérique, il vit un panneau qui faillit le faire virer dans le fossé. « CAMPSIE'S CARAVANS AND CAMPER VANS. PROCHAINE SORTIE. »

Jason bifurqua et suivit le panneau, qui le mena sur une route de campagne débouchant sur un site de la taille d'un terrain de football. Il y avait un océan de vans, de caravanes et de camping-cars. Techniquement, il ne s'agissait pas d'un camping. Mais gardant en tête le commentaire de Karen sur l'aiguille et la botte de foin, il se demanda s'il ne pouvait pas y trouver une réponse. Si O'Shaughnessy n'avait pas habité dans son van, elle n'avait pas besoin des commodités habituellement proposées. Elle avait peut-être négocié un prix pour le garer ici. Comme on le ferait avec une voiture si on partait en voyage pour une longue période.

Il se gara dans la cour et pénétra dans un mobile home qui servait de bureau. Il expliqua qui il était et ce qu'il cherchait. Il montra de nouveau ses photos. L'homme bien en chair qui se tenait derrière la table en métal ne prit même pas la peine de les regarder.

— On faisait pas ce genre de trucs, dit-il en se grattant l'aisselle. Trop de boulot. Je préfère rester simple. Vendre un van, en acheter un. Mais je vais vous dire quelque chose : y a un ou deux sites, pas loin de l'aéroport, qui louent des vans en plus de les acheter et de les vendre. Ils seraient peut-être d'accord pour que quelqu'un stationne son véhicule chez eux.

Il se pencha vers une pile d'enveloppes utilisées et griffonna deux noms.

— Tenez, voilà. Ne leur dites pas que c'est moi qui vous envoie, ajouta-t-il en gloussant. Personne n'aime avoir la visite de la police.

— Sauf si on n'a rien à cacher, rétorqua Jason sur un ton docte.

— On a tous quelque chose à cacher, mon garçon. Même vous, lui dit-il en lui lançant un regard en coin suivi d'un clin d'œil. Fermez la porte derrière vous.

Jason fit chou blanc à la première adresse de la liste. Il rassembla péniblement ses forces avant d'aller voir la deuxième. Il avait faim et n'avait pas ingéré de sucre depuis au moins trois heures. La seule chose qui le motivait pour continuer, c'était d'imaginer ses collègues de Gayfield Square lui tomber dessus un à un s'il revenait au commissariat.

Il se gara, remarquant que Bellfield Mobile Homes était quelques crans au-dessus de Campsie's Caravans en matière d'image de marque. Leur réception se tenait dans un vrai bâtiment doté de grandes fenêtres et de canapés en cuir. Un homme en blouse portant le monogramme de l'entreprise se tenait derrière le comptoir incurvé. Sur les tables basses étaient dispersés des magazines vantant ces espèces de camping-cars monstrueux qui bloquaient les routes des Highlands six mois de l'année. Jason poussa la lourde porte et adressa un signe de la main au vendeur.

Il avança jusqu'au comptoir puis se présenta. L'homme en blouse avait une cinquantaine d'années et ses cheveux poivre et sel étaient taillés en brosse, de manière assez anachronique. Avec sa tenue brun clair, il avait l'air d'un vestige de l'US Air Force pendant la Seconde Guerre mondiale. L'illusion se dissipa dès qu'il dit, avec un accent de Doric prononcé :

— Que puis-je faire pour vous ?

Il fallut à Jason quelques secondes pour décrypter les mots. Sur un ton las, il expliqua sa mission.

— Je me demandais s'il vous arrivait de garder les vans de certains clients en stationnement.

À sa grande surprise, son interlocuteur hocha la tête.

— Pas souvent, quand même. Mais ça arrive. En particulier si on leur a vendu le van.

Jason sortit les photos.

— Et ce van en particulier ? En 1995 ?

L'homme éclata de rire.

— J'étais pas ici à l'époque, mon garçon. J'étais toujours à Buckie. Mais attendez une minute, je vais chercher Donny.

D'un pas rapide, il rejoignit une porte derrière le comptoir. Quand il revint quelques minutes plus tard, il était suivi par un homme costaud dont le visage bouffi et les yeux tombants empêchaient de deviner l'âge. Sa blouse pâlie était couverte de taches d'huile. La même huile qui semblait avoir coiffé ses épais cheveux blonds. Il avait le teint rosacé de l'homme qui ne boit plus par plaisir mais par nécessité.

— D'après Jos, vous êtes policier, dit-il en tendant une main calleuse.

Ses ongles étaient rongés et tachés par l'huile.

Jason avait l'habitude des hommes comme Donny. Ils lui rappelaient son frère Ronan et ses copains. Il lui serra la main et expliqua une nouvelle fois ce qui l'amenait là.

Donny laissa échapper un soupir aux relents d'oignons.

— 1995, ça fait un bail. On venait d'ouvrir. Faites voir ce van.

Jason lui montra les photos.

— Ça me dit quelque chose, articula-t-il lentement, sourcils froncés comme deux chenilles.

— On pense que la conductrice était peut-être américaine.

Son visage s'éclaira et il afficha un sourire salace.

— Pourquoi vous l'avez pas dit plus tôt ? Je me rappelle d'elle, ça c'est sûr, dit-il en donnant un coup de coude dans les côtes de son collègue. Un sacré canon.

Il forma une coupe avec ses mains devant sa poitrine.

— On voyait pas souvent une paire de nichons pareille derrière le volant d'un van, ajouta-t-il en hochant de la tête avec enthousiasme. Ça me revient, maintenant. Elle est venue avec le van, en disant qu'elle venait de l'acheter, mais elle n'avait nulle part où le garer pour l'instant. Finalement, on a dû le garder trois ou quatre mois, si je me rappelle bien.

Jason n'en croyait pas ses oreilles. Voilà que son enquête repartait aussi efficacement que s'il avait mangé un Mars.

— J'imagine que vous n'avez pas de traces de ça, je veux dire, dans vos registres ?

Donny se mordilla la lèvre inférieure.

— C'était avant qu'on ait l'ordinateur… Tout était encore sur papier, à l'époque, dit-il en se frottant le menton, plongé dans ses pensées. Shelley les conservait tous dans des dossiers.

Ils doivent être dans la vieille baraque de chantier. Venez, on va jeter un coup d'œil pour voir ce qu'on trouve.

Ils parcoururent un dédale de petits sentiers slalomant entre les mobile homes pour finir par déboucher sur une baraque qui avait connu des jours meilleurs. La peinture vert olive s'écaillait comme un morceau de peau souffrant d'eczéma, et les fenêtres étaient crasseuses.

— À l'époque où on a commencé, c'était notre bureau, expliqua Donny en déverrouillant la porte dans un crissement de métal. Aujourd'hui on l'utilise plus que pour le stockage.

L'intérieur était meublé par des étagères industrielles couvertes de poussière. Une vague odeur d'ammoniaque et de renfermé flottait dans l'air, et des petits pots contenant du poison contre les rongeurs étaient dispersés ici et là. Ce n'était pas un lieu où Jason avait envie de s'éterniser.

Donny parcourut les étagères en regardant les gribouillis au marqueur noir sur les boîtes d'archives.

— On dirait qu'elles sont plus ou moins dans l'ordre. Vous voyez ?

Il en indiqua une où il était écrit : *TVA : 2, 3, 4 - 04*.

— Ça doit être toute la paperasse pour la TVA, pour ce semestre. Vous pouvez prendre ce segment, là-bas. Cherchez quelque chose qui dise « 8, 9, 10 – 95 ».

Jason s'exécuta. Tout était gris de poussière, et plus il s'enfonçait, moins on y voyait clair. Il devait épousseter la surface des boîtes avec sa manche pour pouvoir lire ce qui était écrit. Les nuages de poussière le faisaient éternuer, provoquant de nouveaux nuages. Mais sa persévérance finit par payer : il trouva enfin la bonne boîte sur l'étagère du bas. Il s'accroupit pour la sortir.

— Je crois que je l'ai, annonça-t-il.

Il ouvrit le couvercle et regarda la pile de dossiers à l'intérieur.

Donny s'approcha de lui.

— C'est ce qu'il vous faut, confirma-t-il. Venez, on va retourner à la réception, vous pourrez les consulter là-bas. Je vais demander à Woody de vous préparer une tasse de thé.

La tâche fut fastidieuse pour Jason, même ravitaillé par le thé de Woody et les shortbreads au caramel. Les comptes étaient bien tenus, mais comme Karen avait enseigné à Jason à ne rien prendre pour argent comptant, il se sentait obligé de vérifier chaque entrée avec la facture correspondante. Juste pour être vraiment sûr. Et même s'il savait que ça ne servait à rien de regarder avant septembre, il commença malgré tout en août, au cas où une erreur de classement ait été commise.

Comme il s'y attendait, août ne donna rien. Il y avait plein de locations et quelques ventes, mais rien qui suggérât un stationnement de longue durée. Il se plongea dans le mois de septembre et finit par trouver. Le troisième lundi de septembre : « Location de stationnement », suivi du numéro d'immatriculation, de la marque et du modèle du van de Joey Sutherland. Jason eut envie de bondir en frappant l'air de ses poings, mais se contenta de pousser un profond soupir de satisfaction.

Il tourna la page suivante de la pile de factures et bingo : Shirley O'Shaughnessy, la même adresse que sur le certificat d'immatriculation, ainsi qu'une facture pour un stationnement d'un mois concernant un van qu'elle ne posséderait officiellement que trois mois plus tard. Il se leva et adressa un sourire à Woody derrière le comptoir :

— Il me faudrait une copie de ces documents, dit-il.

Il était trop tard pour rentrer au bureau ce soir. Mais au moins, il était sûr que la journée de demain commencerait mieux pour Karen que celle d'aujourd'hui.

57

2018 – Édimbourg

Tandis que Jason analysait les déclarations de TVA de Bellfield Mobile Homes, Karen menait une recherche de documents différente mais tout aussi fastidieuse, même si elle avait la tête ailleurs. Elle n'avait aucun souvenir de la route qu'elle avait empruntée pour regagner Gayfield Square, tellement la conversation avec le barista du Perk l'avait plongée dans la perplexité. Elle envisagea d'appeler Hamish pour lui demander à quoi il jouait. Mais quand elle énuméra les issues possibles d'un tel coup de fil, elle n'en trouva aucune qui la satisfasse. Le problème, c'était qu'elle l'aimait bien. Et elle n'avait pas envie de devoir y mettre un terme. Elle ne voulait pas l'acculer ; rien de bon ne pourrait en sortir.

Ce fut presque un soulagement d'être de retour au bureau. Là, elle se sentit obligée de se concentrer sur le travail. D'après ses calculs, il était déjà huit heures du matin passées à Milwaukee. Au cours de sa promenade, elle avait pensé qu'il serait plus fructueux pour elle de solliciter des collègues policiers qu'un employé anonyme dans un palais de justice de comté. Comme elle savait que les Américains avaient tendance à commencer plus tôt qu'en Écosse, elle appela le commissariat de Milwaukee. Bien entendu, la ligne était occupée, mais au lieu de l'affreuse musique d'ambiance habituelle, on lui diffusa une série d'annonces gouvernementales exposées comme des saynètes. Elle apprit qu'il était dangereux de laisser ses clés de voiture sur le contact par un matin d'hiver. Et qu'il valait mieux ne pas ranger le double des clés de son domicile là où un cambrioleur pouvait le trouver. Un être humain finit par répondre :

— Commissariat de Milwaukee, en quoi puis-je vous aider ?

Karen se présenta et demanda à parler à un inspecteur. Son interlocuteur parut hésitant.

— Est-ce que vous pouvez me prouver que vous êtes bien officier de police, madame ? demanda-t-il.

Ils convinrent qu'un détective américain appellerait Gayfield Square afin de confirmer la ligne directe de l'UEH.

— Je vais faire en sorte que quelqu'un vous rappelle dès que possible, madame, lui assura-t-il.

Les sept minutes qui s'écoulèrent avant que le téléphone ne sonne parurent beaucoup plus longues. Karen décrocha dès la première sonnerie.

— Commandant Pirie. Unité des enquêtes historiques, annonça-t-elle.

— J'imagine que vous êtes bien celle que vous prétendez, répondit sur un ton amusé une Américaine du Midwest. Je suis l'inspectrice Amy Shulman. Je dois dire que je suis très curieuse de savoir pourquoi une policière d'Édimbourg (prononcé Edinboro) appelle le commissariat de Milwaukee à son secours. Vous avez quelqu'un en fuite ?

— Rien de si glamour, hélas, inspectrice Shulman. J'ai besoin d'informations pour mon enquête en cours. C'est une longue histoire. Mais en gros, nous avons un suspect pour un meurtre datant d'il y a vingt-trois ans, et ce suspect est une ressortissante américaine. Nous pensons qu'elle a obtenu une importante somme d'argent à l'issue de ce crime. Mais elle prétend que l'argent qu'elle a utilisé pour lancer sa carrière professionnelle fin 1995 provient d'un héritage de son grand-père. J'espérais que vous puissiez m'aider à découvrir si c'est la vérité ou non.

— OK. Donc j'imagine que vous aimeriez voir une copie du testament du grand-père ?

— Exactement.

— Comment s'appelle-t-il ? Je suppose qu'il résidait à Milwaukee, et que vous ne nous appelez pas simplement au hasard, ajouta-t-elle en riant.

— Ce n'est pas aussi simple. Notre suspect est né à Milwaukee, mais son père est mort peu avant son troisième anniversaire. Elle et sa mère ont déménagé à Hamtramck, dans le Michigan, près du grand-père. Apparemment, il était chef de la sécurité de l'usine Dodge. Mais je ne connais pas son nom.

— Vous ne savez pas grand-chose, hein ?

Shulman avait quelque peu perdu de sa bonne humeur, à présent.

— Je pensais que si vous pouviez avoir accès au certificat de naissance du suspect, il serait possible de retrouver les documents concernant sa mère et d'arriver ainsi jusqu'au grand-père ?

Karen garda un ton professionnel, résistant à l'envie de la cajoler. Elle savait à quel point ça l'exaspérait quand les gens essayaient ça avec elle.

— J'imagine que oui. Ça ne devrait pas être trop compliqué. Toutes ces informations sont numérisées, de nos jours. Ils ne seront peut-être pas très enclins à vous les transmettre, mais moi je devrais pouvoir obtenir l'autorisation. Il faudra peut-être que je demande la signature d'un juge, mais ce n'est pas un secret d'État. Si vous m'envoyez tous vos éléments par e-mail, je verrai ce que je peux faire.

— Merci.

Elles échangèrent leurs coordonnées.

— D'après vous, ça va prendre combien de temps ?

— J'imagine que ce n'est pas trop urgent vu que c'est une affaire ancienne.

Karen fit une grimace au téléphone.

— J'aimerais bien boucler ça aussi vite que possible. La famille de la victime vient tout juste d'apprendre que leur fils est mort.

— Je comprends. Vous n'avez pas envie de les laisser mariner. Je m'en occupe, j'irai aussi vite que possible.

— Merci beaucoup.

— Aucun problème. Quand je viendrai en Écosse, vous me ferez faire une visite personnalisée, je compte sur vous, commandant Pirie.

Karen raccrocha. Elle avait fait son maximum. À présent, quelqu'un d'autre prenait le relais. Elle trouvait ce genre de situations extrêmement frustrantes. Avec son efficacité habituelle, elle rassembla les quelques informations dont ils disposaient au sujet de Shirley O'Shaughnessy et les transféra à Amy Shulman.

Après avoir envoyé l'e-mail, elle se mit à penser à Billy McAfee. Il avait dû comparaître devant un shérif le matin même et être envoyé en détention provisoire. Elle l'imaginait, choqué et perdu dans l'enfer de l'univers carcéral. Ce serait aussi terrible, sinon pire, pour sa femme. À sa place, Karen se serait sentie doublement en deuil. Le décès de leur fille, après trente ans à s'occuper d'elle, avait dû être à la fois un soulagement et une épreuve. Et voilà que, alors qu'ils étaient encore ébranlés et fragiles, avant même d'avoir pu profiter de leur nouvelle liberté, Gerry McCartney avait soumis Billy McAfee à une irrésistible tentation.

Cela semblait être l'élément commun à toutes ses enquêtes, en ce moment : des gens soumis à une tentation à laquelle ils ne pouvaient ou ne voulaient résister. Willow Henderson avait tellement convoité sa maison et l'assurance-vie de son mari qu'elle en avait sacrifié la vie de sa meilleure amie. Billy McAfee avait été tenté d'obtenir vengeance pour les tourments que Barry Plummer avait fait endurer à sa fille – et à la famille tout entière. Quant à Shirley O'Shaughnessy, elle avait été tentée de prendre un raccourci pour réaliser ses ambitions professionnelles. S'ils avaient tous eu assez volonté pour tourner le dos à la facilité, trois personnes au moins seraient encore en vie.

C'était une pensée glaçante.

Avant qu'elle ne puisse s'appesantir davantage sur ces questions, son téléphone sonna. L'écran annonçait *Hamish Mackenzie*. Elle hésita un moment. Ce qu'elle avait appris avait modifié ses sentiments pour lui après la soirée passée ensemble. Mais la curiosité l'emporta. Elle décrocha en lançant :

— Salut, Hamish.

— Karen, je suis désolée de t'avoir ratée tout à l'heure. Anders, le barista du George IV Bridge, m'a dit que tu étais venue et que tu avais demandé à me voir.

— Je passais par là et j'avais besoin d'un café. Je ne te cherchais pas spécialement, c'était juste par politesse, au cas où tu étais dans le coin, répondit-elle sur un ton froid mais en adoptant comme lui le tutoiement.

— OK, répondit-il naturellement. La prochaine fois, ce sera offert par la maison. Et en parlant de la prochaine fois… quand serais-tu libre pour dîner ?

Elle était partagée. Elle avait envie de le revoir mais était méfiante, à la fois en tant que femme et en tant que flic.

— Qu'est-ce qui t'arrangerait ? demanda-t-elle à son tour pour gagner du temps.

— Rien ne vaut le moment présent… Ce soir ?

— Impossible pour moi, ce soir. Je suis à un stade crucial d'une enquête. Je ne peux pas me concentrer sur autre chose.

— Dans le courant du week-end, alors ? Pas demain, mais je suis disponible après-demain, si tu penses que ton enquête sera résolue.

— Elles ne se résolvent pas aussi facilement, malheureusement. Il faut les y forcer. Est-ce que je peux te rappeler ? Si je peux me libérer, je te contacte.

— D'accord, avec plaisir. J'ai vraiment apprécié notre soirée l'autre jour. C'est rare que je me détende avec quelqu'un que je connais si peu.

Karen esquissa une moue contrite. Elle partageait ce sentiment. Mais l'histoire des boucles d'oreilles avait gâché cette impression.

— Je vois ce que tu veux dire, dit-elle en restant volontairement évasive. Je vais voir si je peux me libérer, Hamish.

— Je croise les doigts, Karen. Au fait, est-ce que vous progressez sur l'affaire Joey Sutherland ?

Si tel avait été l'objectif principal de son appel, il avait attendu le tout dernier moment.

— Lentement, répondit-elle. Ces choses-là prennent toujours du temps. Ce n'est pas facile de s'appuyer sur les souvenirs lointains des gens. Mais on va y arriver. Crois-moi, Hamish. On va y arriver.

— Super. Je te laisse travailler, Karen. J'espère te voir bientôt.

Elle était sûre qu'il était sincère. Mais elle était moins sûre de ses motivations.

58

2018 – Édimbourg

Après le coup de téléphone de Hamish, Karen ne parvint pas à se concentrer. L'inaction forcée consistant à attendre la prochaine avancée dans une affaire la rendait toujours folle, et elle ne cessait de ruminer sa conversation avec Hamish, ce qui lui causait une extrême frustration. Pourquoi le laissait-elle l'atteindre à ce point ? Elle ne cherchait aucune complication émotionnelle dans sa vie et n'avait certainement pas besoin d'un homme pour se sentir comblée. Elle ne traversait peut-être pas l'existence dans un état de bonheur absolu, mais elle allait bien.

Elle enfila son manteau en marmonnant et quitta le bureau, se frayant un chemin à travers les regards noirs et les messes basses sombres qui l'accompagnèrent jusqu'à la sortie. Le soleil était en train de perdre sa bataille contre les fins nuages gris qui arrivaient depuis le Forth, mais il faisait encore bon. Il était temps de trouver un refuge où se mettre à l'abri des critiques de ses collègues, prompts à lui faire porter la responsabilité du meurtre de Barry Plummer.

À cette heure de la journée, Aleppo était animé. Les parents qui s'arrêtaient pour un café en allant chercher les enfants à l'école ; les freelances qui s'accordaient une pause hors de leurs quatre murs ; un quatuor de retraités qui se retrouvaient tous les jours pour faire passer le temps autour d'une partie de dominos ; et les réfugiés syriens qui n'avaient pas d'autre endroit où ils se sentaient chez eux. Il n'y avait pas de table libre, si bien que Karen s'installa sur un tabouret, au comptoir. Comme elle n'avait plus envie de café, elle commanda une eau pétillante et deux *ma'amoul*. Amena la servit, indiquant les pâtisseries en forme d'étoiles parsemées d'amandes et de graines de sésame.

— Préparées cet après-midi, précisa-t-elle.

— Dattes, ou figues ?

Amena sourit.

— Dattes, comme vous les aimez.

Karen en mordit une bouchée et savoura les arômes, qui emplirent ses papilles.

— Oh, c'est divin, dit-elle en sentant que le sucre atténuait son humeur grincheuse.

— Ça donne le sourire.

Amena se tourna pour servir quelqu'un d'autre. L'animation se calma peu à peu et elle revint remplir le verre de Karen.

— Vous avez du monde aujourd'hui, commenta cette dernière.

— C'est bien. Miran a dit peut-être on ouvre un autre café, dit-elle en tapotant la main de Karen. Merci.

Karen se sentit mal à l'aise, comme chaque fois que les Syriens lui attribuaient la responsabilité de leur entreprise.

— J'ai juste ouvert la porte. Vous avez fait tout le boulot.

— Miran a un cousin à Londres. Les gens là-bas, ils ne sont pas aussi gentils qu'ici. On a de la chance de ne pas être là-bas.

Karen sourit.

— Ça ne compense pas ce que vous avez vécu en Syrie, mais je suis heureuse que vous pensiez ça.

Amena hocha la tête.

— La dernière fois, vous avez parlé à deux femmes ?

— Vous vous souvenez d'elles ?

Elle pointa du doigt l'étagère en bois, près de la porte, où étaient empilés quelques exemplaires d'un quotidien gratuit.

— J'ai vu une photo de la femme qui a payé. Elle est morte ? demanda-t-elle en secouant la tête, ahurie.

— En effet. Elle a été tuée.

La détresse d'Amena était visible. Karen imagina que cela devait la secouer d'être de nouveau confrontée à la violence, alors qu'elle se croyait en sécurité.

— C'est terrible. Qui l'a tuée ?

— On ne sait pas encore. C'est compliqué.

Amena prit un torchon et se mit à essuyer le comptoir.

— Elle était en colère après que vous lui avez parlé.

Karen, qui ne s'était pas éternisée ce jour-là pour assister aux conséquences de sa mise en garde, fut intriguée.

— Elle a dit quelque chose ?

— Pas à moi. Mais après votre départ, son amie est revenue. Elle était en colère. Elle a parlé fort. Elle a demandé à l'autre qu'est-ce que vous avez dit.

La curiosité de Karen était piquée.

— Est-ce que vous avez entendu la réponse de son amie ?

Hésitante, Amena acquiesça.

— Je suis pas sûre je comprends. Elle a ri et a dit : « Cette policière pense que tu veux le tuer. Et que tu me prends comme témoin de la défense. »

Karen ne parvenait pas à y croire. Un témoignage prouvant que Dandy Muir avait averti Willow Henderson qu'elle n'allait pas pouvoir mettre son plan à exécution sans éveiller de soupçons. Un témoignage qui donnait à Willow une motivation pour un double meurtre. Mais comment Amena pouvait-elle se rappeler ce dialogue avec autant de détails alors qu'elle maîtrisait mal l'anglais ?

— Vous êtes sûre ? demanda Karen, prudente.

Amena hocha brièvement la tête.

— Je comprends mieux que je parle, expliqua-t-elle avec un sourire timide. On regarde beaucoup de séries policières, avec la mère de Miran. C'est peut-être bizarre pour vous, avec tout ce qui est arrivé à nous. Mais on aime quand les méchants sont punis.

— Vous êtes sûre que la femme a dit ça ?

— Je suis sûre. Je m'en rappelle parce que c'est bizarre de le dire. Les Écossais ne parlent pas de meurtre ici, dit-elle en faisant la grimace. Seulement nous. Les Syriens.

C'était un témoignage significatif, Karen le savait. Mais était-ce suffisant ?

— Est-ce que vous les avez entendues dire autre chose ?

Amena secoua la tête.

— Celle qui est revenue, elle a l'air inquiet. Elle n'a pas parlé. Elle a posé une main sur le bras de son amie et dit quelque chose à son oreille. Après, son amie a demandé pour payer. Je prends l'argent et elles sont parties. Elles ont parlé ensemble, mais doucement.

— Ce que vous avez entendu, c'est peut-être important, Amena. Je dois le répéter à l'inspecteur chargé de l'enquête.

Karen avait parlé doucement, mais Amena écarquilla néanmoins les yeux, paniquée.

— Je veux pas parler avec police.

— Vous me parlez tout le temps. Ce détective, il est très gentil. Personne ne va vous menacer, Amena. Personne. Je vous le promets.

— Je dois parler avec Miran.

Elle regarda autour d'elle, cherchant désespérément son mari.

— Bien sûr. Parlez-en avec Miran. Il pourra vous accompagner quand vous viendrez nous voir. Vous n'avez pas à avoir peur, Amena.

Son cerveau tournait déjà à mille à l'heure. Il fallait qu'elle s'entretienne avec Jimmy. C'était peut-être l'élément clé pour convaincre le procureur de poursuivre Willow Henderson. Si l'affaire allait devant le tribunal, l'avocat général pourrait affirmer qu'Amena était un témoin fragile afin de lui épargner l'épreuve d'un contre-interrogatoire complet. Se penchant par-dessus le comptoir, Karen saisit la main d'Amena.

— Vous pouvez faire une bonne action, Amena. Personne ne sait mieux que vous qu'un meurtre ne devrait pas rester impuni.

Elles se mirent d'accord pour que Karen en parle à Jimmy avant de revenir vers elle et son mari. Miran était aussi anxieux que sa femme à l'idée d'une entrevue avec la police, mais son hésitation était tempérée par la confiance qui s'était instaurée entre Karen, lui et sa communauté au cours de leur combat pour ouvrir leur café. Elle s'était engagée à les aider à créer un lieu de rencontre et d'entraide ; grâce à cela, elle avait gagné des points à leurs yeux. Ce n'était pas dans ce but qu'elle leur avait donné un coup de main ; elle avait perçu leur détresse et leur isolement à un moment où elle traversait les mêmes émotions. Les aider l'avait aidée, elle aussi. « L'altruisme, ça n'existe pas », avait-elle soutenu à River en balayant d'un revers de la main l'admiration que son amie lui témoignait. « J'ai reçu bien plus que ce que j'ai donné. En plus, j'ai maintenant une source inépuisable de bon café. »

Plus tard dans la soirée, Karen retrouva Jimmy Hutton dans un bar à quelques rues de la maison où avait vécu Dandy Muir avec son mari et leurs deux enfants adolescents.

— Comment ça va ? demanda-t-elle en posant un verre d'eau gazeuse devant lui.

Il grimaça quand l'eau gazeuse sans gin toucha ses lèvres.

— Pas super bien. On a interrogé tous les voisins pour savoir si l'un d'entre eux avait eu une conversation intéressante avec Dandy. Mais rien. Je retourne parler au mari et aux enfants avec Jacqui tout à l'heure. Je n'arrive pas à croire qu'elle n'ait rien dit à personne.

— J'ai peut-être un petit truc qui pourrait t'aider, annonça Karen avant de détailler sa conversation avec Amena.

Jimmy écouta attentivement, sourcils froncés.

— Ça prouve ce qu'on pensait, tu as raison. La grande question, c'est : est-ce que ça suffit pour nous faire franchir la ligne ?

— Elle a entendu Dandy dire à Willow que je l'avais mise en garde. Si Willow avait tué Logan, Dandy se serait rappelé cette conversation.

— Sans aucun doute. Mais est-ce que ce serait suffisant pour convaincre Willow de la tuer ?

Karen haussa les épaules.

— Si elle était assez résolue et déterminée pour tuer son mari, je dirais que oui.

— Après l'avoir vue à l'œuvre, je me rangerais à ton avis.

Jimmy joua avec son alliance, comme il le faisait souvent quand il réfléchissait à un problème.

— Mais je m'inquiète qu'Amena puisse être notre témoin. Elle pourrait se faire démolir. Ils vont tout miser sur le lien qu'elle entretient avec toi. Prétendre qu'ils feraient n'importe quoi pour t'aider, par reconnaissance.

— Je n'avais pas pensé à ça.

Karen était déçue d'elle-même. Elle avait été tellement occupée à peser la valeur du témoignage d'Amena qu'elle avait oublié de s'inclure dans la balance.

— Tu as raison, bien sûr. Alors qu'est-ce que tu en penses ?

Jimmy secoua la tête.

— Je crois qu'on peut garder ça sous le coude au cas où. Si on poursuit l'enquête jusqu'au bout et qu'on ne trouve rien de mieux, j'irai voir Amena pour voir si ça peut marcher. C'est le mieux que je puisse faire.

Tandis qu'elle attendait un bus qui la ramènerait à l'autre bout de la ville, Karen tenta de ne pas céder au désespoir. Pas étonnant que Nonosse ne cesse de lui tomber dessus. Dernièrement, tout ce qu'elle touchait se transformait en boue. L'affaire Joey Sutherland ne tenait qu'à un fil. Barry Plummer était à la morgue. En tentant d'éviter un meurtre, elle avait probablement condamné Dandy Muir à mort, et elle avait complètement échoué à résoudre le meurtre d'une femme innocente. Markie avait peut-être raison. Peut-être qu'elle n'était pas à la hauteur de sa mission, finalement.

59

2018 – Gartcosh

Même s'il était presque neuf heures quand Karen et Jimmy arrivèrent à l'unité médico-légale de Gartcosh, elle n'avait pas hésité une seconde avant de répondre au coup de téléphone qui l'avait tirée de son désespoir. Il pleuvait des cordes, mais à cette heure de la soirée, Jimmy trouva une place de stationnement près de l'entrée.

— Tu vois, à l'avenir, je viendrai toujours ici à cette heure-là, dit-il en avançant dans le couloir menant au labo de Tamsin. Ça m'évitera de tourner un quart d'heure pour trouver une place. Sans oublier les cinq cents mètres à pied pour arriver à l'entrée ensuite.

— On est censés sauver la planète et prendre le bus.

Jimmy éclata de rire.

— Quel bus ?

— Exactement.

Tamsin les attendait dans son petit réduit à l'écart du labo principal.

— Vous avez de la chance, annonça-t-elle. Vous voyez cette petite beauté ?

Elle indiqua un grand écran posé sur une table à côté de son bureau. La seule chose qui le distinguait de tous les autres écrans de la pièce, c'était qu'il reposait sur un socle de plastique noir avec port USB.

— On dirait un écran, constata Jimmy.

— Je comprends pourquoi vous êtes devenu commandant, le taquina Tamsin.

Elle appuya sur une télécommande et l'écran s'alluma. Elle entra rapidement les informations requises par le système : identité, numéro d'enquête, puis nom de l'officier chargé de l'investigation. D'un tiroir, elle sortit un sachet contenant un téléphone et le brancha à un câble qu'elle fit passer par un trou, réalisé au fond du sachet. Elle relia ce câble au port USB.

— Ce joli matériel est arrivé il y a quelques jours. S'il tient ses promesses, on en commandera une quarantaine comme lui. Il est tellement facile à utiliser qu'il n'y a même pas besoin d'être technicien médico-légal. Branchez le téléphone, et ce monstre contourne le mot de passe de sécurité pour récupérer toutes les données contenues dans l'appareil.

Elle tapa sur l'écran et une liste de tous les éléments présents dans le téléphone s'afficha. Contacts, appels passés et reçus, textos, e-mails, applis et plus encore.

— Juste en quelques clics ? s'étonna Karen. Tu n'as pas téléchargé ça au préalable ?

— Si, mais sur un périphérique de secours. Je voulais vous montrer comment ça fonctionne en temps réel et ça, c'est le téléphone de Dandy Muir. Ça va transformer le travail que nous faisons ici. Ça va tout accélérer. Fini d'attendre six mois avant d'obtenir les données d'un téléphone. Et comme je l'ai dit, il va y en avoir quarante comme lui répartis dans tout le pays. C'est une aubaine de dingue.

Tamsin afficha un large sourire.

— Il va falloir s'assurer que nos données ne s'échappent pas, comme sur Facebook, dit Karen.

Tamsin lui tira la langue.

— Il n'est pas connecté au réseau. Il est isolé. Pour extraire les données, il faut soit les transférer sur une clé, soit les graver sur disque.

— Et qu'est-ce que nous révèle le téléphone de Dandy ? demanda Jimmy.

— J'ai tout vérifié, à partir de l'intervention de Karen dans le café. Mon Dieu, ce qu'elle a écrit comme e-mails ennuyeux. Mais rien sur le couple Henderson. Pas un mot. Elle n'a même pas dit à qui que ce soit qu'elle se rendait chez eux ce soir-là. La seule chose qu'elle a faite, c'est envoyer un texto à son fils pour lui dire qu'une pizza l'attendait dans le frigo pour le dîner, qu'elle rentrerait tard et qu'il devait faire ses devoirs, dit-elle en affichant une moue. Pas vraiment les dernières paroles qu'on aimerait entendre de la bouche d'une mère.

— Alors qu'est-ce qu'on fait ici ? Si elle n'a répété à personne la mise en garde de Karen et qu'elle n'a pas dit où elle allait ce soir-là ni pourquoi ?

Tamsin sourit en secouant la tête.

— Ô, homme de peu de foi… Je ne me suis pas arrêtée à ses e-mails, ses textos et sa participation complètement minimaliste aux réseaux sociaux. Je suis meilleure que ça, Jimmy.

Elle appuya sur l'icône « audio/musique ».

— Si elle écoutait de la musique, ce n'était pas sur son téléphone. On a des livres audio et deux playlists qui feraient honte à ma grand-mère. Et puis, on a ce petit bijou.

Du doigt, elle effleura l'icône d'un fichier identifié uniquement par une série de chiffres.

— Est-ce que vous êtes prêts ?

— Tu nous fais vraiment saliver, commenta Karen.

— Si c'était moi qui avais dit ça, tu aurais porté plainte, rouspéta Jimmy. Allez Tamsin, vas-y.

Elle cliqua sur le fichier. Quelques secondes de silence, puis un bruit de mouvement, et enfin des mots étouffés :

— Oui, j'arrive, Willow.

Ensuite, un bruissement régulier. Tamsin appuya sur pause.

— Donc, Dandy active l'enregistrement vocal de son téléphone. Elle le met dans sa poche, parle à Willow puis avance pour la rattraper. J'imagine qu'elles sont devant chez les Henderson et que Dandy est restée en arrière pour régler son portable.

Tamsin relança l'enregistrement.

Nouveau bruissement, puis ils distinguèrent vaguement la voix de Dandy :

— C'est sa voiture ?

Puis Willow, comme si elle était sous l'eau :

— Oui, il a dû échanger la BMW contre une Seat. Baisse de standing.

Un bruit de clés.

Des paroles indiscernables de Dandy puis :

— … entrer sans prévenir ?

— C'est chez moi, Dandy.

Nouveaux bruits indéfinissables, puis changement d'acoustique. Le claquement de deux paires de talons sur le parquet.

Puis la voix d'un homme :

— Qu'est-ce que tu fous ici, putain ?

Claire et distincte.

— Je suis venue récupérer ma maison, dit Willow.

Un raclement. Puis la qualité du son se modifia. Il devint plus difficile de distinguer les mots.

Dandy dit quelque chose puis elle cria :

— … pose les couteaux !

Logan Henderson de nouveau. Voix étouffée. Plusieurs voix superposées. Quelque chose comme :

— Pose ces couteaux, putain !

Une confusion de cris et de hurlements, un grondement de colère, le bruit sourd d'un corps heurtant le sol et au milieu de tout ça, la voix de Dandy s'élevant au-dessus de la mêlée en un gémissement aigu. On entendait des paroles, mais c'était du charabia.

Ensuite, un cri net de Dandy :

— Oh non ! Non !

Des voix de femmes, indistinctes. Un bruit confus de talons sur le carrelage. Dandy hurlant quelque chose d'incompréhensible. Un froissement, un bruit sourd, puis plus rien.

— C'est fini, annonça Tamsin. Je crois qu'elle a heurté le sol et que ça a coupé l'enregistrement. Est-ce que ça vous aide ?

— Elle a bien dit « les couteaux », non ? demanda Karen. Les couteaux, au pluriel.

— Difficile d'être sûr, répondit Jimmy, l'air sombre. Mais je crois que oui.

— Notre équipe peut nettoyer l'enregistrement, précisa Tamsin. Je vous parie qu'ils vous reconstitueront le scénario de ce qui s'est passé dans cette cuisine. Mais je suis comme Karen : j'ai entendu « les couteaux ».

Jimmy hocha la tête.

— Espérons que les experts pourront régler son compte à Willow Henderson. Dans ce cas, nous n'aurons pas besoin d'appeler Amena à la barre. Merci, Tamsin.

— Pas de souci. On aurait fini par mettre la main dessus aussi avec l'ancien système. Mais cet engin magique va faire une énorme différence. Totale et immédiate.

Elle tapota le haut de l'écran comme s'il s'agissait de son animal de compagnie préféré.

— Deux qualités très prisées chez nous, conclut-elle.

Jimmy imita Tamsin et caressa doucement l'ordinateur.

— Tu peux m'envoyer le fichier ?

— C'est déjà fait, répondit-elle d'une façon à la fois taquine et boudeuse.

La pluie avait cessé quand Karen et Jimmy regagnèrent la voiture.

— Tu vas très certainement la coincer. J'en suis contente, dit Karen. Mais je ne m'en sens pas moins coupable. Si je n'avais pas fourré mon nez là-dedans, Dandy Muir serait toujours en vie.

— Tu ne peux pas réfléchir comme ça, Karen, ça va te paralyser. Vois ça d'une autre façon : Logan Henderson va survivre. Si tu n'étais pas intervenue, il serait peut-être mort, à l'heure qu'il est.

— Ce n'est pas un échange, Jimmy. Je ne peux pas m'empêcher de penser que j'aurais pu mieux gérer la situation. Phil aurait trouvé un moyen.

— Je crois que Phil aurait agi exactement comme toi. Moi, en tout cas, c'est sûr. Ne le mets pas sur un piédestal, Karen. C'était un bon flic, mais même les meilleurs d'entre nous n'obtiennent pas toujours le bon résultat. Tu es une flic exceptionnelle. Phil était très fier de toi, et il le serait encore aujourd'hui.

Karen secoua la tête.

— Tu crois ? J'ai deux morts sur la conscience, cette semaine. J'aurais dû resserrer la vis à McCartney. J'aurais dû parler à Logan Henderson, plutôt qu'à Dandy Muir.

— Et j'aurais dû faire plus attention quand tu m'as répété les paroles de Willow Henderson. J'aurais dû reconnaître les signes et avertir Logan moi-même. Tu n'es pas seule sur ce coup, Karen. Encore une fois, on finit toujours du mauvais côté de l'histoire, tôt ou tard, dans ce job. Tout ce que tu peux faire, c'est tourner la page et t'attaquer à l'affaire suivante.

Karen soupira.

— L'affaire suivante présente tout un tas d'autres problèmes, dit-elle en pensant à Hamish Mackenzie.

— C'est sûr, mais ils peuvent attendre demain matin. On ne sait jamais ce que le lendemain nous réserve.

Karen lâcha un rire sec.

— Vu le bol que j'ai ? Je ne suis pas sûre d'avoir envie de le découvrir.

60

2018 – Édimbourg

Cela avait été une de ces nuits où le sommeil échappait à Karen. Ça avait plutôt bien commencé. Quand Jimmy l'avait déposée chez elle, elle tombait de fatigue et s'était endormie comme une souche dès qu'elle s'était allongée. Mais ça ne dura pas. Peu après trois heures, une alarme retentit dans son rêve et elle fit surface, groggy et désorientée. Elle se tourna dans son lit en essayant de se rendormir, mais son cerveau turbinait, anéantissant toutes ses tentatives. Malgré elle, Hamish Mackenzie ne cessait de s'insinuer dans ses pensées.

Vers quatre heures moins le quart, elle céda, enfila un jean et la chemise de la veille. Une tasse de thé rhubarbe gingembre, puis elle fut dehors. Il n'y a pas si longtemps, elle aurait trouvé un groupe de Syriens réunis autour d'un feu sous un pont de chemin de fer. Mais ils avaient le café, à présent, et le peuple de la nuit évitait tout contact visuel ou bien était trop fatigué avant ou après le travail pour se soucier d'elle. Ça ne la dérangeait pas. Il n'y avait rien pour l'empêcher de revoir mentalement l'affaire Joey Sutherland. Lentement, une stratégie prenait forme.

Elle zigzagua dans des ruelles et des venelles depuis la côte jusqu'à la grande artère de Queen Street avant de prendre la direction du bureau, flanquée d'un côté par les jardins privés envahis de chants d'oiseaux, et de bâtisses géorgiennes de l'autre. Le premier tram de la journée quittait le terminus à York Place quand elle le dépassa, transportant jusqu'à l'aéroport une poignée de travailleurs aux yeux cernés. Elle s'arrêta au coin de Picardy Place pour réfléchir. Elle pouvait rentrer chez elle, prendre une douche et un petit-déjeuner. Ou elle pouvait se glisser jusqu'à son bureau avant que le commissariat ne soit vraiment réveillé, pour commencer sa journée de travail. Amy Shulman lui avait peut-être transmis des informations au cours de la nuit. L'inconvénient de cette option, c'était que tous les cafés étaient fermés. Même Starbucks n'ouvrait pas avant une heure.

— Je ne suis pas accro, dit Karen à voix haute. Je n'ai pas besoin de café pour réfléchir.

Elle réussit presque à s'en convaincre et descendit la colline. Alors qu'elle tournait le coin de Gayfield Square, une voiture quitta le commissariat et s'éloigna en descendant la rue. Elle lui était vaguement familière, mais elle ne parvenait pas à la resituer. Au moins si c'était Nonosse, elle avait pris la bonne direction, en ce qui concernait Karen.

Elle s'engagea dans le couloir principal, qui résonnait. Dans un commissariat, c'était l'heure creuse. Les équipes de nuit se cachaient dans un coin dans l'espoir d'échapper à de nouvelles missions si proches de la fin de leur service, et les équipes de jour n'étaient pas encore arrivées, avec leurs sandwichs au bacon et leurs tabloïds. Personne à la ronde pour l'enquiquiner ou lui lancer des regards accusateurs à cause de ce qui s'était passé juste devant chez eux.

Karen ouvrit ses e-mails en essayant de ne pas être trop optimiste. Vu la façon dont les choses s'étaient déroulées récemment, elle aurait été surprise qu'Amy Shulman ait commencé son enquête, alors ne parlons même pas de résultats.

Elle fut heureusement détrompée. Le premier message de sa boîte de réception était un e-mail de l'inspectrice de Milwaukee. Avec des pièces jointes. Karen l'ouvrit et lut le message.

> Chère commandant Pirie,
> Votre demande m'a vraiment intriguée. Dans mon unité, nous n'avons pas souvent l'occasion de traiter des affaires anciennes, donc c'est intéressant pour moi de voir comment procède une experte.
> D'abord, votre Shirley O'Shaughnessy. Elle a été très facile à trouver. Je vous joins une copie de son certificat de naissance. Vous verrez que sa mère est née Clare Gerardine Burke. Elle n'était pas mariée mais le père de Shirley s'appelait James O'Shaughnessy et le bébé a pris son nom. Vu que le grand-père maternel a ramené Clare et Shirley à Hamtramck après la mort de James, j'ai jugé utile de vérifier auprès de mes collègues du Michigan, pour voir si cela pouvait nous mener à Clare ou son père. Il s'avère que Clare est née en 1951 à Hamtramck. (Scans du certificat de naissance en pièce jointe.) Son père s'appelait Arnold Burke. Vous m'avez dit que sa petite-fille aurait soi-disant lancé son affaire grâce à l'héritage qu'il lui aurait transmis, ce qui implique qu'il soit mort. Donc j'ai vérifié ça également et il est décédé en novembre 1994. (Scan du certificat de décès en pièce jointe.)
> À ce stade, ça commençait à devenir intéressant. Donc j'ai appelé le palais de justice de Hamtramck pour leur demander s'ils disposaient d'une copie du testament d'Arnold Burke. Et alléluia, c'était le cas. (Scan joint.) Comme vous le verrez, il a légué sa maison et sa voiture à sa fille, Clare. Et il a légué à sa petite-fille adorée 20 000 dollars pour financer ses études. Il y avait une

mention étrange dans le testament : « Si la susmentionnée Shirley O'Shaughnessy trouve les Indiens, je les lui lègue également. » Je ne sais pas ce que ça signifie, mais si vous savez, je vous serais reconnaissante de satisfaire ma curiosité !
Comme je l'ai dit, votre demande m'a intriguée. J'ai donc appelé la bibliothèque municipale, où j'ai trouvé un bibliothécaire serviable pour vérifier les archives des journaux et voir si Arnold Burke avait eu droit à un avis d'obsèques, ou quelque chose comme ça. Et bingo ! Voici le lien avec votre juridiction. Ils m'ont envoyé une copie, que je vous joins également.
J'espère que cela vous aidera à avancer. J'aimerais bien connaître la suite de l'histoire.

Cordialement,
Amy Shulman (inspectrice)

Karen dut le relire deux fois pour être sûre de ne pas rêver. Amy Shulman avait fait du super boulot et elle rédigea une réponse rapide pour le lui dire, en lui promettant de la tenir au courant des développements. Ensuite, elle téléchargea et imprima les documents avant de se mettre à les parcourir.

Les certificats de naissance et de décès n'apportaient pas plus d'éléments que ceux soulignés par Amy. L'avis de d'obsèques, lui, c'était une autre histoire.

ARNOLD BURKE (7 SEPTEMBRE 1920 – 7 NOVEMBRE 1994)

Arnie Burke, dont le décès a été annoncé cette semaine, était une figure connue de tous ceux qui travaillaient à la vieille usine Dodge de Hamtramck. Arnie y fut chef de la sécurité de 1948 jusqu'à sa retraite, en 1980, et il était célèbre pour sa poigne de fer. Il était un excellent tireur au pistolet et avait remporté de nombreux trophées dans tout l'État.

Ces dernières années, il avait développé un intérêt pour l'histoire de l'industrie automobile dans le Michigan et il gérait un petit groupe à Hamtramck qui collectionnait du matériel de vieilles usines et enregistrait les témoignages de ceux qui y avaient travaillé pendant des années. M. Burke était un habitué de la radio WDTK où il offrait aux auditeurs une plongée dans de vieux souvenirs remontant aux débuts de la construction automobile.

Né à Saginaw, il était le troisième fils d'Agnes et Patrick Burke. Il travaillait comme mécanicien quand la guerre fut déclarée en 1941 et il se porta volontaire pour l'US Army. Il fut envoyé en Europe dès qu'il eut terminé sa formation. Il ne parla jamais en détail de son action pendant la guerre, si ce n'est pour dire qu'il avait été déployé derrière les lignes ennemies. Sa mère étant française, elle lui avait appris cette langue enfant. Depuis, sa famille a révélé que M. Burke avait en fait été recruté par l'OSS et avait travaillé sous couverture à Anvers, en Belgique, où il fut un élément clé dans le combat contre les nazis. Il fut plus tard décoré pour ses activités pendant la guerre.

Après la libération de la ville par l'armée canadienne, M. Burke fut exfiltré en Écosse, où il demeura brièvement dans les Highlands en tant que formateur avant de traverser l'océan pour rentrer chez lui en 1945. Il laisse derrière lui une fille, Clare, qui déclare : « Il ne se vantait jamais, mais d'après le peu de choses qu'il ait dites sur ses activités pendant la guerre, on a tous compris qu'il avait fait des choses assez dangereuses. J'étais très fière de lui. »

M. Burke laisse également derrière lui une petite-fille, Shirley, partie étudier en Écosse pour rendre hommage à l'amour que son grand-père portait à ce pays.

L'avis se terminait par les détails du service religieux. Les informations étaient vagues, certes, mais elles ajoutaient une pièce essentielle au puzzle que Karen assemblait lentement. Arnie Burke avait rapporté quelque chose d'Europe, quelque chose qui avait atterri dans les sacoches de l'une des Indian qu'Austin Hinde et son ami avaient enterrées dans une tourbière des Highlands. Pour une raison inconnue, il n'était jamais allé le récupérer. Mais il avait laissé suffisamment d'indices pour que sa petite-fille identifie la cachette.

Elle en était là de son raisonnement quand Jason entra. Il faillit lâcher son sandwich au bacon en la voyant.

— Qu'est-ce que vous faites déjà là ? demanda-t-il.

Elle lui adressa un regard de colère feinte.

— Je travaille ici, répondit-elle.

— Je sais. Mais il est à peine sept heures. Vous n'arrivez pas si tôt, d'habitude.

— Toi non plus, rétorqua-t-elle à juste titre.

— Je voulais rédiger mon rapport correctement. Je voulais vous faire la surprise. Pour vous remonter le moral.

Il baissa les yeux vers le sol, déçu.

La curiosité de Karen fut piquée.

— Tu as quelque chose ?

Jason hocha la tête.

— Oui. Vous aviez raison. Elle l'a bien laissée en stationnement pendant les trois mois qui ont séparé cette journée à Invercharron et sa prise de possession officielle du van.

— Je veux tout savoir. Et ensuite, il faut que je te raconte ce que j'ai reçu d'Amérique. On chauffe, Jason, dit-elle en jetant un coup d'œil à sa montre. Mais avant tout, il nous faut un vrai petit-déjeuner. Tant pis pour les dépenses, allons en face, au Glasshouse, pour faire la razzia sur leur buffet.

— Quoi ? Un petit-déjeuner dans un hôtel ? Et on n'est même pas en déplacement ?

— La semaine a été merdique, Jason, je pense qu'on mérite un petit plaisir. On échangera nos scoops et ensuite, il faut qu'on monte un plan d'attaque.

61

2018 – Édimbourg

La salle de restaurant était quasiment vide quand Karen et Jason arrivèrent, si bien qu'on les installa à une table avec vue panoramique sur Calton Hill. Jason regarda autour de lui, sans dissimuler son émerveillement.

— C'est la première fois que je viens ici, dit-il.

— J'ai dormi ici une fois avec Phil. C'était le mariage de son cousin et on n'avait pas envie de retourner à Fife ensuite.

Le souvenir lui revint en mémoire, mais elle prit conscience immédiatement que la vive douleur du chagrin avait fini par s'adoucir avec le temps. À présent, elle appréciait la douceur des souvenirs autant que leur amertume.

Jason étudia le menu.

— Est-ce que je peux prendre du hareng fumé ? demanda-t-il, excité comme un enfant lors d'une excursion.

En voyant l'étalage de nourriture, Karen se rappela qu'elle ne s'était pas accordé de vrai repas depuis au moins deux jours. Manger sur le pouce, c'était bien, mais il y avait des occasions à ne pas laisser passer.

— Prends ce que tu veux. Moi, je vais d'abord attaquer le buffet, et ensuite je commanderai un petit-déjeuner écossais complet. On mange et ensuite on parlera, affirma-t-elle sur un ton décidé en repoussant sa chaise avant de se diriger vers le côté continental du buffet.

Quelque temps plus tard, chacun reconnut avoir atteint sa limite. Jason contempla avec regret la moitié d'un sandwich au fromage fumé autrichien et œuf dur.

— Je ne crois pas pouvoir terminer ça. Vous croyez qu'ils le remarqueront, si je l'emballe dans une serviette en papier et que je le mets dans ma poche pour plus tard ?

Karen leva les yeux au ciel.

— Vraiment ?

— Ma mère dit toujours : « Pas de gâchis, pas de chichis, on finit », expliqua-t-il, sur la défensive.

— On dirait une chanson… Enfin bref, parle-moi de ce que tu as trouvé.

Jason regarda autour de lui aussi sournoisement qu'un enfant de deux ans et fourra le sandwich et sa serviette dans sa poche.

— J'ai eu une illumination, annonça-t-il. J'ai pensé qu'au lieu de regarder les campings, où on remarquerait si un conducteur de van s'était absenté, peut-être que c'était plus logique de le stationner dans un endroit qui fait de la vente et de la location.

— C'était effectivement une illumination, constata-t-elle presque sérieusement. Et c'est là que tu as trouvé quelque chose qui va me faire plaisir ?

— Tada ! lança-t-il en sortant une enveloppe.

Il la tendit à Karen, tout fier.

Elle l'ouvrit et y trouva la facture qu'il avait rapportée de Bellfield Mobile Homes, glissée dans une pochette plastique. Elle la lut attentivement en prenant garde à la date.

— Génial, murmura-t-elle. Cela pose, au minimum, de sérieuses questions auxquelles elle va devoir répondre. Mais pas tout de suite. Il nous faut plus de munitions avant de nous en prendre à quelqu'un qui a d'aussi bonnes relations.

— Si vous le dites, chef. Alors, qu'est-ce que vous avez trouvé ?

Elle lui expliqua ce que lui avait appris Amy Shulman.

— Je ne sais pas ce que c'est, ni pourquoi, mais je pense qu'Arnie Burke a caché quelque chose dans les sacoches de ces motos, pour le mettre en sécurité. Peut-être pensait-il qu'elles seraient rapatriées aux États-Unis avec le reste du matériel. Mais d'une façon ou d'une autre, le grand-père d'Alice Somerville et son ami ont mis la main sur ces motos et les ont enterrées. J'imagine qu'ils ignoraient que quelque chose était caché à l'intérieur. Et pour une raison inconnue, Arnie n'a pas pu les récupérer à temps.

— Alors pourquoi il n'est pas revenu les chercher plus tard ? demanda Jason.

— Peut-être qu'il a essayé. Essayé et échoué. Alice et Will ne les ont pas trouvées l'été dernier, quand ils les ont cherchées, rappelle-toi.

— Mais si Arnie n'a pas pu les trouver, comment Shirley a réussi ?

C'était une question pertinente.

— Je ne sais pas, Jason. Peut-être qu'Arnie a obtenu de meilleures informations plus tard, mais qu'il était trop vieux pour aller creuser dans les tourbières des Highlands. Alors il a passé le relais à Shirley et lui a suggéré d'aller récupérer son héritage.

Il hocha la tête.

— C'est logique.

— Arnie se trouvait à Anvers, dit Karen, songeuse. Qu'est-ce qu'on sait au sujet de cette ville ?

Le visage de Jason resta inexpressif. Puis tout à coup, il s'illumina.

— Royal Antwerp FC, le premier club belge à avoir été fondé. Ils ont un partenariat de prêt avec Manchester United.

Karen grogna.

— Oh bon sang, Jason ! Quel rapport avec notre affaire ?

Il rougit.

— Ben, aucun, chef, mais vous m'avez demandé ce que je savais au sujet d'Anvers, et c'est tout ce que je sais.

Elle soupira.

— D'accord.

— Et vous, qu'est-ce que vous savez sur Anvers ?

— Je sais une seule et unique chose, et ça ne concerne pas le foot. Pense à quelque chose qu'on trouve en Belgique, qui est très petit et transportable tout en étant très précieux.

Une expression de panique se peignit sur le visage de Jason.

— Ce n'est pas le chocolat, n'est-ce pas ?

Elle éclata de rire.

— Non, pas le chocolat. Les diamants, Jason. Les diamants. Anvers est l'un des principaux sites de vente de diamants au monde.

Il fronça les sourcils.

— OK. Mais quel rapport avec les motos, Joey Sutherland et tout ça ?

— On sait aujourd'hui qu'Arnie Burke était un agent sous couverture pour l'armée américaine pendant la Seconde Guerre mondiale, en Belgique. À l'époque, les vendeurs de diamants étaient majoritairement juifs. Je parie que les nazis ont raflé autant de pierres précieuses que possible. N'est-il pas envisageable que, pendant que la ville tombait aux mains des Alliés, Arnie ait été suffisamment en confiance avec les Allemands pour récupérer une partie des diamants qu'ils avaient pillés ? suggéra lentement Karen, songeuse.

Jason hésita, réfléchissant à sa théorie jusqu'à ce qu'il comprenne.

— Ça paraît logique. Alors vous pensez qu'il a indiqué à sa petite-fille où trouver les diamants ?

— C'est quelque chose qu'on ne saura peut-être jamais, Jason. Quelle que soit la façon dont elle l'a découvert, je pense que Shirley O'Shaughnessy a utilisé les muscles de Joey Sutherland pour récupérer les diamants. Et ensuite, elle l'a tué.

Jason but une gorgée de thé et se gratta la tête.

— Comment on peut savoir qu'elle a pris les diamants ? S'il y en avait.

— Deux indices, répondit Karen. En décembre, elle avait suffisamment d'argent pour acheter une maison à Leith en liquide, lors d'une vente aux enchères.

Jason voulut intervenir, mais elle leva la main pour le dissuader.

— Elle devait avoir du liquide, parce qu'aucune banque n'aurait prêté cette somme à une étudiante étrangère plus ou moins sans le sou. Elle a donc bien trouvé l'argent quelque part.

— C'est une chose, admit-il. Et la deuxième ?

— Elle n'a déterré qu'une seule moto. Si elle n'avait pas trouvé les diamants, elle aurait déterré les deux, pour chercher.

Il comprit.

— Et si elle avait déterré les deux sans rien trouver, elle n'aurait jamais pu lancer sa carrière.

— Exact.

Jason se resservit du thé dans lequel il versa deux cuillerées de sucre, l'air pensif.

— Mais on n'est pas sûrs qu'il y avait bien des diamants. C'est une supposition de votre part, non ?

Karen soupira.

— Oui, c'est une supposition. Mais il y avait forcément quelque chose. Les diamants, c'est l'hypothèse la plus logique.

— Mais comment on peut en être sûrs ?

— Je ne sais pas. Il faut que je consulte quelqu'un qui s'y connaît en diamants.

— Qu'est-ce que vous attendez de moi ? demanda Jason d'un air méfiant.

— Deux choses. Je veux que tu trouves où habitait Hamish Mackenzie quand il vivait aux États-Unis. Puis que tu t'entretiennes de nouveau avec Ruari Macaulay, voir si tu peux obtenir une liste des athlètes du muscle qui se produisaient en 1995, et leur parler. Trouve si l'un d'entre eux a vu Joey Sutherland après les jeux d'Invercharron en 1995.

Le visage de Jason s'égaya. C'était le genre de mission de routine qu'il avait appris à mener correctement.

— Qu'est-ce qui se passe avec Hamish Mackenzie ? Je croyais qu'on avait décidé qu'il était du bon côté ?

Karen soupira, l'air troublé.

— Il faut tout vérifier. De façon à ne pas se faire avoir une nouvelle fois. Je me dis vaguement que malgré ce qu'il nous a dit, ses grands-parents étaient peut-être au courant pour les motos enterrées sur leur propriété. Qui sait, peut-être qu'Arnie Burke avait écrit à tous les propriétaires du coin pour essayer de retrouver ces motos. Et si Hamish l'avait su et qu'il s'était trouvé suffisamment à proximité pour se mettre en contact avec lui ? Il n'aurait pas pu être trop loin, c'était un ado à l'époque, il n'aurait pas eu les moyens de se payer un aussi long voyage. Et si c'était lui, le chaînon manquant ? Et s'il avait touché une part du butin de Shirley O'Shaughnessy, qui lui avait permis de financer son premier café des années plus tard ?

Jason resta bouche bée, les yeux écarquillés.

— Vous pensez qu'il est impliqué ? Je croyais que vous l'aimiez bien ?

— C'est vrai. Je l'aime bien. Mais ça ne signifie pas qu'il n'est pas mouillé jusqu'au cou. Il prétend qu'ils ont déménagé aux États-Unis quand son père a décroché un job à Stanford. Mais peut-être qu'il n'est pas allé à l'école en Californie. Vérifie quand même, Jason. Juste pour me rassurer.

Elle savait qu'il lui avait déjà menti une fois. Elle devait s'assurer que ce mensonge n'en cachait pas d'autres, plus graves.

62

1995 – Édimbourg

Shirley O'Shaughnessy étudia la carte et les feuilles de papier éparpillées sur son bureau avant de lâcher un petit gloussement.

— J'ai trouvé, dit-elle avec une calme satisfaction.

C'était un moment qu'elle avait attendu depuis le jour où elle avait quitté Hamtramck pour Édimbourg. Elle se souvenait d'avoir traîné sa valise dans le salon où son grand-père était allongé sur le canapé, absorbé dans la rediffusion d'un match de base-ball historique.

Il avait levé la tête.

— Tu es sûre d'avoir tout pris, là-dedans ?

— Oui. Je crois.

— C'est trop aimable de nous avoir laissé les meubles, dit-il en soupirant.

— Très drôle, répondit-elle, un peu sarcastique. Ton sens de l'humour va me manquer.

— Les Écossais ont un humour bien à eux, Shirley. Les deux premières semaines, tu vas te vexer et penser que ce sont des cons, mais ensuite tu comprendras qu'ils plaisantent.

— Je vais garder ça à l'esprit, papi.

— Maintenant viens ici et assieds-toi. Je dois te parler de quelque chose.

Il éteignit la télé et indiqua le canapé.

— Papi, je sais ce qu'il faut faire avec les garçons, le taquina Shirley qui s'assit néanmoins.

Avec le temps, elle avait appris que son grand-père ne perdait pas son temps en stupides sermons.

— Je sais que j'ai beaucoup parlé de mon séjour en Écosse. De la formation, des méthodes pour s'introduire derrière les lignes ennemies. Mais il y a une histoire que je ne t'ai pas racontée. Et il faut que tu l'entendes aujourd'hui.

— Ça paraît sérieux.

Elle voyait sur son visage qu'il ne plaisantait pas.

— Tu sais que ce cancer va avoir ma peau, n'est-ce pas ?

— Tu vas le combattre. Et tu vas gagner, dit-elle pour se convaincre elle-même autant que lui.

— Nous savons tous les deux que c'est faux. Il me reste une année tout au plus…

— Je peux encore reporter mon départ pour Édimbourg, protesta-t-elle.

Ce n'était pas la première fois qu'elle lui tenait ce discours.

— Je ne veux pas que tu fasses ça. Je ne veux pas que tu sois là quand ce sera la fin. J'ai ta mère, c'est très bien. Mais c'est peut-être ma dernière chance de te parler de ça.

— D'accord. Qu'est-ce qu'il y a ?

Il lui raconta l'histoire des diamants. Comment il les avait trouvés dans le coffre-fort d'un bureau après le départ des nazis. Comment il les avait cachés dans une sacoche de moto, et ce que Kenny Pascoe, assisté de son copain, avait fait des motos. Comment Kenny lui avait transmis la carte alors qu'il se savait mourant de la tuberculose. L'expression de Shirley dut l'alerter que son histoire paraissait hautement improbable.

— Pourquoi tu n'es pas retourné les chercher ? demanda-t-elle, étonnée.

— J'y suis retourné à trois reprises dans les années cinquante, dit-il avec lassitude. J'ai parcouru toute la zone où nous nous entraînions. Et au-delà. Je n'ai pas trouvé cet endroit. Je voyais trois éléments qui correspondaient, mais un quatrième qui n'avait rien à faire là. Quand Kenny m'a envoyé la carte, il a oublié de mentionner exactement où se trouvaient les motos.

Il saisit une enveloppe posée sur la table près de lui.

— Voici la carte. Et il y a une lettre avec une liste de chiffres au dos. Je ne sais pas ce qu'ils signifient, ni même s'ils ont un lien avec la carte. Mais tu es une jeune femme intelligente. Tu réussiras peut-être là où j'ai échoué.

Elle avait pris l'enveloppe le cœur lourd. Elle savait que c'était la dernière chose qu'il lui donnait, et avait l'impression qu'il la chargeait d'une quête, tel un chevalier médiéval dans un jeu de *Donjons et Dragons*. Elle avait promis de faire de son mieux, mais jusqu'alors, elle avait échoué.

Elle avait lu des ouvrages de cryptographie. Elle avait traîné avec des mathématiciens. Elle avait essayé de faire correspondre les chiffres à des références sur des cartes d'état-major. En désespoir de cause, elle avait même intégré un club de randonnée parce qu'il organisait une sortie à Wester Ross. Et c'était dans cet endroit improbable qu'elle avait trouvé la réponse. Ils étaient allés au pub en petit comité, un dimanche après-midi après une marche dans les Pentlands, et elle avait remarqué qu'un des marcheurs notait pour un autre deux séries de chiffres. Deux séries de sept chiffres.

— Qu'est-ce que c'est ? avait-elle demandé tellement sèchement qu'ils s'étaient redressés d'un coup, interloqués et coupables comme deux écoliers surpris à regarder des photos cochonnes.

— La longitude et la latitude, avait répondu l'un d'eux. On se creuse la tête pour un concours.

— Expliquez-moi ça.

— Normalement, on donne d'abord la longitude, et ensuite la latitude. Degrés, minutes et secondes jusqu'à la décimale. Ici, c'est quarante-trois degrés, deux minutes, cinq virgule trois secondes.

Elle avait regardé attentivement les chiffres en fronçant les sourcils.

— Comment est-ce que vous savez s'il s'agit du nord ou du sud ?

— Habituellement, on ajoute un N ou un S à la fin. Un E ou un O pour la latitude. Ça fait partie du concours. Il faut trouver à quel endroit ça correspond.

Elle avait bondi sur ses pieds, s'était penchée par-dessus la table et lui avait donné un bisou sur la bouche. Et puis elle était partie, laissant derrière elle un verre à moitié plein et un étudiant ébahi.

Pendant une semaine, elle avait consacré tout son temps libre à déterminer quels chiffres constituaient les véritables coordonnées, et lesquels étaient des pièges. Maintenant, enfin, elle avait la réponse sous les yeux. C'était trop tard pour son grand-père. Mais pas pour elle. Shirley avait des rêves, et voilà que le moyen de les réaliser était à portée de main. Elle allait laisser derrière elle quelque chose de bien plus durable qu'aucun membre de sa famille avant elle.

Tout ce qui lui restait à faire, c'était trouver le moyen de déterrer ces fichues motos. Elle avait une petite idée. Pendant l'été, l'une de ses copines de fac l'avait invitée chez elle, à Braemar. La famille de son amie les avait emmenées au Gathering, où la reine en personne avait présidé les

Highland Games. Ce qui était en soi assez incroyable. C'était comme si le Président était venu assister à un match de base-ball au Tiger Stadium.

Ce qui avait retenu l'attention de Shirley – en dehors de la famille royale avec leurs plaids écossais étalés sur les genoux comme n'importe qui d'autre dans le public –, c'était les athlètes super musclés. Ils étaient comme un don du ciel. Non seulement ces types-là avaient la force qu'elle recherchait, mais le frère de son amie lui indiqua également qu'ils louaient leurs services et allaient de ville en ville pour exercer leur activité d'hommes forts. Combien est-ce que ça lui coûterait d'en embaucher un ?

Et avait-elle le courage de faire en sorte qu'il n'aille pas tout raconter, après ?

63

2018 – Glasgow

Michael Moss avait proposé à Karen de la retrouver au Centre d'art contemporain, à Sauchiehall Street.

— Je suis à la synagogue de Garnethill jusqu'à trois heures, lui avait-il expliqué au téléphone. Alors c'est ce qui me conviendrait le mieux. Ils ont un café agréable.

Karen n'était pas allée dans ce coin du centre-ville depuis des années. L'école d'art avait toujours laissé sa marque sur le quartier, mais dorénavant, les rues semblaient entièrement colonisées par les étudiants. Elle imaginait que Sauchiehall Street devait s'éveiller la nuit, quand les logements et résidences étudiants se vidaient au profit des bars et des kebabs qui s'emplissaient d'une clientèle bien décidée à profiter à fond de ses dernières années d'insouciance.

Mais en plein après-midi, les gens vaquaient à leurs occupations d'un pas rapide, capuche relevée contre la pluie. Elle ne pouvait pas leur en vouloir ; c'était une journée où on avait envie de rentrer chez soi le plus vite possible. Karen défendait fermement le point de vue des gens de la côte est, selon lequel il pleuvait sans arrêt à Glasgow. Elle ne parvenait pas à comprendre comment un dialecte local qui possédait quarante synonymes du mot « saoul » n'offrait pas une telle richesse de vocabulaire pour décrire les différents types et textures de pluie. Peut-être que tout le monde était trop bourré pour s'en rendre compte.

Le café était à moitié vide, et Karen choisit une table pour deux, dans un coin. Elle s'assit face à la porte, en attendant d'apercevoir Michael Moss.

— Je porterai un imperméable et un chapeau *pork pie* noirs, lui avait-il précisé.

Elle avait dû vérifier sur Internet à quoi ressemblait exactement ce type de couvre-chef.

Elle avait trouvé Moss sur Internet, également. En recherchant des marchands de diamants au Royaume-Uni, elle était tombée sur le London Diamond Index, qui se présentait comme l'association la plus représentative à laquelle était affiliée l'immense majorité des diamantaires anglais. C'étaient eux qui achetaient et vendaient les pierres, taillées ou brutes, et fournissaient le secteur de la bijouterie. Leur liste de membres incluait Michael Moss, à Glasgow, qu'elle avait contacté.

— Je suis à moitié retraité, aujourd'hui, l'avait-il informé. Mais je vous aiderai volontiers, si je peux.

Ils étaient donc convenus d'un rendez-vous.

Du revers de la main, Karen étouffa un bâillement. Le manque de sommeil commençait à se faire sentir. Elle ne croyait pas une seule seconde que cette entrevue lui apporterait un élément probant pour coincer Shirley O'Shaughnessy, mais pour l'instant c'était sa seule piste à explorer. Alors qu'elle se demandait avec anxiété ce que Jason allait découvrir au sujet de Hamish Mackenzie, un homme âgé entra dans la salle. Son imperméable noir semblait avoir été taillé sur mesure pour son physique grand et sec, par un costumier issu de l'âge d'or du film noir. À chaque pas, il flottait élégamment autour de lui en mouvements souples. Son chapeau était bien un *pork pie*, mais confectionné en cuir noir qui semblait absorber la lumière, plongeant son visage dans l'ombre. Il avait vraiment de l'allure. On ne pouvait pas le dire autrement.

Karen leva la main pour esquisser un salut maladroit, en se redressant pour l'accueillir.

— Monsieur Moss ?

— Vous devez être le commandant Pirie, dit-il en prenant sa main pour faire une petite courbette. J'espère que je ne vous ai pas fait attendre ?

Son visage anguleux était aussi pâle que le vélin d'un manuscrit. Ses yeux noisette étaient grossis par de grandes lunettes à la monture de corne. Karen l'apprécia sur-le-champ.

— Vous êtes très ponctuel, le rassura-t-elle. Laissez-moi vous commander un café.

— Juste un verre d'eau gazeuse, dit-il. Je ne peux plus m'autoriser de café après les douze coups de midi.

Elle alla au comptoir et quand elle en revint, il avait ôté son manteau et son chapeau. Ses cheveux argentés étaient fins et coupés court comme la fourrure d'un chinchilla. Il portait un costume gris clair, une chemise anthracite, ainsi qu'une cravate colorée aux motifs rose et violet. À l'auriculaire, il portait une chevalière sertie d'un diamant scintillant. Elle s'était attendue à trouver un juif orthodoxe en habit traditionnel, comme elle en avait vu sur les photographies du quartier des diamantaires d'Anvers, mais elle devait reconnaître qu'elle s'était laissé piéger par ses propres préjugés.

Elle ouvrit la conversation :

— Merci d'avoir accepté de me voir.

— Je suis intrigué. D'après vous, je pourrais vous aider dans l'une de vos enquêtes ?

Elle hocha la tête.

— C'est une piste hasardeuse, je le sais. Mais parfois, c'est tout ce que nous avons. Je crois qu'à l'automne 1995, une jeune Américaine a vendu une certaine quantité de diamants. Je ne suis même pas sûre que la vente ait eu lieu au Royaume-Uni, mais je pense que c'est le cas.

— Taillés ou bruts ?

— Je ne sais pas non plus. À mon avis, les pierres ont été volées à Anvers à la fin de la Seconde Guerre mondiale et sont restées cachées jusqu'en 1995. J'imagine qu'elles ont été volées à des officiers nazis, qui les avaient auparavant volées aux vendeurs de diamants juifs qu'ils envoyaient dans les camps de concentration.

— Très intéressant, dit-il. Personne ne veut faire affaire avec quelqu'un qui se serait enrichi de cette façon. Que puis-je faire pour vous aider ?

Il but une gorgée d'eau en la regardant par-dessus son verre, sans ciller, tel un lézard prudent.

Karen savait qu'elle avançait en terrain délicat. Celui qui avait acheté les diamants de Shirley O'Shaughnessy avait dû réaliser un profit, à long terme. Même s'il ignorait tout de leur provenance, le simple fait de les manipuler ternissait déjà sa réputation.

— C'était une transaction probablement assez inhabituelle. J'imagine qu'il n'y a pas beaucoup de jeunes Américaines blondes qui entrent chez un marchand de diamants avec un gros sachet de pierres précieuses. Je sais que ça s'est passé il y a longtemps, mais il est sûrement possible que l'un de vos collègues s'en souvienne ?

Il haussa élégamment les épaules.

— C'est possible. Comme vous le dites, ce n'est pas le genre de choses qui arrive tous les jours. Je peux vous assurer que ce n'est pas moi qui ai acheté ces diamants. Et je n'ai jamais entendu parler d'une telle transaction. Mais nous sommes nombreux, et nous ne partageons guère les détails de nos affaires avec nos collègues. Qu'espérez-vous de ma part ?

— Je ne sais pas comment fonctionne votre organisation. Est-ce que vous pourriez poser la question autour de vous ? Pour voir si quelqu'un se souvient d'une telle transaction ?

Coudes sur la table, il posa le menton dans ses mains.

— Nous avons un système de communication, entre nous. Il est important de pouvoir se transmettre rapidement une information, en cas de vol ou d'escroquerie.

— Est-ce que vous pourriez faire passer un message pour moi ?

Il n'allait pas céder aussi facilement, songea-t-elle.

— Je ne vois pas ce qui m'en empêcherait. On l'a utilisé, de temps en temps, pour faire circuler des informations émanant de la police.

Il prit dans sa poche un petit carnet en Moleskine et un critérium en argent.

— Pouvez-vous me redonner les détails ?

— Entre septembre et Noël 1995, dit Karen.

Il l'ouvrit à une page blanche et nota.

— Une jeune femme américaine et blonde a vendu un sachet de pierres précieuses.

Il écrivit en murmurant *taillées ou pas*. Il leva la tête et croisa le regard de Karen.

— Est-ce que vous allez me dire son nom ?

— Non. Je ne veux laisser filtrer aucune information qui pourrait nuire à l'enquête.

— Je comprends. Il ne faut pas négliger la protection contre la diffamation, ajouta-t-il avec un sourire narquois. Vous ne pouvez rien me dire de plus ?

Karen fit non de la tête.

— Je sais que c'est hasardeux, répéta-t-elle.

— Mais quand il ne nous reste plus que le hasard, que peut-on faire ?

Il but une longue gorgée d'eau avant de reprendre :

— En quoi cette information pourrait vous aider ? Sur qui enquêtez-vous ?

Karen n'avait vraiment pas envie de parler de l'affaire, mais parfois, il fallait savoir lâcher un peu de lest.

— Il s'agit d'un meurtre. Un homme a été abattu il y a vingt-trois ans. Nous soupçonnons que les diamants étaient le mobile du meurtre.

— Un vol de diamants ?

Elle esquissa un sourire contrit.

— Pas exactement. Ce n'était pas exactement un vol, plutôt une découverte. Je suis désolée, je ne peux vraiment pas vous en dire davantage.

— C'est intrigant, commandant.

— Je ne cherche pas à titiller votre curiosité. Mais si notre enquête aboutit, je vous promets de tout vous raconter.

Il inclina poliment la tête.

— Je vous en serais reconnaissant. Pour l'heure…, dit-il en poussant sa chaise pour se lever, je vais rentrer chez moi et envoyer un message à mes collègues. Je vous contacte dès que j'entends parler de quelque chose. Si j'entends parler de quoi que ce soit.

Il remit son chapeau, enfila son manteau et s'éloigna dans un tourbillon noir.

Bien plus tard ce soir-là, Gerry McCartney s'abrita de la pluie sous un arbre près de la rive de l'Airthrey Loch, en attendant Ann Markie et son fox-terrier. Il avait essayé de prendre rendez-vous avec elle dans l'après-midi, mais sa secrétaire l'avait envoyé balader.

— Tant que votre procédure disciplinaire n'est pas réglée, la commissaire adjointe juge inapproprié de vous rencontrer. Si vous souhaitez communiquer avec elle, elle suggère que vous le fassiez par écrit.

Il était furieux. Il avait fait tout ce qu'elle lui avait demandé, et voilà qu'au premier problème, elle le lâchait. Elle l'avait envoyé paître parce qu'elle n'avait pas pu se permettre de le soutenir après la réaction stupide et disproportionnée de Billy McAfee en apprenant qu'on allait relâcher Barry Plummer. McCartney avait simplement espéré que Billy McAfee alerterait la presse et donnerait une mauvaise image de Karen Pirie. Il n'avait pas pensé que le type perdrait complètement la tête et tuerait Plummer. Qui aurait pu le prédire ? Ce n'était pas le genre de choses qui se produisaient par ici. On était en Écosse, pas au Texas, que diable !

Mais Markie ne lui avait pas donné l'occasion de s'expliquer. Tout ce qui lui importait, c'était de garder les mains propres. Elle l'avait envoyé en pâture et c'était vraiment minable de sa part.

Néanmoins, il pensait pouvoir retourner la situation. Quelle que soit la raison de Markie pour le rétrograder en l'envoyant à l'UEH, cela devait toujours être valable. Il ne savait pas pourquoi elle cherchait tant à piéger Special K – il s'en fichait – et à la dessaisir de l'UEH pour l'assigner à des tâches de bureau qui marqueraient clairement la fin de sa carrière. Mais toujours était-il que c'était ce qu'elle voulait ; peut-être pouvait-il récupérer son poste, moyennant quelques informations.

Il s'était introduit à Gayfield Square au petit matin, attendant la relève des patrouilles pour se glisser dans le commissariat pendant que ses collègues partaient. Il possédait toujours le code de la porte de l'UEH. Entre les notes obscures du tableau en liège de Karen et les morceaux de papier éparpillés sur le bureau du rouquin, il avait déduit qu'ils cherchaient une femme baptisée Shirley O'Shaughnessy pour le meurtre de Joey Sutherland. Or cette Shirley O'Shaughnessy était le visage de la nouvelle campagne pour le logement du gouvernement écossais.

L'arrêter pour meurtre était, d'après lui, quelque chose qu'Ann Markie voudrait empêcher à tout prix. La dernière chose qu'elle souhaitait, c'était énerver les politiciens.

Il avait trouvé une monnaie d'échange. Il ne lui restait plus qu'à la proposer. Les minutes s'écoulaient, et toujours personne en vue. Vingt minutes passèrent. Il avait les pieds mouillés et le nez tellement froid qu'il ne pouvait pas distinguer entre la pluie et la morve. Foutus bonne femme et son chien.

Il en avait assez. Il se traîna jusqu'à sa voiture, misérable. Une fois le week-end passé, il trouverait le moyen de parler à Markie et de la forcer à l'écouter. Il serait de retour au travail avant même que sa femme ne sache qu'il avait été suspendu. Il montrerait à Karen Pirie ce que c'était qu'un vrai flic.

64

2018 – Édimbourg

Le week-end avait été interminable. Sans rien à faire, Karen avait tourné en rond, mal lunée. Elle avait reporté sa réponse à Hamish au début de la semaine suivante et s'était consacrée à un grand ménage de fond de son appartement, longtemps repoussé. Le lundi matin, elle était dans les starting-blocks. Elle arriva à Aleppo peu avant huit heures et s'installa à sa table préférée, au fond de la salle. Miran lui apporta son café, comme d'habitude, accompagné d'un petit biscuit sablé rond dans la soucoupe, au lieu du traditionnel biscuit à la pistache. Karen le saisit et leva les yeux d'un air interrogateur.

— C'est nouveau, constata-t-elle.

Miran gloussa.

— On s'intègre.

— Tant que vous n'arrêtez pas de faire vos pâtisseries, marmonna-t-elle.

Elle regarda autour d'elle pour s'assurer qu'elle n'avait pas été négligente.

— Amena n'est pas là ce matin ?

— Ma mère avait un rendez-vous à l'hôpital, donc Amena a dû emmener les enfants à l'école. Est-ce que vous devez lui parler de nouveau ?

— Non, au contraire. Je voulais lui annoncer que le commandant Hutton avait trouvé une nouvelle série de preuves qui éviteront probablement à Amena de devoir témoigner à la barre. Mais nous lui sommes très reconnaissants de son aide.

Miran se détendit.

— Tant mieux. Elle s'inquiète, vous savez.

— Je sais. Et j'en suis désolée.

Il lui tapota l'épaule.

— Mais c'est important de parler. On le sait aussi.

Sur ce, il s'éclipsa pour aller servir d'autres clients.

Karen ouvrit son ordinateur portable et se connecta au Wi-Fi. Automatiquement, la première chose qu'elle faisait était de vérifier ses e-mails et lire le communiqué quotidien de la police écossaise. Elle parcourut les comptes rendus et les demandes d'information, puis son regard fut attiré par le nom de Nonosse. « LA COMMISSAIRE ADJOINTE MARKIE DONNERA UNE CONFÉRENCE ATTENDUE », annonçait le titre. Karen cliqua sur le lien puis lut la suite :

La commissaire adjointe Ann Markie est au siège d'Europol à La Haye aujourd'hui pour donner une conférence attendue sur la coopération entre la police écossaise et Europol dans un monde post-Brexit. Elle soulignera l'importance d'une collaboration étroite avec nos collègues européens dans la lutte contre le crime transnational.

Elle ne prit pas la peine de lire le reste du communiqué. L'information la plus importante, c'était que Markie était absente du territoire national, pour une journée au moins. Savoir qu'elle avait les coudées franches était un soulagement. Elle ouvrit ses e-mails et eut l'agréable surprise de constater qu'elle avait un message de Michael Moss sans aucun objet. Elle l'ouvrit néanmoins le cœur battant, pleine d'espoir.

Bonjour, commandant Pirie,

C'était un plaisir de vous rencontrer la semaine dernière et fascinant d'avoir un petit aperçu du travail que vous menez à l'Unité des enquêtes historiques, un domaine que j'ai toujours trouvé particulièrement intéressant. Suite à notre conversation, j'ai envoyé un message aux membres de la LDI, sans grand espoir de pouvoir vous aider. Cependant, j'ai eu la joie de constater que je me trompais. Voici la réponse que j'ai reçue hier soir de la part d'un de nos membres :

------- Message transféré-------
De : David Cohn : dcohn86@gmail.com
À : Michael Moss : giffnock73856@gmail.com
Re : Aide pour transaction inhabituelle en 1995

Bonjour Michael. Content d'avoir de tes nouvelles, malgré cette étrange requête. Je ne sais pas si c'est ce que recherche ta policière, mais ta demande a titillé ma mémoire. Tu ne t'en souviens probablement pas – c'est normal – mais en 1995, c'est mon père qui dirigeait encore notre affaire, même si j'assurais pas mal de missions de vente. J'étais « la vitrine » de Cohn Diamonds, si tu veux. Donc quand quelqu'un venait vendre des pierres précieuses, c'était moi qui le recevais.

Si mes souvenirs sont bons, je ne sais plus précisément la date, mais nous avons eu la visite d'une jeune femme américaine, blonde, avec un sac de pierres non taillées, à cette période-là. Elles étaient d'une grande qualité uniforme, ce qui explique pourquoi je m'en souviens. La plupart étaient claires ou très faiblement teintées, et elles ne comportaient que peu de défauts. Si je ne me trompe pas, nous les avons achetées pour une somme avoisinant les 150 000 livres.

Il te faudra sans doute des détails plus précis que ces vagues souvenirs. La vente a été consignée dans nos registres. Comme toi j'en suis sûr, nous tenons à ce que nos clients présentent une pièce d'identité en règle – passeport ou permis de conduire – ainsi que leurs coordonnées bancaires quand nous effectuons une transaction, sans oublier la provenance des pierres. Par ailleurs, en 1995, avant que nous

ne soyons équipés de la vidéosurveillance dans les salles d'exposition et les bureaux, nous avions un appareil photo numérique caché qui photographiait tous les vendeurs potentiels. Je t'écris actuellement de chez moi, mais je vérifierai nos archives au magasin demain matin.
Est-ce que tu peux me transmettre les coordonnées de l'officier de police concernée, pour que je puisse la contacter directement si mes souvenirs fragmentaires l'intéressent ?

Mes amitiés à toi et ta famille,
David Cohn

Je me suis permis de donner à David votre adresse e-mail ainsi que votre numéro de téléphone. C'est quelqu'un de très fiable – il a repris l'affaire familiale il y a une dizaine d'années et il fait partie du bureau de la LDI depuis quelques années. La maison Cohn a une réputation solide d'intégrité et de discrétion. Vraiment, vous n'auriez pas pu mieux tomber.
Je vous souhaite bonne chance dans la résolution de votre meurtre.

Cordialement,
Michael Moss

C'était presque trop beau pour être vrai. Il ne pouvait quand même pas y avoir plusieurs Américaines blondes qui avaient vendu des diamants à Londres en 1995 ? Karen consulta l'heure sur son écran. Il n'était même pas huit heures et quart. Elle allait devoir patienter encore un peu. Elle termina son café en une seule gorgée et se dirigea vers la porte. Quand elle émergea sur Duke Street au moment où approchait un bus n° 25, toutes les frustrations des jours passés s'évaporèrent. Elle s'élança en courant jusqu'au prochain arrêt, sans perdre une seconde. Elle voulait être sûre d'être au bureau au moment où David Cohn la contacterait, et non en plein milieu de Leith Walk, cernée par les bruits de circulation.

Quand La Menthe arriva peu avant neuf heures, elle faisait les cent pas. Elle se sentait tendue, pleine d'énergie nerveuse, et avait hâte d'entendre ce que le vendeur de diamants avait à lui dire.

— Qu'est-ce qui se passe ? demanda Jason avec une pointe de panique dans la voix.

Elle lui fit un résumé en trente secondes. Cela suffit à le laisser bouche bée.

— Ah ben dites donc, dit-il, faute de mieux.

— Ne nous emballons pas pour le moment, conseilla Karen à l'intention de Jason autant que pour elle-même. Où en es-tu de tes devoirs ?

Jason sortit son carnet.

— J'ai réussi à retrouver six autres athlètes du muscle qui tournaient sur le circuit en 1995, dit-il avant de lever les yeux en faisant la moue. Aucun n'avait de souvenirs très détaillés. Ils sont tous obsédés par leurs propres performances. Ils ne font pas trop attention à ceux qui se produisent en même temps qu'eux, à moins qu'ils ne se soient fait battre. Mais ils ont tous dit que Joey avait disparu de la circulation, et quatre d'entre eux ont précisé que c'était en 1995. Ça correspond à ce que m'a dit la Highland Games Association. Ils n'ont aucune trace de participation de Joey Sutherland à un événement après les jeux d'Invercharron, et il n'a pas renouvelé son adhésion. Il est possible qu'il se soit produit à l'étranger, mais même dans ce cas, les types avec qui j'ai parlé m'ont dit qu'ils auraient fini par le croiser et lui demander pourquoi il avait disparu.

— Bon travail. Ça ne constitue pas une preuve tangible de sa mort, mais ça apporte de l'eau à notre moulin.

À présent, une question plus délicate. L'air de rien, elle ajouta :

— Et au sujet de Mackenzie ? Tu as trouvé quelque chose ?

Il rougit.

— J'ai été un peu sournois. Il a dit qu'il était allé à l'université d'Édimbourg, OK ? Alors j'ai appelé l'administration et me suis fait passer pour quelqu'un du Home Office, censé vérifier le statut d'immigré des étudiants internationaux. Je sais bien que Mackenzie est écossais et pas américain, évidemment, mais vu qu'il était allé à l'école aux États-Unis, je me suis dit qu'un employé de l'immigration pourrait avoir envie de clarifier ça.

Karen était impressionnée. C'était une sournoiserie dont elle-même aurait été capable.

— Et qu'est-ce qu'ils t'ont répondu ?

— D'après les documents de l'université, il est allé au lycée à Palo Alto. Il n'a pas mis les pieds dans une école du Michigan. Il n'y a aucune raison de croire qu'il ait pu croiser Shirley O'Shaughnessy. Quand on tape leurs noms ensemble sur Google, on ne trouve même pas une photo d'eux à un gala de charité. Aucun de ses cafés ne se trouve sur une de ses propriétés à elle. Je crois qu'il est clean, chef.

L'immense soulagement qu'elle ressentit la prit par surprise. Elle allait pouvoir dîner face à Hamish Mackenzie ce soir sans se demander s'il était complice d'un meurtre. *Non*, concéda la petite voix malveillante dans sa tête, *juste un autre genre de menteur*.

Avant qu'elle ne puisse répondre à Jason, son téléphone sonna. Ils sursautèrent et échangèrent un regard, l'appréhension se peignant sur leurs visages. Karen attrapa son téléphone.

— Commandant Pirie, énonça-t-elle sur un ton plus péremptoire qu'elle ne l'avait voulu.

— Bonjour, commandant. C'est David Cohn, de Cohn Diamonds. Je crois que Michael Moss vous a avertie de mon appel.

Sa voix était très précise, d'une tonalité de ténor. Pour Karen, il avait un accent londonien, mais elle n'était pas spécialiste des accents du Sud.

— Oui, merci, monsieur Cohn. J'apprécie votre aide. Et votre temps, bien sûr.

— Avec plaisir. Nous avons déjà eu l'occasion d'aider la police. Ça fait partie du métier, malheureusement.

— J'imagine. Les diamants sont tellement précieux et petits.

— Exactement. Et quand ils sont bruts, ce n'est pas toujours facile de les reconnaître. Michael m'a dit que vous étiez intéressée par une transaction que nous avons effectuée en 1995, c'est bien cela ?

— C'est ça. Entre mi-septembre et mi-décembre, plus précisément.

— Et la personne qui les a vendus était une jeune femme blonde, américaine ?

— C'est ce que nous pensons, répondit Karen sur un ton aussi prudent que lui.

— J'avais un vague souvenir d'une transaction de la sorte, alors je suis arrivé un peu plus tôt ce matin pour vérifier nos registres. Nous tenons des registres très complets, commandant. Pour nous, il est très important que nos affaires soient transparentes. Nous ne cautionnons pas le blanchiment d'argent et nous faisons notre maximum pour être très scrupuleux dans nos transactions.

Il semblait presque guindé, à présent.

— C'est tout à fait louable. Si seulement tout le monde était comme vous, monsieur Cohn.

Karen leva les yeux au ciel à l'intention de Jason. Elle essayait de contenir son impatience. Elle ne voulait surtout pas le stresser.

— Et est-ce que vous avez trouvé quelque chose dans vos registres qui correspond à vos souvenirs ?

— Je suis heureux de vous annoncer que oui.

Elle entendit un bruissement de papier.

— Le mercredi 27 septembre 1995. Nous avons fait l'acquisition d'un certain nombre de diamants non taillés d'une très grande qualité pour la somme de cent soixante-dix mille livres. La vendeuse était de passage, et dans ce cas nous prenons des précautions particulières. Elle a fourni un passeport américain, un permis de conduire du Michigan, et une carte d'étudiant de l'université d'Édimbourg. Ainsi que, bien sûr, ses coordonnées bancaires afin que nous puissions lui transférer le paiement, dit-il avant de s'interrompre un instant. Est-ce que cela correspond à ce que vous attendiez, commandant ?

Karen était à court de mots.

— Oui, parvint-elle à articuler. Oh oui. Et son nom ?

— Shirley O'Shaughnessy.

65

2018 – Édimbourg

C'était le nom qu'elle avait envie d'entendre ; néanmoins, Karen n'en croyait pas ses oreilles.

— Shirley O'Shaughnessy ? répéta-t-elle.

Jason sourit et leva les deux pouces vers elle.

— C'est cela, confirma Cohn. C'est ce que vous vouliez entendre ?

— Ce que j'espérais. Est-ce que vous vous souvenez si vous lui avez demandé d'où venaient les diamants ?

— Je l'ai fait. Pour être honnête, je ne me rappelais pas sa réponse jusqu'à ce que je regarde le dossier ce matin. Elle a expliqué qu'elle avait hérité ces diamants de son grand-père qui avait travaillé à Anvers quelques années plus tôt. Il avait investi ses revenus en pierres précieuses, soi-disant. J'ai supposé que c'était pour contourner les impôts.

— Nous pensons que les diamants venaient bien d'Anvers, dit Karen. Mais pas en conséquence d'un investissement. Nous pensons qu'ils ont été volés par le grand-père de Shirley O'Shaughnessy à la libération de la ville. Il travaillait comme agent double pour les renseignements américains. Nous ne connaissons pas encore tous les détails.

— Il va de soi que si elle avait mentionné la guerre, j'aurais refusé d'acheter les diamants, dit Cohn, manifestement offensé qu'on lui ait menti sur ce sujet-là. De très nombreux vendeurs ont été dépossédés par les nazis avant d'être exterminés pendant l'Holocauste. Nous faisons toujours très attention aux pierres susceptibles d'avoir été volées. Mais son histoire semblait plausible et c'était une jeune femme sûre d'elle. Maintenant que ma mémoire est rafraîchie, son image est bien claire dans ma tête.

— En parlant d'image… Dans votre e-mail à M. Moss, vous mentionnez un appareil photo caché qui photographiait les gens venant vendre des diamants. Est-ce que vous avez pris une photo de cette femme ?

— Oh oui, bien sûr. Elle est jointe au dossier, avec les photos de sa pièce d'identité. C'est ça qui a ravivé ma mémoire.

C'était presque trop beau pour être vrai.

— Vous serait-il possible, par hasard, de scanner le dossier et de me l'envoyer ?

— Nous sommes toujours heureux d'aider la police. Je vais demander à ma secrétaire de s'en occuper immédiatement.

— Vous m'avez déjà incroyablement aidée, mais j'ai besoin de vous demander une dernière chose. Nous allons avoir besoin d'une déposition officielle de vos déclarations. Je vais contacter un collègue de la Metropolitan Police pour qu'il prenne rendez-vous avec vous et que vous lui racontiez votre rencontre avec Shirley O'Shaughnessy telle que vous vous en souvenez. Il leur faudra également votre dossier original. Vous le récupérerez en temps voulu, mais vous pouvez en faire une copie, en attendant.

— Je n'y vois aucun inconvénient. J'attends leur appel. Une chose que vous n'avez pas expliquée, commandant, c'est pourquoi vous vous intéressez à cette histoire. Vous semblez vous donner beaucoup de mal pour un supposé pillage nazi. Généralement, les autorités sont peu enclines à poursuivre ce genre d'affaires.

— Je suis désolée de vous annoncer que même si les diamants constituent une partie significative de nos investigations, ce n'est pas le fond de la question. Nous pensons qu'un homme a été tué tandis que Shirley O'Shaughnessy récupérait ces diamants, et c'est là-dessus que j'enquête. Je sais qu'un meurtre, ça semble peu comparé à six millions de morts, mais dans mon unité, toutes les vies se valent.

Elle avait conscience de paraître à la fois moralisatrice et sur la défensive mais ne savait pas comment expliquer autrement à cet inconnu ce qu'elle faisait sans l'offenser.

Quand il répliqua, sa voix était chaleureuse.

— Je suis heureux de l'entendre. C'est quand nous arrêtons de penser ainsi que le chemin vers les six millions devient beaucoup plus facile.

— Contente que vous voyiez les choses de cette façon, monsieur. Je vais essayer de faire en sorte que la Met vous contacte aujourd'hui, d'accord ?

— Je peux réorganiser mes rendez-vous. J'imagine que si votre enquête avance comme vous l'espérez, il y aura un procès ?

— C'est l'idée.

— Dans ce cas, j'espère vous rencontrer quand je viendrai témoigner. Ce sera un plaisir. À bientôt, commandant.

À peine l'eut-elle salué que Karen laissa échapper un cri de joie.

— Je crois qu'on tient notre affaire, Jason ! Il faut qu'on réfléchisse à ce qu'on a et où ça nous mène, mais d'abord je dois organiser un rendez-vous entre quelqu'un de la Met et David Cohn. Va nous chercher des cafés pendant que je dresse une liste de questions à lui poser.

Elle agita les doigts en signe d'au revoir et se tourna vers son écran. Pas à pas, elle mit au point une série de questions qui permettrait à des inspecteurs étrangers à l'enquête d'en cerner les points essentiels. Il ne fallait pas qu'ils commettent d'erreurs. Ce serait le cœur de l'argumentaire qu'elle présenterait au procureur. Elle avait besoin de son aval avant d'aller arrêter Shirley O'Shaughnessy toutes sirènes hurlantes. Quand il s'agissait de s'en prendre à ceux qui avaient des amis haut placés, mieux valait être sûr de soi. Et Karen était décidée à ce que le tueur de Joey Sutherland paie pour son crime.

Quand Jason revint, elle avait terminé ses questions et était en pleine conversation avec un inspecteur de Scotland Yard que sa propre mère n'aurait pas pu qualifier de serviable.

— Il s'agit d'une enquête pour meurtre, expliqua-t-elle les lèvres serrées.

— Certes, mais vous dites vous-mêmes que ce n'est pas vraiment récent, protesta-t-il.

— Ce n'est pas une raison pour la reléguer derrière les fagots. Je demande que deux officiers aillent prendre une déposition, pendant au maximum deux heures...

— Je ne comprends pas, l'interrompit-il, pourquoi il vous faut deux de mes officiers ? Vous pensez qu'ils ne savent pas se débrouiller seuls ?

— Ça n'a rien à voir avec les compétences de votre équipe, expliqua-t-elle en refrénant une forte envie d'ajouter « pauvre con ». C'est à cause de la loi écossaise. Toute preuve présentée au tribunal doit être corroborée. C'est pourquoi on est toujours par deux, chez nous. Pour éviter les situations de parole contre parole.

— Oh bon sang, grommela-t-il. Pourquoi est-ce que vous avez un système juridique différent ? On fait tous partie du même pays.

Pour l'instant, songea Karen.

— Je sais que ce n'est pas pratique, mais c'est comme ça. J'ai dit au témoin que vous le contacteriez dans la journée. C'est un témoignage crucial dont j'ai besoin pour procéder à une arrestation, donc j'apprécierais vraiment si vous pouviez faire en sorte que ça puisse se produire. J'espérais qu'on puisse s'arranger entre commandants. Je n'ai vraiment pas envie d'aller taper à la porte de la hiérarchie…

Ses paroles étaient conciliantes mais son ton ne laissait guère de place à la discussion.

— Écoutez, je vais voir ce que je peux faire. J'ai deux de mes hommes qui témoignent à la Haute Cour, sur le Strand, ce matin. Votre bonhomme est juste au bout de la même rue. S'ils sortent à une heure raisonnable, je leur demanderai de faire un saut et parler à ce… ce David Cohn. Envoyez-moi vos questions et je verrai comment ça se goupille. Mais je ne vous promets rien.

— J'attends de vos nouvelles, conclut-elle avant de raccrocher et de tourner la tête vers Jason. Ils se prennent vraiment pour les maîtres de l'univers ! Ces glandeurs pensent qu'ils sont les seuls policiers dignes de ce nom dans le pays. Personne ne pourrait avoir une enquête aussi importante que l'occupation la plus triviale dans leurs agendas.

— Au moins, on peut travailler à partir de vos notes, chef, dit Jason en plaçant devant elle un café au lait avec un sourire qui se voulait réconfortant mais qui aurait pu faire hurler une meute de chiens.

— C'est vrai. Alors procédons brique par brique et voyons si on obtient un mur ou un tas de ruines.

Karen sortit de son tiroir un bloc de papier A4 ligné et tailla ses crayons.

— Commençons en 1944. Arnie Burke est à Anvers, où il a travaillé comme agent infiltré pour les services secrets américains. Anvers est libérée par l'armée canadienne et Arnie est posté en Écosse. Je vais partir du principe qu'il a soit volé son sac de diamants aux nazis soit qu'il l'a accepté comme paiement pour services rendus à un marchand. Quoi qu'il en soit, il atterrit en Écosse avec un paquet qu'il a besoin de ramener en Amérique. Jusque-là, tu es d'accord ?

Jason hocha la tête.

— Ça paraît logique, chef.

— Nous savons grâce à Alice Somerville que son grand-père et son ami Kenny Pascoe étaient en poste à Wester Ross et qu'à la fin de la guerre, ils ont été chargés de se débarrasser de tout le matériel laissé par l'armée. Parmi lequel deux motos toutes neuves qu'ils trouvaient trop belles pour les détruire. Donc ils les ont piquées, en gros. Ils les ont mises dans des caisses puis enterrées. J'imagine – c'est un peu poussé, mais ça fait sens – qu'Arnie avait caché les diamants dans l'une des sacoches de la moto en pensant qu'elles seraient rapatriées aux États-Unis sur le même bateau que lui, et qu'ils seraient plus en sécurité que dans son sac. Qui, a priori, était susceptible d'être fouillé à plusieurs reprises. Les plans ont dû changer à la dernière minute. Et Arnie a découvert que les motos n'allaient pas traverser l'Atlantique. Voilà que ses plans sont partis en fumée sans qu'il puisse rien y faire.

— C'est une hypothèse, comme vous l'avez dit, mais c'est la seule chose qui ait du sens pour moi.

— Pour moi aussi. La suite est un peu plus confuse. Je pense qu'Arnie a essayé de savoir ce qu'étaient devenus les diamants. Vu ses contacts, il a sans doute réussi à découvrir qui était responsable de la destruction des motos. Tu te rappelles le mystérieux Américain qui s'est présenté à Warkworth juste avant la mort de Kenny Pascoe ? Je parierais qu'il s'agit d'Arnie Burke. Peut-être que la mort de

Kenny cache quelque chose. Arnie s'est peut-être montré un peu trop persuasif. Et ça lui a permis de mettre la main sur la carte. Mais pour une raison ou une autre, il ne parvient pas à trouver le butin. Faisons un bond dans le temps : Arnie raconte à sa petite-fille l'histoire des diamants et son incapacité à retrouver la fortune familiale. Il a mis assez d'argent de côté pour l'envoyer étudier en Écosse, et il la charge de trouver les diamants. Il lui donne toutes les informations qu'il a à sa disposition. Et Shirley, qui est une fille intelligente, parvient à percer l'énigme. Mais il y a un problème, n'est-ce pas, Jason ?

Il hocha la tête.

— Le trésor est enterré dans la tourbière, sur la ferme familiale des Mackenzie. Elle n'arrivera jamais à le récupérer seule.

— Il lui vient donc cette idée géniale d'embaucher un Monsieur Muscle pour s'en occuper à sa place. Ces gens sont forts et sont toujours en vadrouille, si bien que s'il disparaît, ça ne se remarquera pas immédiatement. Shirley est une jolie femme et elle ne s'est probablement pas contentée de battre des cils, mais lui a fait miroiter une part du butin. Grâce au témoignage de Ruari Macaulay, on sait qu'elle était à Invercharron avec Joey Sutherland. On ignore l'accord qu'elle a passé avec lui, mais toujours est-il qu'ils se retrouvent ensemble à Wester Ross. Joey creuse le trou, ouvre les sacoches, et alléluia, voilà les diamants. Mais Shirley refuse de partager et ne veut pas qu'il parle à tout le monde de leur petite aventure, alors elle le descend et le met dans la fosse.

— Et elle s'en va au volant de son van, ajouta Jason.

— Exactement. Elle a de grandes idées, notre Shirley. Mais elle ne peut pas se lancer tant qu'elle n'a pas libéré les liquidités des diamants…

— Vous voulez dire, tant qu'elle ne les a pas vendus ?

Jason était perplexe.

— Oui… Qui n'aime pas en mettre plein la vue, de temps en temps, Jason ? Il lui faut du liquide, et elle a besoin de trouver un bien à rénover pour en tirer des bénéfices. Elle ne peut pas se déplacer avec le van de Joey, au cas où quelqu'un la repérerait, et il lui faut du temps pour accomplir les démarches administratives qui la rendront propriétaire légitime de ce van. Donc elle vend les diamants – ce que nous pouvons maintenant prouver – et publie une annonce dans l'*Evening News* pour faire croire qu'elle a acheté le van de façon réglo. Elle achète la maison de Leith en liquide et commence à bâtir son empire immobilier, sans rien qui puisse venir l'entacher. Et je parie que depuis, elle n'a jamais commis le moindre faux pas, conclut-elle en prenant une profonde inspiration. Qu'est-ce que tu en penses, Jason ? Est-ce que c'est suffisant ?

— Où est-ce qu'elle s'est procuré l'arme ?

— Question pertinente. D'après son avis d'obsèques, Arnie Burke était un champion de tir. Shirley a grandi entourée d'armes à feu. À l'époque, elle a très bien pu en ramener une dans sa valise. Je sais que c'est difficile à croire aujourd'hui, Jason, mais avant le 11 septembre, les compagnies aériennes n'avaient jamais eu l'idée de passer les bagages à main aux rayons X. Et même si elle ne l'a pas apportée avec elle, c'était avant Dunblane. Elle aurait pu s'inscrire à un club de tir. À l'époque, si tu avais un coffre fermé à clé dans ta voiture, tu pouvais sortir l'arme du club pour les compétitions.

Il la regarda d'un air qui trahissait son incrédulité.

— Vraiment ?

— Eh oui. Ce n'était pas très compliqué non plus de se procurer des armes illégales. Entre la fin de l'Union soviétique et la loi sur l'interdiction des armes, il y a eu beaucoup de trafic d'armes. Mon père raconte qu'à Lochgelly, dans les années quatre-vingt, il y avait un pub où on pouvait acheter des pistolets de police tchèques pour cinquante livres. Mais Shirley n'a probablement pas eu besoin d'aller à Lochgelly.

Jason éclata de rire.

— Elle aurait fait tache si elle avait essayé d'aller boire un verre là-bas ! Alors ne parlons pas d'acheter une arme…

— C'est vrai. Je me demande si Napier avait un club de tir étudiant à l'époque ? Note de vérifier ça, Jason. Il y a quelques clubs autour d'Édimbourg. Un vers Livingston Way, je crois, et un autre à Balerno. Ça vaut le coup d'aller vérifier s'ils ont une trace d'une membre connue sous le nom de Shirley O'Shaughnessy. Elle ne sait pas qu'on enquête sur elle, donc on a un peu de temps pour aligner nos cartes. Pendant qu'on attend que la Met nous rende service, autant en profiter pour bosser sur nos preuves indirectes. Je ne veux pas que ça nous échappe, Jason. Shirley O'Shaughnessy a bien réussi dans la vie grâce au meurtre de Joey Sutherland. Il faut que ça cesse.

66

2018 – Édimbourg

Karen n'avait pas fait attendre Hamish volontairement. Mais l'enregistrement de l'entretien entre les inspecteurs de la Met et David Cohn était arrivé dans sa boîte de réception tandis qu'elle se préparait à quitter le bureau. Elle avait prévu de rentrer chez elle se changer en vue de leur dîner, mais à présent c'était fichu. Elle aurait pu laisser cet enregistrement attendre jusqu'au lendemain ; il ne se passerait pas quoi que ce soit pendant la nuit qui aurait un impact sur son enquête, elle le savait. Mais c'était plus fort qu'elle.

Rien dans cet enregistrement ne venait contredire les déclarations précédentes de Cohn, mais rien ne les amplifiait non plus. Ce n'était pas grave. La cohérence même du récit de Cohn était rassurante. C'était un témoin qu'on ne pourrait pas aisément détourner de sa version des événements.

Quand elle en eut terminé avec l'enregistrement, elle était déjà en retard. Elle se força à se remettre du rouge à lèvres et à arranger sa coiffure autant que possible dans les toilettes des femmes avant de filer, piétinant pour traverser la rue et gagner la station de taxis sans risquer de se faire renverser par un bus. Elle s'affala sur la banquette du taxi en jurant à voix basse. Pourquoi se souciait-elle tellement de faire attendre un homme dix minutes à une table de restaurant ? Certes, c'était malpoli, mais même sa mère ne lui aurait pas reproché d'être en retard parce qu'elle essayait de résoudre un meurtre.

Les travaux sur Leith Street semblaient ralentir les véhicules encore plus que d'habitude, puis la circulation fut dense sur les ponts et à l'arrêt sur Chambers Street. Elle aurait été plus rapide à pied, pensa Karen. Mais elle serait arrivée hors d'haleine et en nage parce qu'elle n'aurait pas pu s'empêcher de se presser.

Le taxi finit par se garer sur le George IV Bridge, presque en face de Perk. Karen entra dans The Outsider et parcourut la salle du regard avant qu'un serveur ne puisse l'aborder. Elle repéra immédiatement Hamish. Il était assis dos à la porte à une des tables près de la fenêtre, qui jouissaient d'une vue spectaculaire sur le château et les contours impressionnants de ses fortifications. Malgré elle, elle se sentit heureuse de le voir.

Elle traversa rapidement la salle et lui effleura l'épaule avant de s'asseoir en face de lui. Il commença à se lever avec l'intention de l'embrasser pour la saluer, mais quelque chose dans l'expression de Karen l'arrêta et il se rassit.

— Je suis désolée d'être en retard, et désolée de ne pas m'être changée avant de venir, dit-elle. Quelque chose est tombé au dernier moment et j'ai dû m'en occuper.

Il secoua la tête.

— Pas besoin de t'excuser. Je sais que ton métier est imprévisible. Et je me suis dit que si tu avais un empêchement, tu me préviendrais, pour que je ne reste pas là à poireauter devant tout le monde.

Elle ne put s'empêcher de sourire. Elle croisa son regard et sut qu'il se passait quelque chose entre eux. Puis elle se rappela qu'il lui avait menti et son sourire s'évanouit.

— Bonne journée ? demanda-t-elle sur un ton neutre.

— Bien chargée. Et bien trop ennuyeuse pour que je la raconte. Et toi ? Comment se passe l'enquête sur Joey Sutherland ? Vous avancez ?

— Lentement, répondit-elle avec prudence. Est-ce que tes parents ont déjà mentionné un Américain baptisé Arnie Burke ?

— Non. Il est suspect ?

Elle gloussa.

— Pas vraiment. Il est mort en 1994. Mais il se peut qu'il ait eu un lien avec les motos à l'époque où elles ont été enterrées.

— Intrigant. Qu'est-ce que tu as découvert d'autre ?

— Je ne peux rien te dire. Je n'aurais même pas dû partager ces informations avec toi. Ne jamais révéler quoi que ce soit qui risque de se retrouver dans les journaux.

— Est-ce que tu penses que je suis ici pour te soutirer des informations à revendre aux journaux ?

Il esquissa un petit sourire incrédule.

— Rien de personnel là-dedans. Je ne parle des enquêtes en cours à personne en dehors du bureau.

Comme cela la tracassait et qu'elle n'était pas capable de taire quelque chose d'aussi important, elle ajouta :

— Mais même si ce n'était pas le cas, je ne pourrais pas t'en parler parce que je ne peux pas te faire confiance.

Il recula sur sa chaise autant que possible. Avant qu'il ne puisse répondre, le serveur arriva pour leur donner les menus, la carte des boissons et la liste des plats du jour. Karen commanda un verre de prosecco. Pas pour célébrer quelque chose, mais parce que le choix était plus facile que pour le gin. Hamish indiqua son verre de bière à moitié vide et dit :

— La même chose.

Le serveur nota son ton sec et s'éclipsa.

— Comment ça, tu ne peux pas me faire confiance ?

Il semblait sincèrement vexé.

— Tu es un menteur.

Les mots claquèrent dans l'air. Il plissa les yeux tandis que ses pommettes rosissaient fortement, de la couleur d'un échantillon de fard à joues.

— C'est assez dur à entendre…

— Et c'est assez dur de découvrir que quelqu'un qu'on aime bien vous a menti.

Elle releva le menton d'un air de défi.

— Je ne sais vraiment pas de quoi tu parles.

Il se pencha vers elle, avant-bras posés sur la table, l'air sincère.

— Allez, Hamish.

Elle lui donnait une dernière chance. Mais il ne la saisit pas. Il ne dit rien et ne se déroba pas à son regard. Elle tripota une de ses boucles d'oreilles, comme si c'était un tic nerveux. Il pinça les lèvres.

— Je suis au courant, pour les boucles d'oreilles, lâcha-t-elle d'une voix adoucie par le regret.

Cette fois, il réagit. Il se redressa, une main posée sur la joue.

— Et merde, dit-il. Comment tu l'as découvert ?

— Je suis inspectrice, Hamish. Découvrir des choses, c'est mon métier. Ton barista m'a reconnue à cause de mes fichues boucles d'oreilles. Parce que tu les avais fait livrer de l'autre côté de la rue.

Il avait sur le visage cet air peiné qui, chez un enfant, précédait les larmes. Mais il était trop vieux et trop fier pour céder à une réaction aussi révélatrice.

— Je n'ai pas trouvé ta boucle d'oreille dans le siphon. Et j'avais envie de te revoir.

— Tu aurais pu m'appeler et me dire la vérité.

— J'avais peur que ça ne s'arrête là. Je pensais que tu ne voudrais pas me revoir parce que j'étais lié à ton enquête. Alors j'ai eu besoin d'une excuse. Et la boucle d'oreille en était une excellente. Tu ne pouvais pas refuser un verre, au moins. Tu ne peux pas me reprocher d'avoir essayé.

Une nouvelle fois, l'arrivée du serveur les força à se taire. Il posa leurs boissons devant eux sans un mot, percevant clairement l'atmosphère. Puis il recula d'un pas et dit :

— Je vous donne une petite minute pour choisir, d'accord ?

— C'était tordu, dit Karen.

— OK, j'ai peut-être fait un mauvais choix, mais c'était pour une bonne raison, expliqua-t-il en plissant le front, le regard implorant. Karen, j'ai fait un mauvais choix qui m'a coûté trois cent quarante-cinq livres, pour une bonne raison. Voilà ce que j'étais prêt à parier pour te revoir.

— Eh bien tu as de la chance de pouvoir dépenser trois cent quarante-cinq livres pour une lubie. Hamish, mon travail consiste à détricoter les mensonges que racontent les gens pour couvrir leurs erreurs. Parfois, ce sont des choses triviales, parfois c'est vraiment affreux. Mais tous les mensonges se valent. Ce sont des raisons pour ne pas croire la parole de l'autre, dit-elle avant de pousser un soupir. Je t'aime bien, Hamish. Vraiment. Mais tu n'aurais pas pu plus mal agir avec moi, si tu l'avais voulu.

Il changea de position sur son siège et se prit la tête, les yeux fixés sur la table, y cherchant apparemment des réponses. Karen se força à garder le silence, et attendit.

Il finit par marmonner :

— Tu veux que je m'en aille ?

Malgré tout, elle répondit :

— Quoi ? Et te laisser impuni ?

Il jeta un rapide coup d'œil vers elle et vit son petit sourire narquois.

— Je suis vraiment désolé. Je voulais seulement te faire plaisir. Je ne pensais pas que tu découvrirais tout.

Elle secoua la tête d'un air moqueur.

— Je me répète, je suis inspectrice, Hamish. Même si Anders n'avait pas vendu la mèche, je m'en serais rendu compte en les examinant de près côte à côte. Celle que tu m'as donnée est toute neuve. La mienne a des traces et des rayures, et à l'arrière elle ne brille pas autant. C'était bien essayé, mais franchement, tu aurais mieux fait de garder ton argent et de me dire la vérité.

— Je m'en rends compte maintenant, dit-il en poussant un profond soupir. Je répare les choses, Karen. Je suis bon pour trouver des solutions. La plupart des gens aiment bien me laisser résoudre leurs problèmes. Ils se fichent de la manière dont je m'y prends, ils acceptent simplement le résultat.

Il lâcha un rire sec avant de reprendre :

— J'aurais dû mieux réfléchir. J'aurais dû prendre conscience que ce qui m'attire chez toi, c'est précisément que tu es différente de tous les autres. Donc les bonnes vieilles techniques ne fonctionnent pas avec toi.

Il but une longue gorgée de bière.

— Est-ce que tu veux que je sorte et que j'entre de nouveau pour qu'on recommence tout ?

— Tu peux essayer.

Il se leva et slaloma entre les tables jusqu'à la porte. Il avança sur le trottoir jusqu'à Greyfriars Bobby et disparut de sa vue. L'espace d'un instant, elle crut qu'il n'allait pas revenir et sentit un pincement de déception. Mais il réapparut et traversa la salle du restaurant jusqu'à leur table.

Il posa une main sur le dossier de sa chaise et demanda, en levant un sourcil :

— Est-ce que cette place est prise ?

Elle inclina la tête, un sourire joueur se dessinant contre son gré sur son visage.

— Elle est prise, maintenant.

67

2018 – Stirling

McCartney avait demandé un service à un type qui avait travaillé à la BEP de Strathclyde par le passé. À présent, il se planquait au QG. Il faisait partie de ceux qui avaient abandonné l'illusion de devenir de vrais flics. Il se contentait de regarder des écrans et d'additionner les indicateurs de performance. Mais c'était bien pratique de l'avoir sous le coude de temps en temps. Par exemple quand vous vouliez savoir si Nonosse était de retour sur le sol britannique après son escapade aux Pays-Bas.

Il n'allait toutefois pas reproduire la même erreur une deuxième fois. Ce soir, il attendrait de voir Markie partir avec son chien avant de sortir de la voiture. Ensuite, il ferait le tour du lac dans le sens opposé et viendrait à sa rencontre. Il se gara dans le recoin le plus sombre du parking et s'installa avec un podcast de son émission de foot préférée, un mélange d'anarchie, de ragots et de surréalisme. Il avait pesté contre les présentateurs et leurs opinions arrêtées pour la troisième fois quand la voiture de Markie se gara à une place proche du départ du sentier. Il la regarda sortir et faire descendre le chien du coffre. Il laissa passer cinq minutes avant de s'engager à son tour.

C'était une nuit claire et sèche, un peu fraîche mais sans aucun signe de pluie. McCartney parcourut le sentier d'un bon pas, répétant ce qu'il allait dire. Il croisa une demi-douzaine d'étudiants éméchés, joyeux et gouailleurs. Ils ne lui prêtèrent aucune attention. Pas plus que le vieil homme promenant son golden retriever ni les deux femmes d'âge moyen plongées dans une conversation sur un projet de recherche.

Il longea la berge bordée de rhododendrons qui formait un virage et aperçut Markie au loin. Il ralentit puis s'arrêta, et attendit dans l'ombre jusqu'à ce qu'elle ne soit plus qu'à quelques mètres de lui. Il avança et annonça sa présence en lançant :

— Alors, c'était comment, les Pays-Bas ?

Ann Markie fit un pas de côté et vacilla légèrement.

— Vous n'avez rien à faire ici, dit-elle d'une voix rauque marquée par la colère.

— Il faut que je vous parle.

— Vous n'avez pas compris le message ? On ne peut pas se parler tant que votre procédure de discipline n'est pas terminée.

Le chien bondit vers eux, langue pendante, paraissant presque sourire. McCartney n'était pas dupe. Elle lancerait l'animal sur lui sans hésiter si besoin.

— Vous ne comprenez pas, n'est-ce pas ? Je veux récupérer mon poste. La procédure de discipline, j'en ai rien à foutre. Je veux que toute cette merde disparaisse. Et vous pouvez faire quelque chose pour moi. Vous m'avez envoyé au casse-pipe, vous me devez bien ça.

— Je ne vous dois absolument rien, Gerry. C'est vrai, je vous ai nommé à l'UEH pour que vous me rendiez compte de la gestion du groupe, mais c'est tout. Vous semblez croire que nous avons passé un accord. Croyez-moi,

Gerry, vous vous trompez. Vous avez sérieusement dérapé. Un homme est mort, et à mes yeux, vous aussi.

Elle essaya de le contourner pour poursuivre son chemin, mais il lui bloqua la route.

— Pas si vite, Ann. Si j'ai appris une chose de vous, c'est que sous votre direction, le renseignement est monnaie courante. Il se trouve que j'ai une information juteuse qui suscitera, je pense, votre intérêt.

— Si vous avez une information sur un crime, vous êtes tenu de la déclarer. Vous le savez. N'empirez pas davantage votre situation. Ne me forcez pas à ajouter cela à la liste des plaintes contre vous.

Il secoua la tête.

— Il ne s'agit pas d'information sur un crime. C'est le genre de chose que vous voulez savoir parce que si vous n'êtes pas au courant, vous serez éclaboussée de la tête aux pieds quand le scandale éclatera. Madame.

Il se pencha vers elle, lui crachant presque ce dernier mot au visage.

— Et vous croyez que vous pouvez négocier, grâce à cette information ?

Son expression de mépris se reflétait jusque dans sa voix.

— Je suis sûr que oui.

Markie le jaugea. Derrière le masque, il soupçonnait qu'elle était aussi incertaine que tout le monde.

— Vous voulez que je fasse disparaître les sanctions disciplinaires, c'est votre prix ?

— Oui.

Elle secoua la tête.

— Je ne peux pas. C'est trop délicat. Tout ce que je peux faire, c'est vous réintégrer en attendant l'enquête. Et ensuite, faire tellement traîner celle-ci que tout le monde finira par l'oublier et laisser tomber.

Il secoua la tête. Ce n'était pas suffisant. Rien que l'idée d'annoncer à sa femme et ses filles qu'il était suspendu lui serrait le cœur. Comment pouvait-il attendre du respect de leur part s'il était désavoué à la face du monde ?

— Il me faut plus que ça.

Elle le poussa en appuyant sur sa poitrine, le prenant par surprise, le forçant à reculer suffisamment pour qu'elle puisse passer.

— Alors dites adieu à la meilleure offre que je peux vous faire.

— Attendez !

Il l'attrapa par la manche de sa veste. Le chien poussa un grognement rauque. Markie se libéra.

— Vous avez changé d'avis ?

Elle esquissa une moue sardonique. Elle pensait manifestement avoir le dessus.

— Comment puis-je être sûre que l'information que vous prétendez détenir a la moindre valeur ?

— Parce que je ne suis pas stupide, répondit-il d'une voix emplie de frustration. Vous ne m'auriez pas branché sur Karen Pirie si vous pensiez que je suis totalement abruti.

Il prit une profonde inspiration et tenta de se calmer.

— Écoutez, je ne nie pas que je cherche à défendre mes propres intérêts, mais j'essaie de vous rendre service par la même occasion.

Markie l'évalua de nouveau, tête inclinée d'un côté. Il se demanda si elle sentait son désespoir.

— Allez-y, je vous écoute.

— Est-ce que je pourrai revenir travailler ?

— Tout dépend de ce que vous avez.

Il y eut un long moment d'hésitation. Puis les épaules de McCartney s'affaissèrent et il céda.

— Le corps dans la tourbière.

— Le sportif ?

— Le Monsieur Muscle, la corrigea-t-il.

— Peu importe.

Sentant son impatience, le chien gémit et se frotta contre sa jambe pour témoigner son obéissance.

— Elle a quelqu'un dans le viseur pour ce crime.

— C'est une bonne chose, non ? En quoi est-ce que ça constitue un argument de négociation ?

Prudente, Markie s'éloigna d'un pas.

— Mon argument de négociation, c'est le nom de la personne qu'elle projette d'arrêter.

Il marqua une pause, faisant durer le suspense.

— On n'est pas dans un épisode de *Line of Duty*, capitaine. Crachez le morceau.

— Vous avez entendu parler de Shirley O'Shaughnessy ?

Les sourcils de Markie se haussèrent pour former deux arches parfaites.

— Vous êtes sérieux ? Est-ce que j'ai entendu parler d'elle ? Je l'ai rencontrée. À l'une de ces soirées du parti où tout le monde affiche son plus beau sourire et ses meilleures intentions. Elle n'arrêtait pas de parler de son projet pour résoudre la crise du logement, et les politiques la traitaient comme si elle était le messie. Vous dites que Pirie veut l'arrêter pour meurtre ?

— C'est leur seul suspect.

— Pourquoi Pirie pense que Shirley O'Shaughnessy a descendu un lanceur de troncs et l'a balancé dans un fossé au milieu des Highlands ?

— Dans une tourbière, la corrigea-t-il machinalement.

— Ça pourrait être une porcherie, je m'en fiche ! Pourquoi est-ce que Karen Pirie enquête sur elle ? Elle a perdu le sens commun ?

Il détecta une note d'espoir dans sa voix.

— Je ne connais pas tous les détails. Elle m'a plus ou moins exclu de l'enquête. Mais ce que je sais, c'est qu'elle a établi que Shirley O'Shaughnessy et Joey Sutherland étaient ensemble aux jeux d'Invercharron, lors de sa dernière apparition publique. Et quelques mois plus tard, O'Shaughnessy a acheté son van.

— C'est tout ?

— À l'évidence, il y a autre chose. Mais je ne sais pas quoi. Ils étaient assez frustrés. Elle a demandé à cet idiot de rouquin de courir partout pour trouver où le van avait été garé en 1995.

Markie fronça les sourcils.

— Tout ça me paraît très léger…

— Et c'est d'autant plus ennuyeux quand ça touche des gens comme Shirley O'Shaughnessy, renchérit McCartney. Vu les contacts qu'elle a.

Il pouvait presque voir les rouages du cerveau de Markie s'activer tandis qu'elle réfléchissait aux conséquences de tout cela.

— En effet, acquiesça-t-elle pensivement.

— Est-ce que je peux revenir à mon poste ?

— Vous allez revenir, dit-elle sur un ton distrait. La brigade criminelle de Kilmarnock est en sous-effectif. Leur capitaine est parti en congé paternité et l'un de leurs lieutenants s'est cassé une jambe il y a deux jours. Vous vous y présenterez demain matin.

— Kilmarnock ? Vous vous moquez de moi ? Pourquoi pas une brigade criminelle ?

Elle lui rit au nez.

— Vous voulez rire ? Maintenant fichez le camp à Kilmarnock et faites profil bas. Vous jouez votre dernière carte, Gerry, ne l'oubliez pas.

Elle pivota et s'éloigna, tête haute, épaules droites, chien sur ses talons.

Kilmarnock ? Tout ça pour aller moisir à Kilmarnock ? De rage, il shoota dans une pierre. Peut-être qu'il aurait une récompense si son information donnait à Nonosse ce qu'elle recherchait. Au moins pour l'instant, il n'avait pas à confier sa disgrâce à sa femme et voir dans ses yeux se dessiner la déception et le mépris.

McCartney regagna sa voiture, regrettant d'avoir un jour croisé le chemin d'Ann Markie et de Karen Pirie.

68

2018 – Édimbourg

De façon surprenante, le charme de Hamish Mackenzie opéra une deuxième fois. Karen dormit sans interruption pendant toute la nuit et eut du mal à y croire quand elle se réveilla, heureuse, le lendemain. Ils avaient réussi à progresser sur un chemin incertain après le départ maladroit qu'ils avaient pris la veille. Arrivés au dessert, ils étaient presque détendus. Pas suffisamment néanmoins pour que Karen accepte sa proposition de boire un verre dans un bar à whisky. Ils avaient descendu le Mound ensemble, puis elle avait hélé un taxi pour rentrer chez elle. Hamish avait eu l'intelligence de s'en tenir là pour la soirée.

Il lui avait ouvert la portière du taxi et s'était penché pour lui déposer un bisou sur la joue. Sa barbe douce l'avait chatouillée et elle s'en était voulu de ressentir une montée de désir pour lui.

— On refait ça bientôt ? demanda-t-il quand elle monta dans le véhicule.

— Ce serait dommage de s'en priver.

— Je t'appelle, alors.

Il ferma la portière et lui adressa un salut de la main alors que le chauffeur s'éloignait. Hamish était profondément désolé. Il avait fait de son mieux pour qu'elle lui pardonne son mauvais choix, et il paraissait sincère. Il se passait quelque chose entre eux, c'était indéniable. Mais elle devait prendre son temps. Elle ne pouvait pas se permettre l'épuisement émotionnel engendré par une relation qui ne fonctionnait pas. Le deuil de Phil constituait encore une part importante de sa vie. Si Hamish pouvait le comprendre, ils pourraient peut-être tenter quelque chose ensemble.

En supposant bien sûr qu'il ressente la même chose. Qu'elle n'avait pas attiré son attention simplement parce qu'elle représentait une nouveauté pour lui. Elle n'avait aucun moyen de savoir si c'était le cas. Seul le temps pourrait le dire.

Et du temps, elle en avait.

Sa bonne humeur ne dura pas longtemps. Elle avait à peine fini de se doucher que son téléphone vibra sur l'étagère de la salle de bains. Karen se frotta les cheveux et s'enroula dans une serviette avant de regarder l'écran. Le message annonçait simplement :

> Fettes. Salle de réunion 2, 9 h 30. Commissaire adjointe Markie.

— Qu'est-ce qu'il y a encore ? maugréa Karen. Pourquoi elle ne peut pas me laisser travailler en paix ?

Pour une fois, elle n'allait pas laisser Nonosse la déstabiliser. Elle ignorait ce qu'elle manigançait cette fois-ci, mais elle était décidée à ne pas entamer la conversation avec un sentiment d'infériorité. Elle se sécha correctement les cheveux et les coiffa soigneusement à l'aide d'un produit qu'elle avait acheté trois mois plus tôt et n'utilisait quasiment jamais. Ensuite, une crème de jour teintée, un trait fin de crayon à œil, du mascara et une légère couche de rouge à lèvres rouge foncé. Il lui vint à l'esprit qu'elle s'apprêtait davantage pour Nonosse que pour Hamish. Elle se demanda ce que cela révélait de ses priorités.

Son ensemble préféré, un tweed léger vert foncé acheté au centre commercial de Livingston, était toujours dans le sac du pressing. Elle l'assortit à un tee-shirt gris uni et boutonna la veste pour vérifier que le look fonctionnait. Elle avait perdu deux kilos depuis qu'elle l'avait acheté, si bien que le pantalon tombait parfaitement sur ses hanches. Cette fois-ci, Ann Markie ne serait pas la seule à en imposer.

Karen se gara dans le parking de Waitrose en bas de la rue de Fettes. De cette façon, elle pouvait passer prendre un café en allant à la réunion. *Reste détendue, fais comme si la gestion de l'UEH ne te causait pas le moindre souci.* Si on pouvait parler de « gestion »…

Elle arriva avec cinq minutes d'avance, mais la commissaire adjointe siégeait déjà à l'extrémité de la table de réunion. Vêtue de son uniforme, version robe, Markie dégageait une image de professionnalisme impeccable. Mais pour une fois, Karen se sentit au même niveau que sa chef.

— Vous vouliez me voir, dit-elle en entrant avant de refermer la porte derrière elle.

Elle avança vers la chaise qui faisait face à Markie.

— Téléphone sur la table, ordonna la commissaire adjointe.

— Pardon ?

— Téléphone sur la table. Je veux m'assurer que vous n'enregistrez pas cette conversation.

Karen obéit tout en disant :

— La dernière fois que l'on s'est vues, c'est vous qui parliez d'enregistrer la conversation. Est-ce que je peux voir votre téléphone également, madame ?

Markie brandit son portable.

— Comme vous pouvez le voir, commandant Pirie, il est éteint.

— Est-ce que je suis là pour subir une nouvelle fois les conséquences de la bêtise de Gerry McCartney ? Parce que je refuse de porter le chapeau.

— Est-ce exact que vous êtes en train de rassembler des preuves contre Shirley O'Shaughnessy ?

L'espace d'un instant, Karen demeura muette de surprise. Comment est-ce que Markie était au courant ? Et qu'est-ce que ça pouvait bien lui faire ?

— On s'intéresse à elle dans le cadre de l'affaire Joey Sutherland, répondit-elle prudemment.

À ce moment-là, elle se rappela la voiture qu'elle avait vue s'éloigner de Gayfield Square. McCartney, bien sûr. Si elle n'avait pas eu l'esprit ailleurs, elle aurait immédiatement reconnu le véhicule. Il avait dû s'introduire sournoisement au commissariat pour fouiner dans le bureau. C'était la seule explication. Mais pour le moment, elle devait se concentrer pleinement sur Markie.

— Vous vous intéressez à elle ? Sur quelle base ?

— Elle était avec lui lors des jeux d'Invercharron, qui est la dernière apparition publique de Joey. Trois mois plus tard, elle a acheté son van, soi-disant après la publication d'une petite annonce dans l'*Evening News*. Le coupable du meurtre de Joey Sutherland avait une bonne raison de vouloir exhumer ces motos. Et deux semaines après la dernière apparition de Joey Sutherland, Shirley O'Shaughnessy a vendu un sachet de diamants non taillés à Londres. Soi-disant un héritage de son grand-père, sauf qu'il n'existe aucune trace prouvant qu'il ait possédé ces diamants. C'est ça qui a financé son entreprise immobilière.

— Et comment a-t-elle bien pu savoir où étaient enterrées ces motos ? demanda-t-elle d'une voix dénuée d'intérêt mais pleine de sarcasme.

— Son grand-père était dans la région de Wester Ross à la fin de la Seconde Guerre mondiale. À l'époque où les motos ont été enterrées. L'un des hommes impliqués dans cette affaire est mort en 1946, deux jours après qu'un mystérieux Américain vienne lui rendre visite. Je pense qu'il s'agissait du grand-père de Shirley O'Shaughnessy, qui s'est alors procuré la carte où était indiqué le lieu de l'inhumation.

— Vous croyez beaucoup de choses, commandant Pirie. Si le grand-père a récupéré la carte en 1946, pourquoi a-t-il fallu attendre 1995 pour que quelqu'un déterre ces motos ? N'est-ce pas la question centrale ?

Karen savait qu'elle aurait dû être reconnaissante envers Nonosse de se montrer aussi sceptique. Elle devrait exposer les mêmes arguments devant le procureur pour le convaincre d'ouvrir une procédure judiciaire. Mais n'importe qui dans le bureau du procureur lui donnerait plus de liberté qu'elle pour expliquer ses conclusions. Quoi qu'il en soit, elle devait continuer.

— J'ai vu une des deux cartes. Si on sait où regarder, c'est facile de savoir où creuser. Mais quand on ne connaît pas la région, on peut tourner en rond longtemps avant de repérer le site. J'imagine qu'Arnie Burke a été arrêté par cet obstacle.

— Alors comment est-ce que sa petite-fille a réussi là où le grand-père avait échoué ?

— Je n'ai pas la réponse à cette question. C'est le maillon qui manque à la chaîne. Mais on peut peaufiner ça pendant l'interrogatoire, on peut…

— Une chaîne à laquelle il manque un maillon, ce n'est pas une chaîne, c'est juste un tas de ferraille.

Markie ne semblait pas heureuse à l'idée de boucler une affaire non élucidée.

— Je crois qu'elle a des explications à fournir. Je peux exposer cette affaire au procureur.

Les lèvres pincées, Markie dit très clairement :

— Vous n'exposerez rien du tout au procureur.

— Il me faut au moins interroger Shirley O'Shaughnessy.

Karen avait mal au ventre, un mélange de colère et de crainte que tout ça n'aille dans le mur.

— Non. Vous n'approcherez pas Shirley O'Shaughnessy. C'est un ordre, commandant Pirie. Laissez-la tranquille.

— Quoi ? Je suis censée laisser tomber ? Oublier tout ça ? Un homme a été assassiné et elle doit répondre à des questions légitimes. On ne peut pas ignorer les preuves matérielles.

Malgré sa détermination à rester calme, Karen entendit sa voix monter.

Markie se carra dans son siège, un sourire condescendant sur le visage.

— Vous ne comprenez vraiment pas la situation globale, n'est-ce pas ? Vous êtes une femme à l'esprit aussi étroit que les rues de cette ville. Certains d'entre nous, cependant, vivent sans œillères. Shirley O'Shaughnessy est une actrice majeure dans l'avenir de ce pays. Elle concrétise la politique de logement du gouvernement. Elle est sollicitée par nos dirigeants politiques. À votre avis, comment le gouvernement va réagir quand vous traînerez une de ses protégées dans une salle d'interrogatoire pour répondre à des questions au sujet d'une lointaine affaire qui compte davantage de trous qu'un gruyère ? Sans le soutien des politiques, la nouvelle police écossaise est fichue. Et ne parlons pas du déchaînement médiatique. Tout le monde adore Shirley. Elle va réaliser leur rêve. Mais vous ? dit-elle avec un geste méprisant de la main. Vous êtes digne de votre dernière apparition médiatique. Le jour de la mort de Barry Plummer. La prochaine fois qu'on parlera de vous, ce sera probablement en lien avec Willow Henderson. Vous êtes en train de prendre le chemin de la sortie parce que vous avez plongé la police écossaise dans la disgrâce.

Karen déglutit péniblement. La tirade de Markie avait touché toutes ses cordes sensibles, ébranlant sa confiance en elle. Mais elle ne pouvait pas laisser passer ça sans réagir.

— Alors c'est comme ça que ça se passe, maintenant ? Si vous êtes copains avec les politiques, si vous êtes le chouchou des torchons les plus dégueulasses de ce pays, vous faites ce que vous voulez ? Vraiment ? C'est notre nouvelle politique ?

Markie poussa un soupir.

— Ne soyez pas encore plus naïve que ce que je croyais. Et n'envisagez même pas de me défier. Je vais parler discrètement à Shirley O'Shaughnessy, au cas où vos manœuvres maladroites seraient parvenues jusqu'à elle. Je vais la rassurer et lui dire qu'il s'agissait uniquement de procédures de routine, qu'elle n'a aucun souci à se faire.

— Et Joey Sutherland, alors ? Et la justice qu'il mérite ? Qu'est-ce que je dois dire à sa famille ?

— Dites-leur que votre enquête est dans l'impasse. Qu'il n'y a pas de pistes valables. Je suis sûre qu'ils n'auront pas de mal à croire que vous avez échoué. Maintenant sortez d'ici et essayez de vous rendre utile dans le placard qui vous sert de bureau, sans mettre notre avenir en péril.

Elle se leva, indiquant la fin de l'entrevue.

Karen resta assise à la dévisager. Elle se sentait légèrement étourdie par ce qu'elle avait été forcée d'entendre. Elle avait déjà eu des différends avec des supérieurs hiérarchiques, mais elle n'avait jamais douté de leur détermination à amener les criminels devant la justice. Cette version-là de leurs priorités l'horrifiait.

— Vous êtes toujours là ? lâcha Markie en passant devant elle pour quitter la pièce.

Tu parles que je suis toujours là. Et ce n'est pas terminé.

69

2018 – Édimbourg

Au moment où elle arriva au bureau, la réponse émotionnelle de Karen à la diatribe d'Ann Markie s'était condensée en une rage bouillonnante. Jason lui jeta un regard quand elle franchit la porte et s'immobilisa.

— Qu'est-ce qui s'est passé ? demanda-t-il.

— Apparemment, la description de notre poste a changé. D'après Nonosse, nous ne sommes plus ici pour enfermer des criminels. Notre mission est de satisfaire tout le monde, notamment les politiques et les journaleux.

Elle balança son sac sur le bureau et se laissa tomber comme une pierre sur sa chaise.

— Je ne comprends pas.

— Ce connard de Gerry McCartney a dû réussir à pénétrer dans le bureau après que je l'ai viré. Il a dit à Markie qu'on était sur la piste de Shirley O'Shaughnessy pour le meurtre de Joey Sutherland. Et elle flippe, parce que Shirley est la meilleure copine du gouvernement quand il s'agit d'offrir un toit aux mal-logés. Et apparemment, c'est beaucoup plus important que d'être interrogée dans une affaire de meurtre.

Karen shoota dans sa corbeille à papier, ajoutant un nouvel éclat à la poubelle abîmée.

— Quoi ? Je ne comprends pas.

Karen leva les yeux au ciel. Elle n'avait pas de patience pour La Menthe dans l'immédiat.

— Qui finance la police écossaise ? demanda-t-elle en articulant distinctement chaque syllabe.

Avec un air de chien battu attendant le prochain coup, il répondit :

— Le gouvernement écossais.

— Et qui est-ce qu'on emmerderait si on arrêtait Shirley O'Shaughnessy ?

— Je vois où vous voulez en venir. Mais je ne crois pas que la Première ministre soit comme ça.

— Je suis d'accord avec toi. Je ne crois pas qu'elle pense comme ça non plus. Mais Markie, si, et c'est notre chef. En gros, elle m'a dit de laisser O'Shaughnessy tranquille ou de ramasser mes affaires et de prendre la porte.

— Elle ne peut pas vous virer, protesta-t-il.

— Elle peut me coincer pour avoir déshonoré la police. Ça durerait une éternité et si elle gagnait, je perdrais ma retraite ainsi que ma réputation. À mon avis, elle espère que je parte de mon plein gré.

La colère de Karen s'atténuait peu à peu, ne laissant au fond d'elle que les cendres froides du ressentiment.

Il y eut un long silence, puis Jason demanda :

— Alors c'est comme ça ? On arrête tout ?

Pour une fois, il avait l'air indigné en plus de perplexe. Karen serra les poings.

— Oh que non ! J'ai passé des années à monter la meilleure UEH du Royaume-Uni. Je me suis battue contre les intimidations depuis que j'ai enfilé mon premier uniforme et ce n'est pas maintenant que je vais arrêter. On va interpeller Shirley O'Shaughnessy et on va le faire maintenant. Avant que notre soi-disant officier supérieur ne joue sa carte.

— On va se présenter à son bureau, alors ?

— D'abord, on va chercher où elle se trouve.

Karen tapa sur son clavier.

— Prends le téléphone, ordonna-t-elle avant de dicter un numéro. C'est son agence. Explique qu'on doit lui parler à la suite d'un cambriolage chez elle.

Jason obéit. Contrairement à Karen, il ne songeait jamais à l'insubordination. Quand on décrocha à l'autre bout du fil, il prit sa meilleure voix officielle :

— Ici le lieutenant Murray, du commissariat de Gayfield Square. Je voudrais parler à Mme Shirley O'Shaughnessy. Est-ce qu'elle est à son bureau ce matin ?

Il s'interrompit.

— C'est au sujet d'un cambriolage dans son appartement. Il faudrait que je lui parle en personne.

Il secoua la tête à l'intention de Karen.

— Alors où est-ce que je peux la trouver ? C'est assez urgent, comme vous pouvez l'imaginer.

Tout à coup, il écarquilla les yeux et articula en silence « À l'aide ! »

— D'accord, c'est noté, reprit-il. Jusqu'à onze heures et demie. J'y vais sur-le-champ.

Il raccrocha et écarta les doigts, décontenancé.

— Vous n'allez pas y croire.

— Vas-y. Vu la matinée que j'ai passée, je suis prête à tout entendre.

— Elle assiste à une réception donnée par le gouvernement écossais à Bute House.

Il avait raison. Karen avait du mal à en croire ses oreilles.

— Avec... ? commença-t-elle.

Il hocha la tête.

— C'est ça.

Mentalement, elle passa en revue ses différentes options. Ils pouvaient surveiller Bute House, résidence officielle du Premier ministre d'Écosse, et essayer d'arrêter Shirley O'Shaughnessy quand elle sortirait. Une quinzaine de choses au moins pouvaient foirer, surtout si on incluait un bus à ciel ouvert rempli de touristes. Ils pouvaient attendre devant son bureau qu'elle rentre de la réception. Mais cela laissait à Markie la possibilité de lui parler en premier. Si la commissaire adjointe essayait de joindre O'Shaughnessy tant qu'elle était encore à la réception, il y avait des chances qu'elle ne réponde pas. Mais dès qu'elle quitterait la pièce, Markie pourrait lui parler.

Il n'y avait pas d'autre option. Ils allaient devoir l'arrêter pendant la réception, devant tout le monde, notamment la Première ministre.

Le seul avantage, c'était que Markie ferait peut-être une attaque.

— Allons prendre un Battenberg, proposa Karen en ouvrant la marche en direction des véhicules de patrouille, dont le surnom provenait du damier bleu et jaune ornant la carrosserie et rappelant les fameux gâteaux bicolores. Si on l'arrête, il faudra qu'on la ramène dans un véhicule officiel. C'est toi qui conduis, ordonna-t-elle.

Ils étaient en plein milieu de Queen Street quand Jason dit tout à coup :

— Ça tombe plutôt bien, cette enquête qui se termine à Bute House.

— Pourquoi ?

— Vous ne vous rappelez pas cette histoire, il y a quelques années, au sujet du chandelier du salon ?

— Non, je peux affirmer que je ne connais pas l'histoire du chandelier dans le salon de Bute House.

— Il s'agirait peut-être d'un pillage des nazis. Il a été envoyé par un type qui était ami avec Lady Bute. Il a prétendu l'avoir trouvé dans la rue. Je ne sais pas vous, mais moi j'ai jamais trouvé d'énorme chandelier en cristal dans la rue. Enfin bref, Lady Bute l'a fait rénover et suspendre dans le salon. Sauf qu'au départ, tout est parti d'un pillage nazi, quoi.

— En effet, dit-elle en riant avant de se mettre à chanter : « Ma chandelle nazie est morte, je n'ai plus de feu ! »

Ils ricanèrent tous les deux, relâchant la tension, et au moment où ils bifurquaient sur Charlotte Square, Jason y mit du sien en entonnant : « Ouvre-moi ta porte, pour l'amour des nazis ! »

Ils gloussaient encore quand il se gara devant Bute House. Contrairement à Downing Street, il n'y avait pas de barrières pour maintenir le public à distance, ni même un officier de police devant la porte. Ils gravirent les marches de l'imposante demeure géorgienne, au centre du long bâtiment en grès noirci, sur la façade nord. Jason sonna et la porte s'ouvrit presque immédiatement. Ils montrèrent leurs cartes de police à l'officier chargé de la sécurité.

— Nous devons parler à une personne présente à la réception qui est en cours, expliqua Karen. Est-ce qu'elle a lieu à l'étage, dans le salon ?

Il hocha la tête et Karen s'engagea dans l'entrée menant à l'escalier aux courbes élégantes, Jason sur ses talons.

— Attendez, vous ne pouvez pas débarquer comme ça, protesta l'officier.

Karen se retourna.

— Il faut qu'on procède à une interpellation, monsieur. Je n'ai pas besoin de votre permission pour ça.

Il parut consterné.

— La Première ministre est là. Vous ne pouvez pas… Écoutez, je vais aller chercher un de ses adjoints pour qu'il vienne vous parler, d'accord ?

Il les doubla en gravissant les marches quatre à quatre. Karen échangea un regard avec Jason avant de lui emboîter le pas.

Une fois arrivés sur le perron, ils patientèrent. La porte du majestueux salon était grande ouverte et ils apercevaient des gens bavarder en petits groupes, tasses de café à la main. Des serveuses circulaient avec des plateaux garnis de mini-pâtisseries et de fudge écossais.

— C'est presque comme à la maison, murmura Karen.

— Parlez pour vous.

L'agent de sécurité revint, l'air soucieux. Une jeune femme le suivait de près, apparemment guère perturbée. Elle leur sourit.

— Je suis Tabitha, je travaille pour la Première ministre. En quoi puis-je vous aider, officiers ?

Karen fit les présentations et ajouta :

— Je sais que c'est vraiment gênant, mais nous devons interpeller l'un de vos invités. Pour des raisons opérationnelles, on ne peut pas attendre qu'elle quitte la réception pour faire cela discrètement. La dernière chose que je souhaite, c'est d'embarrasser votre chef, évidemment. Comment peut-on procéder ?

Le seul signe indiquant qu'il s'agissait pour Tabitha d'une demande sortant de l'ordinaire fut un furtif froncement de sourcils.

— Pouvez-vous me dire qui vous avez besoin de… d'arrêter ?

Karen prit une profonde inspiration. Ce moment allait peut-être signer la fin de sa carrière. Elle se rendit compte qu'elle s'en fichait.

— Shirley O'Shaughnessy. De City SOS Construction.

Tabitha eut l'air déconcertée.

— Vous voulez arrêter Shirley ?

— Ça pose un problème ?

— Non, c'est plutôt une surprise, répondit-elle avant de jeter un coup d'œil derrière son épaule en se mordillant la lèvre. Donnez-moi une minute, d'accord ?

Elle retourna à l'intérieur. Karen la suivit jusqu'au seuil, et jeta un coup d'œil derrière la porte. Au-dessus d'une cheminée sophistiquée trônait un miroir doré orné qui aurait occupé l'intégralité du mur du salon de Karen. Il reflétait le fameux chandelier au fond de la pièce. La Première ministre se tenait près d'une des grandes fenêtres, en pleine conversation au sein d'un petit groupe, reconnaissable avec ses talons vertigineux et un des tailleurs aux couleurs vives qui étaient sa marque de fabrique. Karen vit Tabitha se diriger vers elle et l'attirer à l'écart du groupe. Elle écouta son assistante, le visage impassible. Puis elle hocha la tête et répondit quelque chose. Elle rejoignit les gens avec qui elle parlait tout en surveillant la porte du regard.

Quand Tabitha revint, elle annonça :

— La Première ministre m'a demandé s'il vous était possible de procéder à cette arrestation en dehors de la pièce ? Je vais aller chercher Shirley et vous pourrez lui parler ici. Est-ce que ça vous convient ?

Karen avait quelques doutes, mais elle savait qu'elle n'avait guère le choix.

— À condition que vous ne lui disiez pas que nous sommes de la police.

Elle vit Tabitha parcourir la pièce du regard et localiser sa cible. Elle s'approcha et, sans chichis, effleura le coude d'une femme qui tournait le dos à la porte. Quand elle se retourna, Karen la reconnut immédiatement. Elle parut momentanément perplexe puis laissa Tabitha la guider jusqu'à la porte.

Quand O'Shaughnessy arriva, Karen recula de quelques pas et attendit qu'elle soit complètement sortie de la pièce. Jason vit Karen lui indiquer la porte d'un hochement de tête et il se déplaça habilement pour aller la refermer. Soudain, le brouhaha des conversations fut étouffé.

O'Shaughnessy se tourna vers Tabitha.

— Je croyais que vous aviez dit...

Karen avança vers elle :

— Shirley O'Shaughnessy, je vous arrête pour meurtre.

Il était difficile de dire qui était la plus abasourdie, entre Tabitha et O'Shaughnessy.

— C'est une blague, ou quoi ? demanda O'Shaughnessy, avec une pointe d'accent américain toujours perceptible.

— Ce n'est pas une blague, je vous le promets.

Karen lui récita ses droits tandis qu'O'Shaughnessy restait là, secouant la tête, plongeant la main dans sa veste pour saisir son téléphone.

— C'est insensé. J'appelle immédiatement mon avocat.

Elle pianota sur son téléphone du bout de ses ongles bordeaux parfaitement manucurés.

— Aucun problème. Dites-lui de nous retrouver au commissariat de Gayfield Square.

O'Shaughnessy lâcha un petit rire sec et s'interrompit.

— Je n'irai nulle part avec vous, répliqua-t-elle en pivotant pour se diriger vers la porte. Attendez que Nicola apprenne ça.

Mais Jason lui barra la route, impassible, les mains croisées devant lui.

— Il y a deux options : la plus facile, où vous descendez avec nous et montez dans le véhicule de police sans faire d'esclandre, expliqua Karen de façon terre à terre. Ou bien je peux vous menotter et vous donner en spectacle aux photographes qui sont sans doute postés à l'extérieur, attendant leur séance de la matinée.

— Et qui suis-je censée avoir tué ? Est-ce que c'est une histoire de responsabilité criminelle des entreprises ?

O'Shaughnessy s'en sortait bien. Le mélange entre la femme d'affaires coriace et l'innocente victime était difficile à incarner, mais elle était dans la peau du personnage, songea Karen.

— Joey Sutherland. Vous vous souvenez de lui ?

L'espace d'une seconde, son visage se crispa. Si Karen avait cillé au mauvais moment, elle l'aurait manqué. Puis elle se ressaisit et dit :

— Jamais entendu parler de lui. Il travaillait pour nous ? Est-ce que quelqu'un nous accuse de négligence ?

— Non. Je vous accuse de meurtre. Rien à voir avec votre entreprise. Alors, est-ce que vous venez avec nous calmement, ou est-ce que vous préférez faire le genre de scène qui vous garantira de ne jamais être réinvitée ici ?

O'Shaughnessy la regarda avec un dégoût non dissimulé.

— Vous allez le regretter pour le restant de votre carrière. Laquelle va probablement s'arrêter bientôt.

Karen sourit.

— Vous avez peut-être raison. Mais au moins, j'aurai vécu un moment satisfaisant.

70

2018 – Édimbourg

Une arrestation ne constituait jamais une fin. C'était seulement la fin du début. Karen était loin d'être convaincue que le bureau du procureur allait croire comme elle en la culpabilité de Shirley O'Shaughnessy, surtout qu'elle avait procédé à une arrestation sans les consulter. En principe, ils ne soutenaient que les enquêtes qui avaient au moins cinquante pour cent de chances de réussite. Mais Karen avait travaillé avec la procureur Ruth Wardlaw par le passé et les deux femmes avaient appris à respecter le jugement de l'autre. Wardlaw reconnaissait qu'il y avait un chapitre manquant dans le récit du crime de Shirley O'Shaughnessy.

— Mais je pense qu'on peut camoufler ça sous les autres preuves.

— Et le jury ? Elle incarne le grand chevalier blanc du développement immobilier, n'est-ce pas ?

Ruth sourit.

— Les jurés n'aiment pas les riches. Et apparemment, City SOS Construction va poursuivre son programme de construction de logements. C'est l'avantage des grandes entreprises. Personne n'y est indispensable.

Ce fut donc convenu. Shirley O'Shaughnessy passerait devant le tribunal pour le meurtre de Joey Sutherland. Ce n'était pas le seul résultat, à ce stade, en faveur de Karen. Les experts en audio avaient suffisamment nettoyé l'enregistrement pour ne laisser aucune place au doute quant au déroulement des événements dans la cuisine des Henderson. Willow Henderson avait été accusée du meurtre de Dandy Muir et de tentative de meurtre sur son mari. Certes, Billy McAfee était en attente de jugement pour le meurtre de Barry Plummer, mais son avocat pensait pouvoir plaider le déséquilibre mental. Par ailleurs, elle avait reçu un message de la Première ministre la remerciant de sa discrétion à Bute House.

— On verra sa réaction quand on viendra récupérer le chandelier nazi, avait commenté Karen en montrant le message à Jimmy Hutton.

Tout n'était pas que gloire et justice, cependant. Sans surprise, Markie avait récolté les lauriers du travail de l'UEH puis avait battu en retraite. Mais Karen savait qu'il s'agissait d'un cessez-le-feu, non d'une reddition. Nonosse serait bientôt de nouveau dans ses pattes. Quant à Gerry McCartney, il était toujours officier de police. Pas dans une unité d'élite, certes. Mais Karen savait qu'elle s'était fait un nouvel ennemi. L'avenir lui dirait à quel point il pouvait lui porter préjudice.

Et puis il y avait Hamish. Même si Shirley O'Shaughnessy sortait acquittée de son procès, Karen ne pouvait s'empêcher de penser qu'une bonne chose surgirait peut-être de cette enquête sur un corps enterré dans une tourbière. Comme une arrestation, ce n'était que la fin d'un début.

Épilogue

1995 – Invercharron, Sutherland

Joey Sutherland avait l'habitude qu'on l'admire. L'adulation des petits garçons qui voulaient connaître son secret pour devenir comme lui ; la curiosité des femmes qui désiraient sentir ces muscles puissants contre leur corps doux ; et le besoin presque puéril des hommes de se tenir à ses côtés au bar, afin de pouvoir se vanter d'être son ami. Il avait appris à prendre ça pour argent comptant. C'était comme ça, quand on était l'un des meilleurs athlètes du muscle au monde.

Lors des jeux des Highlands et des compétitions d'épreuves de force sur les quatre continents, Joey et ses collègues fascinaient les foules avec leurs exploits physiques. Lancer de tronc, lancer de marteau, de pierre, de poids légers et lourds, de bottes de paille – c'étaient des championnats impressionnants et Joey en avait gagné beaucoup au fil des années. Mais l'événement où il se distinguait le plus, c'était le lancer de poids en hauteur.

Un silence soudain parcourait le public quand arrivait l'épreuve la plus terrifiante du tournoi. Joey se frottait ostensiblement les paumes à la résine afin d'éviter qu'elles ne glissent et que cela ne lui cause d'affreuses blessures. Il vérifiait la hauteur de la barre avant de lui tourner le dos. Les pieds fermement plantés dans le sol, il fléchissait les genoux et attrapait solidement, d'une main, le poids de vingt-cinq kilos. Il le balançait d'avant en arrière puis de haut en bas pour se donner du rythme, son kilt oscillant sur le même tempo. Trois fois, puis il lançait le poids en récitant une prière.

Si cela se passait bien – et jusqu'à maintenant, pour Joey, tout s'était bien passé – le poids voltigeait au-dessus de sa tête. La foule retenait son souffle, la masse de métal semblait se figer au sommet de son ascension avant de retomber de l'autre côté de la barre sans même la faire trembler. À ce moment-là, la foule se mettait à rugir. Le record du monde était fixé à cinq mètres quatre-vingt-deux. Joey était à quelque sept centimètres en dessous.

Parfois ça ne se passait pas bien et la barre dégringolait. D'autres fois, cela tournait vraiment mal. Des hommes avaient perdu la vie sur le terrain devant leurs familles, pour qui la journée s'était transformée en cauchemar. Joey, lui, refusait tout simplement d'envisager cette possibilité. Il lançait avec une confiance absolue en ses capacités le poids de vingt-cinq kilos, aussi aérodynamique qu'un parpaing.

L'après-midi à Invercharron s'était bien déroulée. Il faisait beau et il y avait un bon public. En plus de ses victoires dans ce tournoi où il s'était toujours distingué, Joey avait quatre autres événements prévus, qui lui rapporteraient de l'argent. Les enfants s'étaient jetés sur lui, demandant des autographes, réclamant aux parents de se faire photographier tandis que le champion les portait à bout de bras. C'était un héros, notamment parce que c'était l'athlète le plus beau du tournoi. Dans un univers où la plupart de ses concurrents avaient des têtes de voyous, il détonnait.

Une fois que les enfants se furent dispersés, quelques adultes tentèrent d'attirer son attention. Comme d'habitude, il était concentré sur ce qui se trouvait devant lui, si bien qu'il ne remarqua pas qu'on l'observait à distance, attentivement, sans le quitter des yeux : observer, mesurer, juger. Joey finit par s'extraire de la foule pour se diriger vers le van un peu plus luxueux qu'il habitait ces derniers temps.

Il avait fait quelques pas à peine quand quelqu'un lui effleura le bras. Il se retourna, un sourire automatique sur le visage.

— J'ai une proposition à vous faire, lui annonça une belle inconnue avec un accent américain.

À la faveur de l'obscurité, ils avaient pris la route et étaient arrivés à destination vers minuit. La lune formait un fin croissant juste au-dessus de l'horizon, dans un ciel parsemé d'étoiles. Cahotant sur la piste étroite, le van dépassa un cottage de deux étages dont tous les rideaux étaient tirés et d'où aucune lumière ne filtrait.

— J'espère que ce sont de bons dormeurs, commenta Joey. Sans quoi on va avoir de la compagnie. J'imagine qu'il n'y a pas beaucoup de circulation en pleine nuit, dans ce coin perdu.

— C'est un risque à prendre, commenta Shirley.

Ils atteignirent le haut d'une côte avant de redescendre dans une vallée, uniquement repérables désormais grâce à la lumière des phares.

— Tu vois cet arbre sur la droite ?

C'était un sorbier rabougri, tordu et battu par les vents.

— C'est là que tu veux t'arrêter ?

— Oui, à cet endroit.

Ils mirent leurs lampes frontales et sortirent du véhicule, puis prirent dans un coffre rangé à l'arrière du van une pelle, un spot avec batterie et un pied-de-biche. Ils avancèrent à l'aveugle à travers la lande couverte de bruyère et de mauvaises herbes, en prenant soin d'éviter les parcelles tourbeuses et humides. À une cinquantaine de mètres de la route, la lueur de la lampe de Joey éclaira un petit empilement de pierres qui lui arrivait à peu près à mi-mollet.

— C'est ce qu'on cherche, non ?

— On y est.

Aucun signe d'excitation dans la voix de Shirley, simplement le constat qu'ils avaient trouvé l'endroit.

— J'ai mis les pierres pour marquer l'endroit. J'ai passé la zone au détecteur de métaux, et c'est ici que ça m'a indiqué quelque chose. Vu la façon dont le détecteur bipait, je pense qu'elles sont enterrées côte à côte.

— Je ferais mieux de m'y mettre, alors, dit Joey.

Il enleva sa chemise à carreaux doublée et enfonça la pelle dans la tourbe meuble.

— Attention avec la couche supérieure, il faudra qu'on la remette en place.

Joey leva la tête.

— Pourquoi ? Quand quelqu'un remarquera le trou, on sera bien loin d'ici.

— Je ne veux pas que les gens posent des questions. Mieux vaut être prudents.

— Je vois.

Joey modifia l'inclinaison de sa pelle de façon à ôter les couches supérieures de tourbe et à les empiler proprement sur le côté.

— Je vais chercher l'échelle.

— Et moi je continue à creuser.

— C'est pour ça que je te paie, répliqua-t-elle d'un ton un peu sec.

Il la considéra longuement. Mais ce qu'elle lui avait promis valait bien un peu de travail.

— Je sais. Je suis pas obligé d'aimer ça, c'est tout.

Joey n'était pas seulement fort mais aussi endurant, et pourtant il lui fallut presque deux heures avant que sa pelle ne heurte quelque chose d'autre que de la tourbe. C'était moins solide qu'il se l'était imaginé, mais c'était bel et bien quelque chose.

— Je crois que ça y est, lança-t-il. C'est à peu près là où tu le pensais, non ? À un mètre vingt de profondeur ?

— Exactement. Ils ont creusé un trou à environ un mètre quatre-vingts, et les caisses font au moins soixante centimètres de profondeur.

— Je vais dégager la surface pour qu'on puisse ouvrir le couvercle des caisses.

Il se remit au travail tandis que la lumière de la torche de Shirley éclairait la petite section de bois qu'il avait découverte.

— Ça n'a pas l'air d'avoir été ouvert.

Joey fit non de la tête.

— Aucun signe que quelqu'un soit passé par là avant nous.

Il poursuivit sa tâche, déblayant la tourbe, révélant le bois taché par les tanins de l'eau. Vingt minutes plus tard, il avait dégagé une douzaine de planches d'un mètre quatre-vingts sur dix centimètres.

— Je pensais que le bois serait pourri, dit-il en s'appuyant sur sa pelle, le souffle court, son torse nu luisant de sueur. Passe-moi le pied-de-biche.

Quelques minutes et beaucoup d'efforts plus tard, deux planches avaient cédé. À la lumière des torches, ils apercevaient quelque chose qui ressemblait à une épaisse bâche.

— Il y a bien quelque chose là-dedans, confirma Joey.

— La bâche est un bon signe. J'ai l'impression qu'on a une petite chance de sauver les motos.

Il pensa que c'était la première fois qu'elle souriait depuis qu'ils avaient franchi Oykel Bridge.

— J'espère bien. Une pour moi et une pour toi, comme on a dit. Tous les motards que je connais vont être verts.

Joey retourna à sa tâche, empilant les planches au bord de la fosse. Quand il ôta la dernière, il descendit avec prudence dans la caisse, se mouillant les pieds au passage. Il y avait tout juste assez de place pour lui, mais il était aussi pressé que celle qui l'avait embauché de découvrir ce qui se cachait sous la bâche. Il dirigea la lumière vers la toile épaisse pour chercher un point d'entrée.

— On dirait qu'ils l'ont fermée de façon complètement hermétique.

— C'est encore mieux. Est-ce que tu peux l'ouvrir ? demanda-t-elle en se penchant au-dessus, la lumière faisant briller ses cheveux blonds.

Pour toute réponse, Joey plongea la main dans sa poche, dont il ressortit un impressionnant couteau suisse qu'il agita au-dessus de sa tête. Il ouvrit la lame et découpa l'épaisse bâche, la laissant tomber de part et d'autre au fur et à mesure que l'ouverture s'agrandissait. Ce qui se trouvait à l'intérieur était enroulé dans une deuxième couche protectrice, faite cette fois de toile cirée. Il la découpa aisément. Même dans la semi-obscurité, ils virent tous les deux que la moto était en parfait état. Enveloppée dans ses couches imperméables, elle avait été protégée de la tourbière pendant quarante ans.

— Quelle beauté, souffla Joey.

— Tu vois les sacoches ?

À présent, elle avait une touche d'anxiété dans la voix.

— Oui, je les vois.

— Regarde à l'intérieur.

Ce n'était pas une suggestion. Mais c'était elle qui tenait les ficelles : c'était elle qui décidait. Haussant les épaules, Joey se pencha en avant et peina à manipuler les sangles. Le temps avait durci le cuir, qui avait pris la forme des boucles, si bien que Joey finit par utiliser le pointeau de son couteau pour les déloger. Il souleva le haut de la sacoche.

— Vide, annonça-t-il.

— Essaie l'autre.

Joey répéta le mouvement de l'autre côté de la moto. Cette fois-ci, il eut de la chance. Il plongea la main à l'intérieur et en ressortit un sachet de la taille d'un paquet de sucre, enveloppé dans de la toile cirée.

— C'est ce que tu cherchais ? demanda-t-il en agitant le paquet au-dessus de sa tête.

— Parfait. Lance-le-moi.

Joey lança le paquet doucement, d'un grand geste du bras. La lampe frontale de Shirley suivit la trajectoire, qui se termina sur un petit bruit de chute.

— C'est bon, je l'ai.

— OK. Maintenant il faut sortir la moto, dit Joey en examinant attentivement son trophée. Je peux la soulever au-dessus de ma tête, ce qui la placera au niveau du bord de la fosse, jugea-t-il comme si cela ne pesait rien. Si tu l'attrapes quand elle arrive à ta hauteur et que tu la tires vers toi, le poids reposera sur le sol. Je m'occuperai du reste. Tu penses que tu en es capable ?

Il était légèrement anxieux. Joey ne faisait guère confiance aux capacités physiques du commun des mortels, notamment des femmes.

— Je crois que je suis capable de laisser tomber une moto, répliqua-t-elle avec un rire sardonique.

Joey se prépara et écarta les pieds. Il avait vérifié le poids de la moto ; il avoisinait les deux cent cinquante kilos. Il n'en avait jamais porté plus de deux cent vingt, mais il savait qu'il était au top de sa forme après un été de compétitions. Il inspira profondément, agrippa le corps de la moto, ferma les yeux et se concentra. Le monde se réduisit alors à cet engin de métal qu'il serra dans ses mains.

Il n'avait pas remarqué l'autre objet en métal, qu'elle tenait dans ses mains à elle.

Lentement, centimètre par centimètre, il souleva la moto du fond du trou. Les veines de son cou et de ses bras saillaient et ses muscles tremblaient sous l'effort tandis qu'il contractait chaque tendon afin de soulever la moto au-dessus de sa tête et la faire basculer au sol.

Il avait presque réussi quand la première balle lui traversa la poitrine, juste à droite du cœur. Il vacilla un instant, mais quand la deuxième le toucha à la gorge, Joey s'effondra en arrière et le poids de la moto sur sa poitrine le força à expirer le peu d'air qui restait dans ses poumons en un sifflement aigu.

À l'aube, tout ce qui restait de cet épisode était un patchwork irrégulier de bruyère et d'herbe à une quarantaine de mètres de la route. Au printemps suivant, Shirley O'Shaughnessy aurait eu du mal à retrouver l'endroit où elle avait replacé la tourbe pour dissimuler la tombe de Joey Sutherland.

Remerciements

Les gens me prêtent bien plus de connaissances que celles que je possède en réalité. Mais heureusement, je suis entourée de personnes capables de combler mes lacunes. L'équipe qui, cette fois, a mis son expertise à ma disposition est composée de :

Miranda Aldhouse-Green, pour ses connaissances encyclopédiques des corps préservés dans une tourbière ;

Lorna Dawson, la maîtresse de la science des sols, qui m'a expliqué les tourbières des Western Highlands d'Écosse ;

Judy Harvey de la librairie Emporium, à Cromarty, dont l'anecdote a lancé ma machine ;

Jennifer Morag Henderson, dont la biographie de la grande Josephine Trey m'a rappelé, en passant, les événements qui s'étaient déroulés dans les Highlands pendant la Seconde Guerre mondiale ;

Jason Young, qui a généreusement partagé avec moi son expérience de la vie sur le circuit des Highland Games pour les athlètes du muscle ;

Sally Mackintosh, qui m'a invitée en tant que cheftaine des Highland Games d'Invercharron en 2016 ;

Jenny Brown pour la boucle d'oreille et le bon temps à Calcutta ;

Tara Noonan de la National Library of Scotland pour son aide concernant les archives de journaux ;

et Nicola Sturgeon pour m'avoir laissée utiliser son salon.

*

C'est mon trente-deuxième roman ; pourtant, j'ai toujours besoin d'aide pour améliorer ce que j'écris. Parmi ceux qui me facilitent la tâche, je voudrais citer Lucy Malagoni, David Shelley, Cath Burke et Thalia Proctor chez Little, Brown ; Jane Gregory et Stephanie Glencross chez David Higham Associates ; Amy Hundley chez Grove Atlantic ; mon infatigable correctrice Anne O'Brien (toutes les erreurs me sont imputables, chef !) ; et Laura Sherlock qui maintient tout cela sur les rails.

Enfin, mon épatante, amusante et adorable Professeure, ainsi que mon intelligent et beau garçon, qui me donnent le sourire dans les moments où je suis incapable de bonne humeur.

NORD COMPO
multimédia

Composition et mise en pages
Nord Compo à Villeneuve-d'Ascq

CET OUVRAGE
A ÉTÉ ACHEVÉ D'IMPRIMER
SUR ROTO-PAGE
PAR L'IMPRIMERIE FLOCH
À MAYENNE EN AVRIL 2021

N° d'édition : L.01ELHN000462.N001. N° d'impression : 98149
Dépôt légal : mai 2021
Imprimé en France